在俄国——一切皆有可能。

——彼得大帝

最黑暗的厄运将降临俄国，
王冠将从王的头顶跌落，
沙皇的宝座将在泥土中腐烂，
死尸和鲜血是众人的饭。

——米哈伊尔·莱蒙托夫（1830）

俄国：一个幽暗而神秘的大陆，温斯顿·丘吉尔把它描述成"一个包裹在不解之谜的谜语中"的国度，它让外国人感到遥不可及，让俄国人自己也无法解读。归根结底这是俄国人自己煽动的神话，因为他们不希望有人真正了解他们的民族，以及他们的真实生活。

——罗伯特·凯瑟，《俄罗斯：人民与权力》（1984）

沙皇迷踪

THE ROMANOV PROPHECY

尘埃之下的历史，暗流森然。一个设于1918年的谜题。

[美] 史蒂夫·贝瑞　著　BY STEVE BERRY

孟雅琳／译

重庆出版集团 重庆出版社

俄苏历史大事记

1613 年 7 月 21 日，米哈伊尔·费奥多罗维奇·罗曼诺夫被封为沙皇

1894 年 10 月 20 日，尼古拉二世继位（尼古拉二世·亚历山德罗维奇）

1898 年 4 月 5 日，尼古拉二世将卡尔·法伯格制作的"山谷百合蛋"献给母亲

1916 年 12 月 16 日，拉斯普京被菲利克斯·尤苏波夫谋杀

1917 年 3 月 15 日，尼古拉二世退位；他和他的家人被捕并被拘押

1917 年 10 月，布尔什维克革命爆发

1918 年，俄国内战开始；白军对战红军

1918 年 7 月 17 日，尼古拉二世与妻子亚历山德拉，以及他们的五个孩子在叶卡捷琳堡被杀

1919 年 4 月，菲利克斯·尤苏波夫逃出俄国

1921 年，俄国内战结束；列宁领导的红军获胜

1967 年 9 月 27 日，菲利克斯·尤苏波夫去世

1979 年 5 月，尼古拉二世和他妻儿的墓地被确认位于叶卡捷琳堡郊外

1991 年 7 月，尼古拉二世和他妻儿的墓地被掘；墓穴中少了两位王室子女的骸骨

1991 年 12 月，苏联解体

1994 年，墓地中的骸骨被确认为尼古拉二世和他的妻子，但失踪的两位王室子女的骸骨却无迹可寻

序幕

亚历山大宫
俄国，沙皇别墅
1916 年 10 月 28 日

房门缓缓打开了。在床边守候多时的大俄皇后亚历山德拉，回头望向房门。几个小时以来，她第一次把目光从蜷缩在被子里的孩子身上移开。

一看到匆匆走进卧室的友人，皇后的眼泪顿时夺眶而出。"格雷高利神父，您到底还是来了。感谢仁慈博爱的主。阿列克谢现在太需要您了。"

拉斯普京快步走到床边，在胸前划了个十字。他的蓝色丝袍和天鹅绒裤子上沾满酒气，这让他身上的味道比平时更让人受不了。皇后的一位侍女曾经说过，那种味道酷似山羊的臊味。不过皇后本人似乎从来不介意别人身上的异味，尤其是格雷高利神父的。

她已经找了他好几个钟头了，甚至派人到他经常混迹的首都城郊吉普赛人居住区去找。神父曾经多次和妓女们在那里彻夜酗酒狂欢。一名卫兵曾经向皇后报告说，有一次这位可敬的神父竟然脱光了裤子，从一张桌子上跳到另一张桌子上，向所有人吹嘘他的大家伙曾经如何进入不少皇族名媛的身体。然而亚历山德拉皇后不能忍受有人这样诋毁她尊贵的朋友，并立刻把这名卫兵驱逐出宫，让他远离了首都。

"我从黄昏时分就开始找您。"她说，试着引起他的注意。

然而这时拉斯普京的眼里只有床上的孩子。他跪了下来。阿列克谢已经昏迷了将近一个钟头了。傍晚时候，这孩子在花园里玩，摔了个跟头，于是疼痛开始有规律地发作，到现在已经持续了两个小时了。

皇后站在一边看着，拉斯普京小心地掀开毯子检查伤势，男孩青紫的右腿肿得变了形。血管在皮肤表层突突地搏动，血肿有一个小瓜那么大了，孩子由于疼痛把双腿蜷曲起来，一直顶到了胸口。他憔悴得面无血色，只有双眼下面的黑色污迹显示他刚刚摔了跤。

皇后轻轻抚摸着孩子浅棕色的头发。

谢天谢地，孩子总算不再叫喊了。但每隔十五分钟他都会病态般痉挛一次。高烧把他烧糊涂了，不断的哭嚎让作为母亲的皇后心揪成一团。

忽然孩子醒了过来，并且竟然开始祷告。"噢，主啊，请宽恕我，"接着他又问，"妈妈，您就不能救救我吗？"他想知道是不是只有死了，疼痛才会停止。可是，皇后绝不会忍心告诉他这一事实的。

她到底做了什么？原来这一切都是她的错。人人都知道女性会遗传血友病的。她的叔叔、兄弟、表兄弟都死于该病，她自己的血友病却从来没有发作。她从来没有怀疑过自己的遗传基因。四个女儿都很健康，因此没给她以任何警示。直到十二年前这个圣洁的男婴降临后，她才明白了这一痛苦的事实。在那以前，从来没有一位医生跟她说过这种可能。她也没有主动去问过，更没人肯直面事实真相。就算她直接去问，能得到的可能也只是毫无意义的搪塞。只有格雷高利神父与众不同，长老（starets，东正教以此意指精神导师）他从来不回避这一问题。

拉斯普京闭上眼睛，俯身靠近受伤的孩子。他的胡子上还挂着残留的食物的残渣，脖子上挂着皇后赠给的金十字架。他把十字架紧紧握在手里。房间里烛光微弱。皇后听到他在低语，但听不清到底说的是什么。她不敢问。尽管她是大俄皇后，但她对格雷高利神父一向都是敬畏有加。

只有他才能止血，只有通过他上帝才能庇护她挚爱的阿列克谢，沙皇的长子，皇位唯一的继承人，俄国下一位沙皇。

但前提是他能活下去。

孩子睁开了眼睛。

"别怕，阿列克谢，没事儿。"拉斯普京低声说。神父的声音祥和悦耳，但语气坚定。他把阿列克谢汗湿的身体从头到脚抚摸了一遍。"我已经赶走了你身上的痛。没有任何东西会伤害你了。明天你就能好，我们又可以一起玩游戏了。"

说这话时，拉斯普京的手轻抚着孩子。

"还记得我跟你说过的西伯利亚吗？那地方大得没人看得到尽头，到处是深邃的森林和广袤的草原。那里全都属于你的爸爸妈妈。哪一天等你健康了，强壮了，长大了，那里就会变成你的。"他把男孩的手紧紧抓在手里。"哪天我一定带你去西伯利亚看看。那里的人和我们这里的人可大不一样。至上的殿下，阿列克谢。你一定得去瞧瞧。"长老的声音依旧非常平静。

男孩的眼睛开始亮了起来。生命的气息重现了，快得如同几个小时前猝然消失时一样，他把脑袋从枕头上抬了起来。

皇后的心提到了嗓子眼儿，生怕孩子又把自己弄伤了。"小心，阿列克谢。你小心点儿。"

"别管我，妈妈。我要听。"皇后的儿子把头转向拉斯普京。"再给我讲个故事，神父。"

拉斯普京笑了，开始给孩子讲驼峰马、没有腿的士兵和瞎了眼的骑士，还有一个因为言而无信变成白色鸭子的皇后。接着，他又讲到西伯利亚大草原上的野花，那里的植物都附有灵魂并且能相互交谈，动物也能说话。神父小的时候就学过怎么听懂马厩里马的对话。

"看，妈妈。我一直都跟你说马能说话。"

看着眼前的奇迹，皇后的泪水涌上了眼眶。"你是对的，太对了。"

"你会把那些马跟你讲的话都说给我听，对不对？"阿列克谢问道。

拉斯普京笑着允诺："明天，明天讲。现在你得休息。"说完他把皇子搂在怀中，一直等到孩子安静地睡着。

拉斯普京站了起来。"小王子会活下来的。"

"您怎么能这么肯定？"

"你为什么不能肯定呢？"

他的语气坚定得不容置疑，让她立刻后悔自己不该这么提问。她总是自责，阿列克谢的痛是否源于她缺乏信念。也许，上帝就是要用孩子的血友病诅咒她，考验她的信念是否坚定。

这时拉斯普京绕过床跪倒在她的座椅前，抓起她的手。"夫人，您不应该抛弃我们的主，不要怀疑他的万能。"

只有长老才有权力如此随意地称呼她。她是沙皇的皇后，年轻的一国之母；她的丈夫是尼古拉二世，沙皇，年轻的一国之父。一对严厉苛刻的夫妇——这是小农阶层对他们的看法。她身边的所有人都说拉斯普京是一个地道的农民。也许他们说得对。但是只有他能够减轻阿列克谢的痛苦。这个浑身发臭、头发油得打结的西伯利亚大胡子是上天的使者。

"上帝已经拒绝了我的祷告，神父。他抛弃了我。"

拉斯普京一跃而起。"你怎么能这样说?"他紧紧地捧住她的脸转向床头。"看看小王子。就是因为你信念不坚定，才使他蒙受了如此的痛苦。"

除了她的丈夫，任何人在未经允许的情况下都不得触碰她。但她没有反抗。何况，她其实很愿意被这样对待。他把她的头扭过来，狠狠地盯住她的双眸。仿佛他那灰蓝的瞳孔里聚集了他的全部力量。她无处可逃，感觉仿佛两团绿色的火焰正下意识地深入到自己的眼中并开始温暖她的全身。那火焰可以直射她的灵魂深处，而她浑身毫无抵御之力。

"皇后，你不应这样来议论我们的主。小王子需要你的信念。他要你相信上帝。"

"我相信你。"

他松开了她。"我一无是处，不过是传达了上帝的旨意。我什么也没有做。"他指向天空，"都是上帝的作为。"

她的泪水夺眶而出，并且带着羞愧从座椅上瘫倒在地上。多年的操劳，使曾经的美人变得如今头发蓬乱满脸憔容。她一直哭到自己感觉眼睛酸痛才停了下来。此时此刻，她不希望有任何人进来。只有跟长老在一起，她才能放下面具和尊贵，做回一个女人、一个母亲。她紧紧抱住神父的两腿，把脸颊深深埋进他沾着泥巴同时散发着怪味的衣服里嚎啕大哭。

"您是唯一可以救他的人。"她哭着说。

拉斯普京僵硬地站在原地。对她而言，他就像是一棵树。树木可以抵抗俄罗斯的严寒，然后在来年春天重现生机。这个由上帝派来的圣人，如今就是她的树。

"你这样丝毫无济于事。上帝要的是你义无反顾的信奉，而不是你的眼泪。他不会在意你的感情。他要的是信念，永不动摇的信念。"

她感到拉斯普京在颤抖，于是松开手抬头看着他。神父的脸忽然失去了血色，两眼翻白。一阵痉挛过后，他的脚突然失去了知觉，整个人倒在地上。

"怎么回事儿?"她问。

没有回答。

她抓起他的衣领拼命地摇。"跟我说话，长老。"

他慢慢睁开了眼睛。"我看到成堆的尸体，里面有几位公爵，成百上千的伯爵。涅瓦河被染成了红色。"

"这是什么意思，神父？"

"这是我看到的一个景象，不是第一次了。你意识到了吗？不久之后，我就会在极度痛苦中死去。"

他在说些什么？

他忽然抓起她的胳膊，并把她拉到自己面前。他的脸上写满了恐怖，但是眼睛并没有看她，而是在注视她身后远处的某个地方。

"我的生命会在新年来临前结束。记住，如果我被一般的杀手暗杀，那么沙皇不需要惊慌害怕。他将会留在皇位上，并且无需担心小王子的安危，他们会在皇位上统治千年。但是，夫人，如果我被新贵族谋杀，我的血会留在他们的手上二十五年。他们会逃离俄国。而国内，兄弟之间将会互相憎恨，自相残杀。然后，贵族将在这个国家里销声匿迹。"

她害怕起来。"神父，你为什么这么说？"

他的目光重新回到她的身上。"如果我是被沙皇家族的某个成员杀死，那么你和你的家人谁都活不过两年。因为，你们都会被俄国人民杀死。考虑怎样自救吧。告诉你的亲人我用自己的命偿还了他们。"

"神父，您在胡言乱语。"

"这个景象，我见到过不止一次了。我们的眼前是一片痛苦的黑夜。我不该看见这个景象。我的时日不多了。虽然痛苦，但我无所畏惧。"

说完，他的身体又开始颤抖起来。

"哦，主啊。这次的邪恶来得太猛烈了，世间将被饥荒与疾病覆盖。大俄帝国将销声匿迹。"

她狠狠地摇着他。"神父，您不能这么说话。阿列克谢需要您。"

他又恢复了平静。

"没事儿，还有另一个景象，拯救。这是我第一次看到它。噢，这个预言啊。我看明白了。"

1

十五秒后，麦尔斯·罗德的命运将从此改变。

他先看到了开过来的汽车，那是一辆深蓝色的沃尔沃客货两用车。在正午的阳光下，映成了黑色。然而接下来，他看到的事情却让他措手不及。汽车的前轮忽然向右急转，摇摆着冲进了大街通道周边的人群。跟着，反光的后车窗被摇下，原本窗上反射出的建筑物不见了，探出来的却是一个黑色的枪口。

子弹从枪口直射出来。

他应声扑倒在地上。在周围慌乱的尖叫声中，他俯冲到路面泛着油光的人行道。原本在逛街的平民、游客，还有正在上班的工人，此时都成群结队地跑到那些斯大林时期建筑物的石墙后避难。

他就地滚了两下，抬头去找与自己一起吃午饭的阿特米·贝利。他两天前才认识的这个俄国人，在司法部工作，是一名受人爱戴的年轻律师。他们昨晚一起吃了晚餐，早上又共进了早餐。两个律师本来坐在一起谈新兴的俄国和将要发生的巨变，都希望自己能够抓住这个历史性的时刻有一番作为，名留青史。他正要张嘴警告贝利小心，结果话还没出口，贝利的胸口就已经被打烂，玻璃窗上一片血肉模糊。

自动步枪还在持续不断地发射着子弹，嗒嗒的枪响和随之喷射出的火焰，让罗德想起老电影里的黑帮枪战。店铺窗户上的厚玻璃板被打得粉碎，玻璃屑撒满了整个人行道。贝利的身子倒了下来，压在他的身上，撕裂开的伤口处散发出一股铁锈腥味。罗德连忙把他的尸体推开。他很害怕已经浸透自己衣服并且开始从自己手上滴下来的鲜血。他还不很了解贝利，谁知道他会不会是HIV病毒携带者？

随着一声尖利的急刹车的声音，沃尔沃停了下来。

他扭头往左边看了一眼。

车门砰地打开了，两个端着自动武器的男人跳下车来。这两人身穿蓝灰制服，衣领上有军队标志——看样子是警察。但是这两个人都没有戴红色帽檐的灰色军帽。从前门下来的男人额头前凸，头发浓密蓬乱，还长了一个克鲁玛努人的蒜头鼻。从后门出来的人是个敦实的小个子，一脸的痘痕，乌黑的头发梳得整整齐齐。他的右眼长得非常奇特，引起了罗德的注意。眼睛和眉毛之间的距离拉得很开，显得眼睛的位置低移——看上去像是一只眼睁，一只眼闭——而这是这张冷峻脸上唯一的表情。

"冷面"用俄语对克鲁玛努人说，"该死的老黑还活着。"

罗德在问自己：没听错吧？

"老黑"。

这个俄语单词相当于英语中的"黑鬼"。

在他来到莫斯科的八个星期中，他发现自己是当地出现的唯一的黑人。所以，他知道自己有麻烦了。他忽然想起了几个月前读过的一本俄国游记上的话：任何一张黑色面孔都可能引起人们的好奇。好奇？这一说法实在太委婉了！

克鲁玛努人点了一下头，表示认同。于是这两人就站在三十码开外的地方，不过罗德不打算搞明白他们到底想要干什么了，于是他一跃而起，开始朝相反的方向狂奔而去。他迅速扭头看了一眼身后，那两人丝毫没有忙乱，而是镇定地毛腰准备射击。前方是一个十字路口，枪响的那一刹那，他纵身一跃，跳到十字路口处。

子弹扫射到大石头上，溅起团团烟雾。

更多的人们扑倒在地以求保命。

他迅速从人行道上爬了起来，发现对面有一排小商贩摊点，整个街边都被他们占满了，一眼看不到头。

"有人开枪。快跑。"他用俄语大声警告。

一个卖假娃娃的老奶奶立刻明白过来，迅速钻进了一扇门，并把脸上的围巾拉得紧紧的。六七个卖报纸和百事可乐的小孩也跟着躲进了杂货店。小商贩们都顾不得自己的小摊子，像蟑螂一样四散逃命。今天的场面其实并不鲜见。就罗德所知，莫斯科有上百个黑帮。每天被枪杀、砍死甚至炸死的人不计其数，这种事情跟交通意外一样平常，在街边上做生意的人似乎时时刻刻都要面对这种危险。

他一头冲进了拥堵的大街，路上的车流几乎停滞不前，就像是凝固在这场意外中一样。忽然一声尖厉的喇叭声在他身边响起，一辆紧急刹住的出租车紧挨着他停了下来。他把鲜血淋淋的双手按在了车盖上。司机还在按喇叭。他回头一看，两个枪手已经到了街角。人群向四周逃散，正好空出地方让他们向这边射击。当子弹射向司机这边的时候，罗德恰巧躲到了出租车底下。

喇叭声不再响起。

罗德抬起头，只见司机血肉模糊的脑袋靠在人行道一侧的车窗上，一只眼睛还睁开着，玻璃上全是血污。杀手在距离他五十码外的另一条拥堵的大街上。他审视街道两边的店面，里面有男士服饰店、儿童服饰店、古董店。他想找一个能逃生的地方，最后，他选中了麦当劳。出于某种原因，那个金色的像拱门一样的大 M 标志给了他一种安全感。

他冲到便道上，猛地推开玻璃门。这时店里有几百人正挤在齐胸高的餐桌和柜台边上。还有一些正在排队。他这才想起来，这里曾经是世界上最繁忙的餐厅。

他大口大口地喘着气，每次吸入的空气都混杂着一股汉堡的烤肉味、薯条味和香烟味。他的身上、手上沾满了血。几个女人开始惊叫"他中枪了"。年轻人立刻惊慌失措地、疯狂地挤向门口。他挤进人群，朝着反方向前进，但很快他发现自己这么做是错误的。他冲进餐厅，跑向通往楼下厕所的楼梯。他被拖把绊了一下，血糊糊的手顺着光滑的楼梯扶手滑了下去，一步三台阶地跌到了楼底。

"回去。走开。回去。"楼上传来俄语的命令声。

一阵枪响。

尖叫和慌乱的脚步声更嘈杂了。

这时，他看见三扇紧闭的房门。其中两扇分别是男厕所和女厕所，于是他推开了第三扇门，眼前出现了一间大储藏室，墙面和上边的餐厅一样装饰着白色的瓷砖。角落里有三个人正围在一张桌子边上抽烟。他看了一眼他们身上的 T 恤——麦当劳金色的大 M 上赫然印着列宁的头像。四个人八目交接。

"有人开枪。快躲起来。"他用俄语说。

三人闻言连忙站起身来，同时朝储藏室另一端逃了过去。领头的人撞开门，三个人迅速消失。罗德稍稍愣了一下，紧接着连忙把进来的门从里面反锁上，再跟了那三人出去。

此时他站在麦当劳背面的这条小巷子里，下午的空气略有一丝冰凉。他忽然希望这附近住着吉普赛人，或者是挂满勋章的退伍军人。莫斯科的每一处缝隙似乎都会收留无家可归的人。

四周满是肮脏的建筑物，墙壁都被汽车的废气熏得油黑。他常常想这些废气对人的肺部是不是也会产生相同的作用。这时他必须保持清醒。这里离红场还有一百码。最近的地铁在哪儿？乘地铁应该是最好的逃跑方式。地铁一般都有警察。但是他想到追杀自己的人也是警察。或者他们根本不是警察？以前他曾读过很多描写黑帮穿上制服假扮警察的故事。平时街上到处都是警察——数不胜数——全都带着警棍和自动步枪。可是今天却一个都没见着。

忽然，楼里传来一声轰响。

他下意识地转过头。

储藏室和楼梯间的门被打开了。他下意识地朝着主干道的方向狂奔而去，耳边传来枪响的回声。

一到人行道，他便朝右拐去，以身上的西装所能承受的最快速度一路狂奔。他边跑边解开领口，扯掉领结。现在总算可以呼气了。他比杀手顶多也就快了几秒钟的时间。他迅速右转并越过一个大型停车场的齐腰围栏。

他稍微放慢了一点速度，让自己有机会观察两边的情况。路上停满了俄产拉达、凯卡、沃加，此外还有几辆福特和一些德国车。大部分车都沾了煤烟，而且带着经年累月使用留下的凹痕。他朝身后看了一眼。两个杀手已经拐过街角朝自己的方向追来。

他拼命冲向操场中心，听见子弹落到他右边的汽车上。他躲到一辆三菱车后，从保险杠附近回头偷偷瞟了一眼。两个杀手在围栏对面停了下来，克鲁玛努持枪站着没动，"冷面"还在沿着围栏小跑。

一辆汽车忽然发动了引擎。

排气管吐出一团烟雾。刹车灯亮了。

这是一辆停在中心通道对面的乳白色拉达车。汽车迅速后退。他看到了司机脸上的恐惧。耳边的子弹声吓得他只想迅速逃走。

"冷面"已经跳过了围栏。

罗德冲出隐蔽处，跳到拉达车的车盖上，两手紧紧抓住雨刷。谢天谢地，这车竟然还有雨刷。据他所知，这里的大部分司机都把雨刷放在仪表盘小柜里防小偷。拉达车司机已经吓坏了，但还是操控着手里的方向盘把车开向前方拥挤的林荫大道。罗德透过汽车的后车窗看到"冷面"在五十码开外的地方俯身准备射击，一边的克鲁玛努人则沿着围栏一路追击。他想到了枉死的计程车司机，觉得不该连累这个无辜的人。当拉达车进入了六车道大街时，他连忙翻身从车盖上滚到便道上。

子弹尾随而至。

拉达车朝左边惊慌逃去。

罗德，心存侥幸地希望路边的坡度能暂时阻挡一下"冷面"的射击。

子弹打得街面上尘土飞扬。

等候公共汽车的人群立刻四散逃开。

罗德朝左边瞟了一眼。不到五十码开外的地方，一辆公共汽车正朝自己这个方向驶来。随后传来的是一声急促的刹车声和轮胎与地面刺耳的摩擦声。硫磺的味道简直呛得人受不了。公共汽车一停，他立刻翻身滚到大街上。这时，汽车正好停在他和杀手之间。谢天谢地，大街最外侧的车道里没有车辆行驶。

他起身试图横穿大街。所有的汽车都朝着一个方向行驶着。他保持与公共汽车垂直的方向快步穿过路面。走到一半时，他不得不停下来让一行汽车通过。此时杀手只需要几秒钟就可能绕过公共汽车，于是他利用汽车之间的一个小空隙跑过最后两条车道，跳上了人行便道。

前面是一个正在紧张施工的工地，四层钢筋结构拔地而起，伸向下午迅速转阴的天空。除了尾随的两个杀手，罗德还是没见到一个警察。这里起重机和水泥搅拌机的轰鸣声盖过了街上汽车的喇叭声。这里和罗德在亚特兰大的家乡不一样，工地这么危险的地方四周竟然没有围栏。

他快步跑进工地，回头看到两个杀手正在拥挤的街道上躲避汽车，横穿街道而来，耳边传来司机们愤怒按响的喇叭声。工人们按部就班地在工地上忙碌着，好像都没注意到他。这太让人奇怪了，毕竟这种地方不会每天都有满身是血的黑人跑来。这里是新莫斯科的一部分，不过现在对罗德来说，最安全的选择是赶紧离开这个地方。

杀手也到了便道上，现在距离只有五十码了。

前方一个带着安全帽的工人正在操控水泥搅拌机，并准备往一个钢筋槽里浇灌水泥。钢筋槽的下面是木板，木板的一端连着直通四层楼的缆绳。工人把水泥搅拌机往后移动了几步，准备让木板对准钢筋槽。

罗德发觉到木板上面去或许是个不错的想法，于是冲向正在提升的木板。他纵身一跃，正好抓住了木板的边沿。凝滑的水泥使木板很难抓住。但是一想到"冷面"和他的同伴，罗德的手便死死地把木板抓牢了。

木板继续上升，罗德也随之摇晃而上。

身体的摇晃增加了重量，缆绳开始发出声响，罗德拼命从木板的边沿爬了上去，并平趴到木板上，木板上突然增加的重量使得所有的水泥都朝他涌来，溅了他一身。

他小心地朝外面看去。

杀手们对他的举动看得一清二楚。现在他正在空中上升。他们则停了下来，开始向他瞄准。他能感觉到身下满是水泥的木板，两眼却盯着钢筋槽。

他已经没有别的选择了。

嗖地他蹿进了钢筋槽，把湿乎乎的水泥溅了起来。冰冷的水泥包裹住他本来就在颤抖的身体。

枪声又响了起来。

子弹打烂了木头，狠狠地敲击着钢筋槽。他蜷缩进水泥里，听着子弹打在钢筋上的撞击声。

忽然，警笛响了。

声音越来越近了。

枪声停了。

他探出头，看到大道上从南边开来了三辆警车。杀手肯定也听到了警笛，迅速逃离了现场。刚开始出现的那辆深蓝色沃尔沃从北边冲进了大道。两个杀手钻了进去，临走前还不忘放几下空枪。

他一直盯着杀手，直到他们钻进车里离开。

到这时，他才敢跪起身来长舒了一口气。

2

罗德从警车上走了下来。这时他已经回到了尼古拉斯卡娅街，也就是枪击开始的地方。之前他回到工地地面冲洗了身上的泥灰和血渍，夹克和领带被人"拿"走了。原本白色的衬衣和黑色的西裤，现在都已湿透而且变成了灰色。在这有些阴冷的下午，这身衣服简直就跟敷在身上的冰片一样。他身上裹了一条工地工人"捐赠"的毛毯，上面不断散发出恶臭。但他顾不得去计较这些了。他仍然心有余悸，不断揣测着事情的来龙去脉。

这时街道上满是警车和救护车，警灯闪烁，满大街都是身着制服的人。交通被暂时中断了，警察把路面一直封锁到麦当劳门口。

罗德被带到一个矮胖子面前——这个人大肚子、短粗脖、肉墩墩的脸上留着刮得很整齐的红色胡子。他额头上皱纹很深，鼻子好像被人打歪了似的，面如菜色——对俄国人来说这是很平常的。身穿松垮的西裤，黑乎乎的外套里面套了一件黑色的T恤。脚上的鞋子又脏又皱。

"我是奥雷格探长。军人。"他边说边伸出了手。罗德注意到他的手腕和胳膊上长满了褐色的斑点。"枪击发生的时候，你在这儿?"

这个探长说英语时口音很重，罗德不知道要不要用俄语回答。用俄语交流起来肯定会方便很多。大部分俄国人都认为，美国人——尤其是美国黑人——要么看不起要么懒得掌握俄语，他发现俄国人总把黑人当成异类。在过去的十年间，他来莫斯科不下十次，学到了如何不动声色地使用这门语言——当俄国律师和商人以为使用本族语很安全时——来倾听他们的谈话。但这时，他谁都不信。他之前和警察打过交道，一次是为停车小纠纷，另一次是他被迫为一场无中生有的交通纠纷付了五十卢布。在莫斯科警察讹诈外国人是常有的事。当时有个警察一边把五十卢布塞进兜里，一面反问："你指望一个每月只挣一百卢布的人能做些什么?"

"杀手是警察。"他用英语回答说。

俄国探长摇了摇头。"他们穿着警察的制服。军人不杀百姓。"

"这两个警察却这么做了。"他看到躺在探长身后的阿特米·贝利血肉模糊的尸体。这个年轻的俄国人此时仰面倒在地上,双目圆睁,胸口的弹孔露出森森的白色肋骨。"伤了多少人?"

"五个。"

"五个?死了多少?"

"四个。"

"你好像很淡漠。光天化日下有四个人在公共街区被人枪杀。"

奥雷格耸了耸肩膀。"无能为力。'顶子'很难控制。"

"顶子"是指占据了莫斯科和大半个俄罗斯西部的黑帮。罗德一直没弄明白这个名词的来历。可能是说俄国黑帮交易都喜欢在楼顶,或者也许是比喻俄罗斯特有的奢华生活。黑帮拥有最炫的车和最优雅的别墅。他们从来不隐瞒自己的财富。相反,他们总是喜欢向政府和百姓炫耀自己的奢靡。这个特殊的群体正以惊人的速度不断壮大。罗德在商界的熟人和朋友都把保护费看成企业的正常支出,就好像劳动力储备和固定投资一样。不只一个熟人曾经对他说,如果有身穿阿曼尼西装的人来访并且声称,——主教导我们要分享一切——你一定要认真对待。

"我最感兴趣的是,"奥雷格说,"那些人为什么追你?"

罗德朝贝利的尸体走过去。"你为什么不把尸体盖上?"

"他不会介意了。"

"我介意。我认识他。"

"怎么认识的?"

他找到了自己的钱包。几个星期前刚拿到的安全证幸好没有被水泥弄坏。他把证件递给了奥雷格。

"你,沙皇委员会的?"

这个问题其实是在问,一个美国人怎么会跟这么机要的俄国内政部有关联呢?罗德对这位探长越发没了好感。看来嘲讽才是最好的表达方式。

"我,沙皇委员会的。"

"你,干什么的?"

"机密。"

"但可能对这个案子有用。"

罗德继续不动生色地嘲弄。"去问委员会吧。"

奥雷格指着尸体。"这个呢?"

罗德说阿特米·贝利是司法部的律师,被分配到委员会帮助整理苏联文件档案。他对贝利所知甚少,只知道他是个单身汉,住在莫斯科北边的公共公寓,并希望有一天能去亚特兰大看看。

他走近了一步,双眼盯着尸体。

他很久没看到尸体了。不过比起他在阿富汗工作一年中所见到的惨状,这根本不算什么。当时他不是去当兵,而是作为律师到当地做一些翻译工作——一个负责与阿富汗临时政府沟通的政治联络员——当塔利班被阿富汗当局驱逐出境后,他协助阿富汗过渡政府工作。他所在的律师事务所认为有必要在此事件中安插一个人。一是对公司的口碑和形象有好处;二来也有助于他自己今后的事业。但没过多久他就觉得自己不应该每天只是翻翻文件,于是他主动去帮助掩埋尸体。阿富汗遭受的巨大的创伤,远比媒体上所描述的情况严重得多。到现在他似乎还能感受到那焦灼的烈日和凛冽的寒风,尸体在这样的条件下会迅速腐烂,本来就很艰巨的工作更是雪上加霜。何况死亡总不是好玩的事,在哪儿都一样。

"他身中的子弹带有爆炸弹头,"他身后传来奥雷格的声音,"进入的伤口并不大,却炸成很大一片。"探长的声调不带一点同情。

罗德回头看了一眼那双空洞的眼睛。奥雷格身上散发出些许酒气和一点薄荷味儿,他对遮盖尸体的事儿唠叨了一会儿,便从身边扯出一条毛毯横搭在贝利的胸前。

"我们会好好遮盖住死者的。"他对奥雷格说。

"这里死的人太多,没必要搞那么多事。"

罗德盯着眼前这张玩世不恭的脸。这个警察可能看的事情太多了,看着自己国家的政府一步步失控,看着自己和同胞们为了空头支票——或者说得稍好一点儿——为了黑市上的美元工作。俄国人称这样的做法为无政府主义。正如纹身无法抹去一样,这些伤痕终将会把一个国家毁灭掉。

"司法部经常成为攻击目标,"奥雷格说,"他们总是不计后果地搞出一些事。他们已经收到多次警告了。"他靠近尸体说。"这不是第一个,也不会是最后一个枉死的律师。"

罗德没说话。

"也许我们的'新沙皇'会解决这些问题。"奥雷格说。

罗德和探长面对面站着，身体靠得很近。他淡淡地回了一句："这种办法最糟糕了。"

奥雷格瞪了他一眼，罗德不知道他是赞同还是反对。"噢，你还没回答我的问题。那些人为什么追你？"

罗德好像又听见了"冷面"钻出沃尔沃时说的那句话：该死的老黑还活着。他该不该告诉奥雷格点儿什么呢？不过这个人多少让他觉得有点不对劲。虽然罗德也知道，自己现在对这个人的怀疑或许只是一种妄想，是今天发生的一切带来的后果。他需要回酒店，然后和泰勒·海斯谈谈今天的遭遇。

"我不知道——除非是他们认为我看到了他们的脸。你看，你已经看过我的工作证，也知道哪里能找到我。我现在全身湿透，手脚冰凉，满身都是血迹。我得换衣服。你能让你的人送我回沃尔库霍夫酒店吗？"

探长没有马上回应，并竭力装出慎重的样子。

奥雷格把安全证还给了罗德。

"当然可以，委员会律师先生。按照您所说的。我派车。"

3

罗德坐着警车来到沃尔库霍夫酒店的正门口。门童什么都没问就让他进去了。酒店的门卡虽然坏了，但是有跟没有都一样。他明白，他是这里唯一的有色人种，一眼就能认得出来，何况他衣衫褴褛，不免引来了好奇的目光。

沃尔库霍夫酒店建于革命前的二十世纪初，坐落在莫斯科市中心区，位于克里姆林宫和红场的西北面，和莫斯科大剧院隔着个繁华的广场。苏联时期，酒店靠街的房间可以看见巨大的列宁博物馆和马克思纪念碑，只是现在这两座建筑都不复存在了。过去十年间，有赖于欧美的投资人，沃尔库霍夫酒店又恢复了以前的辉煌。奢华的大厅和休息室，壁画与水晶吊灯，无不保留着沙皇时期的雍容华贵的氛围。只是墙上那些俄国艺术家创作的画全都明码标价了，从而提示我们这是资本主义社会。与此同时，现代的商务中心、健身俱乐部和室内游泳池也把这座历史悠久的建筑带入了新世纪。

罗德径直走到前台问泰勒·海斯是否在房间，得知海斯在商务中心。他考虑要不要先去换衣服，但后来还是觉得不能再等了。他大步跑过大厅，透过玻璃墙看见海斯坐在电脑前。

海斯是普利根伍德沃斯四大高级合伙人之一。这家公司拥有近两百名律师，是美国东南部最大的法律事务所之一。一些世界级的保险业、银行和企业每月都定期支付给这所法律事务所佣金。在亚特兰大它的办公室占用了一幢蓝色豪华摩天大楼的整整两层。

海斯拥有 MBA 硕士学位和法律学士学位，因在全球经济和国际法律事务方面具有丰富的经验而闻名。他身材瘦削健美，棕色头发中夹杂着一些灰发，透出成熟的男人味。作为 CNN 的御用评论员，他的出镜率极高。不过罗德以为，从那双蓝灰色的眼神中完全可以看出，海斯是表演者、坏小子和学者的组合。

海斯很少去法庭，也很少参加国际分所的每周例会。这个分所有近五十名律师，包括罗德在内。罗德跟海斯一起工作过几次，主要是陪他去欧洲和加拿大进行调研和处理一些分派下来的杂事。直到过去的几个星期，他们才因为长时间的相处而亲近起来，他才不再称呼他"海斯先生"，而是改称泰勒。

海斯是空中飞人，每个月至少有三个星期在出差，因为公司在世界各地都拥有客户，他们不惜花每小时四百五十美元的报酬把律师请到家里谈业务，而这些人的需求是必须满足的。罗德十二年前加入这家公司的时候，海斯一眼就对他产生了好感。罗德后来才知道自己调到国际事务部就是来自海斯的任命。罗德本身的条件也确实优越：他是弗吉尼亚大学法律学院的荣誉毕业生，拥有艾默里大学东欧史硕士学位及出色的外语水平。于是海斯开始派他前往欧洲各国，尤其是东欧事务区。普利根伍德沃斯的客户当中有很大一部分人在捷克、波兰、匈牙利、波罗的海和俄罗斯投下了重金。搞定客户就意味着普通律师能够晋升为高级职员——罗德希望不久之后自己也能够成为初级合伙人，而且也许哪天他也成了国际部的负责人。

当然，前提是自己能活到那个时候。

他猛地拉开商务中心的门，走了进去。海斯从电脑前抬眼一望，"到底发生什么事儿了？"

"别在这儿说。"

屋内有十几个人。老板马上心领神会，两人迅速离开中心，进入大厅一层一间有着钢化玻璃和粉红色云石喷泉的酒吧。几个星期以来，这间酒吧成了他俩的根据地。

他们走到吧台前，罗德叫来一个服务生，冲他摸了一下喉咙示意要伏特加。他太需要伏特加了。

"快说，麦尔斯。"海斯等不及了。

罗德一五一十地把刚才的事情讲述了一遍。所有的事情，包括他从一个杀手嘴里听到的话，还有奥雷格探长认为枪杀的对象是贝利和司法部。不过最后他说："泰勒，我觉得这些人是冲着我来的。"

海斯摇了摇头。"这个你无法确定。可能是因为你看到了他们的脸，导致他们决定杀人灭口。你又是当时唯一在场的黑人。"

"街上成百上千的人，为什么单就挑到了我？"

"因为你跟贝利认识。那个警察是对的。可能真正的目标是贝利。他们很有可能一直在监视你们，并等待时机。从你说的这些，我觉得应该是这样。"

"我们不了解实情。"

"麦尔斯，你刚认识贝利没几天。你根本不知道对方是什么人。这里每天都有人莫名其妙地死掉。"

罗德低头看了一眼身上的血渍，又担心起爱滋病的事。服务生送酒来了，海斯给了他几个卢布的小费。罗德深吸一口气，灌了一大口，他需要烈酒来平复自己的神经。他喜欢俄罗斯伏特加，这也是世界上最地道的伏特加。"我只希望他没有爱滋病。我身上到处都是他的血。"他放下酒杯。"你觉得我应该离开俄国吗？"

"你想走？"

"妈的，不走。这里正面临着历史转折的大变革，我可不想现在就撤。等我老了，我还要留着这些故事讲给我孙子听呢。我告诉他，俄国沙皇重新继位的时候，我就在现场。"

"那就别走。"

他又灌了一口酒。"是啊，我还得见我孙子呢。"

"你怎么脱身的？"

"死命地跑。很奇怪，我一边狂奔，一边不断地想爷爷'被狩猎'的情景。"

海斯露出不解的表情。

"那是上个世纪40年代的一种乡下人常玩的游戏。把一个黑人放到林子里先狂奔30分钟，然后放狗去追。"又是一口伏特加，"那些杂种狗从来没追上过我爷爷。"

"你需要什么保护吗？"海斯问，"请一个保镖？"

"这主意不错。"

"我想把你留在莫斯科。这事儿很麻烦，我需要你在这里帮忙。"

罗德自己也想留下。于是他跟自己说，"冷面"和克鲁玛努只是因为他在贝利身边，所以才追杀自己。想杀人灭口，仅此而已。肯定是这样的。还能是什么？"我的东西都放在档案馆里了。我原本以为出去吃个午饭就回去。"

"我打电话让人给你取回来。"

"不用了。我想先去洗个澡，然后自己再去取。何况我还有很多事情要做。"

"有什么重要的事？"

"没什么紧要的。一些收尾的工作。完成后我会告诉你的。工作能转移注意力。"

"明天怎么样？明天还能工作吗？"

服务生又端来一杯伏特加。

"没问题。"

海斯笑了。"要的就是你这个态度。我就知道你他妈的是条汉子。"

4

下午 2:30

地铁里人头攒动，海斯逆着人流往前挤去。刚才还空荡荡的站台现在挤满了莫斯科人，人们涌向四周，电梯把上千乘客送往六百尺高的地面。然而，在如此壮观的场面里，真正引起他注意的却是大家的沉默。除了鞋跟敲击地面和衣服的摩擦，以及人群中偶尔发出的一点声响，在这条世界上最繁忙的地铁线里，尽管早晚客流量加起来有八百万，但大部分时候却安静得出奇。

这条地铁是斯大林引以为豪的杰作。他想用这条人类最大最长的地下铁道展示社会主义的伟大。这条地铁是灰墙、大理石礅、吊灯、黄金和玻璃构件的艺术品的组合。没人过问过最初的造价和后期的维护。可现在他们为这愚蠢的决策付出了惨重的代价：地铁系统每年花费数亿卢布的维修费，而整个地铁一趟下来却赚不了几个铜板。

叶利钦和后继者曾试图提高地铁票价，结果百姓强烈抵制，涨价政策只得作罢。海斯觉得这只能怪他们自己，俄国是个变幻无常且民粹主义泛滥的国家。要么错，要么对，但千万别瞻前顾后犹豫不决。海斯坚信如果当时政府坚持提高地铁票价，谁敢公开反对就毙了谁，也许现在的民众才会更加尊敬他们的领导人。太多俄国沙皇和社会主义领导人都没能明白这个道理——尤其是尼古拉二世和米哈伊尔·戈尔巴乔夫。

海斯随着人群走下电梯，挤出狭窄的地铁口，走进午后凉爽的空气里。这里是莫斯科中心北边，已经到了环绕城市中心地带，拥堵不堪的四车道环路之外，这条大道名字很怪，叫做圆环。这个地铁站成椭圆形，斯大林引以为豪的玻璃墙面和瓦片已经开始脱落，其实，这个区域在旅游地图上是找不到的。一群憔悴的人在地铁出口一字排开，他们满脸皱纹，头发凌乱，臭气熏天，但这里什么东西都卖——从化妆品到盗版光盘再到鱼干——就为了赚几个卢布，如果运气好，还能赚几个美元。罗德常常在想有没有人真的会买这些皱巴巴的盐腌鱼干，因为这些鱼干的样子比气味还糟糕。附近唯一能捕到鱼的地方是垃圾成灾的莫斯科河，谁都不能确定鱼肉里附带着别的什么。

他扣紧外衣弯进了一条人行道。今天他把平时的套装换成了橄榄色灯芯绒裤，深色斜纹 T 恤和黑色运动鞋。任何西方风格的打扮都可能招来麻烦。

他找到了要找的俱乐部。它的周围有一家面包店、一家杂货店、一家音像店和一家冰淇淋店。这家俱乐部没有招牌，门外只有一张小小的标志牌，上面用西里尔字母写着"娱乐"二字，招揽过往的顾客。

长方形的内屋灯光昏暗。廉价的胡桃木地板显得档次不高。闷热的空气里弥漫着蓝色的烟雾。房间的中央是一个很大的迷宫。他以前在城里新贵们常出没的场所见到过类似的东西。但眼前的这个显然是个穷酸的山寨版，材料都是简单的木板，荧光灯射出的蓝光也很有些刺眼。

吧台四周全是人。这些人不是在高档场所品尝鲙鱼、青鱼和甜菜沙拉的达官贵人，所以不需要请武装人员在门口护卫，也没有成捆的美钞赌轮盘、玩二十一点。那些地方在门口兜上一圈都要二百卢布。而这里的人——附近工场和铸造厂里的蓝领工人——工作半年才能挣到二百美元。

"时间刚好。"菲里克斯·奥雷格用俄语说。

海斯的眼睛一直盯着迷宫，没注意到警察探长的到来。他指着人群，用俄语问探长："什么东西有这样的诱惑力？"

"看看就知道了。"

他凑前去看，原来大迷宫由三个分开的小迷宫连接而成。忽然，从小迷宫的尽头蹿出三只老鼠。这些啮齿动物似乎知道自己该干什么，在咆哮和狂吼声中一路狂奔。一位观众按捺不住，伸手捶了一下跑道，结果几乎是同时，不知从什么地方蹿出一个职业拳击手模样的壮汉立即阻止了他。

"莫斯科版的肯塔基大赛马。"奥雷格说。

"就这么玩一整天？"

老鼠开始辗转于各个弯道。

"就这么玩他妈的一天。这些人把自己赚的那点钱全砸进去了。"

一只老鼠终于冲过了终点线，看台随即传来一阵欢呼雀跃。比赛结束，一部分观众逐渐散去。海斯很想知道这只老鼠能得到什么好处，不过他的脑子迅速转入了正题。"我想知道今天发生的事情。"

"那个黑鬼就像这只老鼠。在街道上狂奔，速度快得惊人。"

"但他应该没机会逃走啊。"

奥雷格灌了一口酒。"可事实很明显，我们的枪手失手了。"

看台安静了下来，下一场赛事即将开始。海斯引着奥雷格走到角落里的一张空桌子旁。"我没心情玩他妈的智力游戏，奥雷格，就是要杀掉他。这能有多难？"

奥雷格喝了一口酒。"我说了，是那些蠢货失手了。听说他挺有本事的。我费了很大的力气才把附近的巡警都支开了好几分钟，这该是多好的时机啊。可是，你的罗德先生跑了，他们却杀了三个俄罗斯公民。"

"我原以为这些是职业杀手。"

奥雷格大笑。"一群笨蛋！职业杀手？我可没这么想过。他们不过就是黑道上的混混。你以为是什么啊？"说完，他喝光杯子里的酒。"还要再干一次吗？"

"妈的，不要了。而且现在我真希望的是罗德毫发无损。"

奥雷格没说话，但眼神却分明表示他不想任凭一个外国人摆布。

"别轻举妄动。你刚才的想法太危险。罗德现在以为事情是针对贝利的。就让他保持这种想法吧。这很好。就让他那么想。我们可不能被任何人盯上。"

"杀手说你的那个律师像受过训。"

"他在大学里曾经是运动员。踢过足球，搞过田径。但两支卡拉什尼科夫步枪怎么也应该可以对付了。"

奥雷格往椅背上一靠。"也许你该自己来解决这件事。"

"也许你说得对。但是现在，你肯定那两个蠢货不会再插手了？他们可能觉得还有机会。我可不希望看到第二次袭击。如果他们敢轻举妄动，他们的老板会派人去问候他们，不过可能他们不太愿意看到这些来访者。"

探长摇了摇头。"小的时候，我们专门抓富人，然后折磨他们。现在我们却收他们的钱保护他们。"说着，他往地上吐了一口唾沫，"这事儿真让人恶心。"

"谁告诉你哪些是富人？"

"你以为我对现在的情况一无所知？"

海斯斜起身子靠近奥雷格说。"你他妈什么都不知道。如果你对自己好的话，就别问那么多的事儿，只管听命行事，这样对健康有益。"

"去他妈的，美国佬。这世道真是黑白颠倒了。我可记得当初你们是多么担心，生怕不能安全离开这里，而现在我们却要受你们的摆布。"

"按计划行事。如今风水轮流转。要么干，要么滚蛋。你想分一杯羹不是不行。但条件是你得听话。"

"我的事不用你操心。但你那位罗德兄弟该怎么办？"

"不用你管。我会搞定。"

5

下午 3:35

罗德回到俄罗斯档案馆。这栋阴沉的花岗岩建筑曾经是马克思列宁学院。现在这里是近代史档案存放与研究中心。

全国上下所有城市、街道上的苏联时期残留的痕迹都被清除干净，取而代之的是双头鹰标志——这个标志曾被罗曼诺夫王朝沿用了三百年。有人告诉过他，这里的红色花岗岩列宁雕像在国内所剩无几。

一个热水澡和几杯伏特加让罗德平静了下来。他换上从亚特兰大带来的唯一一套替换装——深灰带浅白条纹的西装。接下来的几周会非常忙，所以他想这几天就去莫斯科的服装店再买一套。

叶利钦上台之前，一般百姓根本接触不到这些"高度机密"的档案，只有最忠诚的党员才有权阅读，而这种等级之分直到现在还能看得到。其中的原因，罗德无从得知。开架的主要都是些无关紧要的私人文件——书、信件、日记、政府记录，还有一些从未出版的资料——毫无历史保存价值的文字。

更麻烦的是，档案没有索引，所有文档只按年份、人名和地域随意编整了一下。十分凌乱，何况整个设计似乎只是为了扰乱视线而不是启蒙传播，而且似乎是有意的遮掩或者说不情愿让人们将他们的过往搜索出来。

无处求援。

档案馆的工作人员都是前苏联政府留下的"遗老"，这些人曾经享用过普通百姓所没有享受过的福利。虽然前政府倒台了，但是罗德坚信，肯定有一部分忠诚的老妇人热切盼望社会主义的归来。正是在这种情况下，罗德不得不请阿特米·贝利做助手，这样才使过去几天的工作效率比前几周明显提高了不少。

金属书架中间只有寥寥几个人在转悠。大多的历史记录，尤其是有关列宁的那部分资料原本被常年锁在地下室。直到叶利钦上台，他才下令将所有文件搬到楼上并向学者和记者开放。

但是，仍旧有文件处于保密状态。

一大部分的文件当时曾被封锁起来——所谓受保护文件——在罗德的国家里这毫不稀奇，一个"高度机密"的印戳就能对付那些关于信息自由的诉求。然而，罗德手持的沙皇委员会的证件却可以凌驾于这些国家机密之上。这个证件是海斯从政府那里搞到的，罗德拿着它可以随心所欲地想看什么就看什么，包括前面提到的那些受保护文件。

他坐到自己的专用桌旁边，强迫自己集中精力阅读摊在面前的文件。他的任务是要帮助斯蒂梵·巴克拉诺夫赢得选举。巴克拉诺夫有着罗曼诺夫王朝皇室的血统，现为沙皇委员会最领先的竞选人。他得到欧美商人的支持，其中很多都是普利根伍德沃斯的客户，海斯派罗德来的目的就是检查档案，及时扫清任何妨碍巴克拉诺夫竞选获胜的障碍。现在最后一件事情就是要再做一次大规模的清查，确保二战期间巴克拉诺夫家族拥护德国的资料没有泄露——绝不能让民众怀疑巴克拉诺夫对国家和人民的忠诚。

这项任务把罗德引向俄罗斯王朝的最后一个沙皇——尼古拉二世——以及1918年7月16日在西伯利亚发生的事情。这几个星期以来，他读了不少公开和未公开的相关文件。这些文件几乎都自相矛盾。罗德花了不少心血仔细研读每一份文件，去伪存真并整理出有效信息。日益积累的笔记为罗德展现出一幅幅画面，详细记述了俄罗斯历史上那个有着命运转折意义的夜晚到底发生了什么。

尼古拉从熟睡中惊醒。他睁开眼睛，发现床边站了一个士兵。好几个月了，他都没真正睡过一个好觉，他从心底里憎恨这种随时被侵扰的行为。然而，面对现实，他无能为力。曾经，他是整个俄罗斯的沙皇，手握世界的权力之杖。可是，一年前的三月份，他被迫对神圣的王朝做了一件无法想象的事——在暴力的胁迫下退位。新建立的临时政府主要由国家杜马（编者注：俄罗斯议会分为两院，上院称联邦委员会，下院称国家杜马"DUMA"）的自由党人和激进分子组成。在选举成立议会前，这个政府暂时管理国家事务。但是德国人已经给列宁放行，让他通过国家边境重返俄国，希望列宁能打破这一局面。

于是列宁做到了。十个月前，他们推翻了短命的临时政府，发起了"十月革命"。

为什么德国人要这么对他？是因为仇恨吗？难道赢得世界战争那么重要以致可以牺牲一个皇朝？

答案是肯定的。

取得政权后仅两个月，列宁与德国人签订了停战协议。俄国从此退出世界大战，盟国东边的保护线一撤，德国便可以长驱直入，英国、法国和美国再也高兴不起来了。政府一面要向人民保证和平以赢得信任，一面却由于要平息盟国的怒火而一再推迟停战的实际时间，同时，还要尽量保证不会触怒真正的敌人——德国。五个月前，《布列斯特和约》签订的结果只是一个毁灭的开始。德国占领了俄国四分之一的国土，统辖了近三分之一的俄国百姓。有人告诉他，这已经引发了人民的愤恨情绪。士兵间广为流传的说法是，布尔什维克的敌人最后集结在白旗下，旗帜的颜色与共产党所举的红旗形成鲜明的对比。大部分新兵已经投靠白军。土地没了，农民被拉了过来。

内战开始了。红白大战开始了。

而他只是罗曼诺夫王朝的一名普通公民，红色布尔什维克的阶下囚。

一开始，他和他的家人被囚禁在位于彼得格勒不远处的沙皇别墅亚历山德拉宫内。后来，他们被迫向西迁徙到俄国中部的多波尔斯克，这是一座靠水的小镇，随处可见白色石灰墙的教堂和小木屋。镇上的百姓非常忠诚，对倒台后沦落民间的皇帝陛下一如既往地恭敬谦卑。每天他们都会来到囚禁小屋的周围，摘下帽子并在胸前划十字。几乎每一天，屋子外面都会放着装满蛋糕、蜡烛和硬币的篮子。后来，连看守犯人的步兵团士兵们也变得好脾气，没事儿就打牌侃大山。尼古拉一家人可以看书、看报纸，甚至可以通信。饭菜可口，住宿舒适。

怎么说，这个监狱就算不错了。

可两个月前，他们又被迫离开了小镇。

这一次，他们被带到了乌拉尔山东面坡地上的叶卡捷琳堡，这里地处俄国心脏地带，是布尔什维克的根据地。一万名红军在街上游荡，当地百姓对沙皇恨之入骨。一个名叫伊帕切夫的富人别墅被征用改作监狱。尼古拉曾听人把这里叫做特殊别墅。房子的周围竖起了高高的围栏，所有窗户的玻璃上都被涂上石灰封上铁条，闯入者一律杀无赦。卧室和洗手间的门全部被卸掉。甚至他要忍受屈辱，被逼无奈地看着墙上侮辱他妻子和拉斯普京有不正当关系的猥亵图画。就在昨天，他差点忍无可忍地和一个不知死活的王八蛋动起手来。这个看守竟然在他女儿卧室的墙上写：俄国沙皇是个混蛋，被人抓着老二拖下王座。

够了，他想。

"几点了？"他终于开口和身边的看守说。

"下午两点。"

"到底出了什么事了？"

"现在你们一家必须离开这里。白军进城了。马上就要打起来了。一旦街面上有枪战，呆在这些房间里就太危险了。"

这番话激励了尼古拉。这之前他就已经听到了看守之间的窃窃私语：白军迅速突破西伯利亚，连战告捷，从红军手里不断夺回占领地。这几天远处都能隐约听到阵阵炮火声。这炮声给了他希望。也许，他的将军们正在营救他的路上，不久一切都会恢复原样的。

"起来换衣服。"看守说。

看守出去后，尼古拉叫醒了夫人。他的儿子阿列克谢还在房间另一边的床上熟睡。

他和儿子安静地换上军装、军裤、军靴，戴上军便帽，亚历山德拉则去叫醒他们的女儿。很不幸，阿列克谢两天前血友病又发作，从那之后就不能走路了，所以尼古拉轻轻把十三岁的瘦弱儿子抱下楼。

他的四个女儿也下了楼。

女儿们都穿着黑色衬衫和白色上衣，跟着她们拄着拐杖的母亲走了下来。他心爱的女人如今连走路都有困难——儿时就落下病根的坐骨神经痛现在越来越严重。加上长期为小阿列克谢的病情忧心，她的身体被彻底拖垮了，曾经的栗色秀发如今变得斑白，年少时曾俘获尼古拉的明眸如今变得暗淡无光。她呼吸急促，好几次简直变成痛苦的呻吟，嘴唇呈现铁青。她抱怨说心脏和后背不舒服，不过他在想到底她是真的不舒服，还是无可表达的痛苦导致心理的作用，她无时无刻不在担心死亡会忽然夺走他们的儿子。

"这是要干什么，爸爸？"奥丽加问。奥丽加是大女儿，今年二十二岁，聪明、有想法，很像她妈妈，偶尔容易陷入沉思变得阴郁。

"也许我们要被释放了。"他开口道。

她美丽的脸上掠过一丝欣喜。两个妹妹，小一岁的塔季扬和小两岁的玛丽亚抱着枕头凑了过来。塔蒂安娜身材修长，神态庄严，是姐妹们的队长——她们都叫她"家庭教师"——亚历山德拉最喜欢这个女儿。玛丽亚漂亮温柔，圆圆的大眼睛总是含情脉脉。她的愿望就是嫁一个俄罗斯军官，和他生二十个孩子。这两个女儿显然听到了他刚才说的话。

他默默走开了。

十七岁的安娜斯塔西亚和母亲一起慢慢走了下来，身边带着看守允许她保留的查尔斯金——一只英国可卡犬。她娇小丰满，个性叛逆——"马戏团的小猴子"，姐妹们都这么叫——她深蓝色的眼睛非常迷人，这也是她钟爱的。

剩下的四个人很快跟他们站到了一起。

阿列克谢的医生，博特金大夫、楚普，尼古拉的男仆、戴米多娃，亚历山德拉的女仆。最后是厨师，卡利托诺夫。戴米多娃手里也抱着一个枕头，但尼古拉知道这不是一般的枕头。这个枕头的枕心里缝了珠宝，戴米多娃的职责就是不让枕头脱离视线。亚历山德拉和女儿们也偷偷地藏了一些家产，每个人都在自己的胸衣里面藏着钻石、绿宝石、红宝石和珍珠串。

亚历山德拉一瘸一拐地走上前问，"你知道发生什么了吗？"

"白军来了。"

欣喜也爬上了她疲惫的脸。"真的吗?"

"请这边走。"楼道里响起一个熟悉的声音。

尼古拉转身,看到了一张熟悉的脸,是尤诺夫斯基。

这人是布尔什维克秘密警察局派来的,十二天前,他带着一个小分队换掉了之前的长官和那些散漫的看守。开始的时候,他们还觉得这是件好事。但是没多久,他们就发现这些人是职业军人。这些人可能是奥匈帝国在战争中留下的战俘,现在布尔什维克把这些人雇来干些让俄国人深恶痛绝的勾当。尤诺夫斯基是他们的头儿。这人黑头发黑胡子,说话做事有条不紊。他发号施令时语气平静,但是所有人都必须服从。他们都尊称他为"公牛将军",尼古拉很快明白这个魔鬼以压迫为乐。

"我们得快点,"尤诺夫斯基说。"时间紧迫。"

尼古拉示意其他人安静,所有人沿着木制楼梯到了地上一层。阿列克谢还在肩膀上熟睡。安娜斯塔西亚放开绳子,小狗便叫着跑开了。

这一家人被带到屋外,穿过院子,走进了一个半地下室,从地面上能看见地下室的拱形窗户。塑料板制成的墙面上糊满了黑乎乎的墙纸条。房间里空无一物。

"在这里等车来接你们。"尤诺夫斯基说。

"我们要去哪儿?"尼古拉问。

"离开这儿。"这是得到的唯一回答。

"没有椅子吗?"亚历山德拉问。"我们能坐下吗?"

尤诺夫斯基耸了耸肩,向手下使了一个眼色。看守拿来了两把椅子。亚历山德拉坐了一把,玛丽亚把手里的枕头垫到母亲的背后。尼古拉把阿列谢克放到另一把椅子上。塔蒂安娜把自己的枕头放到弟弟的背后,让他坐得舒服点。戴米多娃则双手紧紧抱住从不离手的枕头。

远处的炮火声越来越近了。尼古拉的心中燃起了希望。

尤诺夫斯基说:"现在有必要给你们几个人都留张影。还有人认为你们已经潜逃了。因此我把你们各位请到了这里来。"

尤诺夫斯基让每个人按顺序站好。姐妹们贴着母亲后面,尼古拉站在阿列克谢的椅子边,四位非家族成员站在他的身后。过去的十六个月中,他们总是被要求做一些很奇怪的事。今天晚上这样半夜被叫醒、拍照然后被带走,就是其中之一。尤诺夫斯基离开房间,门被锁上了,屋内静悄悄的，谁都没说话。

过了一会儿，门开了。

然而，走进屋内的却不是手拿三脚架照相机的摄像师。十一个全副武装的士兵排队走了进来。跟在最后面的就是尤诺夫斯基。这个俄国人的右手插在裤兜里，左手里捏着一沓文件。

他开始念文件上的内容。

"鉴于你们的皇室亲属仍执迷不悟，不断打击苏维埃国家，乌拉尔执行委员会一致裁决对你们执行枪决。"

尼古拉没有听清。室外的机器引擎声越来越响，几乎震耳欲聋。他看看自己的家人，又转向尤诺夫斯基问："什么？你说什么？"

这个人面无表情，用同样的声音把文件复述了一遍。念完，他把右手从裤兜里面抽了出来。

尼古拉看清楚了，那是一把枪。

一把柯尔特式自动手枪。

枪指向了他的脑袋。

6

读这段文字的时候，罗德总是觉得胃里一阵一阵地抽搐。他试图想象枪决时的场景，想象被枪杀者的恐惧，想象他们无处可逃的悲哀，想象他们只有死路一条的绝望。

受保护文件把他带到了这个事件中。他费劲地阅读枪决发生十天前的文字，趴在一张一碰即破的纸上辨认上面的旧式字体，原本黑色的字迹已经几乎无法辨认。这张纸原本放在一个深红色的牛皮纸信封里面。信封外面贴着一张签条，上面写着：1925 年 7 月 10 日取得，1950 年 1 月 1 日前不得打开。

但是究竟人们是否按照标签上的指示做了，无从得知。

他从公文包里找出自己一字一句翻译的稿件。文件篇眉上写着"1922 年 4 月 10 日"：

> 关于尤诺夫斯基的情况有点儿麻烦。叶卡捷琳堡传来的消息不一定准确，有关菲利克斯·尤苏波夫的消息只证实了这一点。很不幸，尽管在你的说服下，开口的那位白卫兵已不肯再提供更多的帮助。或许太多的痛苦已激起了他的反感。关于柯尔雅·马可思的事情颇为有趣。我以前听说过这个名字。斯塔罗杜格小镇这个名字，以前也听两个投降的白卫兵提到过。我肯定马上会有事情发生，但是我的身体已无法再支撑下去了。在我即将离开这世界的时候，我对我们所有人的前景感到无比的担忧。斯大林太可怕了，他做决策时冷酷无情。如果我们的新国家落入这个人之手，恐怕我们的梦想就要彻底破灭了。
>
> 我在想是不是有一两个皇室成员逃出了叶卡捷琳堡。看来事情就是这样。尤苏波夫显然也有这种想法。或许他认为可以给下一代一次缓刑。或许沙皇皇后并没有我们想象的那么愚蠢。也许当年长老喊出的那些东西比我们起初理解的要深刻。在过去的几个星期里，在我不断思考着罗曼诺夫王朝的命运时，我发现自己在心里不断重复着一首俄国古诗：骑士骨成灰，利剑刃上锈；战魂与圣眠，我愿吾主佑。

他和阿特米·贝利都认为这篇文字是列宁亲手写的。这没什么不正常的。共产党保留了无数列宁的手稿。但是这份特殊文字的来历却很特别，是二战后从德国纳粹手中获取的。当年希特勒入侵俄国的时候，不仅抢走了许许多多的俄罗斯艺术瑰宝，还将成吨的文件运回了德国。当时列宁格勒、斯大林格勒、基辅和莫斯科的重要文件被洗劫一空。直到二战结束后，斯大林派出自己的特别委员会追回祖国的遗产，许多文件才被运回了祖国。

在深红色的牛皮纸袋中还有另外一份文件。这是一张周围印有鲜花树叶纹路的羊皮纸。文件是用英文写的，笔迹像是出自一个女人之手：

> 1916 年，10 月 28 日
> 我魂灵之最亲、最爱的天使，噢，我爱你，盼望能与你日夜相守，

我能切身感受你那脆弱的心灵。上天有怜爱之心，会赐予你智慧与力量。他不会抛弃你。他会帮助我们，停止这让人肝肠寸断的分离，让相爱的人相见相依。

我们的朋友刚刚离开。他又救了我们的心肝。哦，感谢主让我们遇到了他。看着我们的宝贝痛不欲生，这种痛苦简直让人肝肠寸断。但是感谢主，他现在终于平静地熟睡过去。我知道明天他就会好起来。

今天天气很好，万里无云。这意味着信任与希望，虽然四周一片漆黑，然而主在万物之上；我们不知道主的脚步，也不知道他如何来解救我们，但是他一定会听到我们的祈祷。我们的朋友对此坚信不疑。

我要告诉你一件事，我们的朋友在离开前突然发生了痉挛。我快被吓死了，以为他也病了。如果他病了，那我们的宝贝该怎么办啊！他倒在地上，开始喃喃自语地说什么他会在新年前离开这个世界，还说自己看见了成堆的尸体，有几具是公爵的尸体，伯爵的尸体成百上千。他还说，涅瓦河将被血水染成鲜红。我听得毛骨悚然。

他抬头望着天空继续对我说，如果他是被地主贵族谋杀的，那么杀人犯手上的鲜血在二十五年内都无法洗掉。杀人犯还会被迫离开俄国。同胞兄弟将会互相残杀，这个国家的贵族将会灭绝。与此同时他又说了另外一番更令人费解的话，他说如果是我们身边的一个亲人杀了他，那么我们的家人将活不过两年。我们会被俄国人民杀掉。

他把我扶起来，要我把这番话记下来。然后他又说我们不需要绝望，会有解决的办法。他说，最邪恶的那个人会了解自己的错误，并确保我们的血脉重生。然后，他开始胡言乱语。我脑袋里面第一次想，是不是胃里的酒精影响了他的大脑。他一直不停地说，只有乌鸦和鹰能成功。野兽的纯真天性会保护它们并指引方向，这是最后成功的关键。他还说上天会伸出援助之手提供正确的验证之法。但是，最让人烦扰的一点是，他说在我们最终得到解救之前，必须牺牲十二个人的生命。

我曾试着问清楚，但是他没再说，只是一再坚持要我把这个预言一字不差地记录下来并且尽快寄给你。他说话的时候，仿佛我们真的会出什么事，但是我很清楚地告诉他你牢牢地掌握着这个国家的命运。尽管我的话好像没起作用，但是他的话却让我彻夜难眠。噢，我最真爱的宝贝，我把你紧紧抱在怀里，我不让任何人触碰到你闪光的灵魂。吻你，吻你，吻你，愿主保佑你，愿你明白我的心。希望你能早日归来。

妻

罗德认出这是俄国末代皇后亚历山德拉的笔迹。她多年来一直有写日记的习惯。沙皇尼古拉也是。他们夫妇俩留下的这些文字在读者面前展示了皇宫内不为人知的一面。在沙皇夫妇被枪决后，有人从叶卡捷琳堡发现了七百多封类似的家信。罗德已经看过了一些日记的片断和大部分日记。最近有好几本书都一字不落地公布了这些私人信件。信中所说的"我们的朋友"是沙皇夫妇给拉斯普京起的别名，因为那时他们已经察觉有人私下拆看他们的信件。只可惜他们夫妇俩对拉斯普京的狂热崇拜没有感染其他人。

"好投入啊。"有人用俄语向罗德打了个招呼。

桌子对面出现了一位面容清癯的老人——白皮肤，浅蓝色的眼睛，手腕上有老年斑，脑袋上的头发掉了一半，下巴留着灰白的胡须。老人戴了一副金丝眼镜，脖子上戴着一个领结。罗德很快记起，这位老人跟他一样，常常在文件架间流连忘返。

"我刚才真的好像有那么一瞬间回到了1916年了。读这些材料就好像时光旅行。"罗德用俄语答道。

老人笑了。罗德推测，老人大概是六十岁左右。

"非常同意。这也是我喜欢到这里来的原因。回忆当年，重拾旧事。"

罗德被老人亲和的语气感染了，起身自我介绍说："我是麦尔斯·罗德。"

"我知道你叫什么。"

罗德顿时心生疑窦，双眼不自觉地开始四下张望。

老人似乎察觉到罗德的不安。"我向您保证，罗德先生。我没有任何恶意。我不过是个看书看累了的历史学家，想找个志趣相投的人聊几句。"

罗德放松了。"那您怎么知道我的名字的？"

老人笑了笑。"这里的管理员大婶们对你没什么好印象。她们厌恶自己服务的对象是一个美国……"

"黑人。"

老人仍旧微笑。"很不幸，这个国家在种族问题上食古不化。我们是个白种人的国度。不过，你手里拿的国家委员会的信任书，可不容小觑。"

"请问您是？"

"塞米永·帕申科，莫斯科国立大学历史教授。"老人伸出手，罗德握了一下。"前两天跟你一起的那位先生不在这里吗？是个律师，我记得。有一次我跟他隔着一堆文件聊过天。"

罗德心想要不要撒谎，但最后决定还是说真话。"他今天早上在尼古拉斯卡娅大道遇害了。被枪杀。"

老人显得很震惊。"我早晨在电视里看到了这个报道。太可怕了。"他摇了摇头。"如果再不管管，这个国家真就要自取灭亡了。"

罗德留了下来，并请老人一起坐下。

"你受牵连了吗？"帕申科边坐下边问。

"我当时在场。"罗德说到这里就没再往下继续。

帕申科摇了摇头。"这些事情并不能代表我们俄国人的品行和为人。像你这样的西方人，肯定会觉得我们简直就是蛮夷。"

"完全不会。每个国家都历过经这样的阶段。当年我们在西部开疆辟土，还有 20 世纪二三十年代的混乱期，我们也曾有过同样的经历。"

"但是我认为俄国目前的情况不仅仅是在付出成长的代价。"

"这几年俄国过得很难。政府成立之后更是举步维艰。叶利钦和普京试图挽救局面。但是他们的威信还没树立起来，社会局面跟无政府状态时相比没什么两样。"

帕申科点头表示同意。"可惜啊，对俄国来讲，百姓似乎麻木不仁了。"

"您是学者？"

"历史学家。我把毕生精力都献给了我们热爱的祖国——母亲俄罗斯。"

罗德被这句旧年代的表达方式逗乐了，"我在想您的专业现在好像不大用得上吧。"

"很可惜啊！我们的政府有他们记录历史的方式。"

罗德忽然想起曾在书中看到的一句话：俄罗斯是一个有着太多变革，以致不可预知的国度。"那么您教过书吗？"

"教了三十年。见证了所有的人。"

罗德决定注意一下自己的措辞。他只是一个美国人，拿着摇摇欲坠的政府颁发的特许证。"我感觉，如果明天坦克开上红场，档案馆的员工都会去欢呼庆祝的。"

"那些人跟街边要饭的没什么两样。"帕申科说。"他们习惯于享受特权，喜欢那种感觉。手里握着领导人的秘密，换来一间公寓，几片免费的面包，还有几天的假期。你肯定是自己赚钱自己花吧，那不是美国的象征吗？"

罗德没有答话，只是问了一句，"你对沙皇委员会怎么看？"

"我投支持票。沙皇再糟糕也糟糕不过现在。"

这种看法在俄国人当中不是少数。

"很难碰见美国人的俄语说得这么好。"

罗德耸了耸肩。"你们的祖国很让人着迷。"

"你一直都对俄国很感兴趣？"

"我还是个孩子的时候，就开始读彼得大帝和伊凡雷帝。"

"你现在是我们沙皇委员会的成员，正准备创造历史。"帕申科伏下身子看桌子上的一摞纸。"这些纸很旧了。是从受保护文件里面找到的吧？"

"是我两周前找到的。"

"我认得这个笔迹。这是亚历山德拉的字体。她的信和日记都用英文写。俄国人不喜欢她，就是因为她是个德国公主，可我认为这根本就是偏见。亚历山德拉是个最被误解的女人。"

罗德心想这人的信息可能有用，于是把手里的文件递了过去。帕申科读完信说，"她的诗很美，但是这封信里没怎么体现。尼古拉和她写过很多浪漫的情书。"

"处理这些信件时我有点儿难过，觉得自己像个入侵者。我之前读过枪决的事情。尤诺夫斯基真是个恶魔。"

"尤诺夫斯基的儿子说他父亲对自己的行为感到愧疚。但是谁知道呢？当年他在布尔什维克当中自豪地讲述这场谋杀，现在才过了二十年而已。"

罗德把列宁的信也递给了帕申科。"看看这个。"

这封信老人看得很慢，读毕说："是列宁写的。我对他的写作风格再熟悉不过了。这封信不寻常。"

"我也这样想。"

帕申科抬起眼睛。"你肯定不会相信当年在叶卡捷琳堡有两位皇室成员幸存了下来。"

罗德耸了耸肩。"到今天阿列克谢和安娜斯塔西亚的尸体都没有找到。可能这样才有了你刚才说的那些传言。"

帕申科咧嘴笑了。"你们美国人真是阴谋论者，什么情节都能想象出来。"

"这就是我目前的工作。"

"你一定支持斯蒂梵·巴克拉诺夫，对吗？"

罗德有点儿吃惊，不知道他是怎么知道的。

帕申科指着周围。"还不是那些大妈们。罗德先生，她们什么都打听，什么都知道。你的文件申请被记录了，相信她们肯定对此很感兴趣。你见过我们这位王位继承人了吗？"

他摇了摇头。"但我的老板见过。"

"如果巴克拉诺夫上台，他不会比四百年前的米哈伊尔·罗曼诺夫好多少，太软弱了。可怜的米哈伊尔还有父皇为他做各种决定，巴克拉诺夫只能靠自己，他如果下台，不知道有多少人会狂喜不已呢。"

这位历史学者说得有道理。就罗德读过的资料来看，巴克拉诺夫只是希望重新获得沙皇特权，而不是真的管理好这个国家。

"我有个意见不知道你愿不愿听，罗德先生？"

"当然愿意。"

"你去过圣彼得堡的档案馆吗？"

罗德摇头。

"去那儿看看也许你会更有收获。那里藏了很多列宁的手稿，还有很多沙皇夫妇间的家书。"他指了指桌子上的文件。"到那里也许能帮助你解开心里的谜团。"

这个建议的确不错。"多谢。我可能会去那里。"说完，罗德看了一眼手表。"不好意思，如果您不介意的话，我想在这里趁下班前再多读点儿资料。不过我喜欢聊天。我还会在这里待些日子。也许还有机会聊。"

"我也是，常常会来这里走走。如果你不介意，我想再坐一会儿。我能看看那两页纸吗？"

"当然可以。"

罗德离开了一会儿，等到十分钟后他回来的时候，桌上留下了亚历山德拉和列宁的手稿，但是塞米永·帕申科已经走了。

7

下午 5:25

沃尔库霍夫酒店门前，一辆黑色宝马接走了海斯。马路上车辆出奇的少，十五分钟后司机把车开进了一个装有铁门的庭院。这是一幢建于大约 19 世纪早期的近现代建筑，一直以来都是莫斯科的景点之一。共产党执政时期，这里曾经是国家文学艺术中心，但是苏联解体后，这幢别墅和其他建筑一样被送到了拍卖会，最后被一位世纪新贵抢到了手。

海斯下了车，让司机在原地等候。

像往常一样，院子里有两个手持卡拉什尼科夫步枪的看守正在巡逻。在下午昏暗的阳光照耀下，别墅原本蓝色的外墙变成了灰色。海斯吸了一口气，闻到一股烟味。他穿过秋天美丽的庭园，进入一扇没锁的木门。

从里面望去，这座别墅完全是两百年前的陈设。前台面对着门外的小径，后面则是几间私人会晤室。海斯觉得这些摆设可能都是古董，而且全是真品，尽管他没有找别墅的主人求证过。穿过纵横交错的狭窄走廊，他终于走到了每次进行会面的房间。

房里的四个人一边吸着手里拿着的雪茄，一边品着美酒。

一年前，海斯认识了这些人。后来，他们开始使用各自的代号进行会面。海斯的代号为林肯，其他四个人给自己起的名字依次为——斯大林、列宁、赫鲁晓夫和勃列日涅夫。这想法来自莫斯科礼品店售卖的流行画。在这幅画上，俄罗斯的历代沙皇、皇后、还有前苏联历届高层领导人围坐在一张桌子边上，抽着雪茄品着美酒，讨论着一个永恒不变的主题——祖国母亲俄罗斯。画上的聚会场面当然不曾发生过，但是画者却形象地展现出每一个人物在这个场合会展现出的不同人物性格。海斯的这四位同仁小心翼翼地选择了自己的代号人物，并对他们自己真实再现画中情景的事乐不可支。更让他们得意的是，此时此刻，祖国母亲的命运正安静地躺在他们的手心里。

四个人朝海斯打了个招呼。"列宁"从一个装满冰块的桶里拿出玻璃酒瓶给他倒了一杯冰凉的伏特加。他们要他一起吃熏鱼片和腌蘑菇。海斯婉言谢绝。"我有一个坏消息。"他用俄语把罗德侥幸逃脱的事情说了出来。

"还有一件事，""赫鲁晓夫"说。"我们到今天才知道这个律师竟然是非洲人。"

海斯听着这话觉得蹊跷。"他不是。他是美国人。如果你们指的是他的肤色，那又能说明什么？"

"斯大林"往前凑了凑。他的声音与他的代号不同，非常冷静。"美国人很难理解俄罗斯人民对命运的警觉。"

"命运？"

"说说罗德的情况吧。""勃列日涅夫"说。

从一进门，海斯就觉得气氛不对劲儿。他奇怪的是，这些人要杀罗德，但却对他一无所知。"列宁"在上一次见面时把奥雷格探长的电话号码给了海斯，要他通过这个人安排谋杀计划。最初接到这个命令时，海斯就有些迟疑——再要找这么好的助手可不容易——但在这节骨眼儿上也姑息不了一名律师了。他执行了命令。然而，结果现在却惹来了更多的问题，而且是毫无意义的问题。

"他从法学院一毕业就进了我的事务所。弗吉尼亚大学的高材生，对俄国一直怀有浓厚的兴趣，毕业时获得东欧学硕士，拥有极高的语言天赋。现在想找一个俄语好的律师实在太难了。我想我看到了他的价值，后来事实也证明了我的预见。现在他是很多客户的御用律师。"

"个人信息。""赫鲁晓夫"插了一句。

"南卡罗莱纳州出生并长大，家境优越。父亲是一名传教士。就是那种到处游说，让人们恢复信仰的人。罗德跟我说，他跟他父亲合不来。他现在三十八九岁，未婚。据我了解，他现在的生活很简单，工作努力，是优秀员工之一。从来没有给我惹过麻烦。"

"列宁"往椅子里面靠了靠。"他为什么对俄国这么感兴趣？"

"这你可真他妈的问对了，我也一直不明白。跟他聊天，他好像就是天生喜欢这些。而且一直兴致不减。他是个历史迷，办公室里堆满了书籍和论文。他还在当地几家大学和政府酒会上做过演讲。现在轮到我问问题了。这些信息重要吗？"

"斯大林"往后一靠。"就今天发生的事情而言，的确没什么意义。罗德的事情以后再说。现在我们关心的是接下来会发生什么事。"

海斯还有话要说。"之前我本来就不赞成杀罗德的计划。不论你们有什么顾虑，我跟你们说过我都能搞定。"

"悉听尊便，""勃列日涅夫"开口说话了。"我们现在决定罗德由你处置了。"

"很高兴我们达成了一致。他不会惹麻烦的。可是现在还没人告诉我们他怎么就是个麻烦呢。"

"赫鲁晓夫"说，"你这个助手对档案处理的事太过于热心了。"

"是我让他去的。哦，忘了加一句，这是按照你们的指示。"

当时的任务很简单：找出所有不利于斯蒂梵·巴克拉诺夫登上皇位的资料，仅此而已。但六个星期以来，罗德每天差不多工作十个小时，并汇集所有的发现。海斯直接怀疑罗德泄露了什么影响小团体利益的消息。

"你没必要知道所有的事情，""斯大林"说，"而且我觉得你可能也不想什么都知道。我们有足够的理由认为除去罗德先生是最省事的办法。但是现在这个办法没行通，所以我们愿意接受你的建议。"

说完，他的嘴角翘了起来。海斯不喜欢这四人的高傲姿态。他不是跑腿的小弟，而是这秘密大臣内阁的第五号人物。但海斯最终还是忍了下来，换了个话题。"新君主具有终极权限，这确定下来了吗？"

"关于沙皇权利的问题，还在讨论。""列宁"说。

海斯明白这是很典型的俄式行事风格，最后的决定只能由俄国人自己来做。不过没关系。只要最后的决定不会损害客户为自己带来的巨大经济利益，不会影响他所能得到的酬劳，其他的事情无所谓。"我们现在对委员会的影响力怎样了？"

"九个人会按照我们的要求投我们的票，""列宁"继续回答。"其他八个人还在游说中。"

"按照规定，必须全体一致同意。""勃列日涅夫"说。

"列宁"吐了一口气，"要做到那点，又谈何容易。"

人民建立委员会推选沙皇。为了防止舞弊，最后的结果必须由十七位成员一致点头才能通过。一张反对票都可能让决议变成遥遥无期的一纸空文。

"等投票的那天，我们会说服剩下的八个人。""斯大林"担保。

"你们能找到人搞定这件事？"海斯问。

"我们说了就一定会做到。""斯大林"抿了一口酒。"但现在还需要一些资金周转，海斯先生。这些人不容易收买。"

秘密大臣内阁的运作完全依赖欧美资金的支持，这一点让海斯很恼火。因为买单的人却不是说话最有分量的人。

"要多少？"他问。

"两千万美金。"

海斯克制住了情绪。这个数字比三十天前刚刚支付的一千万又翻了一倍。他真想弄清楚这些钱到底有多少是真的到了委员会委员们的手里，又有多少是落入了眼前这四个人的腰包，但是最终还是没有胆量问。

"斯大林"递给他两个证件。"这是给你的委员会会议的通行证。拿着这个，你和你的罗德先生就能进入克里姆林宫。同时，你们还可以持这个证件进入乌棱宫，与其他委员会工作人员享有平等的权利。"

海斯觉得有点儿惊讶。他没想到自己真的要在会上露面。

"赫鲁晓夫"笑了笑。"我们觉得你有必要亲自现身。届时还会有很多美国媒体到场。你得出席一下，以便让我们掌握最新情况。委员会的其他成员对你和你的关系网尚一无所知。所以在这场讨论会上，你所观察到的东西将具有非常大的价值。"

"我们还决定让你扮演一个更重要的角色。""斯大林"说话了。

"怎么做？"海斯问。

"委员会成员的决议必须一路畅通无阻，里面的关系我们会打通，但是我们无法保证会议不受外界干扰。"

上次见面时，海斯就隐约感觉到这四个人好像在担心什么事。"斯大林"刚才问他关于罗德时说的那句话，"美国人很难理解俄罗斯人民对命运的警觉"——这里面暗藏什么玄机？

"你们想让我怎么做？"

"任何必要的措施。我们任何人都可以指使手下去解决问题，但我们更需要一个潜伏的帮手。新俄罗斯和前苏联不一样，几乎守不住任何秘密。现在档案对外开放，媒体肆无忌惮，外来影响严重。而你不一样，你有国际信誉。而且，谁会把你同邪恶的事情搅在一起呢？"说完，"斯大林"翘起薄薄的嘴唇坏笑了一下。

"如果真的发生什么事，我拿什么解决？"

"斯大林"把手放进夹克口袋掏出一张名片，上面写着一个电话号码。"这个号码会帮你找到几个人。你叫他们跳进莫斯科河他们也会照做的。好好利用这群敢死队。"

8

10 月 13 日，星期三

罗德坐在奔驰车内，透过车窗凝望着克里姆林宫灰白的外墙。钟楼的大钟敲响了，现在是上午 8 点。他和泰勒的座驾正穿过红场。司机是个头发浓密的俄国人，罗德看到这个人心里就发怵。幸好这一趟有海斯陪同。

红场正在戒严。出于对共产党的敬意，广场上的鹅卵石道会一直戒严到下午 1 点——列宁墓的闭馆时间。罗德觉得这些规定很荒谬，不过再想想，对于那些曾经掌控一亿五千万人口国家的领导人来说，这是一种姿态和权力的象征。

身穿制服的门卫仔细检查了汽车前窗的桔黄色贴签后，打出手势让汽车通过救世主塔楼的大门。进入克里姆林宫门口的那一刹那，罗德忽然有一种很激动的感觉。眼前的这座救世主塔楼，是 1491 年由伊凡三世建立的，是克里姆林宫的一个部分，所有的沙皇和皇后都得通过这扇大门才能坐上世袭的权力宝座。今天这扇门成为沙皇委员会及其下属的专用通道。

罗德还是心有余悸，脑子里面不断浮现自己在这附近狂奔的画面。吃早餐时，海斯说会保证他的安全，不会让行凶者有机可乘。罗德相信自己的老板言而有信。他相信海斯，也尊敬海斯。他渴望参与这个重大的历史时刻，但是此时此刻又有些犹豫，觉得自己是不是在犯傻？

如果父亲还在世，不知道他会怎么评价现在的情景？

可敬的罗德大教士先生不太喜欢律师。他喜欢把律师称作社会的蝗虫。有一次他随同南部地区的牧师代表团去了白宫，并且与总统合影留念，当时总统刚刚签署了文件支持在公立学校恢复祷告活动。然而就在不到一年之后，最高法院宣布该决议不合宪法。"目中无人的蝗虫"，这是父亲在讲坛上时常咆哮的一句话。

罗德大教士并不支持儿子当律师，因此没有为罗德的法律课支付一分钱。罗德只得靠助学贷款和晚上兼职工作来完成学业。最终还是以优异的成绩毕了业，之后又找到一份不错的工作并很快升职。现在他就要见证历史了。

汽车开进了克里姆林宫广场。

这里曾是最高苏维埃所在地，布局紧凑的新古典主义的长方形广场让罗德感叹良久。现在头上再也看不见布尔什维克的红色旗帜了，取而代之的是晨风中飘扬的双头鹰旗。广场右侧的列宁雕像也已经被搬走，罗德似乎隐约还能听见雕像被移开时的怒吼。当时叶利钦不顾人民的反对，下令将这尊铜像融成了废铜。

四周的建筑让罗德惊叹不已。克里姆林宫显示了俄国人对大物件的情有独钟。他们喜欢城市广场大到可以放下导弹发射器，古钟大得升不到塔楼，火箭威力大到失去了控制。大代表了荣耀。

汽车放慢了速度向右行驶。

左边是大天使米迦勒大教堂和天使报喜大教堂，右边是圣瓦西里升天大教堂和十二门徒教堂。还有许多大得毫无必要的建筑矗立在四周。所有这些都出自伊凡三世之手，因为伊凡穷奢极欲，他获得了"大帝"的称号。罗德了解俄国的很多历史都是在这些金色圆顶、外挂拜占庭十字架的古建筑里面召开和落幕的。罗德以前曾经到过这里，但是他做梦也没想到今天竟然可以乘坐一辆有专职司机的豪华房车，进入大教堂广场，而且此行的目的之一还是为了重建俄罗斯王朝。对于一名南卡罗莱纳州牧师的儿子来说，这段经历不坏。

"狗屎。"海斯嘟囔道。

罗德笑了。"说得很对。"

汽车停了下来。

他们下了车。早晨有霜冻，不过蓝色的天空万里无云，这种天气在俄国的秋天里并不多见。罗德心想也许这是一个吉兆。

罗德从来没有进入过乌棱宫。一般游客是禁止入内的。这是克里姆林宫里少数能维持原貌的建筑之一。由伊凡大帝于1491年建立。这个名字来源于钻石图案的石灰石外墙。

他扣紧了外套大衣的纽扣，跟着海斯走上了为庆祝活动铺设的红色阶梯。原先的台阶被斯大林毁坏了，现在的台阶是几年前仿造的复古版。历代沙皇都是从这里走进圣母升天大教堂接受洗礼，登基为王的。1812年在同一个地方，拿破仑观赏着莫斯科被焚烧殆尽。

两人一起走向大厅。

罗德之前在照片里见过这个大厅。然而跟着海斯走进去以后，他很快发现这些照片都不足以重现大厅的空间感。这里足有五千四百平方米，是15世纪莫斯科最大的室内大厅。然而，当初修建的目的只是为了挫挫外宾的锐气。大厅被树枝形状的吊灯照得通亮，位于中央的巨大石柱和四周富丽堂皇的壁画闪烁着金光，画中全是圣经故事和沙皇的辉煌历史。

罗德仿佛置身于1613年。

统治俄罗斯长达七百多年的留里克斯堪家族——其成员中以伊凡大帝和伊凡雷帝最为有名——终于迎来了末日。接着有三个人试图成为沙皇，可惜无一成功。随之而来的是十二年艰难时期，无数人曾野心勃勃地试图建立新的王朝。不堪混乱的地主贵族来到莫斯科，就在罗德此刻身处的这个大墙内，重新推选了掌权者——罗曼诺夫家族。当米哈伊尔作为第一位罗曼诺夫王朝沙皇登基之后，却发现整个国家已经陷入混乱之中。盗贼横行，饥荒和疾病肆虐，商业贸易几乎完全停止，国家常年无法征收赋税，国库一贫如洗。

和现在也差不多，罗德想。

有那么一会儿，罗德觉得自己好像变成了参加竞选的地主贵族，身穿锦缎丝绒大袍，头戴貂皮帽，正在镀金墙壁边的橡木长凳上小憩。

这一时刻真是奇妙极了。

"太神了，"海斯小声说道，"这些白痴几个世纪都产不出一丁点儿粮食，但是他们却有能耐建成这些。"

他说得对。

房间的一端摆了一排 U 字形的桌子，上面罩着红色天鹅绒桌布。罗德数了一下，一共有十七把高背椅，每个位置上都坐着一名男性代表。十七个坐席中没有女士。这里没有地区选举。经过三十天的资格审核之后，举行了一次全国性投票，得票最高的十七人被选为委员。从本质上来看，全民选举也许是保证选举不受某一方势力控制的最简捷的办法。

他跟着海斯走到一排椅子边，和记者等其他人坐在了一起。电视摄像机已经准备随时拍摄现场情况。

这次会议是由一名昨天刚刚选出的委员会代表主持召开的，今天他的角色是会议主席。他清了清嗓子，开始念一份准备好了的稿子。

"1918 年 7 月 16 日，我们最尊敬的沙皇陛下，尼古拉二世，以及他所有子嗣被夺去了生命。我们的使命是让沙皇重新回到我们的国家。人民投票选出了这个委员会，并且赋予了它使命选择一位能统治国家的沙皇。此举已有先例。1613 年，就在此地，人们选举了罗曼诺夫王朝的第一位统治者，米哈伊尔。这个家族统治俄国一直到20 世纪 20 年代。我们今天聚集在这里，就是要完成这一使命。"

"昨晚我们与俄罗斯宗主教之父——亚德里安一起祈祷。他请上帝指引我们并赐予我们力量。我在此向所有在场的听众声明，这个委员会的宗旨是公平、公开、公正。我们欢迎和希望进行辩论，因为通过讨论才能明辨真理。现在我们欢迎任何愿意表达意见的人发言。"

整个早上罗德都在耐心地旁听会议。时间都耗在开场白、议会事务和议程安排上。代表们一致同意明天公布一份候选人名单，每名代表可以考虑和提一名候选人。接下来的三天内进行提名和候选人辩论。第四天进行再选举，将候选人数量减少至三人。然后再进行又一轮辩论，两天之后进行最后选举。根据全民公决的结果，其他选举只需获得多数票即可获胜而最后选举必须投票者一致通过。如果六天后没有一致选出一位获胜者，那么就得按会议流程从头再来过。但是一直以来都存在这样一个不成文的共识，为了整个民族的信心，所有人都会尽最大努力在第一轮选举中选出一名胜出者。

快到午休时间了，罗德和海斯退出大厅，走进前厅。海斯领着罗德走到远处的一个出口，早上那位蓬头司机正等在那里。

"麦尔斯，这是伊亚·西冯。你离开克里姆林宫后，他就是你的贴身保镖。"

罗德打量了这个长得像狮身人面像的俄国人。他茫然的面孔辐射出一种冰冷的寒意，脖子和下巴几乎一样宽。罗德看着他的块头和肌肉，觉得挺安心。

"伊亚会保护你。他是经过特别推荐来的，退役军人，对这里非常熟悉。"

"泰勒，非常感谢你。真的。"

海斯笑了笑，瞟了一眼手表。"快12点了，你该去准备会上的说明了。我这里还有些事情要处理。但是你开始的时候，我一定会到酒店。"海斯转向西冯说，"按照我们之前谈的，你要好好照看他。"

9

中午 12:30

罗德走进沃尔库霍夫酒店的会议室。没有窗户的长方形封闭房间内，坐了三四十名衣着保守的男男女女。服务生刚刚端上了饮料和酒。温暖的空气里散发着酒店里随处都能闻到的香烟味。伊亚·西冯站在两重门外，面向酒店大厅。这让罗德的心里觉得安稳多了。

听众的脸上刻满了关注之情。罗德非常了解他们的困境。华盛顿焦急地鼓动他们为新俄国投资，新市场的诱惑力实在太大了。然而，长期政治上的不稳定，黑道势力的威胁，再加上盈利变成保护费的状况，让投资赢利变成了梦魇。而这些人都是对新俄国的主要美国投资人：他们来自多个行业领域，包括交通、建筑、软饮、矿产、石油、通讯、计算机、快餐、重型机械还有银行，普利根伍德沃斯公司专门负责维护这些人的利益，这里的每一个人都是仰仗素有谈判铁腕之称的泰勒·海斯在俄国的广泛人脉。虽然罗德在私下认识其中的一些人，但是跟所有客户会面还是第一次。

海斯跟着他进了房间，轻轻拍了拍他的肩膀。"好，麦尔斯，工作吧。"

房间里灯火通明，罗德走到前面。"下午好。我是麦尔斯·罗德。"台下保持着安静。"我和你们当中一些人见过面。当然同样欢迎所有还没有认识的朋友，很高兴你们能来到这里。泰勒·海斯认为我的简短发言也许能帮助你们解决心中的一些疑问。这里马上就会发生许多事情，所以接下来的几天里我们不会有时间再谈……。"

"你他妈的说得真对，我们的确有问题，"一个矮胖的金发夫人用一口新英格兰口音嚷嚷道。罗德知道这个人是百事公司东欧事务的负责人。"我想知道到底发生了什么事。董事局紧张得都要尿裤子了。"

他们的确是要尿裤子了，罗德心里想。但是他还是保持了严肃的表情回应："我还没开始，你们就不给我说话的机会了？"

"我们不要演讲。我们要信息。"

"我可以给你们粗略的数据资料。现在国家工业产值降低了四十个百分点。通货膨胀率将近百分之一百五十。就业率很高，百分之九十八，但是不饱和就业却是一个现实问题……"

"这些我们都听过了，"另外一个 CEO 也嚷嚷起来。罗德不认识他。"化学家在烤面包，工程师在当流水线工人。莫斯科的报纸上全是这种垃圾消息。"

"但是处境不算太差，因为情况不会再恶化。"罗德继续说，"共产党有牢固的草根基础。每年大规模的游行证明了十月革命在人们心目中的地位。他们宣传怀旧主义：把贫穷减到最低，零犯罪，充足的社会保障。这种讯息总能给一个绝望的国家带来一丝希望。"他停了一下。"但是如果让一个极端狂热的法西斯主义者领导这个国家——既非共产主义者，也非民主党人，而是一个有煽动性的政治家——那才是最危险的事景。尤其在俄国拥有可观核武器制造能力，情况将会更严重。"

有几个人在点头，这至少证明有人在听。

"这些是怎么发生的呢？"一个清瘦的老人问。罗德依稀记得他是电脑行业的。"我无法理解我们是怎么到了这一步的。"

罗德往后退了一步。"俄国人从来都把国家民族看成为大事，所以个人主义和市场行为根本无法植根于他们的民族特性中。他们的国家概念更加精辟，更加深刻。"

"但如果我们能够把这个地方彻底西化，事情就容易得多了。"一个男性听众发言道。

罗德一向非常厌恶所谓西化俄国的想法。这个国家是不可能和东方或西方完全连成一体的。它只会，而且一直会，作为一个独立的混合体存在。只有理解俄国强烈民族自豪感的人才能成为睿智的投资者，至少罗德这么认为。他解释了一下自己的观点，然后回到刚才的问题。

"因此，俄国政府最终意识到国家需要某种高于政治的东西。这样东西必须能够让民众重拾民族信念，重燃团结的意识，也许它只是一个他们用来管理国家的概念。十八个月前，国家杜马曾经呼吁公众说出他们心中理想的国家概念，结果公众意见与市场研究学院带回来的调查结果却让人目瞪口呆：上帝、沙皇、俄国。换句话说，就是期待王朝的再归来。很激进吧？的确激进。但全民投票公决的时候，人们一致点头支持。"

"为什么呢？"一个听众问。

"我只能陈述我个人的观点。我们可以回忆多年以前，久加诺夫和叶利钦竞争总统职位时，险些获胜。但是大多数俄国人并不希望回到过去，每一次全民公决的结果都证实了这一点。即使这样，我们仍不能排除这样一种可能：某一个民粹主义者利用某一艰难的时刻，凭借花言巧语登上总统的宝座。"

"第二个原因可能就更加根深蒂固了。人们对现政府已然失去信心，他们不相信政府能够解决现实的问题。不好意思，恕我直言，我本人同意公众的这种看法。只要看看当前犯罪的现状，我敢肯定，你们在座的各一位成员都在向一个或者多个黑手党团伙支付保护费，因为你们别无选择。要么给钱，要么只能躺在裹尸袋里被运送回国。"

这时，罗德想起了昨天的事，但是他没有说什么。海斯建议他不要对外宣扬。通过刚才这番警告，这个房间里的人即使不知道他们的律师已经成了被迫害的对象，但神经也已经紧绷到极点了。

"现在流传着一种说法，如果你说你自己不偷，那就是在欺骗自己。这个国家只有不到百分之二十的人仍在缴税。整个国家的内部机制几乎全垮了。不难看出，人们为什么坚信什么局面都会比现在要好。另外不排除他们对沙皇仍抱有怀旧的情感。"

"蠢货。"一位先生说道，"一个狗屁皇帝。"

罗德了解美国人对独裁政府的态度。可鞑靼人和斯拉夫人组成的现代的俄国却呼唤独裁统治，几个世纪以来就是这些权势之争使得俄国社会如此险峻，民不聊生。

"怀旧情绪很容易理解，"他说，"过去十年里，人们才知道尼古拉及其家人的真实情况。现在所有俄国人都怀有一种情绪，认为1918年7月的变故是非道义的。俄国人觉得自己受骗了，因为苏维埃意识形态把沙皇丑化成邪恶的化身。"

"好，沙皇要回来了——"又插进了一个声音。

"这么说不准确，"罗德说，"媒体的宣传误导了我们。这也是泰勒觉得有必要把大家召集在一起开这个会的原故。"罗德抓住了所有人的注意力，"即将回来的是'沙皇'这个概念，这涉及两个问题——谁将成为沙皇？沙皇能行使多大的权力？"

"或者可能是一位女皇。"一个女人说。

罗德摇了摇头，"不可能。只能是沙皇。这一点我们敢肯定。自1797年以来，俄国法律就裁定皇位只能传给男性继承人。我们现在假定这条法律不变。"

"明白，"又一位先生开口了，"回答那两个问题吧。"

"第一个问题好回答。新沙皇就是委员会十七名成员最后一致选举的那一个人。俄国人热衷于成立委员会。虽然过去大部分委员会差不多都是打着苏维埃中心委员会的旗号，但是现在的这个委员会却完全独立于政府之外。何况现在的政府已名存实亡，这一点不难做到。"

"候选人名单公布以后，选民会根据每一位候选人的陈述进行评估。目前实力最强的竞争者就是我们推举的候选人，斯蒂梵·巴克拉诺夫。他完全接收了西方的思维模式，本人却是皇室直系亲属。你们现在提供的经费就是用来保证该候选人成为委员会一致认可的最终抉择。为此，泰勒在极力进行游说。而我也花了几个星期在俄国档案馆查看资料，确保没有不利于候选人的任何资料。"

"真想不到，他们会让你接近这些东西。"有人感叹。

"其实也算不上怎么接近，"罗德回应道，"尽管我们手持特许证件，但充其量我们还是相对独立于沙皇委员会之外的组织。今天我们来到这里就是要保护在座各位的利益，并保证斯蒂梵·巴克拉诺夫最终获得胜选。就像在我们自己的国家一样，说服是一门艺术。"

这时后排一个男人站了起来。"罗德先生，我们所有的人现在都把自己的生意押在这上面了。你明白这件事情的重要性吗？现在我们讨论的是从半民主向专制独裁的体制转变。而这肯定会对我们所有投资人产生无法估量的影响。"

对这个问题，罗德早就有了准备。"目前我们不知道沙皇将会行使多大权力。我们也无法预知未来的沙皇，是一个精神领袖还是一个真正的统治者。"

"说实在点，罗德。"一位先生直言不讳地表示质疑，"现在这些白痴不可能把政权完全移交给一个人。"

"但是民意显示他们会这么做的。"

"这不可能。"另一个声音也附议道。

"这不一定是坏事，"罗德紧接着说，"俄国政局现在摇摇欲坠，急需外来投资。你们可能会发现同一个独裁者比同一个黑手党打交道更容易。"

这时有一部分人开始小声附和同意，但仍有人问："那些问题都能解决吗？"

"我们只能怀抱良好的期许。"

"你怎么看，泰勒？"一个声音问道。

海斯从后排走向前来。"我认为麦尔斯刚才向大家陈述的现实是千真万确的。我们将会亲眼见证俄国沙皇重新登上最高宝座。一个绝对至尊的君主将诞生。如果你们问我的感受，我会说，很奇妙。"

"要我说，这真他妈的恐怖。"一位先生毫不客气地接了一句。

海斯笑了笑。"别太焦虑。你们付钱让我们照看各位的利益。委员会已经照办，并开始运作了，我们会在那边做该做的事。而你们要做的就是对我们给予信任。"

10

下午 2:30

海斯来到第七层的小会议室。这幢坐落在莫斯科中心的长方体写字楼摩登气派，四面都是灰色的落地玻璃。海斯对每次会议的地点都很满意。他的合伙人好像挺追求奢华。

"斯大林"正襟危坐在棺材板似的会议桌旁。

"斯大林"原名德米特里·亚可夫列夫，是秘密大臣内阁中代表玛菲亚黑手党势力的人物。他四十五岁左右，一头浅金色的头发，几绺刘海搭在茶叶色眉毛上，全身有一种魅力和震慑力。俄国西部近三百个帮派一致同意推举他代表黑手党的共同利益。罪犯最懂得生存之道，他们非常清楚一个由人民支持的极权政府能为他们做什么，或者可能对他们做些什么。

从很多方面看，海斯都发觉"斯大林"是操控全盘的总舵手。如今帮派势力的影响已扩展到政府、商界，甚至军队。俄罗斯人称之为——法律窃贼——海斯觉得这个词形容得很恰当。但他们的存在的确是个威胁，因为在这里雇佣杀手解决纠纷，远比法庭审判便捷经济。

"会议开得如何？""斯大林"能说一口地道的英文。

"与计划的一样，委员会正按部就班地运作。明天他们就要开始操作了。六天后第一次投票。"

俄国人表示满意。"果然跟你之前预期的一样，时间没超过一周。"

"我说过我知道自己该做什么？钱呢？汇了吗？"

"斯大林"显然有点儿恼火，沉默了一会才说："我不习惯你这种直白的语气。"

其实这句话背后的意思很清楚：他不习惯一个外国人竟然用这样的口气跟他讲话。虽然海斯也被激怒了，但还是压住了火气："我没有任何冒犯的意思。只是之前讲好的费用还没有按期到账，我比较习惯按规矩办事。"

桌子上有一张纸。"斯大林"往海斯面前一推，"这是你在苏黎世瑞士银行的新账号。还是以前那家银行。今天早上打进了五百万美元。这是这次的全部费用。"

海斯总算心情舒畅了点儿。他利用美国方面的投资为俄国黑手党工作已经十年有余。迄今为止，也已有数千万美元从他手中流入北美金融机构，这些钱大部分投入正当的企业，其余则用来购买股票、保险基金、黄金和艺术品。海斯为普利根伍德沃斯带来了千万美元的进账，这一切多亏了美国的宽松法律和俄国政府并不严谨的官僚们。没有人知道这些资金的来源，也没有人注意到资金的流向。海斯也利用自己的代理权扩大了自己在公司的影响，并吸引了一大批长期的外国客户，原因很简单：他深谙新俄国的从商之道——懂得如何利用恐惧和焦虑，懂得驾驭不安定因素并从中牟利，这是海斯的强项。

"斯大林"得意地笑了两声。"现在的形势能帮你挣不少钱，泰勒。"

"不过我说过我不会拿我的健康当赌注。"

"当然不会。"

"昨天说的是怎么回事？你说会扩大我在整个事情当中的角色。"

"我说了。我们需要处理一些特殊的事务，你来扮演反派。"

"我想知道你们没有告诉我的那一部分内容。"

"这不是现在讨论的重点。你没必要担心太多；我们不过是小心行事罢了。"

海斯把手伸进西裤口袋抽出"斯大林"前天给的名片。"我还需要打这个电话吗？"

"斯大林"笑了："我说过，这些人可以为你跳河，你就对他们念念不忘了？"

"我需要一个理由，我为什么要这张名片？"

"我们希望你用不到。现在跟我说说权力集中的事。今天会上都说什么了？"

海斯决定还是以大局为重，暂时把那件事放一放。"权力会集中在沙皇手里。但仍会建立部长会议和国家杜马。"

"斯大林"思考了一会儿说："反复无常好像是我们的民族特性。君主制、共和制、民主制、共产主义……哪个都没成功。"他停了一下，笑笑说，

"感谢上帝。"

海斯问了一个自己一直很关心的问题。"斯蒂梵·巴克拉诺夫怎么样了？他肯合作吗？"

"斯大林"看了一眼手表。"我想你马上就会得到这个问题的答案了。"

11

下午 4:30

海斯特别中意这支猎枪，人工打磨的上油的枪身光滑锃亮。枪柄略微倾斜，握手的部分是硬胶，尾部与枪身连接成扇形，而且还带有自动退壳器。他了解过，这种枪的单价在七千美元到两万五千美元之间。说实话，这款武器非常诱人。

"你试试。""列宁"说。

海斯把枪柄顶在锁骨上，把枪口瞄向下午多云的天空，并且非常稳当地托住枪管。

"放！"他大喊一声。

一只陶土的模型鸽子应声弹了出来。他举枪瞄准黑点，往上举枪，射击。随着一声枪响，模型四分五裂的碎片从天空飞落下来。

"好枪法。""赫鲁晓夫"说。

"这是我的爱好。"

每年他都要花九个星期左右的时间远征探险。猎杀过无数的动物，包括加拿大的美洲驯鹿和野鹅，亚洲的野鸡和野羊，欧洲的成年雄鹿和狐狸，非洲开普敦的野牛和羚羊，更别提他定期到北乔治亚州和北卡罗莱纳州西部射杀野鸭、驯鹿、松鸡和野火鸡。他在亚特兰大的办公室里摆满了各种战利品。几个月以来紧张的工作缠绕着海斯，所以他特别感谢这一次外出打猎的安排。

和"斯大林"会面结束后，专车把他接到了莫斯科以南三十英里以外的一栋别墅。这座被常春藤覆盖的红砖庄园属于秘密大臣内阁另一位成员——乔治·奥斯坦诺维奇，也就是海斯常提起的"列宁"。

奥斯坦诺维奇原来在军队供职。他身材瘦削，浅灰色的眼睛总戴着一副深度眼镜。他虽然没穿过一天军装，但在车臣战争之初指挥过格罗兹尼之战，是一位将军。那场战争让他丢了一个肺，弄得他每呼吸一口新鲜空气都显得特别费劲。战争结束后，他公开嘲讽叶利钦的军事政策软弱无力，幸亏叶利钦早早下台，他才得以保住自己的地位和权力。高级军官都对沙皇上台后自己的处境感到焦虑，他们认为组织里必须有军队代表，于是他们共同推举了奥斯坦诺维奇。

"列宁"站到标记前准备射击。

"放！"他也喊了一声。

声音刚落，他打了一记满堂彩。

"太棒了，"海斯说，"现在太阳已经开始下山了，给射击增加了很大的难度。"

在另一边，斯蒂梵·巴克拉诺夫准殿下已经为单管式猎枪上好子弹。巴克拉诺夫五短身材，秃顶，水桶腰，浅绿色眼睛，留着海明威式胡子。年近五十的他脸上总是没什么表情，这让海斯多少觉得有些焦虑。在政治圈里，一个人能否登上统治者的宝座常取决于精神因素，关键在于这个人是否能有控制大局的能力。虽然海斯心里清楚沙皇委员会的十七名委员最终会接受贿赂，最后的选举结果会成定局，但是他们经过深思熟虑选出的这个人起码必须是称职的，更重要的是，这个该死的蠢货必须有领导能力——或至少，懂得如何执行那些协助他上台的人们的旨意。

巴克拉诺夫走到标记处。"列宁"和"赫鲁晓夫"退到了后面。

"我很好奇，"巴克拉诺夫忽然用他的男中音说，"这是个绝对的君主制吗？"

"这是唯一可行的路线。""列宁"说。

海斯打开枪膛，子弹已经打光了。砖台上面只有这四个人。附近的冷杉和山毛榉都带着秋天特有的金黄色。远处有一群野牛正在空旷的平原上憩息。

"我能完全掌控军事权吗？"巴克拉诺夫问。

"从道理上分析，""列宁"回答，"现在不是尼古拉时代了。我们有……现代需要考虑的因素。"

"那我能控制军队吗？"

"你会持什么样的军事政策？"这次"列宁"没有正面回答。

"原来我还能有自己的政见啊。"

这话明显带有讽刺，海斯看出"列宁"有些不快。巴克拉诺夫也察觉到了。"我知道，将军，你一直认为军费预算太低，而且政治不稳定导致国防力量低下。但强大的军事力量不是我们的目标。当人民食不果腹无家可依的时候，苏维埃还能醉心于建造核武，毁了一个国家？我们的使命是要满足人民最基本的生活需要。"

海斯知道这番话并不是"列宁"想听到的。俄国的军官每月赚得比街道小贩还少。军队的住处几乎变成了贫民窟。多年的风霜早已损坏了军队的基本设施，最终坚持使用的设备也已滞后了。

"当然了，将军，我们一定会分配适当的经费纠正过去的失误。我们非常需要强有力的军队……以增强国防实力。"很明显，巴克拉诺夫是在妥协。"但我想知道皇室的财产还能要回来吗？"

海斯差点儿笑了出来。这位准沙皇显然是在调侃。俄语中的沙皇一词起源于拉丁文中的凯撒，海斯觉得这个说法的确很合逻辑。眼前的这位说不定就成了凯撒大帝。他的那种傲慢中散发着一种无知者的无畏。也许斯蒂梵·巴克拉诺夫忘了古罗马凯撒大帝的同僚们最后都失去了耐心。

"赫鲁晓夫"——马可思·祖巴涅夫原来在政府就职。这个人给人的感觉就是粗暴无礼。海斯常常在想，这种感觉倒十分符合"赫鲁晓夫"那副不甚讨人喜欢的马脸和眨巴眼。他代表的是莫斯科中央政府官僚机构的官员们，这些人关心的是一旦重新确立君主制，他们将何去何从。祖巴涅夫不止一次申明，国家还能维持秩序是因为人民正耐心地等待沙皇委员会完成工作。如果政府部长们想要在这场巨变中保住自己，就必须尽快进行自我调整。他们需要一个代表在暗中左右大局。

巴克拉诺夫转向"赫鲁晓夫"。"我要拿回革命时期原本属于我家族的宫殿。那是罗曼诺夫王朝的财产，当时被强盗掠夺了。"

"列宁"吐了一口气。"你准备怎么维护它们呢？"

"我不需要维护。当然应该由国家来维护。但也许我们能采用英国君主制中的某些举措。大部分宫殿对公众开放，所收取的门票费用反过来作为维修费用。但是所有王室的财产只属于王位继承人，使用者要支付费用。英国王室就是用这种方式每年收取数百万英磅。"

"列宁"耸了耸肩。"我看没问题。人民当然养不起这个大家伙。"

"当然，"巴克拉诺夫继续说，"我会要求把凯瑟琳宫变成我的夏季别墅。莫斯科方面，我要拥有克里姆林宫，其中乌棱宫改为沙皇政权的中心。"

"你觉不觉得这样非常铺张？""列宁"问。

巴克拉诺夫瞪着他说："人民总不能让他们的皇上住茅草屋吧。至于费用，先生们，那是你们的问题。华丽的场面和恢宏的气势是统治者必需的。"

海斯很佩服这个人的胆大妄为。这让他想起了20世纪20年代公然对抗坦慕尼－霍尔帮派老大的吉米·沃克。这种行为非常冒险。当年公众认为沃克是个骗子，最终他下了台，帮派也抛弃了他，因为他不听命令。

巴克拉诺夫把枪插在油光可鉴的右靴上。海斯欣赏了一会儿他身上的毛料西装——如果没弄错，应该是在塞维里昂（Savile Row）度身订做的，此外他穿着国宝级服装店（Charvet）的棉制衬衫，打着顶级品牌（Canali）领带，戴着有一小撮麂皮装饰的毡帽。别的不说，这个俄国人非常懂得打扮自己。

"苏维埃花了几十年的时间给人民洗脑，把罗曼诺夫王朝形容成邪恶的化身。谎话，彻头彻尾的谎话。"巴克拉诺夫说。"人民就是渴望一个君主制王朝。世界人民了解这一点，他们要靠我们来展现一场伟大的视觉盛宴。首先我们要精心布置一场加冕仪式，接着全球直播臣民对新君主的顶礼膜拜——比如说，在红场安排一场百万人参与的活动。然后，是华丽的宫殿。"

"你怎么安排你的朝廷？""列宁"问，"把圣彼得堡作为你的首都？"

"毋庸置疑。莫斯科是共产党的首都。恢复古都是时代变革的象征。"

"那你还得重新摆定公、候、伯、子、男和他们的夫人的等级吧？""列宁"继续问，厌恶之情已溢于言表。

"那是当然。一定要恢复等级世袭制。我的子嗣有继承权。不仅如此，我还会设立一个新阶层。奖励所有支持这一想法的能人志士。"

"赫鲁晓夫"开了口："我们当中很多人期待未来的皇上能为新贵和帮派建立一个地主贵族阶层。而人民希望未来的沙皇能除掉黑手党，而不是奖励他们。"

海斯想，如果今天"斯大林"也在场，不知道"赫鲁晓夫"会不会这么嚣张。这次会面故意甩掉了"斯大林"和"勃列日涅夫"。这是海斯提出来的。海斯有意把这几个人分成了两派，就如电影《无间道》中的好警察和坏警察一样。

"我同意，"巴克拉诺夫说，"循序渐进的改革对谁都有好处。我只是更关心我王位未来的继承人和罗曼诺夫王朝的世代相传。"

巴克拉诺夫有三个孩子，全是儿子，大公子三十三岁，三公子二十五岁。本来三个儿子都厌恶自己的父亲，但是成为沙皇王位继承人和公爵的可能，成了维系家庭和睦的纽带。巴克拉诺夫的妻子是个无药可救的酒鬼，但却是俄罗斯正教家庭出身，并且还有王室血统。她刚在一家奥地利 SPA 疗养院呆了整整一个月的时间，逢人便信誓旦旦地声明只要能成为俄罗斯沙皇皇后，自己愿意滴酒不沾。

"我们都很希望罗曼诺夫王朝世代相传，""列宁"说，"你的长子看起来很通情达理。他保证会传承你的策略。"

"那我的策略是什么？"

海斯终于等到开口说话的机会了。"我们说什么，你就做什么。"他讨厌在这个龟孙子面前唯唯诺诺。

巴克拉诺夫显然不爱听实话。很好，海斯心想。他正该学会受用这样的话。

"现在我才明白为何一个美国人竟然能在这样的事件中占有一席之地。"

海斯狠狠地瞪着他说："这是美国人出钱支付你的生活费。"

巴克拉诺夫看着"列宁"说："这是真的？"

"我们没想在你身上花一分钱。钱都是外国人出的。我们只是受用而已。他们有的是钱，输得起，但是接下来的几年他们也能赚个够。"

海斯接过话继续说："我们保证你成为新一任沙皇。你也会得到绝对的权力。我们也会成立一个徒有虚名的国家杜马。但所有立法议案都必须得到你和国家议会的批准。"

巴克拉诺夫点头表示同意。"斯托雷平式风格。国家杜马形同虚设，它只是签署议案的附属机构，无权监督和审核。这就是君主制。"

彼得·斯托雷平曾是尼古拉二世在位时期的最后一任宰相。忠贞不二的保皇派，坚决维护和执行沙皇的所有命令，以至于后来处死起义农民的绞绳被称作是斯托雷平绞索，运送被放逐政客的列车也被叫做斯托雷平车厢。不过这人最后还是被暗杀了，一个革命党人在基辅歌剧院一枪结果了他，当时尼古拉二世亲眼目睹了整个过程。

"也许斯托雷平的命运对我们不无启发吧？"海斯说。

巴克拉诺夫没说话，但是那张大胡子的脸显现出他已经明白了话中的话。"国家议会怎么选举？"

"列宁"回答了这个问题："一半投票选举产生，一半由你提名。"

"这是为了让公众感觉到民主的存在，"海斯解释道，"但是我们会保证议会的最终控制权不会落入外人手里。至于政策的制定，你必须言听计从。我们费了好大的精力才让这个计划里的所有人各就各位。你就是一个站在正中心的代表。我们都必须清楚这一点。目前的民心所向对我们非常有利，有我们在，你不会遭到民众的抗议和拒绝。但你必须绝对服从。"

"如果黄袍加身了我再拒绝呢？"

"那你的命运就会复制你先皇们的下场，""列宁"接过话，"我们来看看。伊凡六世被禁锢一生，彼得二世被活活打死，保罗一世被掐死，亚历山大二世被炸死，尼古拉二世被枪决，你的罗曼诺夫家族面对刺杀从来就是束手无策。给你设计一个合适的死亡方式并不是什么难事。之后我们再看看下一位罗曼诺夫王子是不是更听话一些。"

巴克拉诺夫沉默了。他转身面对灰色的树林，不停地拍着刺刀。他朝猎物投掷员做了个手势。

一个飞盘射向空中。

他扣动扳机，没打着。

"噢，亲爱的，""赫鲁晓夫"惋惜地说道，"我看我们得帮你调整一下准星了。"

12

莫斯科，晚 8:30

海斯突然离开莫斯科，让罗德感到很不安。有老板在身边，他心里才踏实。前天发生的意外让罗德心有余悸。伊亚·西冯今晚回家，他答应了第二天早上七点来沃尔库霍夫酒店接罗德。本来罗德打算待在自己的房间哪里也不去，但烦躁不安的他还是决定下楼喝杯东西。

一切都跟往常一样，酒店三层楼梯尽头放着一张仿木桌，一个上了年纪的女人懒洋洋地坐在桌子后面——进出电梯的人都得接受她的审视。她是三层层长。这是苏联时期的产物，每一所酒店的每一层都会有这么一个人，从秘密警察手里领取薪水，帮助监视进入俄国的外国人。不过到了今天，他们的作用至多就是个细心的服务员。

"要出去啊，罗德先生？"

"去楼下酒吧坐坐。"

"你今天去委员会工作了吗？"

罗德没刻意隐瞒，他每天都别着委员会出入证进出酒店。

他点了点头。

"他们会给我们找一个新沙皇吗？"

"你想他们这样做吗？"

"当然非常想。这个国家需要追本溯源。这才是我们的根本。"

罗德觉得很好奇。

"我们是一个容易遗忘过去的民族。沙皇，一个罗曼诺夫家族的人，就能让我们回到根本。"

"如果选出的沙皇不是罗曼诺夫家族的人呢？"

"那不行，"三层层长严正声明道，"告诉他们想都别想。人民需要的是罗曼诺夫沙皇。必须是和尼古拉二世血缘最近的人。"

他们又谈了一会儿。罗德进电梯下楼之前，答应把这位层长的意见转达给委员会成员。

到了楼下，他走向前天枪击事件发生后海斯和他谈话的休息室。经过餐厅时，他看到一张熟悉的面孔，是在档案馆碰到的那位老人。

"晚上好，帕申科教授。"罗德用俄语打了个招呼，老人认出了他。

"罗德先生。真巧。你在这里吃饭？"

"我住在这家酒店。"

"我和朋友聚会。我们常在这里吃饭。这家饭店很不错。"帕申科向罗德一一介绍了自己的朋友。

聊了一会儿天，罗德准备离开了。"真高兴又见到您，教授。"说着，他准备朝前走去，"我喝一杯就回去睡觉。"

"能算上我一个吗？"帕申科问道，"我十分欢喜跟你聊天。"

罗德犹豫了一下，说："如果你愿意的话当然可以，而且有个伴儿也好。"

帕申科跟自己的朋友道了别，然后和罗德进了休息室。黑暗的房间里飘着一阵轻柔的钢琴曲。人不多，一半的桌子都是空的。两人坐下来之后，罗德叫服务生拿来一瓶伏特加。"您昨天离开得很突然。"他说。

"我看你很忙。再说我已经耽误你很长时间了。"

服务生拿来了酒，罗德还没来得及掏钱包，教授已经笑容可掬地买了单。这时，罗德想起了自己和三层层长的谈话，于是说，"教授，我能问你点儿事情吗？"

"当然。"

"如果委员会选的沙皇不是罗曼诺夫家族的人，那会怎么样？"

帕申科给两人倒了酒。"那就是犯了错误。革命时期的皇位本来就是属于罗曼诺夫家族的。"

"可也有人会说，1917年三月是尼古拉自己放弃了王位。"

帕申科笑了起来："那是因为他的脑袋上顶着一把枪啊。我很难相信有人真的认为尼古拉当时是自愿放弃了自己的王位，放弃了儿子的继承权。"

"那你认为谁是最有竞争力的候选人？"

俄国老头抬起一道眉毛："这个问题很难回答。你对俄国法律的继承权熟悉吗？"

罗德点点头："这个法案是保罗大帝1797年设立的。一共设立了五条。其中说明，只要有符合条件的男性，王位继承人就必须为男性；并且他一定是笃信东正教；他的母亲和妻子也必须信奉东正教，他的妻子必须出自地位等同的统治者家庭，而且必须在现任沙皇允许的条件下结婚。上述条件违反了其中一条，候选人就必须出局。"

帕申科咧着嘴问："你了解我们的历史。你知道离婚的事吗？"

"俄国人不介意离婚这件事情。离了婚的女人一样可以嫁入皇室。我总觉得这个现象很有意思。一方面对东正教的教义顶礼膜拜，与此同时又受政治之名驱使，满足一己之私。"

"我们不确定沙皇委员会一定遵守继承法。"

"我相信他们必须遵守。既定的法律条文不可能随意废除。"

帕申科仰起脸："但是如果五条标准对所有候选人都不适用呢？"

这件事海斯和罗德早就讨论过。帕申科的想法是对的——继承法是个麻烦。虽然有几名罗曼诺夫后裔幸存下来，但事情远没那么简单。他们内部分化成了五派，但只有两派——米哈伊尔和弗拉基米尔有足够的血统依据竞争最后王位。

"现在的局面是进退两难，"教授说，"我们现在的情况很特殊。一个统治者家族的成员全部被灭口。这让王位继承的问题变得异常复杂。委员会必须先解决这个难题，再选出一个人民都能接受的沙皇。"

"我很关心事件的整个发展过程。巴克拉诺夫在发言中表示，弗拉基米尔派中有人是叛徒。我听说，只要这几个人的名字出现在候选名单上，巴克拉诺夫将不惜制造一切证据支持自己的观点。"

"你担心他会出事？"

"非常担心。"

"那你找到任何对他不利的资料了吗？"

罗德摇了摇头："目前没有。他是米哈伊尔后裔，也是尼古拉二世最近的血缘亲属。他的祖母齐尼亚，是尼古拉的姐姐。1917年布尔什维克夺取政权后，他们一家从俄国逃往丹麦。七个孩子在西方长大，相继失散。巴克拉诺夫的父母曾在德国和法国居住。他一直上最好的学校，由于表兄弟早年夭折，他成了直系皇室亲属。现在他是这一脉最年长的男性。目前，我还没有找到任何对他不利的信息。"

除非——罗德心里在想另外一件事情——除非尼古拉和亚历山德拉的孩子还活在世界的某一个角落！但是这个想法太荒唐了。

荒唐！至少昨天他是那么想的。

帕申科把伏特加酒杯放到脸上："我对巴克拉诺夫很熟悉。他唯一的问题在于他的老婆，他的老婆是有着部分皇室血统的东正教徒。但是可想而知，她不是统治者家族的成员。你想这怎么可能呢？统治者家族的成员几乎无一幸存。弗拉基米尔派的人可能会提出这一点不符合标准，但是就我来看，委员会只有睁一只眼闭一只眼了。恐怕没人能符合这个标准。何况俄国沙皇的消失也不是十几二十年的事情了，当然没人能在获得沙皇的同意后才娶妻生子。"

其实罗德早就想通了这一点。

"我觉得俄罗斯人根本不在意沙皇的婚姻，"帕申科继续说道，"他们可能更在意新沙皇和沙皇皇后登基后实际做些什么。今天幸存的这些罗曼诺夫后裔有其举止猥琐的一面，一直以来他们喜欢相互勾心斗角。这一点在委员会会议上表现得尤为明显。"

罗德想起了列宁以及亚历山德拉皇后的信，他决定听听帕申科的想法。"对于昨天我在档案馆给您看的东西，您有什么新看法吗？"

老人咧嘴笑了："我明白你担心什么。如果尼古拉二世的某一位子嗣果真幸存下来了，形势又当如何？那样的话，现在所有罗曼诺夫后裔根本甭想染指皇位。不过想都不用想，罗德先生，你不会真的相信有人能在叶卡捷琳堡那次屠杀当中侥幸生存吧？"

"我不知道自己应该相信什么。如果所有关于屠杀的资料都准确无误的话，那么的确是没人生还。但是即便如此，列宁好像还是怀疑资料的可靠性。我是说，尤诺夫斯基不可能上报莫斯科说他丢了两具尸体。"

"我也同意。即便铁证如山，一个无可置疑的事实是，阿列克谢和安娜斯塔西亚的尸骨丢失了。"

罗德想起，在 1979 年，曾有一位名叫亚历山大·奥都宁的退休地质学家和一位名叫杰里·莱亚波夫的俄国电影制片人找到了当年尤诺夫斯基和他的手下埋葬沙皇一家的地方。他们花了数月的时间找相关人员谈话，包括士兵以及乌拉尔一带的苏维埃人员，反复翻看当时被查禁的书籍资料——其中有一份还是尤诺夫斯基的亲笔文书，当年一个刽子手头头的长子将其保存下来并交给了两位研究者，为埋骨之地提供了很多细节和信息。然而，在当时苏维埃的政治氛围下，谁也不敢公开手中的材料，更别说去挖掘尸骨了。直到1991年苏联解体，奥都宁和莱亚波夫才循着蛛丝马迹挖出了尸体，并通过DNA鉴定确认是王室成员的尸骨。帕申科说得没错。当年从地底下只挖出了九具尸体，虽然后来人们对墓穴进行了仔细挖掘搜寻，尼古拉二世最小的两个孩子的尸体却一直没有找到。

"他们可能被埋在别的地方了。"帕申科发表了自己的看法。

"但是列宁在报告上说，叶卡捷琳堡事件的报告并没有道出全部事实真相，这是什么意思？"

"这很难讲。毫无疑问，整个事件是由他一手策划的。有文字证明当年的命令是从莫斯科发出的，并且得到了列宁本人的允许。他最不希望看到的就是白军把沙皇解救出来。白军不是保皇派，但是他们一旦救出沙皇，就可能改变整个革命的形势。"

"你对他写的这句话怎么看——'叶卡捷琳堡传来的消息不一定准确，有关菲利克斯·尤苏波夫的消息无法证实'？"

"很有趣。连同亚历山德拉所记录的拉斯普京的话，我仔细想了想。罗德先生，这是一个新的信息。我自认对沙皇的历史了如指掌，但是1918年后的资料中再没有提及过尤苏波夫和皇室家族。"

罗德给自己又倒了一杯伏特加。"尤苏波夫杀了拉斯普京。很多人说这加快了君主制的灭亡。尼古拉和亚历山德拉因此恨透了尤苏波夫。"

"这也给事情增加了神秘感。皇室为什么跟他有关联？"

"就我所知，绝大多数大公爵夫妇对处死神父拍手称快。"

"完全正确。可能这就是拉斯普京的最大败笔。是他分化了罗曼诺夫家族。是他把尼古拉和亚历山德拉与其他人隔绝开来。"

"拉斯普京其人是一个谜，"罗德说，"一个西伯利亚的农民竟然能直接影响俄罗斯沙皇陛下，成为拥有皇权的江湖骗子？"

"很多人并不认同他是江湖骗子的说法。他的确有许多预言都成了事实。他说沙皇王储不会死于败血病，结果小王子真的活了下来。他说亚历山德拉皇后会在西伯利亚看见他出生的地方，结果她也真的看见了——在去多波尔斯克的囚车上。他还曾说，如果是皇室成员杀了他，那么沙皇一家活不过两年。后来尤苏波夫娶了一位有皇室血统的表妹，并在1916年12月份谋杀了长老，十九个月后罗曼诺夫家族被灭门。这可不是一个江湖骗子能预知的事。"

罗德对那些自称有神力相助的圣人们一向嗤之以鼻。因为他的父亲就是这样的人。成群结队的人蜂拥而至，只求听他诵读经文并求他医治病痛。几个小时之后，当唱诗班的某个女人钻进他的房间，一切高尚皆被抛到了九霄云外。他读过很多关于拉斯普京的书，知道这是他诱奸女人的惯用伎俩。

他甩开脑中关于父亲的回忆，说，"拉斯普京死前，没有任何关于他预言的纪录。绝大多数的预言都来自他女儿的复述，她把为父亲平反当做了一生的追求。我读过她的书。"

"今天看来，这些说法可能是真的。"

"什么意思？"

"亚历山德拉的日记说两年内皇室家族会灭亡。那份文件上有她亲笔写下的日期，1916年10月28日。那时距拉斯普京被杀还有两个月。显然，他的确跟她说了些事情。用她的话说，那是一个预言，而且她还记录了下来。因此你手上的是一份重要的历史文件，罗德先生。"

罗德对手中这份文件还没有成熟的看法，但是教授说的也有道理。

"你打算去圣彼得堡吗？"帕申科问。

"本来没打算。但是现在我准备去。"

"好主意。你手里的证件能让你看到我们都无法接触到的档案。特别是现在你已经很明确自己要找的东西了，你去了以后肯定会收获良多。"

"教授，这正是问题所在。我真的不知道自己到底要找什么。"

不过教授好像并不在意。"别担心。我有种预感，你会圆满完成任务的。"

13

圣彼得堡
10 月 14 号，星期四
中午 12:30

  罗德身在圣彼得堡内夫斯基大街一座革命后修筑的大楼里。到这里之后，他就一头扎进了大楼四层的档案室。他在莫斯科买了一张俄罗斯旗舰航空公司的往返机票。由于预算紧缩，俄罗斯国家航空公司缺少专业工作人员，旅程顺利，但叫人精神紧张。罗德的时间太少，他没功夫坐火车或是开车来回折腾八百英里。

  早晨七点钟，伊亚·西冯准时等候在沃尔库霍夫酒店大厅，准备开始新一天的保镖工作。他得知罗德要去机场时非常惊讶，要打电话征求海斯·泰勒的意见。可罗德告诉他海斯去郊外了，没有留下电话号码。罗德运气不好，下午的返程机票满员，他只好定了两张从圣彼得堡开往莫斯科的卧铺火车票。

  莫斯科给人一种强烈的现实感，街道肮脏，建筑物毫无特色。相形之下，圣彼得堡就像一座童话王国，随处可见巴洛克式的宫殿、大教堂和运河。当这个国家其他地区的人过着灰暗无味、一成不变的日子时，这里五彩斑斓的建筑却让人眼花缭乱。罗德想起俄国作家尼古拉·果戈理描述圣彼得堡的一句话："城中的一切都在呼唤着梦幻。"不管是从前还是现在，这座城市都在自我沉醉，意大利式的伟大建筑和城中其他所有的一切都弥漫着欧洲的韵味。1917 年共产党执政以前，圣彼得堡一直是俄罗斯的首都，传闻说一旦新的沙皇登基，权力中心将重新回归这座古城。

  圣彼得堡拥有五百万人口，今天还是工作日，但从城南机场出来，一路非常畅通。不过罗德的证件一开始却遭到质疑，门卫一通电话打到莫斯科证实了他的身份，他才获准浏览馆内所有资料包括保护文件。

圣彼得堡的档案馆不大，却存放了大量尼古拉、亚历山德拉以及列宁的亲笔文书。正如帕申科教授所说，这里保存着沙皇和沙皇皇后的所有日记和信件。沙皇一家被杀后，所有的文件从沙皇别墅和叶卡捷琳堡转移到了这里。

两个相爱人之间互倾的情愫跃然于纸上。亚历山德拉文笔浪漫，字里行间体现出一种激情。罗德在存放她信件的箱子里翻看了两个多钟头，除了能感受到这个复杂而又情感丰富的女人如何表达自己的心情外，他什么也没发现。

等罗德看到 1916 年的一堆日记时，已经是午后三四点了。这卷资料被插在一个发了霉的文件夹里，夹子的标签上写着 N/A。罗德对俄国人存放历史文件的方式感到奇怪。创建的时候谨小慎微，但保存的时候却马马虎虎。日记按照时间顺序摆放整齐，从封皮字迹上看，这些大多是公主们送给亚历山德拉的礼物。其中几本封皮上还绣着纳粹党的标志。这记号在别人看来可能会比较奇怪，但是罗德知道在希特勒使用"卐"字符号作为纳粹标志之前，亚历山德拉常用这个符号代表幸福安康。

他翻了几本，但是除了找到两个被分开的爱人间撕心裂肺的情信外，他一无所获。现在还剩下两捆信，他从包里拿出 1916 年 10 月 28 日亚历山德拉写给尼古拉的信件影印本。他发现笔迹和信纸四周的花纹，全一模一样。

为什么这封信被秘密复制并转移到了莫斯科？

罗德想，也许苏联当局为了彻底清除沙皇历史。或许是自己在捕风捉影？但为什么单单这封信被封进了一个文件袋，袋上还注明二十五年内不得打开？有件事是肯定的，塞米永·帕申科说得对，罗德手里掌握着一份至关重要的历史文件。

后来的时间罗德一直在看列宁的手稿。4 点钟左右，他发现身边多了一个人。此人矮小精悍，双眼湿润有神，身上罩着一件松垮的米色大衣。不知道为什么罗德老是感觉这人的眼神不对。幸好西冯就在身边，罗德觉得自己是多心了，慢慢平复了下来。

接近 5 点了，罗德终于在列宁的手稿中发现了点东西。这份文件看上去没什么不寻常，但是尤苏波夫的名字让他立刻联想到了莫斯科的那封信。

菲利克斯·尤苏波夫住在布劳涅树林附近的古吞堡，常常与巴黎的俄罗斯贵族厮混。这些蠢货以为革命肯定会失败，他们很快就可以回来继续享受高官厚禄。听说一个继承亡夫爵位的遗孀天天抱着行李箱，准备自己随时出发回国。特工报告了尤苏波夫和柯尔雅·马可思之间的书信。至少有三封。可得当心了。我现在才意识到靠乌拉尔苏维埃执行枪决是一个错误。接下来的汇报越来越混乱。我们已经逮捕了一个自称是安娜斯塔西亚的女人。这人与乔治金五世频繁通信并央求他帮助她逃离俄国，她的举动引起了我们的注意。乌拉尔委员会却报告说沙皇的两位公主躲在一个偏远的小村子里。他们已经确认两人的身份，一个是安娜斯塔西亚，另一个是玛丽娅。我已经派特工去调查此事。柏林现在也出现了一个严正声明自己是安娜斯塔西亚的女人。线人的消息证明此人与公主的相貌极其相似。

真是一波未平，一波又起。如果不是因为我对叶卡婕琳堡事件心存疑惑，我会把这些报告通通当做垃圾。早知今日，当初就该把尤苏波夫一起解决掉了。罪魁祸首就是这个狗娘养的。他竟然公开表示对我们政府的不满。他妻子有罗曼诺夫血统，而且有人曾说起想推举他做新沙皇。真是痴人说梦。他们应该搞清楚，他的祖国已经不存在了。

接下来的文字再也没提到菲利克斯·尤苏波夫。列宁显然非常关心尤诺夫斯基的动向，这个负责叶卡捷琳堡枪决事件的人，隐瞒了事件的真相。

当时在地下室一共死了十一个人？还是只有九个？

或者可能只杀了八个？

谁知道呢？

罗德想起 1920 年确实出现过几个自称皇室后裔的人。列宁提到的那个柏林女人，安娜·安德森，是所有自称皇室后裔的人当中轰动效应最大的一个。无数电影和传记详细记录了她的生平，此人连续几十年都备受关注，直到 1984 年过世前，她还坚持声称自己是沙皇最小的女儿。然而，通过对此人遗体物质的 DNA 鉴定，她与罗曼诺夫皇室家族没有丝毫关系。

20 世纪 20 年代，在欧洲一直广为流传的另一种说法是亚历山德拉和几位公主没有在叶卡捷琳堡被枪决，而是在尼古拉和阿列克谢遇害之前就被转移到了其他地方。有人说她们被转移到了距离叶卡捷琳堡不远的彼尔姆城。罗德想起有一本名为《沙皇档案》的书曾列举了大量细节来证实这一说法。可惜，该作者没有接触到后来发现的一批文件，它们证明亚历山德拉和至少三位公主确确实实已在叶卡捷琳堡遇害，后来发掘出来的皇室成员遗骸更证实了这一事实。

重重谜团让人一时间难以辨别真伪。罗德同意丘吉尔的说法，俄罗斯就是一个谜，而且是一个包藏在层层谜团之中的谜中谜。

他从公文包里拿出另外一份在莫斯科档案馆的影印文件。这篇文字原本贴在列宁的一张便条上。罗德没有把这份材料告诉海斯和塞米永·帕申科，因为至少到目前为止，似乎看不出这是一份正式文件。

材料是用打字机打的，很像某个当年叶卡捷琳堡的卫兵的书面报告。文件日期是 1918 年 10 月，也就是罗曼诺夫皇室一家被枪决三个月后。

> 沙皇的胡子开始变得灰白，他老了。每天他都穿着一件军服，军官裤的腰带高高地系在腰间。老沙皇眼神慈祥，我记得他爽朗、单纯而且健谈。有时我能感觉到他想跟我说话，至少他的样子像很想跟人说话。沙皇皇后和老沙皇一点儿都不像。这个女人表情严肃，行为举止非常傲慢。有时我们一群士兵在一起聊天，一致认同沙皇皇后原本就应该是这个样子。她的面容比沙皇还显老，双鬓明显花白，曾经的年轻和美貌消失殆尽。自从我来到这里负责看守工作后，我原本对沙皇的厌恶和憎恨全都改变了。见过几次面后，我对这一家有了完全不同的认识。我开始对他们产生同情。我可怜他们作为人的悲惨境遇。我真的希望他们的痛苦能够早日结束。然而，我很清楚接下来将要发生什么事。关于沙皇一家的命运已经盖棺定论了。尤诺夫斯基让我们每一个人都清楚自己的任务。没过多久，我对自己说，也许我应该帮助他们逃走。

这个人到底想说什么呢？为什么以前没人找到过这份文字？不过，罗德马上想到俄罗斯档案对外开放只是近几年的事情。何况，绝大多数的研究人员都没有接触受保护文件的权力，加上俄罗斯档案保存得一塌糊涂，如果真能找到什么，只能说是运气好。

他得回莫斯科跟泰勒·海斯报告这个发现。斯蒂梵·巴克拉诺夫竞争沙皇王位的事情可能会受到牵连。很有可能真有皇室成员幸存下来，此人比巴克拉诺夫同尼古拉二世的血缘关系更近。长久以来惟恐天下不乱的媒体记者和普通的民众都相信有皇室幸存者的说法。甚至有电影公司制作了一部动画片《安娜斯塔西亚》，仿佛这位公主真的活了下来。但是就跟无数人声称吉米－沃克和猫王仍在世一样，这份记录缺乏实证。

海斯挂上电话，尽量克制住怒气。他到莫斯科郊外的绿林一方面是要处理公务，一方面也想休闲一下。走之前他告知罗德说自己外出的这段时间，他应该呆在档案馆继续工作，而且罗德也保证每天下午三四点会定时向他报告。他并没透露自己会去什么地方，并派了伊亚·西冯盯住罗德随时报告他的一切行踪。

"刚才是西冯的电话，"他说，"罗德在圣彼得堡的档案馆呆了一天。"

"你知不知道此事？""列宁"问。

"全然不知。我以为他在莫斯科办事。西冯说罗德早上要他开车送自己去机场。今晚他们坐红箭特快列车回莫斯科。"

"赫鲁晓夫"显然被震怒了。少见啊，海斯想。五个人当中，这位政府高官代表一向稳重冷静，甚至很少大声讲话。还好他没泼掉伏特加，可能还是克制住了。

此时斯蒂梵·巴克拉诺夫已经离开绿林回到附近的居所，他将与世隔绝直到两天后再被安排在委员会开会前，与代表们第一次露面。此时刚过晚上 7 点，海斯本来应该回莫斯科了。他刚要动身，接到了刚才那个电话。

"西冯趁吃饭的时候溜了出来，给雇他的人打了个电话，他们把他转接到这里，"海斯说，"西冯还报告说罗德昨天在莫斯科档案馆和一个陌生人聊过天。此人叫塞米永·帕申科。今天早上酒店的前台告诉西冯，昨晚罗德跟一个人去喝酒了，这个人的外貌特征跟档案馆的那人一模一样。"

"外貌特征什么样？"

"年龄五十多岁，将近六十，很瘦，淡蓝色眼睛，秃顶，脸上和脖子附近蓄着胡子。"

海斯发现"列宁"和"赫鲁晓夫"交换了一下眼色。他感觉到这一个星期以来，这两人有事瞒着自己，现在他越来越厌恶这种感觉了。"这人是谁？看来你们都认识。"

"列宁"吐了一口气："一个麻烦。"

"我看也是。具体说说？"

"赫鲁晓夫"说："你听说过圣队吗？"

海斯摇了摇头。

"19 世纪，亚历山大二世的哥哥成立了这么一个组织。那个时候对暗杀行动的恐慌笼罩全国。亚历山大因为解放了农奴，颇不受欢迎。其实这个圣队挺可笑，就是一帮誓死保卫沙皇的贵族。他们这些人实际上自身难保。最后，亚历山大死于一次爆炸暗杀行动。而帕申科就是这个组织的首领，领着一群业余杀手从事类似的行动。就我们所知，他现在的这个组织成立于 20 世纪 20 年代左右，一直存活到今天。"

"那个时候尼古拉二世一家都已经被枪决了，"海斯说，"哪里来的沙皇要保护呢？"

"这就是刚才说的麻烦，""列宁"说，"传闻说尼古拉二世有子嗣逃过了当年的劫难，目前仍然在世。"

"一派胡言，"海斯说，"我看过那些自称皇室后裔的人的资料。都是一群白痴，没一个例外。"

"也许是吧。可是圣队组织却一直存活至今。"

"这个跟罗德在档案馆查到的资料有关系吗？"

"关系密切，""列宁"说，"既然帕申科已经多次登门造访，我们就得立刻解决掉罗德。"

"再杀一次？"

"当然。就在今晚。"

海斯决定不再争辩。"半夜我怎么派人到圣彼得堡去？"

"我们会安排飞机空运。"

"能告诉我为什么这么着急吗？"

"老实讲，""赫鲁晓夫"说，"细节不重要。长话短说，这个麻烦将会破坏我们的全盘计划。这个罗德显然很有主见。你掌控不了他。我们不能再冒险了。拨通我们给你的电话号码，派人去执行任务。绝不能让这个黑鬼活着回到莫斯科。"

14

圣彼得堡,晚上 10:30

罗德和他的保镖来到火车站。水泥站台上穿着厚重大衣的人群熙熙攘攘,有些人的衣领上套上了羊羔皮领。大多数人手里都拿着沉重的衣物箱和行李袋,今天似乎没人特别注意他,除了下午在档案馆的男人。罗德心想,总算安全度过了一天。

他带着西冯在欧洲大酒店享用了一顿晚餐,剩下的时间就在一个酒吧听弦乐四重奏。罗德本来想去内夫斯基大街走走,但是西冯觉得晚上在街上散步不安全,于是,他们留在酒店里,算准了列车开动的时间才跳上出租车直奔火车站。

夜里很冷,起义广场上的车辆仍川流不息。罗德想起 1917 年那场革命中沙皇警察和游行示威人群的流血冲突,为了争夺这个广场的控制权,整个暴动持续了两天。这个火车站一看就知道是斯大林时期的产物,气势辉煌的绿白相间的外墙不像火车站倒很像宫殿。隔壁一座通往莫斯科方向的高速铁路的站台正在兴建着。这座建筑由美国伊利诺伊州的一家建筑公司设计,由英国一家公司承建。就在昨天,新火车站的总设计师出现在了沃尔库霍夫酒店举行的发布会上,他似乎对自己的未来也有些不安。

罗德定了一间有两个卧铺的软卧包厢。他以前坐过红箭特快列车,那时的包厢里面没有现在这么干净,床铺和床单也都很脏。时过境迁,现在的红箭特快列车以整个欧洲的标准来说都算是豪华的,是相当奢侈的交通方式。

火车晚上 11 点 55 分开动,次日早上 7 点 55 分到站。行程四百零五英里,全程八小时。

"我还没有睡意，"他告诉西冯，"我想去沙龙车厢喝杯东西。如果你想睡的话，你可以留在这里。"

西冯点点头，说他要赶紧打个小盹儿。罗德离开包厢后，走过两节卧铺车厢，又穿过一条狭窄得只能容一个人通过的过道。开水房里飘出的煤烟呛得罗德睁不开眼睛。

沙龙车厢里面摆设着舒服的皮椅和木制家具。罗德找了一个窗边的座位坐了下来，就着昏暗的灯光欣赏窗外飞驰的风景。

因为胃里不好受，他喝不了伏特加，只好要了一杯百事可乐，然后他打开公文包拿出阅读档案时做的笔记读了起来。他知道自己无意中发现了某件东西，但是到目前为止他还不知道这件东西对斯蒂梵·巴克拉诺夫到底会有什么样的影响。

这件事事关重大——对普利根伍德沃斯，对俄国。罗德不想坏了任何一方的计划，更不想因此断送了自己和公司的前程。

然而，即使这样，他脑子里面还是不断重复着那些疑问。

他开始揉眼睛。妈的，他现在有点儿困了。熬夜本来是家常便饭，但这几周以来神经过度紧张让罗德感到疲惫不堪。

他靠进舒服的长椅里，慢慢喝着手中的饮料。大学的法学院课程没有教罗德处理这类难题的本领。在律师事务所供职的这十二年当中，他也没有遇到过类似的难题。像他这样的律师应该在办公室、法庭和图书馆打转，阴谋诡计只应该用于两个方面：一个是怎么为自己争取相应的酬劳；另一个是怎么赢得诸如泰勒·海斯的律师事务所高级合伙人的认可——这些人决定了罗德事业发展的前景。

他希望能给这些人留下深刻的印象。

就像他希望在父亲面前扬眉吐气一样。

罗德至今还记得格娄弗·罗德躺在棺材里的模样，那张吟诵过上帝之语的嘴巴再也不能说话，双唇及脸庞一片灰白。人们给他穿上最好的礼服，系上牧师的领结，还有黄金袖扣，还有那只手表。罗德当时曾想过，仅这三件珠宝首饰就能轻松供他读完大学。近千名信徒从各地赶来参加了葬礼。葬礼上有人昏厥，有人哀嚎，也有人吟诵，好不热闹。母亲一直希望罗德能在父亲的葬礼上说几句话。但是他能说什么呢？总不能说这个男人是个神痞，是个伪善者，是个糟糕的父亲吧。所以他拒绝了母亲的请求。母亲因此再也不原谅自己的儿子。直到现在，这对母子之间的关系依然十分淡漠。母亲始终以自己为格罗弗·罗德夫人为荣。

睡意又上来了，他揉了揉眼睛。

罗德抬头瞟了一眼刚才进入沙龙车厢的几个面孔。其中一个人引起了他的注意。那是个年轻人，金发，身形敦实。这人在独自饮酒，罗德感到自己的背上一阵刺骨的凉意。不会是个危险吧？但是这个担心马上就消除了，一个年轻女人牵着小孩进入了车厢，两人坐到那个男人的边上，三个人开始聊天。

罗德告诉自己要提高警惕。

就在这时，罗德发现车厢角落里有一个喝啤酒的中年男子，此人面容憔悴，薄嘴唇，焦虑湿润的眼睛似曾相识。

就是档案馆的那个人，仍穿着那件松阔的米色大衣。

罗德心里一紧。

未免太巧合了。

得回去找西冯，但是他不能表现得太明显了。罗德一口喝完剩下的百事可乐，慢慢合上公文包，在桌子上放了几个卢布站起身来。他希望自己表现得很自然平静，可没走几步，他就从窗户的玻璃上看见那人也起身朝自己的方向跟来。

他推开滑拉门，疾步跨出沙龙车厢，砰地一声拉上门。刚进入第二节车厢，就看见那人也迅速跟了上来。

妈的！

罗德急速穿过车厢，终于进入了自己所在的一节。他转身迅速瞟了一眼，那人刚刚进入前一节车厢紧跟不放。

他拉开包厢的门。

西冯没在。

他拉上门，心想可能西冯去了洗手间。他冲过狭窄的过道，转弯进入过道尽头的一个小角落。洗手间的门关着，但是却显示"无人"。

他拉开门一看。

空的。

该死的，西冯到底去哪儿了？

他走进洗手间。但是进去之前，他故意拉了一下下一节车厢的门，制造一种有人刚进去的假象。他拉上洗手间的门但没有上锁，这样从外面看，洗手间门上显示的是"无人"。

罗德屏住呼吸，一动不动地死盯着不锈钢门。他能听见自己的心跳声。门外脚步声越来越近，他准备随时用手中的公文包做武器进行自卫。但是门外传来的，却是隔壁车厢打开拉门的沉闷声。

跟着门关上了。

他足足等了一分钟。

听到门外没有动静，他把门拉开了一点点。没看见人。他赶紧拉上门，从里面上好锁。这已经是第二次死里逃生了。罗德把公文包放到马桶上，腾出手接水洗了洗脸上的汗渍。水箱上有一瓶消毒剂。他给香皂消了消毒，然后用香皂洗脸和手。他小心翼翼地不让水流进嘴里，因为旁边一张金属薄片上有"禁止饮用"的警示字样。洗手间没有给乘客准备卫生纸，他只好拿出手帕把脸擦干净。

他抬头看着镜子中的自己。

眼睛深陷，脸庞瘦削，头发也该理了。发生什么事情了？西冯呢？这算什么保镖？他往脸上又泼了一杯水，擦了擦嘴角的水。"小心别喝进去"，真是个笑话，他想。这个国家拥有能把整个地球毁灭一千次的核武器，竟然没能力给列车提供干净的水。

罗德努力让自己冷静下来。这时一列朝相反方向开的列车正好经过，两列列车交错而过的时间好像只有几分钟。

他深吸一口气，抓紧公文包，"噌"地拉开洗手间的门。

门口站了一个满脸麻子的大块头，脑袋上扎了一个马尾辫。罗德看了一下对方的眼睛，立刻认出了右眼和眉毛之间的宽距离。

是"冷面"。

罗德感到腹部狠狠地吃了一拳。

他翻倒在地上，感到一阵窒息和恶心。这一拳把罗德打到了车厢边，他的脑袋重重地撞到窗户上，眼前冒起了金星。

他坐到了马桶上。

"冷面"跨进洗手间，关上门。"罗德，现在结束了。"

罗德手里还拽着公文包，他想把包抢起来，但是狭窄的空间限制了这个动作。他又开始胸闷。之前的吃惊变成了现在的恐惧，一阵冰冷袭击全身。

"冷面"举起了手中的匕首。

千钧一发。

罗德看到了消毒剂。他一跃而起，抓住消毒剂瓶对准目标就是一喷。瞬间带腐蚀性的药水进入了对方的眼睛，大块头痛得嚎叫起来。罗德起身对着他的小腹飞起一脚。"冷面"摔倒了，手里的匕首"哐"的一声掉到地板砖上。罗德举起公文包往地上那人身上死命砸去，大块头趴在了地上。

再一下，又一下。

罗德从那人身上跨过去，拉开铁门，冲进了走廊。没料到门外就是克鲁玛努人，前凸的额头，蓬乱的头发，蒜头鼻，两天前的景象又出现在眼前。

"赶时间啊，罗德先生？"

罗德飞起一脚，正好踢在对方的左膝盖上，克鲁玛努人摔倒在地。走廊右边，一个银茶壶里的开水"吱吱"作响，旁边放着一玻璃瓶咖啡。罗德提起茶壶就往克鲁玛努人身上泼。

走廊里随即响起一阵惨叫。

罗德迅速转身，朝反方向冲进最近的出口。就在冲出去的那一刹那，他听到身后"冷面"已经站了起来，正在呼唤克鲁玛努人。

罗德冲进下一节车厢，在狭窄的过道里面拼命地跑。真希望能碰到一个乘务员。随便谁都行。他死命抓住公文包，马上就要跑到下一节车厢了。后面有开门的声音，他迅速回头看了一眼，两个杀手紧随其后。

跑着跑着，他发现这么做是徒劳无益的。再跑下去，结果就是跑完整个列车。

他扭头朝后面看了一眼。这节车厢有个拐角，正好挡住了邻近车厢的入口。他看见前面是卧铺包厢。这里还是一等包厢。现在得抓住机会钻进其中一节车厢，才能躲过杀手的追击。说不定还能有机会回去找到西冯。

他拧了拧第一扇门的门把。

锁了。

旁边一扇也锁了。

只剩一秒的时间。

他握住门把，朝后看了一眼。隔壁车厢入口处已经出现了追逐者的身影。看见肩膀了。说时迟，那时快，罗德用力去拉门。

门开了。

罗德迅速钻进去再拉上门。

"你是谁？"背后传来一个女人的声音，说的是俄语。

他转过身。

几步之外的卧铺上，躺着一个女人。她一头披肩金发，身材苗条，像花样滑冰运动员。罗德看着这个女人，鹅蛋脸，皮肤雪白，鼻子微翘。她身上有一种介于柔美和俏皮之间的气质。蓝色的眼睛没有一丝慌张的神情。

"别害怕，"他用俄语回答，"我叫麦尔斯·罗德。我现在遇到了一个大麻烦。"

"可那也不能成为你闯进我包厢的理由。"

"有两个人在追我。"

她起身走了过来。罗德这才看清，她身型娇小，只到他肩膀，穿着合身的黑色牛仔裤，上装则是简洁的掐腰垫肩夹克，蓝色圆领毛衣。她靠近的时候，身上散发着一阵甜香。

"你是黑手党？"她问。

罗德摇摇头。"跟着我的人可能是。两天前他们杀了一个人，现在又想杀我。"

"靠后。"她说。

他侧身挪到包厢靠车窗的一端。她拉开门，很随意地朝外面看了一眼，然后重新关上门。

"那头有三个人。"

"三个？"

"嗯。一个黑头发扎着马尾。一个蒜头鼻，长得像鞑靼人。"

"冷面"和克鲁玛努人。

"另外一个浑身肌肉，没脖子，金发。"

怎么听起来像是西冯。罗德的心里闪过一丝不祥。"他们三个在说话？"

她点点头，"他们正一间间敲开包厢的门，往这边走来。"

罗德眼里充满了担忧。她指着门上的行李厢："爬上去，别出声。"

这地方可以放两个大型行李箱，空间大得足够让罗德蜷缩在里面。他随便踩着一个硬物，双手一撑，整个人立刻钻了进去，然后她把公文包递了上去。罗德刚刚躺好，门外就传来了敲门声。

女人开了门。

"我们正在找一个黑人，穿西装，带着一个公文包。"是西冯的声音。

"我没看见这么一个人。"她答道。

"别说谎，"这是克鲁玛努人，"我们可不好糊弄。你见过这人吗?"语气很粗暴。

"我没见过这么个人。我也不想给自己找麻烦。"

"你看起来很面熟。""冷面"说话了。

"我是莫斯科大马戏团的阿金丽娜·彼特洛夫娜。"

"冷面"想了一会儿，说："那就对了。我看过你的表演。"

"非常好。也许你该到别的地方再去找找。我得休息了。傍晚我有个表演。"

她拉上门。

罗德听到闩门声。

两天内第三次了，他长长地吐了一口气。

又等了一分钟，罗德爬了下来。这时他一身冷汗。女救命恩人坐在对面铺上。

"这些人为什么要杀你?"她声音柔和，但依然很冷静。

"我不知道。我是美国律师，到这里来为沙皇委员会做事。没几个人知道我，除了我老板，两天前几乎没人知道我的存在。"

罗德的紧张感渐渐减轻了，现在他只感到浑身剧痛，然后是筋疲力尽。他心里还有一块大石头。"其中一个人，跟你说话的第一个人，本来是我的保镖。但显然他的身份比我想象的要复杂。"

她的小脸皱了起来。"我不建议你现在去找他帮忙。这三个人好像是一伙儿的。"

罗德问："这在俄国司空见惯吗? 陌生人闯进你的车厢? 门外就是匪徒。你好像不害怕。"

"我应该害怕?"

"我不是这个意思。上帝知道，我没有任何想伤害你的意思。但是在美国，这种状况非常危险。"

她耸了耸肩。"你看起来不像危险份子。其实，第一眼看见你，我就想起了我祖母。"

他不明白，等着她往下说。

"我祖母是赫鲁晓夫和勃列日涅夫时代的人。那时候，美国常常派间谍来探查有放射物的土地，以便查出导弹发射井。俄国人民被告知这些间谍是危险分子，要非常小心。有一次，我祖母在树林里走，看见一个陌生人正在采蘑菇。这人穿着像个农民，挎着一个在树林里非常常见的篮子。我祖母一点儿都不害怕，径直走上去跟他打招呼，'嘿，间谍先生。'这人一脸惊诧地看着我祖母，没有否认自己的身份。后来，他问，'我受过专业训练。我也学过和俄国相关的所有东西。你怎么知道我是间谍?''很简单。'我祖母说，'我在这里住了一辈子，你是我见过的第一个黑人。'这和我们现在的情形很像，麦尔斯·罗德。你是我在火车上见到的第一个黑人。"

罗德笑了。"你祖母是个生活经验很丰富的人。"

"是啊。有一天晚上秘密警察把她带走了。呵呵，一个七十岁的老奶奶对一个帝国构成了威胁。"

"很抱歉。"他说。

"你为什么要说抱歉?"

"不知道。应该这么说吧。你希望我说什么?你的祖母被一群疯子杀害了，太残忍了。"

"事实如此。"

"这也是你救我的原因?"

她耸了耸肩。"我恨政府和黑手党。蛇鼠一窝。"

"你觉得刚才那几个人是黑手党?"

"是的。"

"我得找一个乘务员，我要和列车长说话。"

她笑了笑："这么做很傻。这里的人很容易被收买。如果那些人要找你，他们肯定买通了整个火车上的乘务人员。"

她说得对。这里警察不比黑手党好多少。这时，他想到了奥雷格探长。第一次见面，罗德就对他没好感。"你有什么建议吗?"

"没建议。你是沙皇委员会的律师。你自己想想该怎么做。"

他注意到了她放在卧铺上的睡袋，上面绣着"莫斯科大马戏团"字样。"你告诉他们你在马戏团表演。是真的吗?"

"当然。"

"你表演什么?"

"你说说看。你觉得我是表演什么的?"

"你身形小巧，适合翻筋斗。"他看着她脚上的黑色网球鞋，"脚步紧绷有力。我敢说你的脚趾很长。手臂短，但肌肉发达。我觉得你是表演走钢丝，或者平衡木。"

她笑了。"分析得不错。你以前看过我的表演吗?"

"我已经很多年没有进过马戏团了。"

罗德估摸着对面这个女人的年龄，差不多二十七八，或者顶多三十出头。

"你俄语怎么说得这么地道?"她问。

"学了很多年。"他马上回到了更紧要的问题上，"我得出去，离开你这里。你已经帮我太多了。"

"你去哪里?"

"我去找一个空包厢。等到明天早上趁人不注意的时候下车。"

"别傻了。那些人肯定会整夜找你。这里是最安全的地方。"

她把铺盖打开，然后起身关掉枕头上方的灯。"睡吧，麦尔斯·罗德。你在这里很安全。他们不会回来了。"

罗德已经没力气争辩了。而且他认为她说的是事实。于是，他松开鞋带，脱掉夹克，按照她说的躺进了自己的铺盖。

罗德睁开了眼。

火车还在轰隆隆地开动。他看了一眼手表的夜光表盘。早上五点。他睡了五个小时。

昨晚他梦见父亲了。在布道台上牧师又把他"迷途儿子"的顽劣事迹宣讲了一遍。罗德牧师喜欢将政治和宗教信仰混为一谈，喜欢把共产主义和无神论作为批驳的靶子，喜欢把长子作为布道时的反面典型。这些在南方地区的布道会上非常受欢迎，拥护者总是对布道报以尖叫，他们虔诚地传递奉献盘，在父亲大人离开之前，他们已经把他的布道牢记了百分之八十。

他的母亲到死都维护着这个混蛋，拒绝承认她本该了解的事实。结果，作为长子的罗德只好自己把父亲的尸体从阿拉巴马汽车旅馆弄回来。那个和父亲鬼混了一夜的女人，醒来时发现自己赤身裸体地躺在罗德牧师尸体旁边，然后歇斯底里地跑掉了。直到那时他终于证实了长久以来自己心里的疑惑——这位好牧师利用多年布道之便为罗德家族添了两个儿子。为什么家里有五个孩子还不够呢? 也许只有上帝和罗德牧师自己知道。显然，关于人间罪恶和通奸的布道他早已把它们统统抛到九霄云外了。

他扫视黑暗的包厢。白色的枕头上，阿金丽娜·彼特洛夫娜安静地睡着。在列车前进的咔嗒声中，他依稀能听到她有节奏的呼吸。他知道自己已经陷进了某件事情当中，不管这里将出现什么伟大的历史变革，反正自己得赶紧逃出该死的俄罗斯。谢天谢地，他随身带着护照。明天早上他就尽早乘飞机去亚特兰大。车厢轻轻地摇动，车轮"咔嗒"轻响，罗德想着想着沉沉睡着了。

15

10 月 15 日，星期五

"麦尔斯·罗德。"

他睁开眼睛，阿金丽娜·彼特洛夫娜正在看着自己。

"我们快到莫斯科了。"

"几点了？"

"7 点过一点点。"

他掀开铺盖，弹了起来。觉得嘴里黏乎乎的。他得洗个澡，刮个胡子，可是没时间了。还得和泰勒·海斯联系上，但是有个问题，一个大问题。女人好像也察觉了。

"那些人会在车站等着。"

他用舌头舔掉牙齿上的粘质。"我知道。"

"有一个办法可以逃。"

"怎么逃？"

"几分钟后我们就会经过园环，那时火车会慢下来。火车有一个时速限制。小时候我们经常在彼得堡快速列车经过的时候爬上爬下。这样进城和回城就很方便了。"

从火车跳下去可不是什么好主意，但罗德别无选择，他绝对不能再被"冷面"和克鲁马努人碰见了。

火车开始减速。

"看到了吧！"她说。

"你知道我们在哪里吗？"

她朝窗外看了一眼。"离火车站还有二十公里。我建议你赶紧走。"

罗德打开公文包，里面的东西不多——只有在莫斯科和圣彼得堡复印的几份资料和其他一些无关紧要的文件。他把所有纸页折好塞进夹克，然后摸了摸护照和钱包。还好，都在。"公文包只会碍事。"

她把公文包拿了过来。"这个我帮你保管。如果你想要回去，就来马戏团找我。"

他笑了笑。"谢谢。我会的。"不过他在心里说，等下一趟我再来俄罗斯吧。

他起身拉好夹克。

她先一步走到门口："我确认通道没有人。"

这时，他伸出手轻轻抓住她的胳膊。"谢谢你为我做的所有事情。"

"你客气了，麦尔斯·罗德。你给一趟无聊的旅行增添了乐趣。"

这时两个人之间的距离特别近，罗德又闻到了昨晚的清幽花香。阿金丽娜·彼特洛夫娜是个有魅力的女人，虽然脸上已经有了些许岁月的痕迹。前苏联曾经宣传他们国家的妇女获得了世界最大的解放。所有的工厂都离不开她们。没有她们，服务行业早就垮了。可惜，时间并没有因此而怜香惜玉。俄国年轻女人的美貌的确让人赏心悦目，但她们在混乱的社会中承受着苦难。他突然在想，不知道眼前这个美丽的女人二十年后会成什么样子。

他往后退到门外看不见的地方，她拉开门出去了。

过了一会儿，门重新被打开。

"出来吧！"她说。

走廊两端都空无一人。包厢门右侧是剩下的四分之三节的车厢。左侧的茶水间旁边有一个出口。窗外莫斯科郊外的荒凉景象随风呼啸而过。与欧美的列车不同，这列火车的门没有锁死也没有警报系统。

阿金丽娜握住门把手往下一扳，往里拉开了车门。车轮的轰隆声一下子加大了。

"祝你好运，麦尔斯·罗德。"她话说完，罗德走到门边。

他扭头最后看了一眼那双蓝色的眼睛，转身跳了出去。脚接触到冰冷地面的那一瞬间，他失去平衡摔倒在地，还滚了好几圈。

最后一节车厢过去了，火车轰鸣南去，早晨陷入了让人不寒而栗的沉默。

这里是一片肮脏公寓楼中央的杂草地带。罗德庆幸自己跳车时当机立断。不然，再耽误一会儿可能就摔在水泥地上了。建筑物周围传来嘈杂的汽笛声，一股刺鼻的煤烟味呛进了罗德的鼻孔。

他起身掸了掸衣服上的灰。又弄坏了一身衣服，不过无所谓了，反正他今天就离开俄罗斯。

现在他需要一部电话，他走进一条已经开始营业的商业街。公共汽车搭载着乘客到达车站，喷出一股黑烟后又继续赶往下一站。这时，他瞥见两个穿着灰蓝色衣服的巡警。还好，这两个人的帽子上有一条红色的边，与"冷面"和克鲁玛努人不是一党。他低头绕道往前走。

街边有一个杂货铺，他低头迅速钻了进去。看铺子的是个瘦小的老头。"能用电话吗？"他用俄语问。

老头面无表情地看了他一眼，没理他。罗德伸手从口袋里拿出十个卢布。老头接过钱，指了一下柜台。他过去拿起听筒拨通了沃尔库霍夫酒店的电话，请酒店接线员把电话接到泰勒·海斯的房间。电话一直响，无人应答。电话转回了酒店接线员，罗德让她再接一下餐厅。两分钟后，海斯拿起了电话。

"麦尔斯，你到底到哪儿去啦？"

"泰勒，我们遇到大麻烦了。"

罗德把事情的原委向海斯复述了一遍。他边说边瞟着铺子的老头，担心他懂英文，不过街上的交通噪音显然盖住了电话里的对话。

"他们要杀的是我，泰勒。不是贝利，也不是别人，而是我。"

"好了，别慌。"

"别慌？你派来保护我的保镖，和他们是一伙的。"

"什么意思？"

"他跟那两人一起追踪我。"

"我明白……"

"不，你不明白，泰勒。只有当你被俄罗斯暴徒追杀过一次，你才能明白。"

"麦尔斯，听我说。慌乱不能解决问题，现在去最近的警察局寻求保护。"

"妈的，不行。我不相信这个鬼地方的任何人。他妈的这个国家里有钱能使鬼推磨。你得帮助我，泰勒。你是我唯一信任的人。"

"你到圣彼得堡去干什么？我让你别乱跑。"

罗德把塞米永·帕申科和他所讲的事情一五一十地跟泰勒说了一遍。"他是对的，泰勒。的确有相关的材料能证明他的话。"

"会影响巴克拉诺夫登上皇位？"

"有可能。"

"你说列宁认为沙皇有子嗣逃过了叶卡捷琳堡的那场屠杀？"

"他对这件事情非常关注，很多文稿能证实这一点。"

"上帝啊，这正是我们要的。"

"听着，这可能是虚惊一场。算了，今天离尼古拉二世被杀已近百年。如果有幸存者早该露面了。"正当罗德提到沙皇的名字时，看铺子的老头露出感兴趣的表情。罗德放低了声音："不过现在这些都不重要了。离开这鬼地方才是最重要的。"

"那些文件在哪儿？"

"在我身上。"

"好。去地铁站，搭地铁到红场。列宁墓……"

"为什么不在酒店？"

"这里可能已经被监视了。我们去公共场所。列宁墓很快就要开馆了，那里到处都是军警卫兵。那里安全，不是所有人都能被收买的。"

罗德还是心神不宁。可海斯说得没错，听他的。

"在列宁墓外等我。我一会儿开车到。明白了？"

"快点来。"

16

上午 8:30

罗德进入北边的一个地铁站。地铁里空气污浊，随处都是乘客留下的汗臭和其他难闻的味道。他靠在一根钢柱上，身体随着车厢颠簸。身边没有发现可疑分子。每个人都一样，相互保持着距离。

他在历史博物馆站下了车，穿过车水马龙的马路，走进复兴门。这时红场刚到开放时间。他在这扇新建的大门边踱着小步，原来那扇红砖白顶的 17 世纪的古老大门已经被毁了。

罗德一直觉得红场的布局过于紧凑。红场的长度比一个标准足球场多三分之一，但宽度尚不到足球场的二分之一。广场东侧是国立百货商场，这幢巴洛克式的大楼看起来不像资本主义产物，倒像 19 世纪的火车站。北侧是历史博物馆，红砖白顶上装饰着罗曼诺夫王朝的标志双头鹰。南面是圣瓦西里升天大教堂。教堂中间是一个带有尖顶的教堂冠，八个不同色彩和花纹的小圆顶错落有致地分布在它的周围，再加上九个金色洋葱头状的教堂屋顶，真是绝妙无比。夜晚时分教堂会发出五颜六色的光芒，这已经成为了莫斯科最著名的标志。

广场两边设置了钢铁路障，不让路人随意进入广场。列宁墓对外开放期间，广场会一直戒严到下午 1 点。

海斯是对的。四方形的墓地周围至少有二三十名穿制服的巡警。此时已经有一小队游客在大理石陵墓前站好了队。列宁陵墓，背倚克里姆林宫宫墙，墓上方为检阅台，两旁为观礼台。两侧各有一排银白色的冷杉，它们如同展开的双臂一样环绕陵墓。

罗德沿着路障，排进了瞻仰列宁陵墓的队伍中。天有些阴冷，他拉上了夹克的拉链，心想要是带上羊毛外套就好了。可羊毛外套丢在特快列车上他和西冯住的包厢里了。报时的钟声响起。穿着厚重外套手拿照相机的游客们不停地轻微活动着身体。这些人的衣着颜色亮眼。大部分俄罗斯人都喜欢黑色、灰色、棕色和海军蓝。不过手套对俄罗斯人来说是一件多余品。真正的俄罗斯人就算在冰冻刺骨的冬天都不戴手套。

罗德跟着队伍走到陵墓的前面。一名卫兵朝他缓缓走来，这个高个子年轻人脸色苍白，身穿橄榄绿大衣，头戴蓝色毛皮帽。罗德发现他没有佩戴武器，这里的卫兵徒有其表。

"你到这里来游历圣地?"卫兵用俄语问道。

尽管罗德完全能听懂问话，但他决定装傻，摇着脑袋说："不会俄语。说英语好吗?"

卫兵换了一副脸色。"护照。"他用英文说。

罗德必须引起注意。他迅速瞟了一圈，看看泰勒·海斯或者其他什么人是不是正朝他走来。

"护照。"卫兵又说了一遍。

这时，另一个卫兵也朝这边走来。

他把手伸进黑色口袋摸到护照。护照的蓝封皮即可证明他的美国国籍。他把小册子递给卫兵，但由于神经过于紧张，护照不小心掉到了铺满鹅卵石的地面。他弯腰去捡，就在这时，他感觉什么东西从右耳边"嗖"地一声飞过，进入了卫兵的前胸。他抬头一看，卫兵绿色大衣破了一个洞，洞口周围，被血染得鲜红。卫兵猛地喘气，两眼上翻，整个身体蜷缩在地面上。

罗德迅速环顾四周，发现了百米开外国立百货大楼楼顶上的枪手。

枪手放稳枪身，重新瞄准目标。

罗德将护照塞进口袋后立刻冲进人群。他跨上台阶用英语和俄语拼命喊，"有枪击! 快跑啊!"

游客们立刻四散逃开了。

他刚扑倒在地，另一颗子弹便击中了他身边的一块石头。他冲到陵墓休息大厅门口，狠狠扑倒在黑色玄武岩的地面上滚进厅内，门口的红色大理石被一颗子弹打得碎片四溅。

这时两个卫兵从陵墓里面冲了出来。

"外面有枪手，"他用俄语大声喊道，"在百货大楼顶上。"

这两人都没有武器，但其中一人冲进一间小屋拨通了电话。罗德小心翼翼地挪到门口。外面的人群正惊慌地四散逃开。但都没有生命危险。因为他才是杀手的目标。枪手还在楼顶，躲在两束弧光灯之间。忽然，从百货大楼南面的一条辅路上冲出一辆黑色沃尔沃货车，在圣瓦西里尔教堂前横冲直撞。这辆车停了下来，两扇车门同时被踢开。

是"冷面"和克鲁玛努人，两人朝陵墓这边奔来。

只剩一条出路了，他从楼梯扶手滑到陵墓底部。一群游客正挤在楼梯末端，两眼惶恐地望着他。他挤过人群，回头看了两次，进入了主厅。他绕着列宁的水晶棺跑了过去，只匆匆瞥了一眼棺中的遗体。对面还有两个卫兵。两个人都没有说话。他跳上一截光滑的大理石楼梯，从旁边的出口冲了出去。往右是回到红场，罗德选择往左走。

他紧张地回了一下头，看见狙击手已经发现了他。幸好角度不对。枪手正在移动位置。

他现在身处陵墓后面的绿地。左边有一个被铁链锁住的楼梯。罗德知道这个楼梯通向顶层的风景台。他不能去楼顶，得呆在低处。

他跑到克里姆林宫宫墙边。这时他瞥见枪手在面向弧形灯的位置重新找到了射击点。罗德此刻在陵墓的后面。这里随处可见斯维尔德洛夫、勃列日涅夫、加里宁、斯大林和俄罗斯其他伟人的半身像。

又是两声枪响。

罗德用冷杉树作掩护，扑倒在水泥地上匍匐前进。一颗子弹斜擦过树干，击中了他身后的克里姆林宫宫墙，另外一颗击中了一座半身像。他不能往右去历史博物馆，那里场地太空旷。往左掩护在陵墓之下可以躲开楼顶的子弹，但从沃尔沃下来的两个杀手转眼就到，他们比狙击手更可怕。

他往左一路向前猛冲，狭窄的道路两旁是历代党领袖的墓群。他以树干为掩护，毛着腰拼尽全身力气向前跑。

这时，百货大楼楼顶的子弹又开始了新一轮追击。子弹全都打在了克里姆林宫宫墙上。枪手的枪法不可能那么差，罗德推断可能自己被骗了，枪手是在故意引导自己往某个方向去，也许"冷面"和克鲁玛努人正在那里守株待兔。

他朝左看一眼大理石看台后面。"冷面"和克鲁玛努人已经发现了自己，正朝自己跑来。

这时从南面驶来三辆警车。警车一路鸣着警笛，亮起了警灯。"冷面"和克鲁玛努人慢了下来。他也停了下来，躲在一座石雕后面。

"冷面"和克鲁玛努人朝百货大楼的楼顶望去。楼顶的枪手作了一个手势，随即消失了。两个杀手会意，马上退回到沃尔沃。

警车呼啸着驶入广场，其中一辆还撞倒了路障。从车上下来了整队穿制服的巡警，这一次他们是全副武装。罗德扭头往自己逃亡的路线看去。一群巡警正沿着与宫墙平行的小道跑来，他们穿戴严肃整齐，口鼻呼出的白气很快融化在寒冷干燥的空气里。

同样全副武装。

无处可逃了。他把双手举过头顶，站了起来。第一个冲过来的警察一掌把他扇倒在地，旋即把刺刀顶在了他的颈背上。

17

上午 11 点

罗德戴着手铐，坐在从红场开往警局的警车上。这些巡警很粗暴，于是他提醒自己这不是在美国。他一直保持沉默，只有在被询问名字和国籍的时候才用英文回答一声。始终没见到泰勒·海斯。

从旁边人的谈话中，他得知死了一个卫兵。还有两个受伤，其中一个伤势严重。楼顶的枪手逃脱了。警方没有找到跟踪的线索。卫兵和巡警都没有发现沃尔沃货车和车上的两个人。罗德决定还是等见到海斯以后再说这件事。毫无疑问，沃尔库霍夫酒店的电话被监听了。不然怎么可能有人知道自己的行踪呢？这一点可能说明，政府或多或少参与了这两天的事情。

"冷面"和克鲁玛努人在警察到来以后便撤退了。

得联络上海斯，因为他肯定知道该怎么做。或者警察局也会有人愿意帮忙？但是罗德不相信俄罗斯人。

警车一路呼啸而过，把罗德直接送到了警察局总部。这幢已有多年历史的现代大楼正对莫斯科河，对岸就是从前的俄罗斯白宫。警察把他带到三楼，罗德没有想到的是，房里等待他的人竟是菲利克斯·奥雷格探长。这人还穿着三天前的那件黑色外套，当时尼克勒斯卡娅街上发生了枪击案，他俩在阿特米·贝利血肉模糊的尸体前打了第一次照面。

"罗德先生，进来吧，坐。"奥雷格用英语打了声招呼。

办公室阴森幽闭，四面塑料墙壁上污浊肮脏。屋里摆放着一张黑色的金属桌，文件柜，外加两把椅子。地板砖和屋顶都成了烟熏色，原因嘛——就是奥雷格手上的黑色土耳其雪茄。屋里弥漫着蓝色的烟雾，还好总算盖住了探长身上的味儿。

奥雷格命人去掉了罗德的手铐。门被关上了，屋内只剩下他们俩。

"没什么好拘束的。对吧，罗德先生？"

"那为什么你们还把我当罪犯对待？"

奥雷格往后一靠，压得颇有年岁的老橡木椅吱吱嘎嘎地不停叫唤。这位探长的领结歪挂在脖子上，脏得发黄的领口敞开着。"两次了，你到哪儿，哪儿就死人。这一次死的还是警察。"

"不是我开的枪。"

"但暴力总是跟着你。这又是为什么呢？"

对于面前这位探长，罗德比起上一次见他时更厌恶了。这家伙一说话就眯起那双贼溜溜的眼睛，一脸坏样儿。罗德尽量不露声色，但是心里怎么都搞不清楚这人到底在打什么算盘。他忽然觉得胃里不舒服。是恐惧引起的？还是太焦虑了？

"我想打个电话，"他说。

奥雷格吸了一口雪茄，"打给谁？"

"你没必要知道。"

对方默然地看着他，脸上滑过一丝轻蔑的笑容。"这里不是美国，罗德先生。拘留所里的人可没有人权。"

"我要打电话给美国大使馆。"

"你是外交官吗？"

"我在为沙皇委员会做事。你知道的。"

可恶的笑容又来了。"那就有特权了?"

"我没那么说。但我是经政府允许到此地来工作的。"

奥雷格大笑。"政府,罗德先生?这里没有政府。我们在等待沙皇归来。"这显然是讽刺。

"我猜你投了反对票?"

奥雷格的表情忽然沉了下来。"别猜测任何事情。那样能保你平安无事。"

他很厌恶这话。可他还没来得及开口,桌子上的电话响了。这声音吓了他一跳。奥雷格叼着雪茄,一手拿起听筒,然后用俄语让电话那头的人把电话接进来。

"能为您效劳吗?"奥雷格用俄语对着听筒说。

接着是对方说话,奥雷格在听。

"那黑人在我这里。"探长说。

罗德全神戒备,但是表面上他装作什么都没听懂。探长显然觉得语言是一道安全的屏障。

"卫兵死了。你派的那些人没得手。我跟你说过,情形本来可以被处理得比现在好。我同意,是,他的运气的确很好。"

打电话的人显然就是所有问题的症结所在,自己对奥雷格的看法是对的,幸好没信这个狗娘养的东西。

"我把他扣在这儿,一直等你的人来。这次不会再有差池了,不要黑帮混混,我亲自干掉他。"

罗德的脊梁发凉。

"别担心,我现在正在亲自看押。他在这儿,就坐在我对面。"这个俄罗斯人脸上带着笑。"我说的他根本一个字都听不懂。"

忽然对话停了下来,奥雷格"噌"地一下从座位上站了起来,四目相接。

"什么?"奥雷格说,"他会说……"

罗德双脚一蹬,把整张桌子掀翻在地。奥雷格探长的椅子翻了一个个儿,扑倒在墙边,把他卡得动弹不得。罗德一把扯断墙上的电话线,急速跨出了房间。他关上门跑过空无一人的大厅,三步并作两步跳下楼梯,刚到一楼就冲进了大街。

终于又呼吸到了上午寒冷的室外空气,他一头扎进拥挤的人群中。

18

中午 12:30

海斯打了一辆车到列宁山。中午的天空发出鱼肚色，惝恍的淡阳似乎努力抵御着刺骨的北风。莫斯科河湍流不息，形成了环绕莫斯科卢赤尼奇体育馆的天然半岛。在东北方向，远处克里姆林教堂的金银色圆顶矗立在阴霾之中，透过冰冷的薄雾看去，很像是一个墓碑。就是在脚下的这片山区，拿破仑和希特勒先后战败。1917年革命党人在这里的树林间躲过秘密警察的监视，召开了最终密谋推翻沙皇的里程碑会议。现在新一代却要把他们的努力全部推翻。

在海斯的右边，透过树丛能看见莫斯科国立大学奇形怪状的建筑，各种尖顶，突兀的翅膀，夸张的花纹。这也是斯大林时期向世界炫耀的产物，典型的婚礼蛋糕式大楼。莫斯科国立大学主楼是最高的一座，由德国战俘修建。他想起以前曾经有个战俘用建筑材料的边角料做了一对翅膀，想从楼顶飞回家。不过，他的结局跟他的国家和先辈们一样，最终还是失败了。

菲利克斯·奥雷格正坐在一排山毛榉树下的长凳上。海斯还在为两个钟头之前的事情恼火，但他提醒自己要克制。这里不是亚特兰大，甚至不是美国。他现在只是一个庞大团队的一分子。而且很不幸的是，他正在风口浪尖上。

他坐到长凳上，用俄语说，"找到罗德了吗?"

"还没有，他打电话了?"

"如果是你，你会吗? 他现在显然不相信我了。我跟他说我会去，结果去了两个杀手。现在因为你，他谁都不信了。本来是要解决这个麻烦，现在倒好，这个麻烦正在莫斯科到处游走。"

"杀掉这个人有什么意义？浪费精力。"

"你和我都没必要问这个问题，奥雷格。唯一可以庆幸的是，是那帮人派出的杀手让他逃脱了，而不是我和你的人。"

一阵风吹过，几片树叶飘落下来。虽然已经穿上了最厚的衣服，海斯还是感到一阵凉意。

"你把事情跟上面说了吗？"

话音还没落，海斯抢着答道："还没有。我会想办法，但是他们肯定很不爽。当着他的面跟我通电话，真是愚蠢至极。"

"我怎么知道他会说俄语？"

海斯努力克制住情绪，眼前这个鲁莽自负的探长让他陷入了困境。他看着奥雷格说："听着，找到他，明白了吗？找到他，然后干掉。速战速决，不准有闪失，不准有借口，就是干掉。"

奥雷格铁青着脸。"我听够你的命令了。"

海斯起身说道："你可以把这句话留给我们俩的老板，我乐意请一位代表来听你的抱怨。"

俄罗斯探长明白了。虽然现在的直接上司是美国人，但是幕后真正的老板还是俄国人，危险的俄国人。这些人谋杀的对象包括商人、政府官员、军官和外国人，任何被他们视为障碍的人都会被清除。

包括一个无能的警察探长。

奥雷格站了起来，"我会找到这该死的黑人，杀掉他。然后，我可能再把你干掉。"

海斯向来不屑于这种俄罗斯式的虚张声势。"那你得排个号，你前面还排着一群人。"

从警察局总部逃出来后，罗德钻进了第一个见到的地铁口，为了安全起见，他在地铁里兜转了好几条路线，傍晚时分才从地铁走出来投身到人潮里。他在街上走了一个小时确定没人跟踪，最后躲进一家咖啡馆。

咖啡馆的人不少，大多是穿着褪色牛仔裤和黑色皮革外套的年轻人。空气中混合着浓缩咖啡的香味和烟草味。他在一张靠墙的桌边坐下，努力想让自己吃点东西，但是因为错过了早餐和午餐，现在摆在面前的这盘奶油肉蘑让他的胃更难受。

幸好自己趁早看清了那个奥雷格探长，无疑政府当局参与其中。沃尔库霍夫酒店的电话肯定受到了监听。跟奥雷格通电话的究竟是什么人？这件事和沙皇委员会有关吗？不可能毫无关系。但究竟是怎么回事呢？也许支持斯蒂梵·巴克拉诺夫的西方财团对某些人构成了威胁。可所有的事情不是一直都是秘密进行的吗？大多数俄罗斯人认为巴克拉诺夫是罗曼诺夫王朝血缘最近的亲属，难道不是吗？最近的一次民意调查显示，超过百分之五十的人愿意支持他。但这的确是一个威胁，而且黑手党也牵连进来了。"冷面"和克鲁玛努人就是他们的成员。奥雷格说什么来着：再不用黑帮混混了，我会亲手干掉他。

政府和黑帮狼狈为奸。俄罗斯政治和乌棱宫的外墙一样的繁复多变。结盟或背叛，局势瞬息万变。他们只对卢布忠实，噢，说得更准确点，是对美元忠实。情况太复杂了。他得逃离这个国家。

可怎么逃呢？

谢天谢地，护照和信用卡都在身上，还有一些现金。而且从档案馆带出来的资料也安然无恙。不过，这些已经无关紧要了。能活下来就行——得向人求救。

怎么办？

不能去警察局。

去美国大使馆呢？那地方已经第一时间被警方监控了。妈的，没错。到目前为止，杀手两次出现在本该只有他一个人知道自己会出现的地方，一次是从圣彼得堡回莫斯科的列车上，一次是在红场。

海斯是另外一个知情的人。

他怎么样了？如果他听说了自己的遭遇，肯定会特别担心。也许海斯能找到线索。他在政府里有很多关系，但他知不知道酒店的电话被监控了呢？也许他现在已经知道了。

他小口喝着热茶，感觉胃里好多了。他想，不知道大牧师这个时候会怎么做呢？很奇怪这个时候他竟然想起了罗德牧师，但是父亲的确是一位化险为夷的高手。他犀利的言辞常常给自己惹来不少麻烦，但是他却总能够用上帝耶稣的名义为自己的言行辩护，可以说无坚不摧。不过没用，巧舌如簧在这里没用。

那什么才有用呢？

他朝邻桌看了一眼。一对年轻人正抱在一起看当天的报纸。报纸头版刊登了沙皇委员会的消息。

第一轮会议的第三天，有五位竞争者被选了出来。巴克拉诺夫位居榜首，但是另有两位同为罗曼诺夫王室旁系的候选人极力声明他们才是与尼古拉最亲近的血缘亲属。两天后才是第一轮正式提名，所有人都在期待各个候选人和支持者之间的唇枪舌剑。

几个小时里，他旁边的人都在谈论即将进行的选举。也许他们从祖辈那里听过沙皇的故事。俄罗斯人希望自己的民族有远大志向。但罗德怀疑一个专制体制能否在 21 世纪运转起来。最后罗德只有自我宽慰，也许俄罗斯是地球上最后一个能继续实行君主制的国家。

现在更紧要的是解决自己的问题。

他不能进酒店。持证经营的酒店每晚都会汇报出入登记情况。也不能坐飞机或者坐火车，出站口肯定已经被盯住了。没有俄罗斯驾驶证，他也租不到车。他总不能走回沃尔库霍夫酒店吧。现在是进退两难，这个国家好像变成了一个监狱。得联络美国大使馆，那里总有人肯听自己说的话，可是现在到哪里找电话拨号呢。很明显，既然沃尔库霍夫酒店的电话都被监听了，大使馆的电话就更不用说了。事情解决之前，他得找个帮手，还得找个暂时的住处。

他看了一眼报纸，注意到一条广告。今晚 6 点有马戏团表演，广告称这场节目保证让全家人乐翻天。

他看了一眼手表，5 点 15 分。

他想到了阿金丽娜·彼特洛夫娜。松散的金发，精灵般的表情。她的沉着勇敢打动了他。他欠她一条命。公文包还在她那儿，她说过，要拿的时候就去找她。

为什么不去呢？

罗德起身准备走。忽然，一个念头攫住了他：现在他是去找一个女人为自己解围——和他父亲当年一模一样。

19

圣三一大教堂
瑟格耶夫·坡萨德
下午 5:00

海斯现在已经到了莫斯科东北方向五十英里以外的地方，进入俄罗斯最神圣的宗教圣地。他对这个地方的历史非常了解。这座形状怪异、四周环绕着森林的城堡始建于 14 世纪。一百多年之后鞑靼人以极快的速度包围了这里，最终攻入城内并且将它洗劫一空。17 世纪，波兰人曾经试图攻破这里的高墙，不过他们的尝试以失败告终。彼得大帝登基后不久，曾经在这里躲避过一次叛乱。现在这里专供俄罗斯东正教数以百万计的信徒前来朝圣，他们的虔诚绝不逊色于前去梵蒂冈朝圣的天主教徒，许多信徒不远千里来到这里，就是为了顶礼膜拜放在银棺里的圣塞吉阿斯。

海斯抵达时，这里已过了对外开放的时间。刚下汽车，他便拉紧外衣的腰带，戴上黑色的皮手套。太阳已经下山了，秋夜慢慢来临，教堂圆顶上闪烁着微弱的蓝金色灯光。呼啸的风声让他想起了当年的炮火。

一同前来的还有"列宁"。秘密大臣内阁的其他三个成员不约而同决定让海斯和"列宁"打头阵。如果主教看见一个军官不惜搭上自己的声名来参与这个冒险计划，说不定更容易被说服。

"列宁"掸了掸身上的灰色羊毛外套，把褐红色的围巾围在脖子上。虽然两人上楼时没有任何交谈，但是他们都很清楚今天的使命。

门口一位身穿黑色长袍的大胡子牧师已经在等候他们了，他身边的信徒络绎不绝。牧师带领两位客人直接进入了石墙内的圣母升天大教堂。教堂内烛火通明，灯影在主祭坛后面的金色圣障上跳动着，教士们正忙着关闭圣殿，结束这一日的工作。

海斯和"列宁"跟着牧师走进了一间地下室。这里埋葬了俄罗斯东正教教会已故的历任主教。地下室的空间紧凑，四面墙和地板上都铺了大理石。拱形房顶上的铁架吊灯发出微弱的灯光。精心打造的棺木上装饰着镀金十字架、铁烛台和各色符号。

最远的棺木前跪着一位年过七十的老人，尖尖的脑袋上灰发浓密。老人面色红润，嘴唇上的胡子浓密得像羊毛，下巴上的胡子则纠结成团。他一只耳朵上戴着助听器，合十祈祷的双手长满了老年斑。海斯以前只在照片上见过这位老者，今天是第一次亲眼见到他本人，亚德里安主教大人——拥有千年历史的俄罗斯东正教现任主教。

领路的牧师退了出去，顺手把楼上的门关上。

主教在胸前划了个十字，站起身来。"先生们，你们能来真是太好了。"他的声音庄重深沉。

"列宁"介绍了一下自己和海斯。

"我对你不陌生，奥斯坦诺维奇将军。有人说我应该来听一听你的陈述，并考虑其中的价值。"

"我们很荣幸能得到您的聆听。""列宁"答道。

"我觉得地下室是最安全的谈话地点。私密不被打扰，大地母亲保护我们不被好奇的耳朵侵扰。在此安息的伟大灵魂，我的先辈们，也许能引导我向合理的方向前进。"

海斯听出了弦外之音。他们此行的目的意义深远，谈话的内容纯属绝密，如果泄露出去，那将是亚德里安这样拥有至高至尊地位的人所无法承受的。一个处于政治之外的主教不应该公开参与篡位密谋。

"先生们，我在想我为什么非得来这儿见你们。大解体之后，我的教会就在逐渐复苏。成千上万的人到我们这里来重新接受洗礼，教堂每天开放。不久我们就会回到从前的日子了。"

"但是情况还可以更好。""列宁"说。

老人的眼里闪了一下，犹如即将要熄灭的炭火里蹦出一颗火星。"说不定这一点能引起我的兴趣，请继续。"

"我们的结盟可以增强您和新沙皇之间的关系。"

"沙皇只能选择和教会合作。这是人民的诉求。"

"现在是新世纪了，主教大人。公共关系之战比警察的武力更险恶。您想想看，百姓饿着肚子，教堂却金碧辉煌，而您还穿着制作考究的主教长袍四处奔告，声泪俱下地说信徒没有给教堂以足够的支持。只要一点点丑闻公布于众，你现在享受的一切将毁于一旦。我们的同盟者中有人控制着最大的媒介——报纸、电台、电视——我们有很多事情可以做。"

"我很难置信，像您这样尊贵的人竟然会发出如此的威胁，将军。"言辞虽然激烈，但说话的声音却平静沉稳。

对这番批评，"列宁"无动于衷。"现在是困难时期，主教大人。很多事情都有风险。军队指挥官们的那点薪水连自己都养不活，更别说养家糊口了。还有众多老弱病残连一分钱抚恤金都领不到。就在去年，五百名指挥官集体自杀。曾经威震世界的军队现在却千疮百孔，强弩之末。我们的政府毁了整个军队。大人，我现在都在质疑，我们的导弹还能不能从地里飞出来。我们的国家没有设防。我们唯一庆幸的是，到目前为止，所有的人对这种恶劣的现状尚一无所知。"

主教沉思了片刻，"我的教会对未来的变革能做些什么?"

"沙皇需要教会的全力支持。""列宁"说。

"沙皇会得到我们的支持的。"

"我是说全力支持——必须保证公众意见一致。新闻媒体可以有一定的自由，至少原则上，可以听到些许来自人民的不同声音，但得有一个度。沙皇时代的重新归来就是要昭告天下，压抑的过去将一去不复返。要保证一个长期稳定的政府，教会将起到举足轻重的作用。"

"你的真实意图是，你和你的盟友不希望听到教会的反对声。我眼不花耳也不聋，将军。我知道你的人里面有黑手党，更别说政府里还有那些恶贯满盈的部长级人士。将军，你是一回事，那些人可是另外一回事。"

海斯同意老人的说法。那些政府部长的确黑白通吃，贿赂成了开展所有公众事业的第一步。于是，他问了一句，"那您是宁愿共产党来当权了?"

主教转过身，"你一个美国人知道什么?"

"我花了三十年的时间来弄懂这个国家。我代表的是美国投资财团的巨大利益。我们已经投下了数十亿的资金。这一财团可以为您的所有信徒提供相当可观的支持。"

老人的大胡子脸上出现了一抹笑容，"美国人真以为有钱能使鬼推磨了。"

"难道不是吗？"

老人背着手走到一副制作考究的棺木边，"第四个罗马。"

"您的意思是？""列宁"问。

"第四个罗马。那就是你们想要的。伊凡大帝统治的时候，第一位教皇所在的地方——罗马，早已衰落了，后来东方教皇所在的君士坦丁堡，第二个'罗马'也被臣服了。当时伊凡大帝称莫斯科为第三个罗马。从此，这里承载了地球上最后一个政教合一的体制——当然是在伊凡大帝的统治下。他当时预言不会再有第四个罗马。"

主教转过身来面对着两位客人。

"伊凡大帝将拜占庭最后一位公主迎娶过来，顺理成章地将她的拜占庭遗产归为己有。1453 年，君士坦丁堡沦陷，土耳其人接管该地，伊凡大帝宣布莫斯科为基督王国的世俗中心。这是非常聪明的一招。教会和政府永久合二为一，他担当统治者，自称为神圣不可侵犯的主教沙皇陛下，以神之名保障了自己的绝对权力。自伊凡开始，每一位沙皇都被视作神明指派的使者，所有基督教徒都必须无条件服从。神权独裁制，把教会和王朝合二为一，并且成为了世袭。这一制度顺利地延续了四百五十多年，直到尼古拉二世逝世，才解散了教会和政府的联合体。现在，也许，又可以重新融合了？"

"列宁"笑了笑，"但是现在，主教大人，我们需要的不是二合一的政体。我们打算建立一个多方联合体，教会只是一个方面。要保证大家的集体利益，我们需要联合所有可以联合的力量。正如您刚才说的，我们要建立第四个强盛的罗马。"

"黑手党也在内？"

"列宁"点点头，"我们别无选择。他们的触角太长，说不定什么时候他们即融入了主流社会。"

"我可不指望。他们在压榨人民。我们的社会之所以乌烟瘴气，他们的贪婪要负很大的责任。"

"这一点我明白，主教大人。但是我们别无选择。值得欣慰的是，至少就目前来看，黑手党的态度非常合作。"

海斯觉得这是个机会，"我们也可以帮助您解决现在的公共关系问题。"

主教的眉头皱了起来，"我没觉得我的教会有这个问题啊。"

"坦白说吧，主教大人。如果你们没有问题，我们今天就不会来这儿，躲在俄罗斯最神圣的东正教教堂之下，密谋王朝重建的大事了。"

"继续，海斯先生。"

海斯有点喜欢这个老头了。看上去，他非常务实。"去教会做礼拜的人逐年减少。很少有俄国人愿意自己的孩子长大了当牧师，愿意捐赠的人则更少。您现在手头的资金应该为数不多了。同时您还得应付教会内部的矛盾。据我所知，相当一部分牧师和主教希望把东正教变为国教，清除其他的教派。叶利钦对此表示反对，拒绝在议案上签字，只通过了另一个修改版的温和议案。他也别无选择。一旦出现宗教压制，美国将中断援助，而俄国依赖外币支持。如果没有这些政治上的抵制，您的教会肯定能发展得更好。"

"我不否认目前教会内部存在传统派和现代派的纷争。"

海斯继续抓住说话的机会。"外来传教士正在动摇你的教会根基。美国传教士成群结队地来到俄国招募信徒。信仰的不同引发了异端，是吧？当出现不同信仰时，就很难保证所有的人都虔诚了。"

"可惜，我们俄国人一向不善于选择。"

"人类史上第一次民主选举是什么来着？""列宁"说话了。"上帝创造了亚当和夏娃，然后对亚当说，'现在，你可以选一个妻子。'"

主教大人笑了。

海斯继续，"主教大人，您所需要的是政府保护，而不是压制。你要东正教发扬光大，但不想被掌控。我们提供一个两全其美的办法。我们能满足您这个追求两全其美的奢侈心愿。"

"请你再说得详细点。"

"列宁"把话接了过去，"您作为主教继续统领教会。新沙皇登基后，虽然自称为王，但不会干预教会事务。沙皇会公开鼓励人们信仰东正教。罗曼诺夫王朝的沙皇们就是这么做的，尤其是尼古拉二世。沙皇会把宗教当做俄国民族主义的一部分加以宣扬。作为回报，您必须保证教会全力支持沙皇，并无条件支持政府的所有行为。您的牧师也必须是我们的人。这样政府和教会重新合二为一，但是公众对此毫无所知。第四个罗马，将以新的形式实现。"

老人沉默了，显然是在考虑。

"好吧，先生们。你们现在可以把教会算在内了。"

"太快了吧！"海斯说。

"一点也不快。你们第一次和我联络的时候，我就已经在考虑了。只不过我习惯在和将要合作的人面谈之后，再做决定。我现在很满意。"

两人听出了里面的赞美之意。

"有个条件，这件事情你们只能和我联络。"

"列宁"明白他的意思，"您能推荐一位代表参加我们的会议吗？"

主教点点头，"我会安排一名牧师。我和他将是唯一参与这件事情的人。稍后我会把名字告诉你们。"

20

莫斯科，下午 5:40

罗德刚出地铁站，雨就停了。茨文托尼大道上湿漉漉的，空气更冷了，整个城市开始被雾气笼罩。他仍然只穿着单夹克，混在身着羊毛大衣和皮毛外套的路人之间探头寻找着目的地。幸好夜幕降临了。黑夜和雾气庇护了他。

他跟着一群人穿过马路走向戏院。莫斯科大马戏团是非常著名的世界级表演团体。好多年以前，罗德就对其中会跳舞的大熊和训练有素的狗啧啧称奇。

现在离表演开始还有二十分钟。罗德也许可以趁中间休息的时间到后台给阿金丽娜·彼特洛夫娜传个话。要不，他就得等表演结束后再找她了。她可能有办法跟美国大使馆联系上。她或许还能出入沃尔库霍夫酒店联络上海斯。而且她肯定有公寓，今晚总算能有个落脚的安全去处了。

街对面五十米处就是戏院。罗德正要走向售票厅，背后传来一个男人的喊声："站住！"

罗德决定不理会，继续往前走。

后面的声音又喊了一遍，"站住！"

他扭头看了一眼，是一个警察。只见这人双手举起，两眼直勾勾地盯着前面，拼命挤过逆流的人群。罗德加快脚步穿过车水马龙的街道，消失在对面熙熙攘攘的人群中。这时正好一个日本旅行团排队进入灯火通明的剧场，他趁机钻进了队伍。等他再回头时，那个警察已经不见了。

也许是他多心了，刚才那个警察可能不是在找他。

他低着头，一路跟着喧闹的队伍走到售票厅，付了十个卢布，顺利进入戏院。现在他只希望阿金丽娜·彼特洛夫娜会在里面。

阿金丽娜·彼特洛夫娜换上了演出服。公共更衣室人来人往，像往常那样忙碌。这个地方没有专属更衣室，太奢侈了，那种情景只在美国电影里有，电影嘛，总是美化了生活。

因为昨晚没怎么睡，她显得很疲倦。但是至少从圣彼得堡到莫斯科的旅途很有趣，这一天她的脑子里都是麦尔斯·罗德。她没对他撒谎。他的确是她在那列火车上见到的第一个黑人。而且她的确没有被他吓倒。也许是他流露出的恐惧让她放松了警惕。

罗德跟她小时候听说过的黑人一点都不像，当时小学的老师就曾讲过黑奴的种族劣根性。她还记得那时老师说黑人智商低下、身体免疫力差，缺乏自制能力。美国人曾经奴役过黑人，这是政治宣传家斥责资本主义的一大把柄。她曾亲眼见过私刑的照片，身穿鬼魅般白色长袍、头戴尖帽的白人聚集在一起，目光呆滞地看着刑场上的惨剧。

麦尔斯·罗德跟这样的刻板印象完全不同，他的肤色和祖母村子里的沃伊娜河河水一样黑。他的棕色短发干净整齐，身体强壮健实，举止庄严但友好，嗓音很有磁性。他显然没想到她竟然会邀请他在包厢共度一晚，可能是不太习惯女人如此开放吧。她希望他是个更复杂的人，她觉得他很有趣。

下火车的时候，她看见那三个追罗德的男人离开了车站，随后钻进了等在街边的一辆黑色沃尔沃汽车。她把罗德的公文包塞进了自己的睡袋。她保管着公文包，正如他们约定的那样，希望他会回来取。

整整一天她都在担心罗德的安危。在过去的很多年里，男人都不是她生命中的关键词。马戏团几乎每晚都要表演，夏季的时候每晚还要加演一场。除了莫斯科，他们经常在国内外各个城市巡回演出，她走遍了差不多整个俄罗斯和大半个欧洲，有一次他们还在纽约的麦迪逊广场花园表演。剩下的时间，她多半都是在列车和飞机的长途旅行中度过的，和男伴共进晚餐聊天的机会极少了。

她已经快三十了，她常想自己还会不会结婚。父亲总盼望着女儿能早点安顿下来，不再出去参加表演，有自己的家庭。可是她亲眼见证了朋友们所谓的婚姻。日复一日，年复一年，她们白天在工厂或者店铺忙碌，下了班就赶回家操持家务。婚姻不是温柔乡。丈夫和妻子大都在不同的时间地点工作，甚至度假也要分开。她终于理解了为什么三分之一的夫妻选择离婚，为什么大多数夫妇只生一个孩子。因为他们没有时间，缺少金钱，所以不能奢望过多。这不是她向往的生活。记得祖母曾经说，要了解一个人，就得跟他一起吃盐。

她站在镜子跟前，用水把头发打湿，然后把辫子盘成发髻。即使在舞台上，她也只化刚好能遮住皱纹的淡妆。她皮肤雪白，眼睛继承了斯拉夫母亲的宝蓝色，而她一身的好功夫则来自于父亲。他在一家马戏团做了几十年的高空杂技师。值得庆幸的是，父亲的好功夫换来了一所大公寓、更多的食物配给和更好的衣服。艺术是共产主义时期重要的宣传方式。在那几十年时间里，马戏、芭蕾和戏剧名扬海外——似乎是在宣告，世界的娱乐不是只有一个好莱坞。

现在马戏团还在盈利。马戏团的所有者是莫斯科的一家公司。和以前一样，现在马戏团常常出国演出，只不过以前是为了宣传，现在的目标则是为了赚钱。相对于后苏联时期的俄罗斯人来说，她的收入还比较可观。但话说回来，一旦哪天观众厌倦了平衡木表演，她立刻就会加入百万失业大军的行列。因为这个原因，她严格保养身材，注意调理饮食，保证每天有足够的睡眠时间。昨晚是她这么久以来头一次没有睡够八小时。

她又想起了麦尔斯·罗德。

早些时候，她打开过公文包。她记得他拿走了几张文件，心存幻想希望能从包里找到些许关于这个男人的线索。可是，除了一个记事本、三支圆珠笔和几张沃尔库霍夫酒店的名片外，只有一张昨天从莫斯科飞往圣彼得堡的飞机票。

麦尔斯·罗德，为沙皇委员会工作的美国律师。

也许还能见到他。

罗德耐心地看完了前半场的表演。暂时没发现有警察跟踪——至少没看到穿制服的警察——他希望身边没有便衣。半圆形的剧场环绕一个色彩缤纷的舞台，非常壮观。观众席的红色长凳上坐了约两千人，其中主要是游客和孩子。大家挨在一起，跟着舞台演员的表演欢声不断。四周弥漫着超现实的氛围，先后出现在舞台上的有翻筋斗的人、训练有素的表演狗、秋千杂技、小丑、还有变戏法的人，精彩的表演让罗德暂时放松了紧绷的神经。

休息时间到了，他决定按兵不动。还是别到处走动为好。他现在离舞台地面只有几排距离，直接对着演员的出场口，希望阿金丽娜出场的时候能看见自己。

铃响了，报幕员出来宣布第二部分表演将在五分钟后开始。他环顾了剧场一周。

目光定格在一张脸上。

这人坐在远处的对角，身穿黑色皮夹克和牛仔裤。他就是昨天在圣彼得堡档案馆的米色大衣，而且昨天他也在火车上。一群游客趁着休息时间赶紧拍照留念，那个人就安静地坐在人群中间。

罗德心跳加速，勇气消失得无影无踪。

他看见了"冷面"。

这个魔鬼从左边过来了，正好出现在他和那个神秘人的中间。"冷面"把油光锃亮的黑头发扎成一个马尾辫，身上穿的是黑色长裤和茶叶色毛衫。

灯光暗了下来，第二幕的音乐渐渐响起，罗德站起来准备离开。可就在这时，他发现克鲁玛努人正等在五十米开外的走廊尽头，满是痘痕的脸上露出了一抹坏笑。

罗德坐了下来，无处可逃了。

第一个节目就是阿金丽娜·彼特洛夫娜的表演，只见她光着脚跳上了舞台，今晚她穿了一套紧身亮片表演服。她跟着音乐欢快的节奏跳跃着靠近平衡木，然后一跃而上，刚一开始就获得了满堂彩。

罗德觉得胃里一阵绞痛。他回头看了一眼，克鲁玛努人还在走廊出口那儿，接着他看到了"冷面"脸部的灰色轮廓，这家伙坐在不远处。乌溜溜的眼睛——罗德觉得那像是吉普赛人的眼睛——锁定了自己的猎物。他的右手放在夹克里面，手枪的枪柄露了出来。

罗德扭头面向舞台。阿金丽娜·彼特洛夫娜以优美的姿势完成着表演动作。音乐变得轻柔起来，她在平衡木上轻盈地跃动。他瞪着眼睛使劲地看，心里暗暗呼唤，希望她能朝这边看过来。

她看过来了。

四目相接，他知道她认出了自己。不过他从她的眼神还发现了点东西。是恐惧吗？她也发现了追杀他的人？还是她读出了自己眼中的恐惧？不过即使她好像看到了什么，她的表演也丝毫没有受到影响。她继续在四英尺的平衡木上缓缓地完成动作，赢得阵阵喝彩。

她做了一个脚尖踮起旋转一周的动作，然后跳下了平衡木，观众席立刻爆发出欢呼声和掌声，接着一群小丑骑着小轮车上场了。就在舞台工人挪走笨重的平衡木时，罗德决定放手一搏。他从座位上一跃而起，跳到舞台上，这时正好有一个小丑骑车过去，手里拿着一个喇叭冲他狂吹。观众席传来阵阵爆笑，大家都以为这是事先安排好的节目。他往左看了一眼，"冷面"和圣彼得堡跟来的人都站了起来。他撩起帘子进入后台，直接奔到阿金丽娜的跟前。

"我得从这儿逃走，"他用俄语说。

她一把抓住他的手，拔腿就往后台跑去，绕过两个装着狮子狗的笼子。

"我看到那些人了。你好像还是没有摆脱麻烦，麦尔斯·罗德。"

"我需要帮助。"

他俩从正在后台紧张准备的演员身边跑过。没人顾得上看他们一眼。"我得在这儿找个地方躲起来，"他说。"这么跑下去不是办法。"

于是她带着他穿过一条四面贴着旧海报的走廊。走廊里散发着一阵阵尿臊味和皮毛的味道。狭窄的过道两边都是门。她拧开一个把手，"进去。"

这是放墩布和笤帚的储物室，幸好还有地方能容得下他。

"呆在这里，等我回来。"她说。

门关上了。

黑暗中，罗德尽量控制住呼吸。门外两边都传来了脚步声。他简直不敢相信正在发生的事情。肯定是外面碰到的警察通知了菲利克斯·奥雷格。"冷面"、克鲁玛努和奥雷格是一伙儿的。他得赶紧离开俄国。

门被撞开了。

就着外面的灯光，他认出了三张男人的脸。

他不认识第一个人，但这个人正举着一支银色的长枪顶着"冷面"的脖子。另外一个就是昨天在圣彼得堡遇见的那个人。他拿着一把左轮手枪，枪口对准了罗德。

罗德看见了阿金丽娜·彼特洛夫娜。

她站在手持左轮手枪的人的身边，表情平静。

21

"你是谁?"罗德问。

阿金丽娜边上的人说，"现在没时间解释，罗德先生。我们得立刻离开这里。"

他没有被说服。

"我们不知道现在这里还有多少他们的人。我们不是你的敌人，罗德先生。他才是。"这人拿枪指着"冷面"说。

"我很难相信一个用枪指着我的人讲的话。"

这人放低了枪口，"你说得不错。现在，我们得赶紧走。我们先走，我的同事随后处理掉这个人。"

罗德看着阿金丽娜问，"你跟他是一起的?"

她摇摇头。

"我们得走了，罗德先生。"这个人说。

罗德看着阿金丽娜，那表情似乎在说：你认为?

"我同意。"她说。

罗德决定相信阿金丽娜的直觉。最近他的直觉不太准确。"好吧。"

那人转向他的同事，用一种罗德听不懂的方言交待了几句话，于是"冷面"被强行押到远处的一扇门里。

"这边走。"那人说。

"她为什么也要跟来？"他指阿金丽娜。"她跟这件事情没有关系。"

"我接到的命令是需要带她一起走。"

"谁的命令？"

"我们可以在路上再聊。现在我们的任务是离开这里。"

罗德决定暂不争辩，他们跟着这个人走到了寒冷的户外，只给了阿金丽娜一点时间取了双鞋子和一件外套。戏院的出口对着一条巷子。"冷面"被塞进了巷子尽头一辆黑色福特汽车的后排。带路人走到一辆亮色奔驰车前，打开后座车门，请两位客人上了车。随后他登上副驾驶位，早已在车内的司机发动了引擎。他们离开戏院的时候，天空开始下起濛濛细雨。

"你到底是谁？"罗德仍然想问清楚。

对方没有回答，而是递给了他一张名片。

塞米永·帕申科

历史系教授

莫斯科国立大学

他开始明白是怎么回事了，"那么说我和他认识不是巧合了？"

"对。帕申科教授意识到你们两位处境非常危险，于是立刻通知我们严密观察。这是为什么我在圣彼得堡的缘故。显然，我没有做好自己的工作。"

"我以为你跟刚才那帮人是一伙儿的。"

对方点点头，"我明白，但是教授吩咐过，除非万不得已——像刚才在戏院的那种情况，否则我们不会暴露身份。"

傍晚是交通拥堵的高峰，汽车几乎一步一停，左右摇摆的雨刷似乎没什么作用。汽车向南行进，经过克里姆林宫后，他们朝莫斯科河和高尔基公园方向驶去。罗德注意到司机非常在意周围的汽车，猜测他为了摆脱不必要的跟踪故意兜了好几个圈子。

"你觉得我们安全了吗？"阿金丽娜小声说。

"我希望是。"

"你认识帕申科？"

他点点头，"这不能说明问题。这里的人我谁都不理解。"不过他接着淡淡笑了一下，"当然，你除外。"

汽车掠过了新古典主义的古怪大楼及数百个公寓。这些公寓比贫民窟好不了多少，罗德想，这里肯定又喧闹又拥挤。不过，那只是莫斯科的一道风景，路上罗德也看见了繁华商业区笔直的街道，道路两边都装点着统一的树木。这条路往左通向克里姆林宫，同时连接两条环路。

奔驰车驶近一座楼。玻璃岗亭处有一名卫兵正在值班。这座三层建筑显得非常特别，和一般水泥墙的别墅不一样，它用蜜黄色的砖块砌成，这在俄罗斯非常少见。两边停放的车辆都是稀有昂贵的进口货。副驾驶位置上的人按了一下控制键，车库的门开始上升。司机把车开了进去，车库的卷闸门随即关上了。

他们被带到了一个大厅，天花板上的水晶吊灯把整个房间照得通亮。空气中散发着松木的清香，楼梯铺着考究的地毯。

一阵轻轻的敲门声过后，塞米永·帕申科打开了白色的木板门，把客人让了进来。

罗德迅速打量了一下：屋里的陈设很精致，包括木地板、东方毛毯、砖砌的壁炉和斯堪的纳维亚家具。无论是在前苏联时期，还是在现在的俄罗斯联邦，这种装潢都算奢华了。墙壁涂上了舒适的米色，墙上挂着描绘西伯利亚野景的幽眇画作。屋子里有一股煮大白菜和土豆的香味。"您的居住条件不错，教授。"

"感谢我父亲。他是个忠贞不渝的共产主义者，也因此享受了特权。我在这里一直过着好生活，后来政府出售产权，我就把它买了下来。幸好，我手上有钱。"

罗德转向房屋的中央，面对房子的主人。"我想我们应该感谢你。"

帕申科举起两只手。"不需要。其实，应该是我们谢谢你才对。"

罗德不太明白，但是没说什么。

帕申科走向椅子。"我们干嘛不先坐下来呢？厨房有热乎的饭菜。要不再来点酒？"

他看了一眼阿金丽娜，她摇了摇头。"不了，谢谢。"

帕申科看到阿金丽娜还穿着表演服，于是叫人给她拿来了一件长袍。三个人转移到壁炉边坐下，罗德脱掉了身上的夹克。

"这些木柴都是我从莫斯科北部的别墅里亲自砍的，"帕申科说。"虽然这个房子有中央供暖，但我还是希望生上火。"

罗德注意到奔驰车司机在窗边找了一个座位，时不时撩开窗帘往外看。

这人脱掉了外套，肩带上露出一把手枪。

"您到底是谁，教授？"罗德问。

"我是一个对未来持乐观态度的俄罗斯人。"

"我们能不玩猜谜游戏了吗？我很累，这三天过得太漫长了。"

帕申科带着歉意点了点头。"根据这几天得到的消息，我能理解你的感受。红场事件成为了新闻。不过很奇怪整个新闻都没有提到你，不过维达里目睹了全部过程。警察到达很及时。"帕申科边说边指着昨天圣彼得堡的那个人。

"你的人在那儿？"

"他去圣彼得堡确认你在列车上平安无事。目前一直跟着你的两个人已经被及时地制止了。"

"他怎么找到我的？"

"他见到你和彼特洛夫娜小姐在一起，看着你从火车上跳了下来。跟他一起的另一个人跟着你走下铁道，后来在杂货店看到你打电话。"

"我的保镖又是怎么回事？"

"当时我们就猜他可能是黑手党。现在确认了。"

"能问一下为什么我也被卷进来了吗？"阿金丽娜说。

帕申科抬起眼睛看着她，"亲爱的，是你自己把自己卷进来了。"

"我没有。昨晚罗德先生碰巧进了我的列车包厢。仅此而已。"

帕申科挺直了腰，"其实我也很好奇你是怎么卷进来的。所以我今天调查了你。我们在政府里面有关系。"

阿金丽娜的脸绷了起来，"我不喜欢别人侵犯我的隐私。"

帕申科笑了一声，"俄罗斯人听不大懂这句话，亲爱的。我们来说说你吧。你在莫斯科出生。十二岁时父母离异，但是由于他们无法申请另一所公寓，所以不得不一直住在一起。由于父亲的演员身份，他们的居住条件在俄罗斯属于中上，但即便如此，生活状况还是很窘迫。顺便说一句，我曾经看过你父亲的表演。他真的是一位非常优秀的杂技演员。"

她点点头对此表示认同。

"你父亲后来和一位罗马尼亚女子发生了关系。这个女人怀上了孩子，但他却带着孩子回了国。你父亲一直想申请出国签证，当局多次拒绝了他的申请。他们一般不喜欢自己的演员流失国外。最后他不得不选择偷渡出境，结果被抓并送进了劳改营。"

"你母亲再婚，不久又离异。她再次流离失所。我记得很清楚，那时公寓很紧张。她不得不回家和你父亲一起住。当局已经把你父亲从劳改营放了出来。于是，在那间狭小的公寓里，两个人分居在两个房间里，直到他们过早地去世。典型的'人民'共和，你们觉得呢？"

阿金丽娜没有说话，但罗德能从眼神中看出她内心的痛楚。

"我和祖母一起生活，"她对帕申科说，"所以我不了解我父母的感情，最后三年我没和他们说过一句话。只知道他们是在愤怒和痛苦中孤独死去的。"

"警察带走你祖母的时候，你在场吗？"帕申科问。

她摇了摇头。"那个时候我被送到了特殊表演学校。事情发生后，我被告知祖母寿终正寝。直到后来我才知道事实真相。"

"所有你这样的人应该成为时代变革的催化剂。现状必须得到改善。"

罗德开始有些怜爱身边的这个女人。他想对她保证过去的事情一定不会再重演。但是，显然这只是一个美好的愿望。于是他问道："教授，你知道现在到底发生什么事情了吗？"

老人的脸上顿时凝重起来，"是，我知道。你听说过全俄君主制主义者集会吗？"

罗德摇了摇头。

"我听说过，"阿金丽娜说，"这群人想要恢复沙皇政权。前苏联解体以后，他们举办了几次大派对。这些都是我从一本杂志上看来的。"

帕申科点点头，"他们确实搞过几次大派对。衣冠楚楚的绅士、戴高帽的哥萨克人，以及穿白军制服的中年人穿梭其间。他们的一切行动都是为了让沙皇以及跟沙皇政权有关的事物永远留在民众的心目中。曾经有一段时间，人们认定这些人是妄想者。但是现在，人们的观点发生了变化。"

"全民公投支持沙皇复位，这是他们的功劳？"

"这个我不敢说。"

"教授，您能进入主题吗？"罗德听不明白。

帕申科换了一个很古怪的坐姿，但是并没有表现出任何不快，"罗德先生，你还记得圣队吗？"

"一群誓死保卫沙皇安全的贵族。但实际上他们懦弱无能。1881 年亚历山大二世被炸死的时候，这些人一个都没出现。"

"后来又有一群人用同样的名字建立了一个组织，"帕申科说，"但是我向你保证，这个组织并非毫无作为。它安全度过了列宁时期、斯大林时期和第二次世界大战。事实上，这个组织一直存活到今天。这个组织对外叫做全俄君主制主义者集会。不过其中还有一个秘密组织，我就是它的负责人。"

罗德盯着帕申科，"这个圣队的目标是？"

"保护沙皇的安全。"

"但是 1918 年以后就没有沙皇了。"

"有。"

"你到底在说什么？"

帕申科把手指放在嘴唇边，"你读过亚历山德拉的信和列宁的笔记，应该从上面知道了真相。我承认在那天读完那些文字之前，我一直心存质疑。但是现在我很肯定，叶卡捷琳堡屠杀事件中，皇储活了下来。"

罗德摇头，"教授，你在开玩笑。"

"我很严肃。我的组织建于 1918 年 7 月之后。我叔叔和叔爷爷都曾是圣队成员。几十年前我加入了组织，并荣升为今天的领导人。我们的宗旨就是要保守一个秘密，并在合适的时机执行我们的使命。可是因为当权者的清剿，我们损失了很多战友。为了安全起见，组织的发起人做了妥善安排，确保没人知道我们组织所有的秘密使命和相关信息。因此，很大一部分文件流失了，包括最初的那一部分文件。就是你找到的那些。"

"什么意思？"

"你还带着那些文件吗？"

罗德拿起夹克，把口袋里的文件递给帕申科。

帕申科探过身子，"这儿，列宁的笔记里。'关于尤诺夫斯基的情况有点麻烦。叶卡捷琳堡传来的消息不一定准确，而有关菲利克斯·尤苏波夫的消息证明了这一点。关于柯尔雅·马可思的事情颇为有趣。我以前听说过这个名字。斯塔罗杜格小镇这个名字，以前也听两个投降的白卫兵提过。'我们丢失的就是这个名字，柯尔雅·马可思；还有这个村庄的名字，斯塔罗杜格小镇。这就是我们的任务的开始。"

"什么任务？"罗德不明白。

"找到阿列克谢和安娜斯塔西亚。"

罗德靠到椅背上。他太累了，这番话让他觉得头晕。

帕申科继续说道，"1991 年皇室家族的遗体被挖掘出来，并一一确定了身份，那个时候我们就肯定屠杀中有两个人幸存下来了。到今天谁都没找到阿列克谢和安娜斯塔西亚的遗骸。"

"尤诺夫斯基说他们两人的尸体被埋到了其它地方。"罗德说。

"如果你接到屠杀令，结果少了两具尸体，你会怎么说？你得说谎，否则你就会因为没有执行命令而被枪决。尤诺夫斯基向莫斯科汇报的，是他们想听到的。然而，前苏联解体后，越来越多的资料浮出水面，证明尤诺夫斯基的话疑点重重。"

帕申科说得没错。从红军手上和其他地方获得的材料都证明，七月屠杀中不一定无人生还。以后出现了各种关于当晚真相的报道，比如皇室成员被刽子手用刺刀刺得嗷嗷叫，还有的说刽子手用刺刀敲烂了皇室成员的脑袋。一时间，众说纷纭。但是罗德想起了自己找到的纸片，纸片上的字出自叶卡捷琳堡的一名卫兵之手，书写的时间是屠杀发生三个月之后。

然而，我很清楚接下来将要发生的事情。关于沙皇一家命运的决定很清楚了。尤诺夫斯基让我们每一个人都明白了自己的任务。没过多久，我对自己说，也许我应该帮助他们逃走。

他指着文件，"教授，还有另外一张纸，是一个卫兵写的。我没给你看过。也许你应该看一下。"

帕申科迅速地浏览了一遍。

"和其他文件所说的差不多，"帕申科看完后说，"人们对皇室家族产生了巨大的同情心。有些卫兵恨他们，偷他们的东西，但是也有一些人不一样。我们的创始人就利用了这种同情心。"

"你们的创始人是谁？"阿金丽娜问。

"菲利克斯·尤苏波夫。"

罗德惊呆了，"就是杀掉拉斯普京的人？"

"同一个人。"帕申科挪了挪身体，"我父亲和叔叔曾经跟我讲过一个故事，在沙皇别墅亚历山大宫发生的一件事。创始人让这件事在圣队一直流传下来。事情发生的时间是 1916 年 10 月 28 日。"

罗德指着帕申科手上的信说，"和亚历山德拉写给尼古拉这封信的时间一样。"

"同一时间。阿列克谢的病又发作了。皇后派人叫来拉斯普京，他到达皇宫并抚平了太子的病痛。后来，亚历山德拉崩溃了，拉斯普京责备她，这都是因为她不相信主和他的力量。就在这时，拉斯普京预言：罪人会悔过，他会协助皇室重续皇室血脉。他还说一只乌鸦和一只鹰将会逆转结局——"

"——野兽的纯真天性将会保卫他们并指引方向，这是最后成功的关键。"罗德接过他的话。

"这封信证明了多年以前我听到的故事确实发生过。就是你找到的隐藏在国家档案馆的这封信。"

"那么整个事件跟我们有什么关系呢？"罗德还是不明白。

"罗德先生，你就是那只乌鸦。"

"就因为我皮肤黑？"

"这只是一部分原因。你在这个国家是一个另类。但还有别的原因。"帕申科转向阿金丽娜。"这位漂亮的女士。你的名字，我亲爱的，在古俄语里面的意思就是'鹰'。"

她的表情变得很惊讶。

"现在你该明白我们热衷于此的原因了。如果一切都失败了，一只乌鸦和一只鹰将会逆转结局。乌鸦和鹰联系在了一起。彼特洛夫娜小姐，无论如何，恐怕你已经不能置身事外了。所以我派人监视了马戏团。我肯定你们俩还会再联系。你们的行为进一步证实了拉斯普京的预言。"

罗德差点笑了出来，"拉斯普京是个机会主义者，一个无耻的农夫，狡诈地利用了皇后的罪孽感和悲伤。要不是皇储的败血症，他根本不可能溜进皇室的深宫大院。"

"可事实说明阿列克谢的确得了重病，拉斯普京也确实安抚了他的无数次病痛。"

"我们现在都知道，缓解情绪上的紧张能够帮助止血。催眠也曾经被用于治疗败血症。压力会影响血液流动和动脉管壁的张力。就我所知，拉斯普京只不过是平抚了孩子的情绪。他跟他说话，给他讲西伯利亚的故事，安慰孩子说一切都会好起来的。最后阿列克谢常常睡着了，这也对伤势有帮助。"

"我也读到过这些解释。但是事实证明拉斯普京影响了沙皇皇储。而且他竟然在几周之前就预言了自己的死亡，甚至预言了如果杀他的人出自皇室，后来将会发生怎样的情况。同时，他也留下了救赎之道。菲利克斯·尤苏波夫采用了这个办法。也就是你们俩现在正要完成的使命。"

罗德看了一眼阿金丽娜。她的名字，还有她跟自己扯上关系，都应该是纯属巧合。可是这个巧合几十年前就已经被预言了。如果一切失败，一只乌鸦和一只鹰将会逆转结局。接下来会怎么样呢？

"斯蒂梵·巴克拉诺夫不配管理这个国家，"帕申科说，"他是一个毫无管理能力的绣花枕头。他根本不配。这个人很容易受人控制，我担心沙皇委员会将利用职权支持他上台——国家杜马到时只能被动接受这一结果。人民需要沙皇，而不是一个形象大使。"帕申科抬起眼睛，"罗德先生，我知道你的任务是支持巴克拉诺夫上台。但是我相信尼古拉二世的直系亲属仍然活在这个世界上。我目前还不知道确切的位置。只有你和彼特洛夫娜小姐才能获得最后的答案。"

罗德叹了一口气，"教授，太离谱了。"

老人的脸上掠过一丝笑意，"我能理解你的心情。但在我们继续深谈之前，我得先去厨房看一下晚餐准备得怎么样了。你们俩不如单独聊一聊，做个决定。"

"什么决定？"阿金丽娜问。

帕申科站起身，"你们的未来。还有俄罗斯的未来。"

22

晚上 8:40

海斯平躺下来，抓紧了脑袋上方的铁棍。他举起，放下，举起，放下，刚举了十下就汗如雨下，胸肌和肩膀开始有点疼痛的感觉。他喜欢沃尔库霍夫酒店的健身俱乐部。虽然年近六十了，他还是不服老。剩下的日子不会多过四十年了。他需要抓紧时间，现在正是大展拳脚的时候。巴克拉诺夫加冕以后，他就可以随心所欲做任何想做的事了。他已经看中奥地利阿尔卑斯山的别墅。在那里他可以欣赏风景，出外打猎钓鱼，做自己的领地之王。这个想法太诱人了。他现在有无穷的动力，只要能实现这个愿望，做什么他都在所不惜。

他又举了一轮才停手，然后抓起一条毛巾擦干眉毛上的汗珠，离开健身房向电梯走去。

罗德在哪儿呢？为什么不打电话呢？之前他已经跟奥雷格说过，罗德可能已经开始怀疑自己了，但他并不十分确定。还有一个可能，罗德认为酒店的电话被监听了。无论对政府还是私人机构来说，装窃听器都易如反掌，罗德对此更是知根知底。也许这一点可以解释为什么罗德离开菲利克斯·奥雷格的办公室后就再没联系。罗德可能打电话到亚特兰大的公司间接联系海斯。不过海斯刚询问过了，亚特兰大没接到罗德的电话。

麦尔斯·罗德现在真的成了一个麻烦。

海斯从电梯走进六层用木质材料装修的大厅。这里每一层都有一个提供杂志和报纸的休息区。"勃涅日列夫"和"斯大林"正坐在那里。秘密内阁的成员约好两小时后会面，所以海斯不明白为什么会在此时此刻见到他们。

"先生们。什么风把你们吹来了？"

"斯大林"站了起来，"有个问题得马上解决。我们得谈谈，电话联络不上你。"

"你看见了，我在健身。"

"我们能去你的房间吗？""勃涅日列夫"问。

楼层层长专注地看杂志，他们经过时她连头都没抬一下。三人进了房间，锁好门，"斯大林"马上开腔，"有人在马戏团看见了罗德先生。我们的人想截住他。一个被罗德甩掉了，另外一个被一群同样跟踪罗德的人逮住了。我们的这位同仁只好杀了看守逃了出来。"

"对方是谁？"海斯问。

"这就是我们说的那个问题了。是时候让你知道了。""勃涅日列夫"往前坐了坐，"一直以来，对于 1918 年屠杀中的皇室幸存者，人们有诸多猜测。你的这位罗德先生在受保护文件里碰巧找到了一些有趣的文字。我们认为事态严重，但还可以控制。但是现在看来，我们错了。这位罗德先生勾结上了莫斯科一位叫塞米永·帕申科的人，一位大学历史系教授。但同时他还是沙皇复位组织的头目。"

"这件事怎么威胁到我们的行动了？"海斯问。

"勃涅日列夫"往后一靠，海斯看了他一眼。

维拉迪米尔·库利科夫代表的是新贵集团，这群人在前苏联解体的时候都大捞了一笔。他个子不高，为人严肃，脸上刻满了风霜，海斯时常觉得这个人像个农夫。他鼻子长得像鸟喙，头发灰白稀疏，常摆出高人一等的模样，这没少惹怒秘密内阁的其他三位成员。

新贵特别不受政府和军队的欢迎。他们中大部分人是前政府官员，利用强大的关系网发家，是一伙懂得如何利用混乱的政府体系为自己捞油水的聪明人。但这些人没一个有真本事。他们的钱大多来自美国财团。

"一直到列宁死的时候，""勃涅日列夫"说，"他都对叶卡捷琳堡发生的事情耿耿于怀。斯大林也一样，因为太在意了，他下令封存所有与罗曼诺夫王朝有关的文件。对此事有所了解的人，要么杀掉，要么关进集中营。斯大林的疯狂行动让现在的查证举步维艰。斯大林害怕罗曼诺夫王朝有幸存者，但是两千万人的死亡却可能激起更大的恐慌，可没有人敢反对他。帕申科的组织可能和幸存的一个或者多个罗曼诺夫王朝后嗣有关。到底是怎样的关联，我们现在还不清楚。但一直以来都有传闻说，罗曼诺夫王朝的幸存者一直在暗处等待适合的时机东山再起。"

这时"斯大林"开口了，"根据失踪的尸体来推断，我们现在知道只有两个孩子可能活了下来，阿列克谢和安娜斯塔西亚。当然，即使这两个孩子一起生还，或者只有一个生还，他们本人都应该过世了，尤其是身患败血症的皇储。所以我们现在讨论的是他们的子孙。如果真有的话，他们将会是罗曼诺夫王朝的直系亲属。斯蒂梵·巴克拉诺夫就没有理由染指皇位了。"

海斯看得出"斯大林"脸上的表情相当严肃关切，但他还是不愿意相信这番话。"根本不可能有人幸存。处决时刽子手近距离地射击，之后又用刺刀。"

"斯大林"的手指沿着扶手上镂空的花纹来回移动，"上一次我就跟你说了。美国人很难理解俄国人对命运的敏锐嗅觉。这就是个例子。我读过前苏联时期克格勃的审讯记录。拉斯普京预言罗曼诺夫王朝的血脉将会得到解救。他预言说一只乌鸦和一只鹰将完成这次解救。你的罗德先生找到了一份文件证实确有这个预言。"说着，他往前探了探，"罗德先生不就是那只乌鸦吗？"

"就因为他是黑人？"

"斯大林"耸耸肩，"这个理由很充分啊。"

他简直不敢相信，这位有"斯大林"之称的人竟然想告诉他，一个 20 世纪早期的神痞，一个农夫能预言罗曼诺夫王朝的东山再起。不仅如此，一个来自南卡罗莱纳州的美籍非裔竟然也成了预言的一部分。"可能我真的无法理解你们对命运的敏锐感知，但是我知道什么是常识。简直一派胡言。"

"塞米永·帕申科可不这么想，""勃涅日列夫"马上回应道，"出于某种目的他派人一直监视马戏团，结果证明他做对了。罗德真的出现了。我们的人说还有一个昨晚在火车上的人，一个女人，阿金丽娜·彼特洛夫娜。我们的人跟她对过话，当时没有发现什么不对劲，但帕申科的人把这个女人连同罗德一起从马戏团带走了。如果所有事情真的都是凭空捏造出来的事，那怎么会这么巧合呢？"

海斯无言以对。

"斯大林"的脸色很难看，"在古俄语中，阿金丽娜的意思是'鹰'。你懂得我们国家的语言。你知道这个吗？"

海斯摇摇头。

"我不是开玩笑，""斯大林"说，"有些我们完全不了解的事正在进行着。全民公投之前，没有人想过沙皇真的回来了，但是这是一个获得政治利益的契机。现在两者都要实现了。因此在事情变得更复杂之前，我们必须立刻采取一切行动阻止事态的蔓延。用我们给你的电话号码，叫上人，找到你的罗德先生。"

"行动已经开始了。"

"还不够高效。"

"你们为什么不自己来？"

"因为你有我们没有的自由。这个任务只能靠你来完成。这件事可能已经超越了我们的能力和处理范围。"

"奥雷格正在找罗德。"

"也许警察通报能增加耳目，""勃涅日列夫"说。"红场枪击案死了一个警察。警方迫不及待要找出凶手。他们也许一枪就能解决我们的难题。"

23

罗德说，"对你父母的遭遇，我感到很难过。"

帕申科离开房间后，阿金丽娜一直一动不动看着地面。

"我父亲一直想和他的儿子在一起。他想结婚，但是如果他要移民，必须得到他生身父母双方的许可——这是前苏联时期为了阻止国民出境制定的法令。我的祖母当然准许了，可是我的祖父二战后就失踪了。"

"那你父亲还必须得到他的准许吗？"

她点点头，"祖父没有死亡记录。失踪人口都没有死亡记录。没有父亲，没有许可，没有签证。事情起了连锁反应，最后的结果是我父亲被赶出了马戏团，并且被禁止在任何地方表演，这可是他唯一的谋生手段。"

"为什么你没有在他们最后的几年回去看看呢？"

"那样带来的只会有痛苦。我妈妈对那个怀着前夫孩子的女人耿耿于怀。我父亲眼里看到的则是一个为了别的男人而抛弃自己的女人。但他们只因为那么点共同的利益，不得不忍受着折磨。"她声音里的怨恨越来越明显。

"他们把我送到了祖母那儿。一开始我很恨他们这么做，但是长大后，我才明白自己根本无法忍受自己在他们身边，所以我选择了远离。他们过世的时间只差几个月。小感冒发展成了肺炎。我常常想，我的命会不会也是这样。有一天我再也没办法取悦于观众的时候，我会有怎样的下场？"

罗德一时不知道该说些什么。

"美国人很难明白过去的事情。甚至也无法理解为什么很多事情一成不变。你没法选择自己的生长地，也不能为所欲为。很多事情好像在人生之初就已经有了安排。"

他知道她指的是，"分配"。每个人十六岁的时候就被安排好以后的路。

有权力的人能够自己做主，没有权力的人只能有什么能选的，就选什么，而不受大人善待、被人抛弃的孩子则只能听命于人。

"要是有背景，孩子就会得到特别照顾，"她说，"他们被分到莫斯科最好的地方。那是人人都想去的地方。"

"但你例外？"

"我讨厌这里。对我来说，这里除了不幸，还是不幸。但是我不得不回来。国家需要我的才能。"

"你当时不想表演？"

"你在十六岁的时候就能为你下半生想好出路了？"

他用沉默表明自己无法回答。

"我有几个朋友选择了自杀。比起下半生在北极圈或是西伯利亚某个小村庄做你不喜欢的事情，这个选择好多了。我在学校有个朋友曾经想当医生。她学业优异，但因为没有党的关系不被大学录取。其他比她能力差得多的人都进了学校。最后她在一家玩具厂找了份工作。"她紧紧盯着他，"你很有福气，麦尔斯·罗德。等你老了或者不能动弹的时候，还有政府津贴和救济。而我们没有这种东西。。"

他开始明白俄国人为什么向往久远年代了。

"我在火车上跟你说过我的祖母，那全都是真的。有一天晚上她忽然被带走，然后再也没有回来。她以前在一家国营商店里做事，亲眼看见经理们偷店里的东西，然后嫁祸于别人。她给莫斯科写了一封信，揭发了他们。但结果是她被商店解雇，没了养老金，档案袋上贴上了告密者的标记。没人敢再雇用她。于是她开始写诗。结果这些诗都成了罪过。"

他歪了一下脑袋，"什么意思？"

"她喜欢描写俄国的冬天、饥饿以及孩子的哭声，揭露政府对人民的淡漠。当地的苏维埃认为这是在威胁国家稳定。她成了出头鸟，一个不安分的分子，这就成了她的罪名。她很可能聚众闹事，是个有煽动性的人。于是，她从这个世界上消失了。也许只有我们国家才会对诗人执行死刑。"

"阿金丽娜，我理解你的憎恨。但是我们必须保持冷静和理智。1917 年前的沙皇确实是一个不顾百姓，任由警察射杀民众的昏君。1905 年的一个星期天，成百上千的民众只因反对沙皇的政策而惨遭杀戮。"

"沙皇代表了我们跟过去的血脉传承。这个标志已经延续了好几百年。他

114

是俄国的精神象征。"

他靠向椅背，深深地吸了几口气。他盯着壁炉炉火，静静倾听着木柴烧着的爆裂声。"阿金丽娜，他想让我们寻找继承人，这个人也许存在，也许不存在。所有事情的起因也许不过是一个世纪以前某个精神错乱者的预言。"

"我想去。"

他盯着她，"理由呢？"

"自从我们相遇，我就有一种特别的感觉。仿佛你和我注定要联系在一起。你进入包厢的那一刻，我没有恐惧，极其自然地让你进来过夜。这是我内心的某种力量在指引我这么做。我也知道我们一定会再见面。"

他不像这位美丽的俄罗斯女士一样浪漫感性。"我父亲是一个牧师。他周游各地只是为了愚弄听众。他喜欢狂喊上帝之语，但实际上他的所作所为只是为了驱使人们的恐惧心理，愚弄他们从而骗取钱财。他是我见过的最不圣洁的人。欺骗妻子，欺骗孩子，也欺骗了他仁慈的主。"

"可是他养育了你。"

"我母亲说，他的确是看着我出生的，但是他并没有养过我。我是自食其力的。"

她把手放到胸前，"他始终在这里。不管你承不承认。"

不，他不想承认。几年前，他认真地想过要改掉自己的姓，是母亲苦苦哀求最终让他放弃了这个念头。"你会明白的，阿金丽娜，一些事情都是可以编造的。"

"出于什么目的呢？这两天你都在想为什么有人要追杀你。关于这个问题，教授给了你答案。"

"让他们自己去找这个罗曼诺夫王朝的幸存者吧。他们现在拿到了我找到的资料了。"

"拉斯普京说只有你和我才能成功。"

他摇了摇头，"你不是真的相信了吧？"

"我不知道应该相信什么。但是我小时候，祖母曾经说她看到我的生命里会有好的东西。也许她的话是真的。"

这番话里好像有什么东西让他有了尝试一下的想法。至少，这样一来，他就可以摆脱"冷面"和克鲁玛努人，离开莫斯科。所以他不能否认这个任务的确颇有吸引力。帕申科是对的。过去这几天发生的事情有太多的巧合。

虽然他压根没信过拉斯普京的所谓预言，但是菲利克斯·尤苏波夫的介入引起了他的兴趣。创始人，帕申科是这么称呼的，而且语气中流露着尊敬。

他回忆起有关这个人的历史资料。尤苏波夫是一个喜欢穿女人衣服的双性恋者，他认为自己才是未来的缔造者而谋杀了拉斯普京。他用不光彩的手段达到了自己的目的，并为这个愚蠢的行动自命不凡了五十年。又一个善于演戏的伪君子，和拉斯普京以及罗德的父亲一样，他卑鄙无耻且心狠手辣。然而，尤苏波夫的确做了些无私的事。

"好吧，阿金丽娜。我们答应做。为什么不呢？除此之外，我还能做什么？"他瞟向厨房门的时候，塞米永·帕申科恰巧向他们走来。

"我刚刚收到一个不太好的消息，"老人说，"我们的一个同志，就是在马戏团带走犯人的那个人，没有和犯人一起出现在规定地点。后来我们发现了他的尸体。"

"冷面"逃跑了。这个消息可不妙。

"我很难过，"阿金丽娜说，"是他救了我们的命。"

帕申科倒很平静，"他加入圣队时就将生死置之度外了。他也不是在该项任务中牺牲的第一个人。"老人坐了下来，眼神显得很疲惫，"当然也不会是最后一个。"

"我们决定，"罗德说，"答应你。"

"我猜你会答应。但是别忘了拉斯普京的预言。任务完成前需要牺牲十二个生命。"

罗德并不在乎什么百年预言。很多诡秘的传说都被证明是错误的。"冷面"和克鲁玛努人，却是真实存在的危险。

"罗德先生，你已经意识到，"帕申科说，"四天前在尼克勒斯卡娅街上杀手的目标不是阿特米·贝利，而是你。我怀疑这些人已经知道我们掌握了部分信息。所以他们想阻止你。"

"我很肯定，"罗德说，"除了你没人知道我们接下来将要去哪里。"

"没错儿。就是这样。只有你、我、彼特洛夫娜小姐知道具体内容。"

"不完全正确。我老板也知道亚历山德拉的信件。但是我觉得他跟这件事情没有关系。如果他知道，他不会告诉任何人。"

"你认为你的老板值得信任吗？"

"两个星期前我就把材料给他看过，但是他没说一句话。我想他根本没往这方面深想。"他挪了挪身体，"好吧，既然我们决定做，那么请您告诉我们更多的细节。"

帕申科坐起身，表情凝重，"创始人将寻找的任务分成了几个独立的步骤。只有当每一个步骤中正确的人说了正确的话，才能得到下一步的指示。如果他没有撒谎的话，整个计划只有他一个人知道。"

"我们现在知道斯塔罗杜格小镇的某个地方是第一站。我们见面后，我花了几天的时间查找了一些信息。尼古拉的贴身侍卫中有一些在革命后投奔了布尔什维克，柯尔雅·马可思是其中一名。罗曼诺夫王室被杀的时候，他还是乌拉尔苏维埃的成员。在革命初期莫斯科取得中央政权之前，各地苏维埃占据着各自的区域。因此，乌拉尔苏维埃比克里姆林宫的人更能决定沙皇一家的生死。乌拉尔地区把沙皇视如死敌。尼古拉被关进叶卡捷琳堡的第一天，他们就恨不得他马上就死。"

"我想起来了，"罗德说，他想起列宁为了能让俄罗斯脱离第一次世界大战，曾签署过一个和平条约。"列宁以为可以摆脱德国人。见鬼。就因为条约过于屈辱，一个俄国将军在签署仪式上开枪自杀。1918 年 7 月，德国大使在莫斯科被暗杀。列宁面临再次被德国侵略的危险。于是他计划用罗曼诺夫王室作为筹码，他认为德国皇帝应该会救他们，特别是贵为德国公主的亚历山德拉。"

"德国人根本不想要什么罗曼诺夫王室，"帕申科说，"于是王室一家变成了累赘。乌拉尔苏维埃接到了执行枪决的命令。柯尔雅·马可思可能参与了这件事情。很可能他就在枪决的现场。"

"教授，这个人肯定已经过世了，"阿金丽娜说，"事情已经过去很多年了。"

"但这个人的责任是将手里的信息保护完好。我们必须假设马可思尽忠职守，没有背叛自己的誓言。"

罗德糊涂了，"你自己为什么不去找马可思？现在你已经知道了他，为什么非要我们去?"

"创始人说得很清楚，只有一只乌鸦和一只鹰才能获得消息。即使我去了，或是再换另外一个人去，都会徒劳无功。我们应该尊重拉斯普京的预言。他说过，只有你们才能成功。我也必须遵守我的誓言，遵从创始人的安排。"

罗德在脑子里搜索关于菲利克斯·尤苏波夫的信息。他的家族是俄罗斯的巨富之一，因为哥哥在一次决斗中丧生，菲利克斯成为了所有家产的唯一继承人。他从出生开始就是一个悲剧人物。因为母亲一直想要个女孩，为了自我安慰，她让菲利克斯留长头发穿裙子，直到五岁。

"尤苏波夫不是对拉斯普京很着迷吗？"他问。

帕申科点头，"有些传记作家甚至说两人之间可能存在同性恋关系，由于拉斯普京拒绝这种关系，导致尤苏波夫怀恨在心。他的妻子是尼古拉最疼爱的侄女，可能是当时全俄罗斯条件最优越的年轻女孩。他对尼古拉忠心耿耿，认为自己有义务帮助沙皇摆脱拉斯普京的影响。这是个错误的想法，但那些对拉斯普京在朝廷地位心怀不满的人，却在一旁煽风点火。"

"我从来都没有觉得尤苏波夫是一个聪明人。他做不了首领，比较适合当随从。"

"可能他是故意给人留下这么个印象。我们对此坚信不疑。"帕申科停了一下，"既然你已经同意了，那么我还会把我知道的事情多告诉你一些。我的叔爷爷和叔叔一直到死都坚守秘密。他们必须找到链条上下一环的人才能说出秘密，我猜他们下一环的人就是柯尔雅·马可思，或他的后人。坚持到最后的人会得到解救。"

罗德立刻想到了自己的父亲，"来自马太福音。"

帕申科点点头，"这些话是进入下一阶段的钥匙。"

"你有没有想过这些寻找最终可能徒劳无功？"罗德问。

"我现在不这么想。亚历山德拉和列宁都提到了同样的信息。亚历山德拉1916年的信中写到了创始人跟我们说过的拉斯普京事件。六年后，列宁又记录了从一个饱受折磨的白军卫兵嘴里得到的消息。他清楚地提到了马可思的名字。不可能徒劳无功。斯塔罗杜格小镇一定有我们要找的，列宁没有找到的东西。1922年以后，列宁中风后渐渐退了下来，并于1924年过世。四年后斯大林封存了所有的东西。他禁止任何人提到关于罗曼诺夫王朝的任何事情。所以当时即使有人发现了什么事，也不敢往下探究。"

"我记得列宁并没有把沙皇当做必须紧急解决的麻烦，"罗德说，"到1918年的时候，罗曼诺夫王室已经失去了人心，被称作'血腥尼古拉'之类。"

帕申科点头，"那个时候就已经有人出版了沙皇和皇后的书信，这全是列宁的主意。读过书信的人会感觉到王室成员不过也是平常人。当然啰，这些书信都经过了精心挑选和篡改。而且这些东西还流传到了国外。列宁觉得德国会要回亚历山德拉，而这个女人就会保证德国遵守和平协约，至少也能作为遣返俄国战俘回国的条件。但德国在俄罗斯布置了广大的间谍网，尤其是在乌拉尔地区，所以我猜想德国人早就知道沙皇一家在 1918 年 7 月被杀害了。其实，这是在拿尸体作交易。"

"关于沙皇皇后和公主们幸存的消息又是怎么回事？"

"他们不知道世界会怎么看待这起屠杀妇女儿童的事件。莫斯科努力把整个事件描述成合法的英雄之举。于是，他们编造谎言声称罗曼诺夫王朝的女性成员被送走了，后来死在红军跟白军的一场战役中，因为这件事会涉及德国方面的考量。但后来发觉根本没有人在乎罗曼诺夫王朝的成员安危，妇女小孩也一样，于是干脆连掩饰都不用了。"

"但是消息封锁还在进行。"

帕申科露出了笑容，"这个从某种程度上得感谢我们圣队。我的先辈们非常善于混淆视听。创始人计划中有一部分就是要让苏维埃寝食难安，让世界关注该事件。虽然我还不肯定，但我相信安娜·安德森应该出自尤苏波夫之手。他利用她向大家开了个玩笑，世界竟然照单全买了。"

"直到 DNA 测试证明她是假的。"

"但那也是最近的事。我猜尤苏波夫告诉了她所需要的信息。剩下的事情就是她的精彩演出了。"

"这就是全部？"

"还没完，罗德先生。尤苏波夫活到了 1967 年，确保整个计划顺利进行。虚假消息不只是为了解除前苏联当局的防备，也是为了保存皇室幸存人的地位。因为没有人肯定继承人是否在世，就没有其他嫡系成员敢完全控制皇室。安娜·安德森的演技如此精湛，让一些罗曼诺夫王朝的成员都挺身而出证明她就是安娜斯塔西亚本人。所有事情都在尤苏波夫的掌握之中。后来全国各地都冒出了仿冒者。一时间，书籍、电影和法庭上好不热闹。骗局竟形成了规模。"

"所有这一切只是为了保守秘密？"

"没错儿。尤苏波夫去世之后，这个责任就落到了其他人的肩上，包括我。但是由于前苏联对旅游的严格限制，寻找任务无法顺利进行。也许你们的出现是上天的恩泽。"帕申科的眼神变得很坚定，"我很高兴你决定接受任务，罗德先生。这个国家需要你的作为。"

"我不确定我能有多大的作为。"

老人看了看阿金丽娜，"还有你，我亲爱的。"帕申科靠到椅背上，"现在有一些事情我们应该注意。拉斯普京的预言提到了动物——到底是怎么一回事，我也说不清楚。上天会指引事情往正确的方向上进行。这可能是指 DNA 测试。它可以确认任何人的身份。现在已经不是列宁时期或者尤苏波夫时期了。科学技术可以主宰一切。"

公寓的宁静让罗德松弛了下来，他累得已经不想动脑筋了。这时，白菜和土豆的香味飘了过来。"教授，我快饿死了。"

"晚餐快准备好了。"帕申科面对阿金丽娜说，"我们吃饭的时候，我会派人去你的公寓取必需品。我建议你好好保管自己的护照，因为谁也不知道这个事情会把你们带到哪里。还有，我们在马戏团里面有人脉。我会安排一个恰当的方式让你离开马戏团一段时间，但又可以不丢工作。如果此番旅行一无所获，至少你还有份工作。"

"谢谢。"

"你的东西呢，罗德先生？"

"我把钥匙给你的人，麻烦他们把我的行李带来。我还想让他们给我的老板泰勒·海斯传话。"

"我建议你不要这么做。预言说要保守秘密，我们应该遵守要求。"

"可泰勒或许能帮上忙。"

"你不需要帮忙。"

他懒得争下去了，而且，帕申科说得对，越少人知道这件事情越好，以后再跟海斯联络也不迟。

"今晚你可以在这里安安稳稳地睡个觉，"帕申科说，"明天就启程。"

24

　　罗德的拉达车沿着双车道高速公路往前开。除了这辆装满油的汽车外，帕申科还给了他们五千美元。帕申科昨晚的话是对的——谁也不知道他们会走到哪里，所以罗德没要卢布而选择了美元。他对这趟旅行毫无把握，但目前的处境要比之前好太多了。汽车正在俄罗斯西南部的树林里前行。

　　他穿了一条牛仔裤和一件毛衣，帕申科的人顺利地从沃尔库霍夫酒店取回了行李。他昨晚睡了个好觉，之前洗了个热水澡，还把胡子刮干净了，阿金丽娜好像也恢复了精神。帕申科的人拿回了她的衣服、护照以及出境签证。因为频繁的国外演出，马戏团的成员都有一本永久出境签证。

　　她一直没说话。她穿了一件橄榄绿的高领上衣，牛仔裤，羊皮外套。她说这套装束是一年前在德国慕尼黑买的。深色保守的穿着很适合她。她瘦削的肩膀适合穿翻领毛衣，感觉像电影里的安妮·霍尔，罗德很喜欢这个打扮。

　　他透过车窗看着田野和森林。黑色的土地和佐治亚州北部的红土地一点都不像。这个地方以出产土豆闻名。他想起彼得大帝时期的一个故事，彼得大帝要求这个地区的农民种植土豆，彼得称之为"泥土里的苹果"。因为俄国以前没有种过土豆，所以收获的时候，沙皇不知道应该收土豆的哪一部分。没办法，农民把土豆身上除了茎以外的所有部分都尝了个遍，最后都病倒了。气急败坏的农民烧了整个庄稼地。这时有人尝了尝烧熟的土豆块茎，才为土豆洗清冤屈，从此土豆成了家常食物。

　　一路上他们穿过了条件恶劣的金属熔化厂和拖拉机厂。空气中弥漫着浓重的煤烟和酸的味道，到处都蒙着一层肮脏的煤灰。这里曾经是战场。基督徒和异教徒，争夺皇权的王子，意欲征服这里的鞑靼人，都曾经血洒这片土地。曾经有一位作家这样说道：俄罗斯的土地吸食着俄罗斯人民的鲜血。

斯塔罗杜格小镇的地势像一条细窄的布条，木质砖瓦房和有柱廊的小店让人感觉仿佛回到了君主时代。街道两边种着整齐的白桦树，小镇的中心是一座有三个尖顶的教堂，深蓝色的圆顶和金色的星星在夕阳下闪闪发亮。不过这里弥漫着一种腐烂的气息令人作呕——常年失修的建筑物似乎摇摇欲坠，人行道路面翻起，绿化带杂草丛生。

两人开着车在街上漫无目的地前进。罗德问，"想到怎么找柯尔雅·马可思了吗？"

她一直往前看，"我觉得这个问题不难解决。"

他透过肮脏的车窗看见了一个咖啡馆的招牌，希内金基咖啡馆——小店门口的招牌上写着：供应蛋糕、肉饼、冰淇淋。这是一幢镂刻着漂亮窗户的三层楼房，小店就开在楼下一层。他注意到招牌上还写了一行字：店主伊沃西夫·马可思。

"这很奇怪。"他说。

俄国人一般不会公开店主的名字。他看了一下周围小店的招牌，都没有写店主的名字。他想起了圣彼得堡的涅瓦街，还有莫斯科的阿拉巴特区。这两个地方都是集合时尚流行物的高档商品聚集地。就算是这些店，也很少贴价格标签，更别说店主名号了。

"也许这是一种时代的前兆，"阿金丽娜说，"资本主义悄悄地进来了。连这里的俄罗斯农村都受到了影响。"她脸上的笑容说明这是句玩笑话。

罗德停好车之后，两人下车走进逐渐变暗的街道。他领着她往希内金基咖啡馆走去。人行道上空无一人，只有一只狗在追雀鸟。店家几乎都关门了。除了大城市，俄罗斯的店铺周末一般很少开门营业。他知道这是布尔什维克时期遗留下来的习惯。

咖啡馆几乎没怎么装修。中间放了四排桌子，玻璃柜里分类摆放着食物。空气中飘散着一股黑咖啡的味道。有张桌子坐着三个人，另外一张坐着一个人。这些人好像都没注意到他们，他在想这倒是有点奇怪，这里每天出现黑人的频率不可能有多高。

玻璃柜后面站了一个敦实的小个子，他留着一头浓密的短发，嘴唇上下蓄着一圈长胡子。他围着一条沾满了各种污渍的围裙走了过来，身上发出一股羊乳酪的味道，边走边用双手抓着一条干毛巾用力擦。

"你是伊沃西夫·马可思?"罗德用俄语问。

对方露出了很奇怪的表情。

"你从哪儿来?"对方用俄语反问道。

罗德觉得还是少说为妙，"有什么关系吗?"

"因为你到我的店里来问问题。还装成俄国人说话。"

"我觉得你就是伊沃西夫·马可思?"

"管好你自己的事儿。"

对方的声音生硬而且不太友好，罗德不知道这是因为偏见还是冷漠。"你看，马可思先生，我们不是来这里找麻烦的，我们是要找一个叫柯尔雅·马可思的人。可能他已经过世很久了，你知道这附近有他在世的亲属吗?"

对方紧紧地盯着他。"你是谁?"

"我叫麦尔斯·罗德。这位是阿金丽娜·彼特洛夫娜。我们从莫斯科来找柯尔雅·马可思。"

这人扔掉手里的毛巾，双手紧紧抱在胸前，"这里到处都住着姓马可思的人。我不知道谁叫柯尔雅。"

"他应该是斯大林时期的人，但是他的子孙应该还在世。"

"我母亲姓马可思，跟你说的这些人没关系。"

"那你为什么也姓马可思?"罗德迅速问。

这句话激怒了这个俄国人。"我没时间聊天。我还有客人。"

阿金丽娜靠近玻璃柜，"马可思先生，这件事很重要。我们必须找到柯尔雅·马可思的亲人。你能告诉我们他们住在哪里吗?"

"你们凭什么认为他们住在这里?"

罗德听到背后传来脚步声，转身看见一个高个子警察进了店里，他穿着镇区警察的制服，头戴蓝色毛皮帽。这人脱掉外套坐到一张桌子旁，向伊沃西夫·马可思招了招手。店主会意，转身赶紧冲咖啡去了。罗德往柜台上靠了靠。警察的出现让他紧张。他尽量压低声音对着马可思的背说。

"坚持到最后的人会得到解救。"

马可思转过头，"什么意思?"

"这得你告诉我。"

这个俄国小个子摇摇头，"美国人都是疯子。你们脑袋里进水了吧？"

"谁说我是美国人？"

马可思看着阿金丽娜说，"你怎么和这个黑鬼在一起？"

罗德没有把这句侮辱的话放在心上。他们得平平安安地离开咖啡馆。马可思似乎眼神有异。罗德不是很确定，但是感觉对方似乎是在告诉他现在不是说话的时机，也不是说话的地方。他决定再试试，"我们走了，马可思先生。能建议一个住宿的地方吗？"

店主冲完咖啡，端到警察的桌子上。他把杯子放好，转身回到了柜台。

"去奥卡特雅布勒斯基旅馆看看。到了街角左拐，往镇中心走三个街区就到了。"

"谢谢。"罗德说。

马可思没再理他，走进了玻璃柜台后面。罗德和阿金丽娜准备离开，可是出去的路上必须经过警察的座位，他正在品尝手里热腾腾的咖啡。罗德觉得这人注视自己的时间有点长了，他扭头看了看玻璃柜台后面的马可思，他也注意到了。

两人终于找到了奥卡特雅布勒斯基旅馆。旅馆有四层楼，临街的房间都配有一个阳台。一层大厅的地上落了厚厚一层土，室内弥漫着很重的硫磺味。柜台后面的店员脾气很冲，蛮横地说这里不接待外国人。阿金丽娜将计就计，装出气急败坏的样子说罗德是她丈夫，希望店员对他客气点。纠缠一番后，他们总算以高得离谱的价格租了间房间，两人爬上了三楼。

房间虽大但设施陈旧，让他们感觉像是住进了40年代的电影里。唯一与时代接轨的物件是墙角里轰鸣的小冰箱。洗手间也好不到哪儿去——没有坐式马桶，也没有卫生纸。罗德洗脸的时候才知道热水和冷水只能分开流出来。

"我猜游客很少来南部这么偏远的地方。"他拿着毛巾一边擦脸一边走出洗手间。

阿金丽娜坐在床边，"共产党时期这个地方禁止旅游。不久前才解禁，才准许外国游客进入。"

"谢谢你刚才在楼下跟店员说的话。"

"我为马可思对你说的话感到抱歉。他没权利这么说。"

"我不是很确定这是他的真心话。"他把眼神的事告诉了阿金丽娜。"我觉得他是因为警察在场所以很紧张。"

"什么原因呢？他说他不知道柯尔雅·马可思。"

"我觉得他在说谎。"

她笑了笑，"你真是一只乐观的乌鸦。"

"我不知道什么是乐观。我只是在想整件事情肯定有一个真相。"

"希望如此。你昨晚说的事情是真的。俄国人只想记住沙皇政府好的一面。原本残忍专制的独裁政府，还是可能……在新时代有新面貌。"她的嘴角扬起一丝笑意，"我们现在做的一切也许是对苏维埃的最后一次愚弄了，他们自以为很聪明，可是如果罗曼诺夫王室活了下来，这不是很有趣吗？"

是啊，也许吧，他想。

"你饿不饿？"阿金丽娜问。

他的确有些饿了，"我们最好掩人耳目。我到楼下的小店买一些食物上来。那里的面包和奶酪看起来不错。我们可以在这里安静地吃顿饭。"

她笑了笑，"那是再好不过了。"

罗德从楼下的小店要了一节黑面包、奶酪、一些香肠和两罐啤酒，然后付了五美元，老妇人欣然接受了。正准备上楼回房的时候，他听到屋外传来汽车的声音。暗夜里亮起的红蓝车灯透过窗户照进了旅馆的大厅。他朝外一看，三辆警车刚刚停稳，车门已经打开了。

他知道这些人来干什么。

他三步并作两步跨上楼梯冲进房间。"收拾东西。警察已经在楼下了。"

阿金丽娜行动非常迅速，起身抓起双肩包，披上了外套。

他抓起自己的包和外衣。"不用多久他们就知道这个房间的房号了。"

"我们去哪儿？"

他想现在只有一条出路——上四楼。"跟着我。"他领路走出房间，然后轻轻关好门。

两人沿着昏暗的木质楼梯往上走，楼下立刻传来急速的脚步声。他们打开楼梯间的门，蹑手蹑脚上到了顶层。罗德借助灯泡看到一共七个房间。三间靠街，三间靠里，还有一间在楼道尽头。房间的门都开着，证明还没有人住。

三楼传来拳头砸门的声音。

他示意两人动作都得放轻一点，然后指了指最尽头的房间，这间房面对着旅馆楼房的背面。罗德顺手把走廊两边的门轻轻地带上，然后尾随阿金丽娜进入最尽头的房间，并且把门锁好了。

下面的人还在敲门。

房间里一片漆黑，但他不敢打开床头灯。他从窗户往下一看，这里离地面约三十英尺，下面是一条停满了车的巷子。他打开窗户，把脑袋伸了出去。没有警察。也许他们以为这次突击围捕很容易得手。在窗户的右边，一条排水管从楼顶一直伸到路面。

他只好实话实说。"我们无路可逃。"

阿金丽娜走向前去，探出头看了看窗外。他听到脚步声正向他们走来。警察肯定已经知道三楼是空的。所有关着的门能争取一点时间，但是维持不了多久。

阿金丽娜把身上的背包脱下来扔到了窗外。"把你的包给我。"

他照做了，问，"你在干什么？"

她把包扔了下去，"看我怎么做，你就怎么做。"

她敏捷地爬出窗外，紧贴窗台。他看着她抓住排水管，弯腰，双腿紧贴砖墙，双手抱住湿乎乎的铁皮水管，一抓一放身手敏捷地往下爬。不一会儿，她就从水管上跳到了地面。

他听见外面的门被撞开了。他觉得自己学不了阿金丽娜，但是已经没有选择的余地了。再过一会儿，屋子里面就全是警察。

他爬出窗外，照着样儿抓紧水管。铁管冰冷，潮湿的外皮很滑手，他双腿蹬住墙面，开始往下爬。

这时他听见撞门的声音。

他加紧速度往下滑，过了二楼的窗户。楼上警察已经强行破门而入，撞坏的门木从窗户里飞了出来。他一面往下滑一面贴紧水管增加摩擦，直到身体重重地摔到水泥地上。

他翻身躲到一辆汽车的轮胎前面。一抬头，就看见了警察手里的枪。他顾不得大腿处的疼痛，用力把阿金丽娜推到了汽车的另一面。

两声枪响。

一颗子弹打中了引擎盖，另外一颗打碎了挡风玻璃。

"过来，毛着腰。"他说。

他们用汽车做掩护，沿着巷子往前爬。身后响起了一连串的枪击声，幸好四楼的窗户角度不好。子弹只打坏了玻璃和铁皮。马上就要到巷口了，但是罗德担心会不会有警察已经守在那里了。

他们逃出了小巷。

罗德迅速朝两边看了一眼。两边的店铺已经关了门，路上没有街灯。他背上包，抓起阿金丽娜的手往街的一头跑去。

这时，一辆车出现在右面的街角，并且朝他俩开了过来，车灯晃得他睁不开眼睛。

两人愣在街面中央动弹不得。

轮胎与地面发出了一声刺耳的摩擦声。

车停了下来。

罗德看出这不是一辆公家车，没有警灯或者其他标志。挡风玻璃后面的面孔他认得。

伊沃西夫·马可思。

这个俄国人把头伸出驾驶室的窗户，说了一句："上车。"

他们刚一钻进车里，马可思就开动了引擎。

"来得太及时了。"罗德朝后车窗看了一眼。

俄罗斯人盯着眼前的路说，"柯尔雅·马可思已经死了。但他的儿子明天会跟你们见面。"

25

莫斯科

10 月 17 日，星期天

上午 7:00

海斯坐在沃尔库霍夫酒店的大厅里吃早餐。这间酒店提供非常精致的自助餐。他特别喜欢这里的俄式甜煎饼，厨师总在煎饼上撒上糖粉，然后放上一块新鲜水果。早上服务生拿来了一份消息报，于是他靠在椅背上开始读早晨的新闻。

这几周的头版新闻都是报道沙皇委员会的动向。周三召开了会议，周四完成了提名。斯蒂梵·巴克拉诺夫位居榜首，按照事先的安排，由颇受爱戴的莫斯科市市长大人为他提了名。这一招很有效，消息报上显示巴克拉诺夫的支持率明显上升。

另外有两个罗曼诺夫的嫡系也推出了他们的候选人，强调自己与尼古拉二世的血缘更近。消息报上还提到了另外三个人的名字，但因为他们跟尼古拉二世的关系太远，所以报纸没多做介绍。报纸右栏的一个小方块新闻吸引了他的眼球，上面说罗曼诺夫王室的血脉应该不在少数。圣彼得堡、莫斯科、新西伯利亚的实验室都在提供一种测试，声称只需花上五十卢布就可以跟罗曼诺夫王室家族的血样进行对比。果不其然，很多人都花钱做了测试。

委员会成员在候选人名单的问题上争论非常激烈，但海斯明白这不过是在作秀。据他所知，十七名委员中十四位已经被买通了。这场争论原本是他的主意，不能太快得出最终的结果，要让大家看到委员会内部意见不统一，然后慢慢得出最终的结论。

报道的结尾称提名工作将会在第二天结束，周二进行再一次投票，候选人将缩减至三人，此后进行为期两天的讨论，最终结果将在周五见分晓。

周五就能看到大结局。

斯蒂梵·巴克拉诺夫将变成斯蒂梵一世，俄罗斯沙皇陛下。海斯的客户高兴，秘密内阁的成员也高兴，他自己的口袋就会多几百万美元。

他读完了新闻，对俄国人的这种强烈的公众表现欲颇为惊奇。他们甚至为这种公众秀起了个专有的名词：波卡祖契亚（pokazukha）。他印象中最典型的例子就是上个世纪七十年代美国总统杰拉德·福特访问俄国的时候，他们特地砍了一堆冷杉树，插在机场出来的雪路上。

服务生端来了热气腾腾的俄式煎饼和咖啡。他继续翻看了一会儿报纸，一行字映入眼帘：安娜斯塔西亚与她的沙皇弟弟仍旧在世。他觉得背上凉了一截，仔细往下读才发现这是一出刚刚在莫斯科上演的戏剧的评论：

英国作家罗拉·甘特在一家二手书店发现了一本破旧的阴谋小说，他被里面叙述的未完成的皇族屠杀事件所吸引。"我对安娜斯塔西亚／安娜·安德森的事情十分着迷，"甘特提到了最著名的再生版安娜斯塔西亚。

这一出剧目讲述安娜斯塔西亚和她的弟弟阿列克谢在1918年逃出了叶卡捷琳堡。她们的尸体失踪了，于是人们对这几十年所发生的事情猜测很多，众说纷纭。而编剧的想象力更是超乎想象。

"这有点像说猫王至今仍和玛丽莲·梦露一起生活在阿拉斯加一样，"甘特如是说。"里面有着黑色幽默和讽刺。"

他越往下读，越觉得这是一出滑稽剧，而不是对罗曼诺夫王室幸存者真实生活的再现，评论家将其比作"契诃夫遇上了卡萝·伯纳特"。评论家甚至在文章的最后都没有推荐读者去看这出戏。

旁边的一把椅子被人拉开了，打断了他的阅读。

他把头抬了起来，菲利克斯·奥雷格在他身边坐了下来。

"你的早餐真不错啊。"探长说。

"我可以给你叫一份，不过这个地方对你来说太招摇了吧。"他的口气中明显带着鄙视。

奥雷格把盘子拉到自己面前，伸手拿过叉子。海斯决定任由这个混蛋恣意妄为。奥雷格往薄饼上倒了一层糖浆，跟着狼吞虎咽起来。

他折好报纸放到桌子上。"要不要再来点咖啡？"话中的鄙视和嘲讽更加明显了。

"果汁就够了。"俄国探长嚼着满嘴的食物哼哼道。

他犹豫了一下，然后叫服务生端上来一大杯橙汁。奥雷格吃完了整个薄饼，用餐巾布擦了擦嘴。"早就听说这里的早餐一流，可我连个开胃菜的钱都付不起。"

"幸运的是你马上就可以加入富人的行列了。"

探长的嘴角咧出一丝笑容，"我可以肯定地告诉你，我做这个不是为了讨好某些人。"

"那你在这个美好的星期日早晨造访的目的是什么？"

"警察局对罗德的通缉令起了作用，我们找到他了。"

海斯的情绪一下子提了起来。

"在斯塔罗杜格小镇，从莫斯科往南，五小时的车程。"

他立刻想起来罗德从档案馆找到的资料中提到过这个地名。列宁在里面说到一个人：柯尔雅·马可思。这个苏联前领导人说过什么来着？斯塔罗杜格小镇这个名字，以前听两个投降的白卫兵提到过。我肯定马上会有事情发生。

现在，他也有了同感，太多巧合了，显然罗德已经陷入了某个事件。

周五晚上，罗德的行李从房间神秘失踪。秘密内阁的人肯定很恼火，如果他们焦虑，那么海斯也得焦虑。他们让他把事情处理掉，他的目标就是要完成任务。

"具体是什么情况？"他问。

"他们在一家旅馆发现罗德和一个女人在一起。"

他等着奥雷格说下去。探长显然很享受这样的状态。

"当地警察因为不知情，把事情搞砸了。他们突袭了旅馆，但是忘了切断后路。罗德和那个女人从窗户逃了出去。他们开了枪，结果没打中，还是让他们跑了。"

"他们查到这两个人去那儿的原因了吗？"

"他在一家餐馆问了几个关于柯尔雅·马可思的问题。"

听到这里，海斯对罗德意图的猜测基本已经得到证实了。"你跟当地警察怎么说的？"

"我让他们等我到达后再行动。"

"我们现在就走。"

"我也这么想。所以我才到这里来，而且现在我也吃好了一顿早餐，做好了准备。"

服务生端来了橙汁。

海斯站起身来："赶快喝完，走之前我先去打个电话。"

26

斯塔罗杜格小镇，上午 10:00

冰冷的雨敲打着汽车的挡风玻璃，罗德把车速放慢，阿金丽娜机敏地观察着四周的情况。昨晚伊沃西夫·马可思把他们带到小镇西边的一所房子里，然后他们在那里过了一夜。房子是马可思家另外一个亲戚的，他在壁炉前为他们准备了两个床铺。

两个小时前马可思回去过一次，说警察连夜去了他家，询问一个黑人和一个俄罗斯女人到过他餐馆的情况。因为当时餐馆里有一个警察，所以他不得不一五一十将事情说了出来。警察显然相信了他的话，所以没再回去。幸好没人看见奥卡特雅布勒斯基旅馆的逃亡。

马可思给他们留了一辆车，是一辆沾满泥水的奶白色奔驰房车。他还告诉了两人去柯尔雅·马可思儿子家的路线。

这是一座用厚木板搭成的平房，木板缝隙中填满了厚厚的麻絮，房顶上的石子儿已经长满苔藓了。屋顶上的石头烟囱里飘出一缕缕灰色的炊烟，随后又消失在冰冷的空气中。屋檐下靠墙放着耕种用的犁耙，不远处是一片开阔的田地。

看着眼前的景象，阿金丽娜想起好多小时候的事情，乌拉尔山脉边上的小镇是她长大的地方，学校里的孩子都穿着统一的服装，围着小围裙，头扎红丝带。课间学生们还要接受教育，听老师讲沙皇时代的工人们如何受到压迫，列宁如何改变工人的命运，资本主义如何邪恶，以及集体主义对每一个成员的要求。每一间教室里，每家每户的房子里都挂着列宁的画像。

"个人"已经不存在了。

但是她父亲是"个人"。他要的不过是去罗马尼亚与新妻子和儿子团聚。集体主义却不允许。党员就必须是好父母。没有"革命情怀"的人要被通报。当时有一件很轰动的事情，有个人揭发他父亲为暴乱农民提供情报，之后被暴乱农民杀死了。一时间到处都出现歌颂这一事迹的歌谣或者诗歌，小孩子们被教导要学习这种为祖国牺牲小我的精神。

"我只到过俄国农村两次，"罗德打断了她的思绪，"两次去的地方都建设得不错。但是这一次就不一样了，简直是另一个世界。"

"沙皇时期的人们称村镇为 mir，就是安宁的意思。这是挺贴切的一个比喻，村镇的人很少外出。这是他们的世界，一个安宁的地方。"

现在四周不再是斯塔罗杜格小镇工厂的烟雾，换作了绿树青山和干草地。罗德把车停在小屋前。

开门的是一位精神矍铄的红发老人，他个子不高，脸庞红润得像个甜菜根。阿金丽娜估摸他有七十多岁了，不过他依然行动敏捷。他先是仔细地打量了两人一番，才让他们进去，那种眼神让阿金丽娜想起了边防员。

小屋里面分成了简单的卧室、厨房和一间舒适的起居室。搭配得不太协调的家具看来只是为了满足基本的生活需要。地面上铺着用沙磨平的木板，上面的漆已经掉光了。房间里没有电灯，整个屋子就靠油灯和壁火照明。

"我叫瓦斯利·马可思。柯尔雅是我父亲。"

三个人围坐在厨房的桌子边上。炉子上正在热一锅"辣面"——阿金丽娜特别喜爱这种家常面条。空气中还能闻到一股很香的烤肉味，如果她没弄错的话，那应该是羊羔肉。廉价的烟草味中和了这股味道。屋子的一个角落里放着一尊像，四周点燃了蜡烛。她祖母也曾经在家里布置过类似的神台，但是自从她失踪后，这东西就没有了。

"我做了午饭，"马可思说，"我想你们应该饿了。"

"我们很高兴能吃点东西，"罗德说，"味道很香。"

"烹饪是我现在所剩无几的几个爱好之一。"马可思起身朝炉子走了过去。他搅拌着锅里煨着的食物，背对着两个客人。"我侄子说你们有话要说。"

罗德明白过来了，"坚持到最后的人会得到解救。"他说。

老人放下勺子，转身回到座位上，"真不敢相信我会再次听到这句话。我一直以为那是我父亲的妄想症。而且还是从一位有色人种的先生嘴里说出来的。"马可思转向阿金丽娜说。"你名字的意思是'鹰'，孩子。"

"有人已经告诉我了。"

"你是个漂亮的小东西。"

她笑了笑。

"我希望这个寻找之旅不会伤害到这个美丽的姑娘。"

"怎么会呢？"她不解。

老人揉了揉蒜头鼻，"我父亲跟我说起这个责任的时候，就警告我这件事可能会要了我的命。我一直都没把这话当真过……直到今天。"

"你知道了什么事情？"罗德问。

老人长长地舒了一口气，"我常常回忆曾经发生的事情。我父亲总是说总有一天我会相信他的，但我从来没有相信过。我似乎看见了他们半夜里被叫起，匆忙下楼。他们幻想白军终将夺取政权，他们终将自由。尤诺夫斯基，这个犹太疯子，骗他们必须撤走，但走之前得拍一张照片以证明他们安然无恙。他让每一个人都站好，但是根本没有什么拍照。一群武装人员冲进了房间，沙皇一家被告知他们将被枪决。然后，尤诺夫斯基举起了手枪。"

老人停了下来，摇了摇头。

"我去准备午餐。我会告诉你们更多关于叶卡捷琳堡七月那晚发生的事情。"

尤诺夫斯基开了一枪，俄罗斯沙皇，尼古拉二世应声倒在血泊当中。沙皇倒在了自己儿子面前。亚历山德拉还没来得及在胸前划一个十字，另外一个枪口就已经对准她开火了。一声枪响之后，皇后脑袋一歪倒在了座位旁边。尤诺夫斯基特别为每个刽子手指定了一个对象，并且要求所有人只能射击心脏，以免鲜血四溅。然而当所有刽子手都把枪口对准他们曾经的沙皇陛下时，尼古拉的尸体变成了碎片。

刽子手共站成三排。第二排和第三排分别利用前排肩上的空隙开枪，因为距离太近，前排甚至有人被灼热的火药烧伤。柯尔雅·马可思站在第一排，他的脖子就烧伤了两处。他的任务是射杀大公主奥丽亚，但是他却下不了手。他三天前到达叶卡捷琳堡，想要解救犯人，但是整个事件的发生比预想的时间提前了。

士兵被召集到尤诺夫斯基的办公室。指挥官跟他们说:"今天,我们要把皇室的所有成员,包括医生和随从在内,全部枪决。通知派遣队如果听到枪响不要惊慌。"包括柯尔雅·马可思在内的十一个人被挑选出来。马可思被选中的确是个意外,不过他是乌拉尔苏维埃强烈推荐的人——一个听从命令值得信赖的人——服从显然是尤诺夫斯基最需要的东西。

两名拉脱维亚士兵立刻站出来说他们不杀女人。马可思对此印象颇为深刻,想不到如此嗜杀成性的人竟然会有良心发现的时候。尤诺夫斯基没有反对他们的意见,把另外两个没有忌讳而且急于立功的人换到了前排。最后队伍中包括了六个拉脱维亚人,五个俄国人,再加上尤诺夫斯基。其中有三个人分别名叫尼库林,俄马科夫,帕维尔,此外还有两个重名的梅德福德弗斯。柯尔雅·马可思到死都忘不了这些名字。

外面停了一辆卡车,引擎没有熄火的目的是为了掩盖连续射杀的枪声。枪击使得室内弥漫着浓厚的烟雾。这时谁都不知道自己到底在杀谁。因为枪决前几个小时这几个人曾经狂饮滥喝,马可思断定除了自己,或许还有尤诺夫斯基,在场的人都不清醒。没人记得当天具体发生了什么事情,只记得自己曾对着一群移动的物体疯狂扫射。他很小心地控制了酒量,因为他知道自己必须清醒。

马可思亲眼看见奥丽亚的头部中弹后应声倒地。所有刽子手都把枪对准了犯人的胸口,但是奇怪的事情发生了。凡是射到女犯人胸口的子弹全部弹了回来,反射到房间的各个角落。一个拉脱维亚人喃喃自语说这是主在保佑他们,另一个竟然高喊这么做是不明智的。

马可思看到塔季扬娜和玛丽亚缩到一个角落里,用双手寻求保护。射向她们的子弹有的被弹了回来,有的则直接穿过了身体。两个枪手走出队伍朝前走了几步,朝女孩的脑袋开了枪。

男仆、厨师和医生站着接受了枪决,尸体如拱廊石柱般整齐地倒在地上。女仆的反应最疯狂。她尖叫着满屋子乱跑,拿手里的枕头作掩护。几个枪手对准枕头开了好几枪,但是子弹都飞了出来。大家害怕了,怀疑有什么未知的力量庇护着她们。直到有一颗子弹干净利落地射进了她的脑袋,尖叫声才停止。

"停火。"尤诺夫斯基喊了一声。

房间变得死一般的寂静。

"街上应该能听见枪响。用刺刀解决他们。"

枪手扔掉手枪，抓起美国温彻斯特步枪开始在房间里面走动。

不知道怎么回事，头部中枪的女仆竟然还没死。她忽然坐了起来，开始一边在血淋淋的尸体堆里翻，一边哭泣。两个拉脱维亚人走上前，用刺刀猛砸她身上的枕头。刺刀刺不透枕头。她抓住一把刺刀开始狂叫。于是枪手上前走得更近，其中一个抢起枪托朝她脑袋上就是一下。她接下来的一声喊叫就好像是一头受伤的动物的哀嚎。几下狠砸之后，她终于没了声音。之后这些人开始用刺刀猛刺尸体，仿佛他们是在斩妖除魔一般，刺下去的次数多得马可思数都数不过来了。

马可思走向沙皇的尸体，他的军裤和军衣上满是鲜血，这时其他人都拿着刺刀刺向女仆和公主的尸体。空气中弥漫着呛人的烟雾，而尤诺夫斯基正在检查沙皇皇后的尸体。

马可思弯下腰把尼古拉的尸体翻到一边。王储就在他身下，身上穿着军衣、军裤、军靴和一般男孩都戴的军便帽，和他父亲一模一样。马克思知道这父子俩喜欢穿一样的衣服。

男孩睁开了眼睛，表情充满了恐惧。马可思立刻用手捂住他的嘴，然后示意他不要作声。

"不动了，全死了。"他说。

孩子闭上了眼睛。

马可思起身举起手枪，对准男孩脑袋边上的位置开了一枪。子弹射进木板的时候，孩子的脑袋弹了一下。马可思立刻又在另一边补打了一枪，希望没人注意到这个孩子刚才的举动，还好其他人正在忙于清理大屠杀的现场。十一具尸体，十二个刽子手，空间狭小，时间紧张。

"皇储还活着吗?"尤诺夫斯基问。

"死了。"马可思说。

指挥官对这个答案表示满意。

马可思把尼古拉二世的尸体重新盖在孩子的身上。他抬头看见拉脱维亚士兵正朝最小的公主安娜斯塔西亚走去。第一批子弹扫射的时候，她应声倒地，整个人趴倒在地上的血泊里。这个孩子还在呻吟，马可思不知道是不是子弹都长了眼睛。拉脱维亚士兵举起刺刀正要往下捅的时候，马可思叫住了他。

"让我来，"他吼道，"我还没试过这种乐趣呢。"

对方的脸上扬起一丝坏笑，退开了。马可思俯视着女孩，发现她呼吸困难，身上的衣服全是血，根本辨认不清到底是她的还是从旁边她姐姐身上流出的。

愿主宽恕他。

他举起枪托朝女孩的头砸了下去。他稍稍偏了一点角度，正好把女孩打晕，但是还好不足以毙命。

"我来解决她。"马可思举起刺刀。

幸好，拉脱维亚人没说什么就朝另外一具尸体走过去了。

"住手。"尤诺夫斯基喊了一句。

房间里出奇地安静。枪声停了下来，呻吟声也没有了。十二个人站在浓烟里，头顶的灯泡亮得像暴风雨里的太阳。

"把门打开，让烟散出去，"尤诺夫斯基说，"妈的我们什么都看不见了。检查脉搏，向我汇报。"

马可思直接走到安娜斯塔西亚身边，她还有一丝微弱的脉搏。"公主安娜斯塔西亚，死亡。"

其他的士兵也开始报告死亡情况。马可思走到皇储身边，掀开尼古拉的尸体。他摸了一下孩子的脉搏，跳动得很强烈。他想可能孩子没有被打到。"皇储。死亡。"

"他妈的终于解决战斗了。"一个拉脱维亚士兵说。

"我们得迅速清理尸体，"尤诺夫斯基说。"天亮前这个房间必须清理干净。"说完他对一个俄国士兵说。"从楼上拿些床单来。"然后转身。"把尸体平放开。"

马可思看见一个拉脱维亚士兵忽然抓住了一个公主的尸体，但是他看不清楚是哪一个。

"看啊。"这个人忽然喊道。

所有人都把视线转向了血淋淋的尸体。马可思和其他人一起走上前。尤诺夫斯基也走了过去。被打烂的束身衣里面露出了一颗亮晶晶的钻石。指挥官弯下腰用手指抠出钻石，接着他抓起旁边一把刺刀割开束身衣，尸体身上的衣服滑了下来，各种珠宝落了一地，滚动在鲜血里。

"这些石头救了他们，"尤诺夫斯基说。"这些狗杂种竟然把这些东西缝进了衣服里。"

其中一些士兵意识到了身边的财宝，立刻朝女人的尸体上扑去。

"不准动，"尤诺夫斯基吼道，"待会儿把所有找到的东西都交给我。这些是国家财产。谁要是拿走一颗扣子，都要挨枪子儿。明白了吗?"

全场沉默。

拿床单的人来了。马可思知道尤诺夫斯基急于把尸体清理掉。他的命令说得很清楚。几个小时后天就亮了，白军已经迫近小镇了。

第一个被包裹起来的是沙皇的尸体，士兵们把它抬上了外面的卡车。

有一位公主的尸体被放到了担架上。忽然，这女孩坐了起来，接着开始狂叫。每个人都吓得魂飞魄散，以为神又开始显灵了。窗子和门都开着，所以没法开枪。尤诺夫斯基抓起一把步枪，举着刺刀对准孩子的胸前，一刀穿心。跟着他迅速拔出刺刀，用枪托对准孩子的脑袋砸了下去，头骨的爆裂声清晰可闻。随后尤诺夫斯基又把枪倒过来，把刺刀戳进孩子的脖子再一拧。伴随着液体搅拌的声音和一阵痛苦的扭曲，鲜血如泉狂涌而出，女孩终于安静了下来。

"把这些鬼东西全部搬出去，"尤诺夫斯基喃喃地说，"真是鬼上身了。"

马可思走到安娜斯塔西亚身边，用床单把她包好。这时，大厅又响起一阵骚动。又有一位公主复活了，马可思看见同伴们举着刺刀和枪托一阵乱戳乱砸。他利用这个时机把皇储包进了床单，这孩子还躺在父母的血泊中。

他弯下腰。"小东西。"

孩子睁开眼睛。

"别做声。我得抱你到卡车上去。明白吗?"

孩子轻轻点点头。

"只要听到任何一点响动，他们就会把你叉到烤肉串上。"

他包好床单，同时扛起安娜斯塔西亚和阿列克谢。他心中暗暗念叨公主千万不要醒过来。他还担心会有人过来检查脉搏。一出门，他发现其他人都在忙着从尸体上找财宝，手表，项链，手镯，烟盒还有各种珠宝。

"我再说一遍，"尤诺夫斯基说，"把所有东西都交上来，否则就枪毙。楼下少了一只表。我去把最后一具尸体弄上来。我回来的时候，必须看到手表。"

没人怀疑私藏东西的可怕后果，于是一个拉脱维亚士兵从口袋里掏出手表，然后连同另外一件东西一起扔进了物品堆。

尤诺夫斯基背着最后一具尸体回来了，然后把尸体扔进了卡车上。这时大家注意到他手里拿着一顶帽子。

"沙皇的，"他说着，把帽子扣到自己的脑袋上。"很合适。"

人群里发出一阵笑声。

"他们死得真不容易。"一个拉脱维亚士兵说。

尤诺夫斯基看着卡车车厢说，"杀人都不容易。"

尸体上先盖上用来吸附血液的床单，然后罩上一张防水油布。尤诺夫斯基选了四个人跟车，随后自己爬进了驾驶室。其他人四散返回自己的岗位。马可思不在四人之列，于是他走到副驾驶位的窗户边上。

"尤诺夫斯基指挥官。我能一起去吗？我想帮忙把事情处理完。"

尤诺夫斯基扭动了一下短粗的脖子，转过头。他在深夜里看着显得更黑了。黑胡子、黑头发、黑色皮夹克。马可思能辨认出他的唯一特征就是他那让人不寒而栗的眼白。

"为什么不呢？和其他人一起上车。"

卡车从敞开的大门驶出了伊帕切夫别墅。一个士兵报了一下时间：凌晨三点。他们有的是时间。不知道谁拿了两瓶伏特加，大家躺在尸体上开始传递着喝起来，马可思只喝了几口。

他被派到叶卡捷琳堡的任务就是为解救做好前期工作。沙皇时期的几位将军表示他们誓死效忠皇上，马可思要履行对他们的承诺。这几个月以来，到处都流传着关于沙皇命运的谣言。但是直到昨天，马可思才真正明白了事情的真相。

他扫了一眼油布下的尸体。他把孩子和他姐姐的身体放在靠上面的地方，掩护在母亲的尸体下面。他在想王子还能不能记得自己的样子，或许这正是孩子一直保持安静的原因。

卡车沿着小镇郊区一直往前开。车里的人随着汽车在沼泽地、废弃矿场和大坑上颠簸。经过伊瑟特斯科大钢铁厂和铁路，卡车进入了茂密的树林，接着又往前开了一段路，经过几段铁路。车窗外的建筑物只剩下铁路看守的小屋。这个时候他们都已经睡觉了。

马可思感觉车子开进了泥泞的地里。卡车的轮胎陷进了泥泞的地面，后轮胎在原地打转，司机费劲地想把车开出来但没成功。引擎盖冒起了白烟。司机关上了过热的引擎，尤诺夫斯基从驾驶室跳了下来，指着刚刚经过的铁路岗亭对司机说，"叫醒里面的人，弄点水来。"然后他走到卡车车厢旁边。"找些木头来把轮胎从这鬼地方弄出来。我徒步到前面去找厄马科夫和他的人。"

有两个士兵已经醉得不省人事了。另外两个立刻从车上跳下来，迅速消失在黑暗中。马可思装作喝醉了，躺在车上一动不动。他看见司机砰地一声关上门，然后朝铁路岗亭走去。岗亭里面燃起了一盏油灯，门开了。马可思听到司机跟看守说需要水，接下来发生了一些争执，这时那两个士兵回来了，大声喊说他们找到木头了。

现在正是时候。

他爬到油布上面，把它慢慢翻开。一股桐油的臭气让他差点吐了出来。跟着他翻开皇储的床单，把床单和孩子一起抱在手上。

"是我，小家伙。安静点别动。"

孩子小声地嘟囔了几句马可思没有听明白的话。

他用床单裹着孩子，把他从车上抱到离马路几公尺远的树林里。

"别动。"他小声嘱咐道。

他迅速回到车上去抱安娜斯塔西亚。他轻轻把她抱起来，接着盖好油布，然后回到树林把她放在小男孩身边。他打开床单，摸了一下女孩的脉搏。虽然微弱，但是还在搏动。

阿列克谢看着他。

"我知道这很可怕。但是你得呆在这里，看好你的姐姐，不要动。我会回来的。但是我不知道是什么时候。明白吗？"

孩子点点头。

"你记得我的样子，对吧？"

阿列克谢又点点头。

"相信我，小东西。"

孩子用最后一丝微弱的力气抱了抱他，他的心都要碎了。

"现在睡一会儿。我会回来的。"

马可思迅速回到卡车爬进车厢，另外两个还睡着，他躺回原来的地方。外面的脚步声越来越近了。他"呼噜"了一声，不情愿地坐了起来。

"起来，柯尔雅。我们要你帮忙，"两个人走了过来，其中一个对他说。"我们在看守站找到木头了。"

他跳下车，跟其他两个人一起把木板放到泥泞的路上。司机这时也拎来了一桶水，准备浇在引擎上。

几分钟之后，尤诺夫斯基回来了。"厄马科夫的人就来了。"

木板增加了摩擦，卡车哼哼地开出了泥泞。没开出几百米，他们看到一群拿着火把的人正等在前面。从他们的喊声中，他听出这群人大部分都喝醉了。马可思凭灯光认出了彼得·厄马科夫。尤诺夫斯基只接到执行死刑的命令，厄马科夫同志负责处理后事。他是伊瑟特斯科大钢铁厂一个嗜杀成性的工人，人称"毛瑟枪同志"。

有个人喊道："你们怎么不带活的来呢？"

马可思知道厄马科夫可能允诺了他的兄弟们什么事情。好好做苏维埃党员，让你们做什么就做什么，我就让你们享受沙皇的女人。四个处女带来的肉欲足以让所有人提起精神做好一切准备。

一群人挤在卡车后面看着油布，手里的火把烧得"呲呲"响。一个人把盖着的油布一把拉开。

"妈的，臭死了。"有人大叫一声。

"皇室的恶臭。"另外一个声音说道。

"把尸体挪到推车上去。"尤诺夫斯基命令道。

有人嘟囔着说不想碰这么脏的东西，却见厄马科夫跳上车。"把这些该死的尸体挪到车子外面去。再过一两个小时就天亮了，还有好多工作。"

马可思发现没有人敢反抗厄马科夫的命令。这些人开始爬上车把血淋淋的尸体拖到推车上。总共只有四个推车，他希望没有人去数尸体。只有尤诺夫斯基知道具体的数字，但是他已经和厄马科夫先下了车。其他伊瑟特斯科大钢铁厂的人要么烂醉要么太累了，根本顾不上数到底是九具还是十一具尸体。

尸体被放到推车上之前都被扯掉了床单。马可思看见有人伸手开始摸索血糊糊的衣服，看还有没有什么值钱的东西。这时一个刚刚当过刽子手的士兵把之前尤诺夫斯基的话重复了一遍。

尤诺夫斯基出现在人群中，跟着是一声枪响。"不准有任何类似的事情发生。尸体入土前必须全部扒光。但是找到的东西都必须上交，否则立刻枪毙。"

没有人敢做声。

因为只有四辆拖车，他决定剩下的尸体由卡车带走，拖车随后跟上。马可思坐在卡车车厢的边沿上，看着拖车一步一步地跟在卡车的后面。他知道车子会在某一个地方停下，然后离开公路，钻进树林。他之前听到有人说埋葬的地方选在一个废弃的矿场。有人把那个地方叫做"四兄弟"。

卡车开了二十分钟，然后停了下来。尤诺夫斯基从驾驶室跳了出来，走到领着拖车的厄马科夫跟前。忽然，指挥官抓住厄马科夫，用手枪顶住了他的脖子。

"都他妈的废物，"尤诺夫斯基发作道，"卡车上的人说他找不到去矿场的路啦。昨天才刚刚来过。现在就失忆啦？你指望把我累垮了我就任你们把尸体上的东西抢劫一空吗？不可能。要么找到路，要么我杀了你。我清楚地告诉你，乌拉尔委员会会支持我的。"

两个刽子手从地上一跃而起，黑夜中响起了步枪的枪栓声。马可思也立刻跟了上去。

"好吧，同志，"厄马科夫不动声色地说，"没必要动粗。我亲自带你去。"

27

罗德看见瓦斯利·马可思的眼里有了泪光。他不知道这些事情在老人的心中浮现过多少次了。

"我父亲负责尼古拉的保卫工作。他被派到沙皇别墅，皇室一家就住在亚历山大宫。孩子们都认得他。尤其是阿列克谢。"

"他怎么到叶卡捷琳堡的？"阿金丽娜问。

"菲利克斯·尤苏波夫找到了他。他需要在叶卡捷琳堡安插自己的人。布尔什维克喜欢招降宫殿卫兵。如果连沙皇最亲信的人都背叛了他，可见这次革命有多么顺应民心。这是他们最好的宣传。的确很多人都背叛了皇室，其他一些懦弱的人选择逃避躲藏，但是也有一些人加入了秘密组织，成为间谍比如我父亲。他认识很多革命领导人，很容易就参与了他们的行动。幸好他及时赶到了叶卡捷琳堡，更幸运的是尤诺夫斯基竟然选中他执行枪决任务。"

他们三个人坐在厨房的桌边，边说边吃完了午饭。

"看来你父亲是一个很勇敢的人。"罗德说。

"的确是。他向沙皇宣过誓，而且一生都奉献给了这个誓言。"

罗德很关心阿列克谢和安娜斯塔西亚的情况。"姐弟俩活下来了吗？"他问。"后来怎么样了？"

老人的嘴角弯起一抹微笑。"很奇妙的经历。不过开始的时候很恐怖。"

队伍往森林里走去。所谓的路就是一条烂泥道，汽车开得很慢。不一会儿汽车卡在了两棵树中间，尤诺夫斯基决定把车扔下，领着拖车继续走，因为四兄弟矿场就在附近了。他们把车上的尸体连同裹着的油布一起搬到担架上，马可思帮忙抬起了放着沙皇尸体的担架。

"把尸体放到地上。"到了目的地之后尤诺夫斯基下了命令。

"我想这事儿归我管。"厄马科夫说。

"没错儿。"尤诺夫斯基说。

有人点燃了火。尸体的衣服被扒光后，马上被放在一起焚烧了起来。三十多个醉醺醺的男人晃悠悠地忙了起来，场面乱成一团。不过马可思心里却很庆幸，这样就不会有人注意到少了两具尸体。

"钻石。"一个声音叫道。

所有人都看了过去。

"柯尔雅，跟我来。"尤诺夫斯基说着，挤过了人群。

所有人都围着一具女尸。厄马科夫的人在另外一具尸体上发现了珠宝。尤诺夫斯基一手夺过钻石，一手拿着柯尔特式自动手枪。

"严禁抢掠。谁敢抢，就枪毙谁。如果你们杀了我，我保证你们会收到委员会的礼物。现在按我说的做，扒光尸体的衣服。把所有找到的东西统统交给我。"

"然后进入你的口袋?"一个声音说。

"不是我的也不是你们的,是国家的。我会把所有东西交给乌拉尔委员会。这是我的命令。"

"操你妈的犹太人。"一个声音骂道。

透过摇曳的火光,马可思看见了尤诺夫斯基眼中的怒火。他太了解这个人了,他不喜欢有人提起自己的身世。尤诺夫斯基的父亲是一个给玻璃上釉的工人,妈妈是一个针线女工。他自幼家境贫寒,1905年革命失败后成为了一名忠实的党员。因为参加革命,他被流放到叶卡捷琳堡,去年2月革命卷土重来,他被选为乌拉尔委员会委员,此后每日辛勤地为党工作。他再也不是一个犹太人了,他是一名忠实的共产党人,一个坚决认真贯彻执行上级命令的人。

黎明的光照在周围的白杨树上。

"你们全都离开,"尤诺夫斯基大声喊道。"跟我一起来的人留下。"

"你不能这么做。"厄马科夫吼道。

"要么走,要么我杀了你。"

枪决现场的四个人立刻响应了指挥官的号召,拉好步枪的枪栓并把枪端了起来。余下的人似乎意识到反抗将会是愚蠢的,就算他们制服了这个犹太人,乌拉尔委员会肯定也不会放过他们。于是这些醉鬼歪歪倒倒地四散走开了,马可思对此毫不吃惊。

等他们走后,尤诺夫斯基把枪插到腰带上。"把衣服都扒光。"

他安排了两个人放哨,另外两个人和马可思一起脱掉沙皇的衣服。尸体已经很难辨认了,但是皇后由于身形和年龄的关系,死后还是一眼就能认出来。看着这些自己曾经服侍过的人,他胃里泛起呕吐的感觉。

他们又从两件束身胸衣里面发现了珠宝。皇后甚至把一整条珍珠腰带缝在了内裤的夹层布里。

"只有九具尸体,"尤诺夫斯基忽然说道。"皇储和另外一个女人的尸体呢?"

没人出声。

"狗杂种。这帮龌龊的狗杂种,"指挥官怒了。"一定是他们把尸体弄走了,想从尸体上找好处。说不定他们现在就在搜尸体。"

马可思心里暗暗地舒了一口气。

"我们怎么办?"一个士兵问。

尤诺夫斯基毫不犹豫地答道。"没什么大不了的事儿。我们就说埋了九具尸体,烧了两具,等事情过去后我们再去找,都听明白了吗?"

马可思意识到没人敢把丢失两具尸体的事情泄露出去,尤其是尤诺夫斯基自己,不管他们用什么理由来解释,都不可能不触怒委员会。大家用一致沉默表明对尤诺夫斯基的认同。

他们把沾满血迹的衣服扔到火里,然后把九具赤条条的尸体弄到了一个四方形的大坑旁边。马可思注意到尸体的身上都留下了束身胸衣勒过的痕迹。公主们脖子上原本都挂有护身符,上面有拉斯普京的画像并绣了祷文,但是现在护身符都被扯下来扔进了遗物堆。他在脑海里使劲回忆这些姑娘们生前姣好的模样,看着眼前灰飞烟灭的景象不禁十分衰伤。

这时,有一个人伸手放到亚历山德拉的胸脯上玩弄起来。

跟着又有一个人这么做了。

"挤过沙皇皇后的乳头,我死也瞑目了。"其中一个人喊道,人群里发出一阵淫笑。

马可思把脸转到一边,看着火堆里噼啪作响的衣服。

"把尸体扔下去。"尤诺夫斯基说。

士兵们开始一人拖一具尸体,然后从坑的边缘推下去。扔下去几秒钟之后,才听见黑乎乎的坑下传来一声水花溅起的响声。

不到一分钟的时间,九具尸体全部被推了下去。

瓦斯利·马可思停了下来,深深地吸了几口气,然后抿了一小口伏特加。"之后尤诺夫斯基坐在一个树墩上开始吃煮鸡蛋。这些鸡蛋原本是教师们给小皇储带的,尤诺夫斯基让士兵们把鸡蛋储存好。他非常清楚接下来的任务,于是吃饱后他马上把手榴弹扔到坑里,炸掉了矿场。"

"你刚才说还发生了很奇妙的事情,"罗德说。

老人又喝了一口伏特加,"我是说过。"

上午10点钟,马可思和其他人一起离开了埋葬地。有一个士兵留下看守,尤诺夫斯基前往乌拉尔委员会汇报任务的完成情况。幸好他没有下令搜寻另外两具尸体。

士兵们接到命令沿路返回，不准引起他人注意。马可思觉得很奇怪，心想昨晚的任务牵涉了很多人，埋葬地不可能不被人知道，尤其是人们对沙皇的憎恶和财富宝藏的引诱肯定会吸引来一些人。

马可思让其他人先走一步。他说自己从另外一条路回去，让脑袋清醒清醒。这时远处传来大炮的轰鸣声，其他人提醒他叶卡捷琳堡四周驻扎着白军，但是他却肯定地说不会有白军愿意碰上他。

离开队友之后，马可思晃荡了差不多半个钟头才快速返回昨晚卡车停过的地方。他看到了铁路看守所，但没有过去。从泥巴路上放置的木板，他找到了自己救出皇储的位置。

他朝周围看了一眼，没人。

他手脚并用地穿过树林。

"小东西。你还在吗？"他尽可能把声音放低。"是我，小东西。柯尔雅。我回来了。"

没有动静。

他往前迅速拨开草丛。"阿列克谢，我回来了，快出来，没时间了。"

只有几只小鸟飞了出来。

他站在空地上。周围的松树已经有些年头了，几十年的风霜都刻在了树干上。其中一棵已经枯死倒在了地上，暴露的树根仿佛被肢解了的手脚，这个画面在他心中很久无法抹去。太可惜了。

如果尼古拉二世是国家公敌，那为什么不公开执行极刑？答案很简单——没有人会同意屠杀妇女和儿童。

所以必须暗中进行。

忽然身后传来"噼啪"一声。

他立刻把手放到腰间的手枪上，握紧枪托猛地转身。

沿着声音看去，他看到了阿列克谢·罗曼诺夫近乎天使一般的小脸。

小的时候，妈妈就叫他小东西或者阳光。他是全家的焦点，固执却惹人怜爱的阳光少年。还在宫里的时候，马可思就听人说起过他不专心、厌恶学习并且特别喜欢俄罗斯农民的衣服。从小被惯坏而反复无常的他，曾经命令一队士兵走到海里去，好多次他父亲开玩笑地说，以后俄国人会不会称他为阿列克谢魔帝。

他现在是阿列克谢二世，是马可思发誓要保护的神圣继承人。

阿列克谢的旁边站着他姐姐。姐弟俩很像，她顽固不化，傲慢无礼，让人无法忍受。而眼前她头上满是血迹，衣服破烂不堪。从衣服的布条里，马可思看见了她的束身胸衣。两个孩子都浑身是血，脸上脏兮兮的，浑身散发着恶臭。

但是他们活了下来。

罗德简直不敢相信自己的耳朵，但是老人坚定的语气说服了他。竟然真有两个皇室血脉从叶卡捷琳堡的屠杀中幸存下来，而这些都是源于一个平凡男人的勇敢。

现在事实就摆在眼前。

"黄昏时分，我父亲带着他们逃离了叶卡捷琳堡。郊区有人正等着他们，孩子们被送到了东部，离莫斯科越远越好。"

"为什么不去投奔白军？"他问。

"为什么？白军不是保皇派。他们和红军一样憎恨沙皇。尼古拉以为可以依赖他们，但这帮人也有可能杀了沙皇一家。在1918年，除了个别的人，没人关心罗曼诺夫王朝家族的死活。"

"就是你父亲为之工作的那些人？"

马可思点点头。

"他们是谁？"

"不知道。没人告诉我这些事情。"

阿金丽娜问，"孩子们后来怎么样了？"

"我父亲带着孩子们逃离了内战，他们穿过乌拉尔地区，进入了西伯利亚。带着孩子们到处走不是一件难事，除了圣彼得堡的高级官员，没人认识他们，而且这些人也早死了。孩子们身上破旧不堪的衣服和脏兮兮的脸帮了不少忙。"马可思停下来喝了一口酒。"他们和一群不知情的人一起住在西伯利亚，然后到了太平洋上的海参崴港。他们从那里偷渡离开了俄国，至于后来到了哪里，我不知道。我不清楚的这一部分，就是接下来你们这趟行程的目的地。"

"你父亲找到孩子们的时候，他们怎么样？"罗德问。

"阿列克谢躲过了子弹，沙皇用身体挡住了他。安娜斯塔西亚的伤也治好了。两个人都穿着胸衣，皇室一家都把珠宝缝进衣服里以防被偷，他们相信以后一定用得着。这个做法果然救了两个孩子。"

"还有你父亲的所作所为。"

马可思点点头。"他是一个好人。"

"后来他怎么样了？"阿金丽娜问。

"他回到了这里，直到终老。他逃过了清剿行动，三十年前寿终正寝。"

罗德想到雅科夫·尤诺夫斯基。这个执行枪决的长官，他后来的命运肯定更跌宕。他想起叶卡捷琳堡事件二十年后，也是在 7 月，尤诺夫斯基死于溃疡。那之前斯大林下令将他的女儿遣送到集中营。忠诚的老党员想尽办法救她，可还是失败了，没人在乎他曾枪决了沙皇一家。在死前的病床上，尤诺夫斯基哀号命运对他的不公。但是罗德明白了为何命运会如此。圣经可以解释，《罗马书》12:19。伸冤在我，我必报应。

"现在我们怎么做？"他问。

马可思耸耸肩。"这得从我爸爸那里才能知道。"

"这怎么可能？"

"东西封存在一个金属盒子里。父亲一直不让我看里面到底是什么东西。里面的东西只能传给说出正确字句的人。"

罗德有点不明白。"盒子在哪儿？"

"他死的那天，我给他穿上宫廷卫兵的制服，把盒子跟他埋在一起。盒子在他的胸膛上躺了三十年了。"

他不太愿意去想这到底意味着什么。

"没错，乌鸦。我父亲一直在墓地里等你。"

28

斯塔罗杜格小镇，下午 4:30

海斯看着菲利克斯·奥雷格撞开木门，头顶墙上的招牌上写着："希内金基咖啡馆——店主：伊沃西夫·马可思"。

大门被向内撞开的时候掉下了一些碎片。

街上空无一人，周边所有的店铺都已经关了门。"斯大林"跟着海斯走了进去，一个小时前黑暗就笼罩着他们，从莫斯科到斯塔罗杜格要五个小时的车程。鉴于黑手党一向善于处理这类事件，秘密内阁认为"斯大林"很有必要莅临现场。

他们先去了伊沃西夫·马可思在郊区的房子。从早上开始当地警察就对他进行了严密的布控监视，以为他肯定在家，可马可思的妻子却说他去城里干活去了。马可思咖啡馆后面的灯还开着，"斯大林"决定迅速采取行动。

"冷面"和克鲁玛努人被派到咖啡馆的后面。这是罗德给两位追杀者取的名字，海斯觉得很贴切。他听说了"冷面"在莫斯科大马戏团的经历，押解的人如何被杀，但是到现在都没有搞清这个人是否和塞米永·帕申科领导的圣队有关。事情变得越来越奇怪，这些俄国人对这些事的重视让他很担心。俄国人很少会被激怒的。

奥雷格出现在后门口，手里抓着一位留着红头发红胡子的男人。"冷面"和克鲁玛努人也跟了进来。

"这人正准备从后门逃走。"奥雷格说。

"斯大林"指着一把木头椅子说。"把他放到这儿。"

海斯注意到"斯大林"给了"冷面"和克鲁玛努人一个细微的暗示，两个人似乎立刻明白了他的用意。门被关上，窗户边站好了人，他们手里的枪上了膛。奥雷格让当地警察离开一个小时，当地警察无法不重视莫斯科探长的话，"赫鲁晓夫"之前已经通过政府关系致电斯塔罗杜格说，莫斯科警方会在当地有一次行动，和红场枪杀案有关，当地警方不必插手。

"马可思先生，""斯大林"发话了，"这是一件很严肃的事情。我希望你能明白。"

海斯看出马可思在掂量这番话，但他的表情毫无惧色。

"斯大林"靠近椅子。"昨天有一个男人和一个女人来过这儿，你还有印象吗?"

"我每天都有很多客人。"对方的口吻明显带有淡漠。

"那是一定了，但是我想很少有黑鬼光临你的餐馆吧。"

这个敦实的俄国男人忽然抬起下巴。"你们他妈的滚开。"

这话说得很坚决。"冷面"和克鲁玛努人一起上前把马可思的脸朝下按倒在地上。

"找点什么我们能玩的乐子。""斯大林"说。

"冷面"去了后屋，克鲁玛努人继续把受害者按在地上，奥雷格被安排在后门望风。探长觉得自己还是不要过多参与这件事为好。海斯也觉得这再好不过了。未来的几个星期他们仍需要警察的帮忙，奥雷格是他们在莫斯科警察署安插的最好人选了。

"冷面"回来的时候手里多了一捆排水管上用的橡胶带。他把马可思的手腕紧紧捆在一起，克鲁玛努人则一把抓起他扔到了摇摇晃晃的木椅上。他们把剩余的橡胶带绑到马可思的胸前和腿上，直到他动弹不得，最后一段正好捆在他的嘴上。

"斯大林"开口了，"现在，马可思先生，让我来告诉你我们都知道了哪些事情。昨天，一个叫麦尔斯·罗德的美国人和一个叫阿金丽娜·彼特洛夫娜的俄国女人来过你这里。他们问你关于柯尔雅·马可思的事情，你说你不认识这个人。我现在想知道柯尔雅·马可思到底是谁，为什么罗德和那个女人要找到他。你知道我第一个问题的答案，而且我肯定你也知道如何解答第二个问题。"

马可思摇摇头。

"你的决定不明智啊，马可思先生。"

"冷面"剥了一截灰色的橡胶带递给了"斯大林"，看上去他们好像不是第一次那样做了。"斯大林"梳理了一下头发，然后弯下腰。他轻轻在马可思鼻子上把胶带按了下去。"我再用一点劲儿往下压，你的鼻孔就会被封住了，你的肺部还有点氧气，不过用不了多长时间，你就会窒息而死。要不要证实一下？""斯大林"真的按了下去。

海斯看着马可思的胸部胀了起来。眼睛开始爆裂，身上皮肤的颜色一变再变，直到最后变成死灰。可怜的人拼命往上挣扎想呼吸，可克鲁玛努人将他死死地按在了椅子上。

"斯大林"随意一松手，拨开了马可思嘴巴上的胶带。对方立刻开始大口大口地吸气。

马可思的脸渐渐恢复了人色。

"请回答我的两个问题。""斯大林"说。

马可思却只顾呼吸。

"马可思先生，显然你是一位勇敢的人。原因嘛，我不是很清楚。但勇气的确可嘉。""斯大林"停了一下，好像是在等马可思恢复。"我想让你了解一件事，我们到你住所的时候，你可爱的夫人邀请我们进了屋，真是一位迷人的女人。我们进去看了看，然后她告诉了我们你在哪里。"

马可思脸上出现了发狂的表情，然后变成了恐惧。

"别担心，""斯大林"说，"她很好。她相信我们是政府工作人员，到这里来是做官方调查。再无其他。但是我得告诉你刚才这一招对女人也同样管用。"

"你们是应该下地狱的黑手党。"

"这件事跟黑手党没关系。这件事非同小可，我想你自己也应该很明白。"

"不论我说什么，你都会杀了我。"

"但是我可以对你保证，如果你说了我想知道的事情，你的夫人就不会被牵连进来。"

红头发的俄国人好像在考虑。

"你相信我刚才说的话吗？""斯大林"平静地问道。

马可思一言不发。

"如果你继续保持沉默，毫无疑问我会立刻派这些人把你的夫人请来。我会安排她坐到你身边的椅子上，让你亲眼看着她窒息而死。然后我可能放你一条生路，这样你下半辈子都会在心理阴影里活着。"

"斯大林"心平气和地说完这番话，仿佛是在谈判桌上一样。海斯对此颇为折服，眼前这个相貌堂堂、身穿阿马尼牛仔裤和喀什米尔羊毛衫的人竟然把人类的痛苦玩弄于股掌之间。

"柯尔雅·马可思已经死了，"马可思终于开口了，"他的儿子，瓦斯利·马可思住在往南离主干道十公里远的地方。至于罗德为什么要找他，我不知道。瓦斯利是我的叔爷爷。这里的家族成员在做生意时都把自己的名字写在外面。瓦斯利要我们这么做，我就按他说的做了。"

"我知道你没说真话，马可思先生。你是圣队的人吗？"

马可思没说话。显然，他的合作到此为止。

"你不想承认，对吧？你对沙皇发过誓。"

马可思狠狠地盯着他。"去问瓦斯利。"

"我会的，""斯大林"说着走开了。

"冷面"上前往马可思的嘴上又缠了几截胶带。

俄国人开始往上挣扎着想呼吸空气。他挣扎的时候，椅子倒在了地上。

一分钟后，他停了下来。

"一个保护妻子的好男人，""斯大林"看着地上的尸体说，"值得钦佩。"

"你会遵守你的承诺吧？"海斯问。

"斯大林"抬头看着他，眼神表现得好像真的被刺痛了。"当然。你以为我是哪种人？"

29

下午 6:40

罗德把车停在泥泞路边的树林里。寒冷的傍晚已经变成了冰冷的夜晚，今晚没有月亮。他根本不想挖一副已经埋葬了三十多年的棺材。但是没办法，现在他知道两个罗曼诺夫王室的孩子侥幸逃脱了叶卡捷琳堡的屠杀。但他们最后是否真的安全逃脱并安家生子又是另外一回事，现在好像只有一个办法可以找到答案。

瓦斯利给了他们两把铁锹和一支电快用完的手电。他告诉他们墓地在森林深处，离斯塔罗杜格有三十公里，附近只有白桦树林和一间偶尔用来举行葬礼的教堂。

"墓地应该就在前面，沿着这条路走。"罗德边说边走下汽车。

他们开的车还是伊沃西夫·马可思早上给他们的那一辆。马可思说晚上回来取车，可他六点还没回来，于是瓦斯利叫他们先走，等伊沃西夫回来他会解释。老人和罗德俩人一样，急切地想知道父亲藏了这么多年的秘密到底是什么。他知道自己还隐藏了一点点信息，得等罗德他们找到父亲的遗物以后才能说。为了安全起见，这些信息原本是要传给侄孙伊沃西夫的，一旦老人过世了，自己的任务也算后继有人。

罗德穿着夹克，戴着从亚特兰大带来的一双手套，脚上穿着厚厚的羊毛袜，牛仔裤还是他来俄罗斯之前装在行李里的那条，羊毛衫则是两个星期前在莫斯科买的。他平时都西装革履，只有周日下午才会穿休闲装，但是最近几天一切都改变了。

老马可思还给他们准备了一件防身用品——一把可以当做古董的闩锁式步枪，不过枪上仔细上了油，老马可思还演示了如何上膛和开火。他警告他们晚上经常有熊出没，尤其现在这个时期是熊准备冬眠的时候。罗德对枪一窍不通，以前只在阿富汗开过一两枪。虽然他很不习惯带着枪走路，但是想起可能遇到一只饥肠辘辘的黑熊，他还是选择带着它。倒是阿金丽娜让他吃了一惊，她娴熟地端起枪，朝着五十码外一棵树上连开三枪。她说这也是祖母教她的。他心里舒服了点，至少他们两个人中有一个人知道自己在干什么。

他从后座上抓起铁锹和手电，行李包也在后座上。任务完成之后，他们得迅速回瓦斯利·马可思那里一趟，然后即刻启程。他们前行的目的地还不清楚，但他已经想好了，如果这次任务失败，他就开车往西南方向到基辅，坐飞机，回美国，然后在亚特兰大安全的住所里给泰勒·海斯报平安。

"我们走，"他说，"扛着这些。"

到处都是黑乎乎的树干，刺骨的寒风吹得树枝沙沙作响，他觉得身上的皮肤都冻裂了。为了省点电待会儿挖坟时用，路上他偶尔才开一下电筒。

前面出现了一排墓碑石。虽然黑暗中看不见是什么人的墓碑，但他们知道自己此刻正站在一个过去的世界里。一层霜雪覆盖了一切。阴沉的天空预示着接下来还会有雨。没有围栏，没有大门。他可以想象当时的情景：一行哀悼者跟在一位表情严肃的黑袍牧师后面，大家沿着这条小路一直走，人群中有人扛着一副简单的木制棺材，前方有长方形的墓地在等待着它。

罗德用手电筒一照，发现所有的墓碑旁边都已杂草丛生，爬满了藤条。他打着手电辨认墓碑上的碑文，有的碑文可以追溯到两百年以前了。

"马可思说我们要找的墓碑离公路最远。"他边说边在前面带路。

一直下到中午的大雨，使脚下的泥土特别松软。他想，这样挖土就方便多了。

他们找到了墓碑。

他看到墓碑上面刻着柯尔雅·马可思。

坚持到最后的人将会得到解救。

阿金丽娜取下肩膀上的步枪。"看来这条路没走错。"

他递过一把铁锹。"我们开始吧。"

土地变松变软了，并且成块翻了起来，发出刺鼻的煤块味儿。瓦斯利说木头棺材埋得不深，因为俄国人一贯这么埋棺材。罗德希望老人说的是对的。

阿金丽娜从墓碑附近开始挖，他则在另外一头同时开工。他决定垂直一铲挖下去，看看他们到底需要挖多深。三英尺深的地下，他感觉到有什么硬东西。他挖走湿土，立刻看到了腐烂的棺材，有些地方已经裂开了。

"棺材可能挖不出来了。"他说。

"但是尸体不一定。"

于是他们继续挖，并且不停用铁锹把泥土拨到一边。二十分钟后，一个长方形的大坑被挖好了。

他打着电筒朝下看去。

从裂缝中他能看到里面的尸体。他用铁锹撬开已经裂开的木头，终于见到了柯尔雅·马可思。

这个俄国人穿着宫廷卫兵的制服。透过微弱的电筒光，罗德还能看见一些五颜六色的东西。哑红，暗蓝，原本白色的东西在黑色土地碳物质的作用下已变了色。铜扣和金腰带扣完好无损，但是裤子、衣服、皮带等等已经腐烂成了破布烂条。

时间对尸体也没有心慈手软。头和手都已经变成了骷髅。除了眼睛和鼻孔的洞、外露的下颚和紧闭的牙齿，再没有什么能体现身体特征的东西保留下来。和他儿子说的一样，父亲的左胸上抱着一个金属盒子，肋骨突了出来，双手仍然保持十字交叉的姿势。

罗德以为会闻到难闻的味道，但是除了泥土和青苔的味道什么也没闻到。他用铁锹拨开手臂，腐烂的衣袖成了灰烬，盒盖上还爬出了几条青虫。阿金丽娜把盒子捞起来轻轻放到地上。虽然盒子外面很脏，但是看起来完好无损。他怀疑它可能是铜制的，不然肯定会被潮湿的泥土腐蚀。他还注意到盒子前面有一个挂锁。

"盒子不轻。"她说。

他跪到地上试着搬动了一下，发现她说得没错。他又前后摇了一下盒子。里面有一堆东西。他把盒子放回地上，拿好铁锹。

"往后站。"

他用铁锹朝锁砸了下去。砸了三下，锁开了。他正准备伸手开盒子，对面树丛里闪过了一束光。他迅速扭头，隐约看见远处有四个点——两辆汽车的车灯正朝他们停车的小道驶来。车灯就在他们停车的地方灭了。

"关灯。"他说，"过来。"

他扔掉铲子抱起盒子。阿金丽娜扛起步枪。

他跳进树丛，弯着身体跑到一个离坟墓不远的地方，距离正好能掩护自己不被发现。衣服很快被潮湿的树叶打湿了，他小心翼翼地保护盒子不受压挤，不知道里面的东西会不会很脆弱。他慢慢朝停车的方向移动，想沿墓地绕道返回车子停放的地方。这时又刮风了，树枝随风摆动的声音更响了。

随着"咔嚓"一声响动，远处亮起了两束手电筒的光亮。

他毛着腰朝空地移动过去，然后停下来，躲在树丛里一动不动。小道的另一端出现了四个黑影，慢慢进入了墓地。三个高一些的人稳步朝这边走来，另外一个驼着背的臃肿身体走得很慢，跟在后面。罗德透过电筒的光认出了"冷面"的脸，另外一束光照亮了敦实的菲利克斯·奥雷格。等这几个人走近后，他认出了另外一个是克鲁玛努人，最后一个是瓦斯利·马可思。

"罗德先生，"奥雷格用俄语喊道，"我们知道你在这里。别把事情搞得太复杂了，行吗?"

"这人是谁?"阿金丽娜小声地问道。

"一个麻烦。"他说。

"拿着手电筒的人就是火车上的那个人。"她低声说道。

"火车上的两个人都在,"他回头看了一眼她肩膀上的步枪,"还好我们有武器。"

他躲在草丛里看着事态的发展,周围一片黑压压的树林成为他的掩护。那四个人走到被挖开的坟墓旁边,两束手电筒的光照了下去。

"这里就是你父亲被埋的地方?"罗德听出这是奥雷格的声音。

瓦斯利·马可思走到被电筒照亮的墓碑前。风声盖住了声音,他没听清老人说了些什么,却听到奥雷格用俄语大喊,"罗德,给我出来,不然我就杀了这老头。你自己选。"

他真想拿过阿金丽娜手里的枪冲上去,但是他们三个人肯定也拿着枪,而且他们肯定知道怎么对付自己和阿金丽娜。其实他心里害怕得要死,自己竟然把命赌在了近一百年前一个疯子的所谓预言上。不过,没等他来得及想好该怎么做,瓦斯利·马可思已经作了决定。

"别担心我,乌鸦。我早就准备好了。"

老马可思猛地掉头从父亲的坟墓往汽车的方向跑去。其他三个人没有动,但罗德清楚地看见"冷面"的手举了起来,手里拿着一把枪。

"如果你听得见,乌鸦,"马可思继续喊道,"俄国山。"

黑夜中传来一声枪响,老人应声倒地。

罗德不能呼吸了,旁边的阿金丽娜身体僵直。他们眼看着克鲁玛努人平静地走过去拖起尸体回到坟墓,一把推进了坑里。

"我们得走了。"他小声对她说。

她没说话。

两人小心翼翼地穿过树林,回到三辆汽车的停放地。

从墓地那边传来奔跑的脚步声。只有一个办法了。

他和阿金丽娜趴在泥泞路面旁的草丛里。"冷面"照着手电筒走过来了。罗德听见了钥匙的声音,有一辆车的后备箱被人打开了。罗德从树林里冲了出来。"冷面"听到了脚步声,连忙把俯向后备箱的头抬起来。罗德看准时机举起金属盒子朝他的头盖骨砸了下去。

"冷面"趴在了地上。

罗德朝地上看了一眼,很好,那人昏了过去,他连忙朝后备箱看去,黑暗中他看到了伊沃西夫·马可思死寂的双眼。

拉斯普京说过什么来着？在我们最终得到解救之前，必须牺牲十二人的生命。主啊，两条生命刚刚消失。

阿金丽娜冲过来也看到了尸体。

"噢，不可能，"她自语道，"两个人都——"

"现在没时间了。上我们自己的车。"他把钥匙递给她。"关门的时候轻一点。我告诉你后再开动引擎。"他把盒子递了过去，拿过步枪。

墓地离停车的地方有五十码，路上全是烂泥。这个地形不是很有利，尤其在夜里。克鲁玛努人和奥雷格可能还在树林里搜索，"冷面"是过来搬尸体的，挖开的坟地正好派上用场，罗德还留了两把铁锹给他们。不用多久，他们就会惦记起"冷面"，然后跑过来看。

他绕了个圈子，对准一辆车的后轮胎就是一枪。然后又绕到另外一辆车的前面击中前轮。跟着他迅速跑向自己的车一跃而上。

"走。快。"

阿金丽娜扭动钥匙，挂挡，后退到狭窄的公路上。她把油门一踩到底，汽车箭一般冲进了黑暗。

他们的车上了主路，一直向南开去。

雨又开始下了。仿佛天空都跟着他们一起哀伤。

"简直不敢相信刚刚发生的事情，"罗德好像是在自言自语，又好像是在跟阿金丽娜说话。

"帕申科教授的话可能是对的。"

他不想听。"靠边。停到那儿。"

四周只能看到黑漆漆的土地和茂密的森林，方圆百里之内看不到人烟。后面没有车，刚才他们只碰见了三辆开往相反方向的机动车。

阿金丽娜一面向左打轮，一面问。"现在做什么？"

他转身拿起后座上的金属盒子。"看看我们到底干得值不值。"

他把盒子放到自己的大腿上。上面的锁被铁锹敲坏了，盒底被"冷面"的脑袋撞出了一个坑。他拨开锁扣慢慢地打开盒盖，拿着电筒往里一照。

第一眼看到的是黄金的微光。

他取出形状和巧克力棒差不多大的金条。虽然在地下埋藏了三十年，但是它的成色丝毫没有受到影响。金条上烙着一个数字和一排字母，中间还有一个双头鹰，那是尼古拉二世的标志，他曾经在照片里看到过很多次。金条很重，可能有五磅。如果他没记错每盎司黄金的价格，这个东西目前的市值应该在三万美元左右。

"是皇室财产。"他说。

"你怎么知道？"

"我知道。"

金条的下面放了一个小布包。他伸出手指摸了一下，断定外面的布是天鹅绒。就着微弱的电筒光可以看到，布包呈深蓝偏紫色。他按了一下，发现里面有很小的硬物。于是他让阿金丽娜拿着手电筒，自己用双手拨开腐烂的布。

那是一张刻有字迹的金纸，还有一把铜钥匙。钥匙上刻着 C.M.B.716。金纸上的字是古代斯拉夫字体。他把文字念了出来：

金条帮助你解决不时之需。金钱是必需品，你们的沙皇很明白。熔掉这张金纸，然后兑换成现金。用这把钥匙开启下一站的大门。地点你们应该已经知道。如果不是，那么你们的路就此打住。只有地狱之铃才能指引你们向前。如果你们是乌鸦和鹰，祝愿你们平安，开取得成功，好运与你们同在。如果你是入侵者，鬼魅将伴随你一生。

"可我们不知道下一站在哪儿啊？"阿金丽娜说。

"也许我们知道。"

她盯着他。

他回忆起瓦斯利·马可思临死前喊过的话。

俄国山。

他迅速回忆起自己曾经读过的书。1918 到 1920 年间的俄国内战中，白军队伍得到了来自美国、英国和日本的资金援助。大量的黄金、军需品和其他供给从太平洋上的边城海参崴，偷偷地运进俄国内陆。老马可思跟他们说过，两个孩子被送到远离布尔什维克的地方，他们往东边走，尽头就是海参崴。成千上万的俄国难民选择了相同的路线，其中有些人是为了离开前苏联，有一些是为了重新开始生活，剩下的则只是逃命。美国西海岸不仅成了难民集散地，而且也成了白军的资金聚集和藏匿的地点。

他仿佛又听到了瓦斯利·马可思的喊声。

北海滩位于东面，诺布山则在南面。山顶和山坡上随处可见美丽而古老的房子、咖啡馆和商店。这是时尚都市的时尚区。早在19世纪的时候，这里埋葬了一群俄国皮草商。那个时候岩石岸边和陡峭的山壁上只有米沃克族和欧隆尼族的印第安人，几十年后白人统治了那里，随后这个地方便以墓地为名。

俄国山。

旧金山，加利福尼亚。

美国。

两个皇室的小孩被带到了那里。

他把心里想的告诉了阿金丽娜。"这个绝对没错。美国是个大地方。两个孩子的事情很容易掩人耳目，没人知道他们的身份。美国人对俄国皇室知之甚少，也没人想了解这个。如果尤苏波夫真的如他表现得那么聪明，那么我们这么想肯定没错。"他把钥匙举到眼前，仔细观察刻在上面的字，C.M.B. 716。"我猜这把钥匙能开启旧金山某一家银行的保险箱门。我们只有到了那里才能知道到底是哪一家，希望东西还在那里。"

"可能吗？"

罗德耸耸肩。"旧金山是一个老金融区，这个机会很大。即使当时的银行倒闭了，保险箱也可能被接手的机构继续保管。这是常规操作。"他停顿了一下。"瓦斯利曾经说等我们找到盒子回去见他的时候，他还有一句话要说。我敢打赌旧金山就是我们的下一站。"

"他说他不知道孩子被带到了哪里。"

"我们不能肯定他说的那是实话。我们现在的任务是找到地狱之铃，不管这是个什么东西。"他拿起金条。"可惜啊，这个没用。我们不可能拿着这个过海关。当今没几个人存有皇室家族的黄金。帕申科教授的话可能是真的。普通的俄国农民不会藏这样的东西，而且一直不熔掉，除非他认为对自己来说，保持这个东西的原样更加珍贵。柯尔雅·马可思显然非常看重这件事情。伊沃西夫和瓦斯利也一样。他们都为此丧了命。"

他两眼盯着污浊的挡风玻璃，忽然下定了决心。"你知道我们现在在哪儿吗？"

她点点头。"靠近乌克兰边境，快出俄罗斯了。这条高速路通往基辅。"

"还有多远？"

"差不多四百公里吧。"

他想起离开莫斯科之前，自己曾在国务院的简报上看到文章说俄罗斯和乌克兰边境上缺少检查站。如果在所有检查站点都派驻人手，那需要花费不小的资金，而且乌克兰的俄罗斯人人数众多，大家都觉得设立检查站是画蛇添足。

他扭头看了一眼后窗玻璃。"冷面"、克鲁玛努人和菲利克斯·奥雷格在一小时车程开外的地方。前面的道路畅通无阻。

"我们走。应该还可以赶上离开基辅的飞机。"

30

莫斯科
星期一，10 月 18 号
凌晨 2：00

海斯把屋子里的五个人仔细端详了一番。过去的七周里，他们一直在用这间屋子。"斯大林"、"勃涅日列夫"和"赫鲁晓夫"都在，还有一位亚德里安主教派来的私人特使。这人个子不高，卷曲的胡子像刷碗用的金属丝球，有一双迷离的绿眼睛。这名特使特地穿了一件简单的西装，打了一条领带，尽可能从外表上看起来与教堂无关。他们给他取名"拉斯普京"，虽然这个牧师讨厌这名字。

所有人都在睡梦中被叫醒，在一个小时之内赶到了会场，因为事态紧急，等不到明天早上了。海斯很满意他们准备了食物和饮料。盘子里有鱼片、意大利腊肠和放有鱼子酱的煮蛋，饮料有法国白兰地、伏特加和咖啡。

他花了几分钟时间向大家汇报斯塔罗杜格发生的事情。死了两个马可思，但是没弄到信息。两个人都宁死不屈。伊沃西夫·马可思告诉他们去找瓦斯利·马可思，老马可思带着他们去了坟地。可老头也什么都没招，临死还给乌鸦喊了一个口信。

"坟地里埋着柯尔雅·马可思，瓦斯利·马可思是他的儿子。""斯大林"说。"柯尔雅在尼古拉时期是一名宫廷卫兵。革命时期他做了双料间谍，叶卡捷琳堡枪决事件发生时，他就在现场。执行死刑的队伍中没有这人的名字，不过当时档案记录根本不准确。完全没有他的片言只语。他下葬时穿的不是前苏联军服。我猜是皇室卫兵服。"

"勃涅日列夫"挪了挪身子，转向海斯。"很明显你的罗德先生想从坟地里找到什么。一件现在就在他手里的东西。"

昨天夜里海斯和"斯大林"又亲自去过坟地，一无所获。

"瓦斯利·马可思带我们去的原因是为了带信给罗德，"海斯说，"这是他答应带我们去那里的唯一理由。"

"为什么这么说？""列宁"问。

"这是个责任感非常强的人。除非他希望让罗德知道什么，否则他根本不会带我们去坟地。他知道自己肯定会死，但他必须在死前完成任务。"他对这些俄罗斯合伙人越来越没耐性了。"你能告诉我这到底是怎么回事吗？你们让我在俄国到处杀人，可我连理由都不知道。为什么要抓罗德和那个女人？是因为罗曼诺夫王朝有人在叶卡捷琳堡屠杀中幸存下来了？"

"我同意他的说法，""拉斯普京"说。"我也想知道到底发生了什么事情。我听到的消息说一切情况都在掌握之中。可现在怎么又出现紧急状况了呢？"

"勃涅日列夫"把伏特加酒杯"嘭"的一声砸到身边的小桌上。"几十年以来，一直有传闻说王室家族有人没死。全世界出现了各种各样的公主和皇储。1920年内战结束后，列宁知道的确有罗曼诺夫王室成员在世。他得知菲利克斯·尤苏波夫弄走了至少一个王室成员。但是他还没来得及深入了解，他自己的身体就已经每况愈下。"

海斯还是不肯相信。"尤苏波夫杀了拉斯普京。尼古拉和亚历山德拉因此对他恨之入骨。为什么他还会跟王室家族扯上关系？"

"赫鲁晓夫"回答了他这个问题。"尤苏波夫是个很特立独行的人。凭着心血来潮做事。他一冲动就杀了拉斯普京，幻想自己把王室一家从魔掌中解救出来。有趣的是，他因此得到的惩罚是被流放到俄国中部自己的一块领地上。谁知塞翁失马，这一走反而救了他的命，二月革命和十月革命期间他都不在当地。那个时候死了很多罗曼诺夫王室的人和贵族。"

海斯也算学习过俄国历史，他想起尼古拉的弟弟迈克尔公爵，他在叶卡捷琳堡事件发生前七天被枪杀了。隔天亚历山德拉的姐姐、尼古拉的侄子瑟吉、还有其他四位公爵也被杀，尸体被丢在乌拉尔山的一个矿井里。后来又有更多的公爵和公爵夫人相继被杀。直到1919年罗曼诺夫王室被灭门。只剩下寥寥数人侥幸逃到了西方。

"赫鲁晓夫"接着说："拉斯普京曾预言如果他死于新贵族手里，刽子手的手将会沾满鲜血。他还说，如果是王室成员谋杀了他，那么整个王室家族活不过两年，而且是被自己的人民杀死。1916年拉斯普京被皇侄女的丈夫杀死。1918年8月王室家族从地球上消失了。"

海斯还是不太相信。"我们没有证据证明这个预言的的确确存在过。"

"勃涅日列夫"狠狠地瞪了他一眼。"你的罗德先生手里拿的亚历山德拉的亲笔信可以证明，1916年10月，就在被杀的两个月前，拉斯普京曾对皇后说出了自己的预言。这个国家的伟大缔造者——我们敬爱的列宁，也的确相当严肃地考虑过这一问题。斯大林知道真相后惊吓过度封存了所有资料，并杀光了所有知情人。"提到这几位领导人的时候，"勃涅日列夫"毫不掩饰嘲讽的口吻。

直到这一刻，海斯才明白罗德所找到的资料有多重要。

"列宁"说："1917年3月，在尼古拉和他的弟弟迈克尔相继退位后，临时政府推举尤苏波夫登上王位，罗曼诺夫王朝灭亡。政府原以为尤苏波夫家族能够接掌大权，菲利克斯因杀死拉斯普京而备受尊敬，人们当他是救世主。但是他拒绝了。苏维埃独掌大权后，他最后逃出国了。"

"如果要给尤苏波夫定性，那么可以说他是个爱国者。""赫鲁晓夫"说。"德国打败俄国后，希特勒让他掌管俄国，他严词拒绝了。共产党让他当几个博物馆的馆长，他也拒绝了。他爱俄国，当他意识到杀死拉斯普京是一个错误时，为时已晚。他从来没有想过皇室一家会被灭口。对于沙皇的死，他一直都很内疚。因此他布置了一个计划。"

"这些你都是怎么知道的？"海斯问。

"斯大林"笑了。"政府倒台后，档案馆泄露了他们的秘密。就像俄罗斯套娃一样——每打开一个，就会看到另外一个。没人希望发生这样的事情，但是我们一致同意现在是揭露真相的时候了。"

"这么久以来，你们都怀疑罗曼诺夫王室有人活下来？"

"我们没有怀疑任何事情，""勃涅日列夫"说。"我们只是担心几十年前的事情也许会再现，王室可能会重新掌权。我们好像是对的。你的罗德先生发现的一些事情在我们预料之外，但是事情发展成这样也不见得是件坏事。"

"斯大林"说，"我们的国家档案馆里塞满了叶卡捷琳堡枪决事件参与者的报告。不过，尤苏波夫很聪明。他让尽可能少的人参与了自己的计划。连列宁和斯大林的秘密警察查到的消息都甚少。一切都无从查证。"

海斯小啜了一口咖啡，插了一句："据我所知，尤苏波夫离开俄国后一直深居简出。"

"他遵从了沙皇的命令，一战爆发后收回了所有外国投资。""勃涅日列夫"说。"也就是说他的现金和股票都在这儿。布尔什维克没收了他在俄国的财产，包括尤苏波夫家族收藏的艺术珍品和各式珠宝。不过，菲利克斯道高一丈，他在欧洲也有投资，尤其是在瑞士和法国。虽然他深居简出，但从来没有为钱发过愁。文件记录证明在 20 世纪 20 年代，他投资美国铁路股票，在你们的大萧条来临之前把所有投资转换成了黄金。苏联政府曾经派人调查他暗藏黄金的地点，可惜一无所获。"

"列宁"挪了挪身子。"为了避免落入布尔什维克之手，他可能暗中运作着沙皇的财产。很多人都相信尼古拉二世在国外银行秘密藏匿了上千万卢布。20 世纪 60 年代晚期尤苏波夫过世前，他常常到美国去。"

海斯累了，但神经却还很兴奋。"那我们现在怎么做？"

"我们得找到罗德和那个女人。""赫鲁晓夫"说。"我已经给边境发出了警告，不过估计已经晚了。如今俄国和乌克兰边境没有检查站，那里又是最近的出境口。海斯先生，你最有能力随时随地周游各国。我们需要你准备好。罗德很可能会和你联络。他没有理由不相信你。一旦联系上，下手要快。我想你现在应该明白了形势的紧迫了。"

"噢，是，"他说，"我已经看得非常清楚了。"

31

罗德把钥匙插进匙孔，打开了公寓门，阿金丽娜跟着走了进去。

周六他们在基辅机场过了一夜，周日赶早乘坐前苏联民用航空总局的飞机到达德国法兰克福。下午和傍晚的飞机都已经满员，他们只好在中转站等到一架三角洲航空公司的夜航航班直达亚特兰大。当时刚好剩下两个经济舱位，两张机票把塞米永·帕申科给罗德的钱花掉了一半。

他们把金条藏到了基辅机场的一个置物柜里，两人都担心这么做不安全。但是阿金丽娜知道罗德说得没错，他们根本没有办法把它一起带走。

两人都在飞机上睡着了，虽然时差还没调过来，但是他们还得继续赶路。抵达亚特兰大后，罗德定了两张飞往旧金山的机票，准备中午启程。他们决定先回去洗个澡换身衣服，于是便乘坐出租车来到了罗德住的地方。

她很喜欢这间公寓，比塞米永·帕申科的那间好多了，不过她心想，也许这在美国就是一间普通居所。柔软干净的地毯，整齐洁净的家具在她看来既贵重又有品味。房间本来有点冷，不过罗德调节了一下墙上的温度调节器，中央供暖立刻让房子变得暖和起来。这比起她在莫斯科的电暖炉真有天壤之别，那个东西要么热死要么不转。她注意到整个房间都很整洁，不过这也不足为奇。从第一天相遇时她就意识到，他是一个很自律的男人。

"客房的洗浴室有毛巾。你可以去洗个澡。"他用俄语说。

她的英语有限，在机场时她就已经不大能听懂别人的对话，尤其是海关人员的问话。幸好演员签证让她畅通无阻地进入了这个国家，没有遇上任何问题。

"我在我自己的卧室洗个澡。待会儿见。"

罗德去洗澡了，她也进入另一个洗浴室打开热水舒缓肌肤。她的身体还处在半夜昏沉的状态。卧室的床上放了一件浴袍，她拿起来穿在自己的身上。罗德告诉过她离上飞机去西部还有一个小时的时间。她擦干头发，让湿漉漉的蓬乱卷发垂到肩上，里面卧室里传来流水声表明罗德还在洗澡。

她走进书房，仔细端详了房里墙壁上和两张桌子上的照片。麦尔斯·罗德显然出生在一个大家庭。有几张照片是他在不同年龄时和一大群年轻男女的合影。看得出他是老大，其中有一张全家福的照片是在他大约十几岁时照的，四个弟弟妹妹站在身后不远处。

还有几张是运动员的造型，头上戴着头盔，脸上罩着护面，肩膀上垫着厚实的垫肩。有一张他父亲的独照被放到了一边。相片上的人约四十岁，深陷的棕色眼睛，黑色的短发和皮肤的颜色正好相配。他站在布道坛前，眉毛上沾着汗珠，嘴巴张开，露出白色的牙齿，手指向天空，全身衣着非常合身得体。她注意到他伸出的手臂的衬衫袖口上镶着金链扣。照片的右下角用黑色的马克笔写着一行字。她拿起相框想读懂这些字，但她的英文阅读能力有限。

"上面写着，'孩子，跟我来'。"罗德用俄语说。

她转过身来。

罗德站在门口，身上穿了一件栗色的浴袍，发达胸肌从 V 字型领口露出了一些，她注意到有几根棕灰色的毛发。

"他给我照片是想让我成为他的崇拜者。"

"你为什么不肯？"

"我父亲骗了我母亲，然后一分钱不留地丢下了我们。我可不想走这条路。"

她想起周五晚上他在塞米永·帕申科寓所表现出的冷漠。"你妈妈呢？"

"她爱他，而且现在还爱，一句关于他的坏话都听不进去。他的追随者也是如此。罗德牧师是他们的圣人。"

"没人知道吗？"

"没人相信。他只需要大喊一声种族歧视，或者在布道坛上吹嘘一个成功黑人的奋斗血泪史，就可以得到绝对的拥戴。"

"上小学时我们就受到教育，说你们这个国家歧视严重，说黑人在白人社会里没有人权。是真的吗？"

"曾经是，有人说现在也是。但是我不这么认为。我不能说这个国家很完美，还远不到完美的境地。但这是个遍地都是机会的国家，如果你会利用的话。"

"你呢，麦尔斯·罗德？"

他笑了。"你为什么这么说？"

她不解。

"你怎么叫我的全名？"他说。

"习惯。我没别的意思。"

"叫我麦尔斯吧。至于你刚才的那个问题，我想说我抓住了所有可能的机会。我努力学习，凭能力赚到了自己想要的所有东西。"

"你对我的祖国的兴趣是小时候就开始有的吗？"

他指着阳光照耀下的一整排书架。"我对俄国很痴迷。读你们国家的历史非常有趣。一个极端的国家，无论是面积、政治、天气，还是人们的行为。"

她盯着他的眼睛，仔细倾听着他说的每一个字，感受他的每一丝情绪。

"1917 年的巨变太可悲了。国家原本正处在社会复兴的边缘。诗人、作家、画家和剧作家都处在巅峰状态，新闻媒体也拥有自由。结果一切消失殆尽，就在一夜之间。"

"你想成为我们重新复活的一部分，是吗？"

他笑了笑。"谁会料到一个南卡罗莱纳州的男人会处于现在这个位置啊？"

"你和你的兄弟姐妹关系好吗？"

他耸耸肩。"我们分散在各地，忙得都没有时间聚会。"

"他们都成功吗？"

"一个医生，两个教师，另外一个是会计。"

"好像你的父亲也不是那么坏。"

"他什么也没做。我妈妈抚养我们几个长大成人。"

虽然没见过罗德牧师本人，但是她觉得自己能理解他。"也许他的一生是你们每一个人的榜样。"

他嘲笑道。"一个我这辈子都不要模仿的榜样。"

"就是因为他，你才没有结婚吗？"

他走到一扇窗户边，看着外面明媚清晨的街景。"也不是。只是太忙了，没时间。"

在房间里可以听见远处汽车来往的声音。"我也没有结婚。我渴望表演。俄国人的婚姻很艰难。俄国不是一个到处都是机会的地方。"

"你没有碰到过特别的人?"

她犹豫了一会儿,不知道要不要跟他说关于次亚的事情,但终于还是没有说出口,只答了一句,"没什么能引起我专注的人。"

"你真的相信沙皇复位能解决你们国家的所有问题吗?"

她在心里暗暗庆幸他没有继续追问。也许他看出她有些为难。"俄国一直都是由某一个人统治,不是沙皇,就是总统。只要领导人明智,到底谁管理国家有什么关系呢?"

"很明显,有人想阻止这件我们被牵连进去的事件果真发生了。也许他们把复辟的王朝看成是一种掌权的手段?"

"现在他们已经离我们十万八千里了。"

"谢天谢地。"

她说,"我老是想起马可思叔侄。老人和他的侄子都是为自己的信仰而牺牲的。真的有那么重要吗?"

他走到书架前,抽出其中一卷。她看到封皮上是拉斯普京,照片上的大胡子眼露凶光。"这个机会主义者也许真拿到了通往你们国家美好未来的钥匙了。我曾经认为他就是一个走了狗屎运的骗子,总是在适合的时间出现在适合的地点。这么多年来,我读过无数有关他的书,从来都把他看做是如我父亲之流的人。"

"现在呢?"

他深深地吸了一口气。"我不知道自己该怎么想了。整件事太让人难以置信了。菲利克斯·尤苏波夫竟然偷偷把两个罗曼诺夫王室的孩子送到了美国。"他走到另外一个书架前。"我这里也有几本关于尤苏波夫的传记。画像上的人怎么看都不像精明的幕后操纵者。表面看来倒像是连怎样加害于人都不会的笨蛋。"

她走上前拿过他手里的书,仔细端详着封皮上拉斯普京的眼睛。"现在怎么看都感觉像个鬼魅。"

"我父亲曾说人类无法破译神界的秘密。我以前只是觉得那不过是为了保持追随者的忠心才说的话,为了诱引这些人不断地来听布道。现在我倒真希望他说的是错的。"

她看着他的眼睛。"恨你的父亲不好。"

"我从来没说过我恨他。"

"你不需要说出来。"

"我憎恨他的所作所为,还有他留在身后的烂摊子。伪君子。"

"但是也许就像拉斯普京一样,你父亲留下来的东西要比你想象的丰富,也许你就是那个最珍贵的遗产。乌鸦。"

"你不是真的相信这件事情吧?"

安静温暖的房间让阿金丽娜放松了下来。"我只知道从你闯进我的列车包厢那一刻起,我就感觉到一些不一样的东西,很难说清楚。我是一个普通家庭出生的女人。我的祖母被杀,父母一生痛苦。我这一辈子都在看着悲剧上演,不停地想自己到底还能做些什么?现在也许我能帮忙改变一切了。"

罗德掏出金属盒子里的黄铜钥匙。上面的字迹清晰可见 C.M.B. 716。"所有一切都得等我们找到地狱之铃才能解开,我们还得先看看这把钥匙能开启什么东西。"

"我有信心我们都能做到。"

他摇了摇头。"只要我们其中一个人做到了,我就心满意足了。"

32

莫斯科,下午 4:20

海斯仔细端详了一下斯蒂梵·巴克拉诺夫。这位准继承人正坐在丝绸装饰的桌子边,独自面对着十七位沙皇委员会委员。乌棱宫的大厅里坐满了听众和媒体记者，委员们抽着各类香烟或雪茄，周围弥漫着蓝色烟雾。

巴克拉诺夫身着黑色西装，面对委员会的任何问题都表现出应付裕如、运筹帷幄的样子。在投票选出三位进入下一轮的候选人之前，这是他的最后一次露面。提名名单上有九个名字，三个已经出局，两个悬而未决，剩下的四个因为血缘关系很近，并且符合1797年的继承法，所以竞争性很大。辩论的焦点落在了1918年之后的婚嫁状况。这让皇族的血脉传承多少变得有些复杂。九名候选人都有一次机会到委员会面前做自我陈述，并且回答听众的提问。海斯把巴克拉诺夫安排在最后一个出场。

"我常常想起我的先辈，"巴克拉诺夫对着麦克风说，声音低沉而有力。"1613年，在乌棱宫的这间密室里，新贵族聚集起来选出了一位新沙皇。十几年来，我们的国家因为没有元首而长期处于混乱状态。新贵族重新建立了秩序，这和你们现在做的事情一样。经过激烈的争论，在无数的反对声中，他们选出了一位十六岁的小皇帝——迈克尔·罗曼诺夫。有趣的是，他是在沙皇僧侣院被找到的，这就是罗曼诺夫王朝开始的地方。三百年后在另一间沙皇别墅，罗曼诺夫王朝终结。"巴克拉诺夫停了一下。"至少终结了一段时间。"

"难道那不是因为迈克尔同意与新贵族合作才决定的吗？"一个委员开始了第一次质询，"实际上就是让新贵族杜马变成国家机构，不是吗？那是你们家族的计划吧？"

巴克拉诺夫在座位上挪了一下身体，但是表情仍然轻松友善。"那并非我的先辈被选为沙皇的唯一理由。在投票前，政府进行了一次民意调查，发现迈克尔·罗曼诺夫的支持率非常高。情况和现在一样，委员先生。民意调查显示人民很支持我重新复位。但是如果直接回答你的问题的话，迈克尔·罗曼诺夫存活在不同的时代。"

"俄罗斯尝试去建立民主，不过现在我们每天都能看见这种尝试的结果。我们的国家不习惯那种不相信政府的理念。民主滋生出不断的挑衅，而我们的历史没有让我们准备好面对这种情形。在这里，人民希望政府能介入到他们的生活中去。而西方社会走的却是相反的方向。

"1917年以后，这个国家不复辉煌。我们的帝国曾经拥有地球上最大的国土。但是现在却只能靠外国的仁慈施舍而活了。我为此感到痛心。我们花了将近八十年的时间建造核弹、建立军队，可现在我们的国家却一蹶不振。现在是时候改变了。"

海斯知道巴克拉诺夫在演戏。整个国家和整个世界都在关注这个会议——CNN、CNBC、BBC、福克斯都在现场为西方提供最新报道。这个回答真是无懈可击。巴克拉诺夫避重就轻，巧妙地成了全球的焦点。这个人可能做不了领导者，但是他绝对知道什么叫拍马屁。

另外一个委员又问，"据我所知，迈克尔的父亲费拉雷特帮他的儿子管理国家。迈克尔不过是个傀儡。我们是不是也应该对你有相同的担心呢？有别人会控制你的决定？"

巴克拉诺夫摇摇头。"我可以肯定地告诉你，委员先生，我不会让任何人为我做决定。但是这并不表示我会拒绝采用议院明智的意见和建议。我完全明白，一个统治者必须得到来自人民和政府的双重支持。"

又一个漂亮的回答，海斯心想。

"那么你的儿子呢？他们准备好承担责任了吗？"这个委员继续问。

这个人步步紧逼。他是三个没有被收买的委员之一，他的忠诚和清高的价格海斯正在考量。但是几个小时前，海斯已经比较确定，到了明天，不一致的决定就会变成一致。

"我的孩子们已经做好了准备。长子对自己的责任非常明确，并且已经做好了成为皇储的准备。自他出生起，我就开始训练他了。"

"你这么肯定能够成功复辟？"

"我的心是这么告诉我的，总有一天，俄罗斯人民会希望他们的老沙皇回来。他被人用暴力迫使，离开了人民，在枪口下被迫交出王位。无耻的行径不会带来荣耀。正如邪恶里不会滋长出鲜美。这个国家在寻找昨天，我们只能希望并祈祷失败是成功之母。我们一出生就不再属于我们自己。王室的成员更是如此。这个国家的王位就是罗曼诺夫的王位，而我是现在存在的尼古拉二世最亲近的男性罗曼诺夫亲属。伟大的荣耀意味着责任的重担。而我已经做好了为人民担起这一责任的准备。"

巴克拉诺夫说完后，拿起面前的玻璃杯啜饮了一小口水。委员们没有打断他，于是他放下杯子继续说，"1613年的迈克尔·罗曼诺夫是在不自愿的情况下登上了沙皇王位，但现在我坦白地说我希望能统治这个国家。俄罗斯是我的祖国。我相信所有的国家都有性别，而我们的国家就是一位杰出的女性。她地大物博证明了她具有强烈的母性。我知道一位名叫费伯瓦的传记作家。他虽然是个英国人，但却为我们的祖国留下了一段精辟的描述：给她种子和土壤，她便会用自己的方式种出奇妙的果实。我的使命就是要看着果实成熟。每一粒种子都知道自己的命运。我也知道我的。你可以让人民怕你，但是无法强迫他们爱你。我对此非常清楚。我不希望俄国害怕我。我没有帝国政府的极欲，也没有统治世界的野心。我只希望给人民带来健康富足的生活，我们的伟大复兴就会再现。我们不是在毁灭地球。恰恰相反，我们是要养活百姓，治病救人，让人民安家乐业，保证国家长治久安、世代兴旺。"

这番声情并茂的发言通过电台和电视台迅速传播开了。海斯都有点动情了。

"我不能说尼古拉二世没有错。他性格固执，在统治中失去了自己的目标。我们同时知道是他的妻子影响了他的判断，儿子的悲剧让两个人萎靡不振。亚历山德拉是一个在许多方面都很出色的女人，但她也不够聪明。她竟然允许自己被拉斯普京这样一个人人鄙视的机会主义者牵着鼻子走。历史是很好的鉴证。我不会让悲剧重演。这个国家不能承受懦弱的领导。我们的大街小巷都应该是安全安乐的，我们的法制和政府机构都应该公正透明并且充满自信。只有这样我们的国家才能一往直前。"

"听起来，先生，"一位委员冷冷地说，"好像你已经把自己选为了沙皇。"

还是那个咄咄逼人的委员。

"这是我的出身决定的，委员先生。在这件事情上，我个人没有决定权。但俄罗斯的王位是罗曼诺夫的王位。这是不可辩驳的事实。"

"可是尼古拉不是宣布他和他的儿子阿列克谢放弃王位了吗？"委员席上传来另一个声音。

"他是宣布他自己放弃王位。我不相信有哪位学者能证明他有权决定让他的儿子阿列克谢放弃王位。1917 年 3 月，尼古拉退位以后，他的儿子就变成了阿列克谢二世。他没有权力夺走阿列克谢的王位。这个王位属于罗曼诺夫家族，属于尼古拉二世的血统，而我是现今在世的他的最亲近的男性亲属。"

海斯对这番演说非常满意，巴克拉诺夫非常清楚应该在什么时候说什么话。他抑扬顿挫迂回曲折的陈述可以说是无懈可击的。

斯蒂梵会被塑造成一位优秀的沙皇。

当然，他想发号施令，首先得对我们言听计从。

33

下午 1:10

罗德看了一眼阿金丽娜。两人乘坐的联合航空公司客机正位于亚利桑那沙漠上方四万英尺的高空。飞机于 12 点 5 分离开亚特兰大。经过五个小时的飞行,再减去三个小时的时差,他们将在下午 2 点到达旧金山。在过去的二十四个小时里,罗德跑了地球的四分之三。不过罗德心里很高兴,他终于踏上了美国的土地,或者准确地说他回到了它的上空,尽管他不知道自己到底要去加州干什么。

"你总这样烦躁不安吗?"阿金丽娜用俄语轻轻地问。

"不常这样。现在有点不寻常。"

"我想跟你说点事情。"

"我之前没有完全对你说实话……在公寓的时候。"

他不明白她的话。

"你问我有没有遇到过特别的人,我说没有。其实,有。"

她的表情很不安。他不得不说:"你没必要跟我解释什么事。"

"我想解释。"

他靠在了座位上。

"他叫次亚,是我在表演学校认识的,高校毕业后我就被分配到那里。没人觉得我可以上大学。我父亲是个演员,所以别人理所当然地觉得我也是演员。次亚是杂技演员。他学得很好,但是并非特别出色。那时他还没从学校毕业挣钱,但是他说他要结婚。"

"然后怎么样了?"

"次亚的家在北部，靠近冰天雪地的平原地带。因为他不是莫斯科人，所以我们必须和我父母住在一起，一边等待自己的公寓被批下来。我们如果要结婚，次亚就要在莫斯科居住，这必须得到我父母的同意，可我妈妈不同意。"

他吃惊地问，"为什么?"

"那个时候她很痛苦。我父亲还在劳动集中营。她恨他，恨他想离开俄国。她从眼神里看到了我的幸福，所以故意刁难，以此满足自己心理的不平衡。"

"为什么不住到别的地方?"他问。

"次亚不想。他想成为莫斯科人。他背着我参了军。如果不参军，他就会被派到其他地方的工厂干活。他说他只要获得随意居住的权力，他就会回来。"

"后来他怎么样?"

她犹豫了一会儿才说，"他在车臣阵亡了。死得毫无价值。因为战争什么都没改变。对于我母亲的所作所为，我一辈子都不会原谅她。"

他从话语里听出了冷漠和憎恶，"你爱他吗?"

"我爱他就像任何普通女孩爱自己的男友一样。但什么是爱呢? 对我而言，爱就是短暂的脱离真实的日子。你以前问过我会不会觉得有了沙皇，情况就会好转。但是局势还能变得多糟呢?"

他没有说话。

"你和我不同，"她说。

他不能理解她的话。

"我和我父亲的经历很像。我们俩都因为祖国母亲的残酷而失去了爱。而你，憎恨你的爸爸，却从祖国提供的机会中得到了好处。真奇妙，人的境遇怎么可以这么迥然有别。"

是啊，的确如此，他心想。

旧金山国际机场人头攒动。他们两人都是轻装上阵，只把塞米永·帕申科给的包背在身上。如果在这一两天之内都没有收获的话，罗德就准备回亚特兰大和泰勒·海斯联系，让塞米永·帕申科和拉斯普京的传说见鬼去吧。离开佐治亚州的那天，他差点就打了电话，但后来还是没打。他希望自己尽可能尊重帕申科的想法，至少对自己曾经不屑一顾的预言表示一点点信任。

他们从行李领取处经过，跟着熙熙攘攘的人群向外面走。透过落地窗的玻璃可以看到，阳光下西海岸的下午特别明媚。

"现在怎么办？"阿金丽娜用俄语问他。

他没有说话。他的注意力被拥挤的机场里的什么东西吸引了。

"来吧。"说着，他抓起阿金丽娜的手，拉着她穿过人群。

离航空公司行李领取处比较远的一面墙上有一个布告栏，机场墙上这样的布告栏有不下上百个。花花绿绿的广告涉及的内容从公寓招租到长期职业规划，应有尽有。他的目光停在一行小字上，字的下方贴着一张寺庙模样大楼的图片：

旧金山信用商业银行（英文首写字母是 C.M.B）

始于 1884 年的老字号

"上面写着什么？"阿金丽娜用俄语问。

他翻译了，伸手摸出兜里的钥匙，又看了一下刻在上面的铜字。

C. M. B

"我想我们的钥匙可以开启这家银行的某个保险柜。这个柜子应该是尼古拉二世在位的时候就在这里了。"

"你怎么肯定就是这个地方呢？"

"我不肯定。"

"那我们怎么确定？"

"问得好。我们需要编一个故事才能进去。我怀疑银行会不会轻易让我们拿着一把几十年前的老钥匙进去开保险柜。我们可能会碰到不少问题。"这时他那职业律师的脑袋开始转动起来。"不过我想我有一个办法了。"

他们花了三十分钟坐出租车从机场到了市中心。他特地挑选了紧邻金融区的万豪国际酒店。巨型的玻璃大厦看起来特别像一个自动点唱机。选择万豪酒店时他不仅考虑了位置，还看中这里设施齐全的商务中心。

两人把行李放到房间后，他带着阿金丽娜下了楼。他对着一个电脑屏幕敲下了一行字：富尔顿郡遗嘱检验法院。在法学院的最后一年，他曾经在一家公司的遗嘱处理部门实习过，这让他想起，可以伪造一种遗嘱指定文件，假定某个死者曾委托他们处理遗产。他最后选择了亚特兰大艾默里大学的一个网页，从上面找到了起草遗嘱指定文件的规范写法。

打印出来后，他把文件递给了阿金丽娜。"你现在是赞内塔·路德米拉的女儿。你的母亲刚刚过世，留给你这把打开她的保险箱的钥匙。乔治亚州富尔顿郡的遗嘱检验法院指定你为她的继承人，而我是你的律师。因为你的英文有限，所以我来这里为你处理相关事宜。作为继承人，你必须清点你母亲的所有财产，包括保险箱里的东西。”

她笑了笑。“和俄罗斯一样。伪造文件是成功的唯一出路。”

和广告的介绍不一样，信用商业银行在金融区的一幢较新的钢筋水泥楼内。

保险柜放在三楼，接待台坐着一个一头橙黄色头发的女人。罗德拿出钥匙、伪造的信件和佐治亚州证件牌。他面带微笑，尽可能表现得和善，希望事情顺利点，但是对方脸上的疑问让他不免有些退缩。

“我们这里没有这个号码的保险箱。”那女人冷冷地说。

他接过她递来的钥匙。“C.M.B。这个就是你们的银行，是吗？”

“这是我们银行的首字母缩写。”这好像是她唯一愿意相信的东西。

他决定再确认一下。“夫人，路德米拉小姐很焦急地希望处理她母亲的遗物。母亲过世对她打击很大。我们相信这个保险箱的确很旧了。银行会不会保存年代久远的保险箱呢？根据你们的广告，这家银行机构从1884年起就存在了。”

“罗德先生，也许我说得慢点你才能懂。这家银行没有标号为716的保险箱。我们的标号系统跟别家不一样。我们的标号是字母加数字。而且从一开始到现在都是如此。”

罗德越来越不喜欢这个人的声音了。他转过头看着阿金丽娜，用俄语说道：“这女人什么都不告诉我们。她说这家银行没有标号为716的保险箱。”

“你在说什么？”那个女人说。

他扭头对她说。“我说她得再控制一下自己的悲痛，因为这里还找不到答案。”

他扭头看着阿金丽娜。“悲伤地看这个女人一眼。可以的话挤出点儿眼泪来。”

“我是一个杂技表演者，不是演员。”

他轻轻地捧起她的双手，做出一副同情理解的表情。他保持着这个表情，用俄语说：“试试。很有用的。”

阿金丽娜看了那个女人一眼，露出急迫关切的表情。

“这样吧，”那个女人一面把钥匙递还给他，一面说，“你们何不去试试商务商业银行（首字母缩写也是C.M.B.）。沿着这条路走三个街区就到了。”

"有用吗?"阿金丽娜问。

"她说什么?"那个女人问。

"她让我给她解释你刚才说了些什么,"他转头看着阿金丽娜,用俄语说,"这个狗娘养的还算有点良心。"他转头用英语又问那个女人,"你知道那家银行开了多少年吗?"

"和我们差不多。19 世纪 90 年代。"

商务商业银行所在的大楼外观像一座大石雕,采用了花岗岩地基和大理石外墙,大楼前面是科林斯风格的石柱。与周围充满现代化气息的摩天大楼相比,这个建筑尤显独特。

一进门,罗德就被楼里的内部装饰吸引住了。仿造的大理石石柱和带有镶嵌物的石地板使得银行大厅散发出一种古香古色的味道。尤其是每一个出纳员都有一个格间,四周的装饰用铁条同时具备安全监控的功能,这显然是久远的那个时代的遗存。

在一个穿着制服的工作人员的指引下,他们来到地下一层保险柜存放地的入口。

办公室里有一个灰白头发的中年黑人在等着他们。他穿着衬衫马甲,还打着领带,大腹便便的肚子上晃荡着一只金色的怀表。这人报上了自己的姓名:兰达尔·马德克斯·詹姆斯,好像因为自己的名字由名字、父名和姓组成而颇为得意。

罗德向他出示了遗嘱法律文件和钥匙。詹姆斯先生只是例行公事地问了几句,然后就带他们经过大厅来到精心装修过的地下室。这里保险箱数目很多,占满了好几个屋子,陈设在长方形的不锈钢大门的里面。他们被领进一个房间,里面存放了一排老式保险箱,绿色的金属外壳已经失去了光泽,锁头上也已锈迹斑斑。

"这些是银行保存时间最长的东西,"詹姆士说。"1906 年地震发生的时候,它们就在这里了。我们常常想什么时候有人来拿这些东西。"

"你们不会检查里面的东西吗?"

"法律不允许。只要客户定期支付每年的租金,我们就不能这么做。"

他拿出了钥匙。"你是说从 20 年代开始,这个保险箱的租金一直按期支付到了今天?"

"没错儿。不然我们早就宣布该保险柜进入休眠期，然后就可以强行打开了。你们已经过世的亲属肯定支付了费用。"

这时罗德想起了自己正在演戏。"当然。还能有谁?"

詹姆斯指着 716 号保险柜。柜子正处在墙壁的中间位置，柜门宽一英尺，高十英寸。

"如果你们需要什么，罗德先生，我就在办公室。"

等到听见铁门锁好的声音，确定只有他们两人了，罗德才把钥匙插进了锁眼。

他打开柜门，看到里面还有一个盒子。他拉出长方形的盒子，感觉了一下它的重量，然后把它取出来放到旁边的核桃木桌上。

盒子里面有三个紫色的天鹅绒包裹，比起柯尔雅·马可思抱在手里的盒子，这些东西都保存得相当完好。里面还有一张折好的旧报纸，报纸出版地是瑞士伯尔尼，日期是 1920 年 9 月 25 日。报纸已经变得很薄，但仍旧完好无损。他用手轻轻地摸了一下最长的包裹，感觉出了东西的轮廓。他迅速打开包裹拿出了两块金条，外形和基辅机场的那块一模一样，上面烙上了数字、字母和一个双头鹰。他拿起另外一个包裹，这个大一点，圆鼓鼓的。他拉开了包裹的皮革带。

包裹里的东西让他吓了一跳。

这是一枚金蛋，蛋身的连环节上有一个瓷釉的半透明玫瑰，玫瑰下支撑着绿色的腿。罗德仔细观察后发现那其实是交叠在一起的叶子，看上去特别像玫瑰形钻石。顶端是一个弓形扶手的微型皇冠，上面装饰着更多的玫瑰形钻石和一颗稀世红宝石。整个椭圆形的蛋身有四圈钻石、珍珠百合、钻石百合和镶在黄金上的半透明珐琅绿叶。从皇冠到底座整个金蛋全长六英寸。

他以前见过这个东西。

"这是蛋雕，"他说，"是皇家复活节金蛋。"

"我知道，"阿金丽娜说，"在克里姆林宫见过。"

"这一枚名叫山谷百合蛋，是 1898 年送给尼古拉二世的母亲玛丽亚－费奥多洛夫娜皇后的礼物。不过还有一个问题，就是这枚金蛋属于私人收藏。一个名叫马克西姆·佛比的美国百万富翁在现有的五十四枚金蛋中买下了十二枚，他的收藏远大于克里姆林宫的收藏，我在纽约的展览上见过跟这个一模一样的——"

远处的铁门有响动，密室被打开了。他朝周围那排银色保险箱望去，詹姆斯正朝他们走来。他迅速包好金蛋，拉紧系带。

金条还在包裹里。

"情况还好吧？"詹姆斯边走边问。

"还好，"他说，"你能给我们一个纸盒或者纸箱之类的东西，方便我们装这些东西吗？"

那人迅速瞟了一眼桌子上的东西。"当然可以，罗德先生。乐意为您效劳。"

本来罗德还想看看保险柜内其他的物品，但后来觉得还是尽早离开银行为妙。兰达尔·马德克斯·詹姆斯的好奇心过重了，超过罗德紧绷的神经所能承受的极限，这几天经历的事情让他不断提醒自己提高警惕。

他拎着商务商业银行提供的纸袋，领着阿金丽娜走了出来，然后叫了一辆出租车来到公共图书馆。罗德找到了几本关于蛋雕的书，其中有一本罗列出所有的皇室复活节的金蛋。

他俩来到图书馆的私人读书室。待锁好门后，他把从保险柜里取出的东西摊到了桌上。他翻开一本书，很快查到自 1885 年开始，沙皇亚历山大三世请卡尔·法伯格为妻子玛丽亚皇后制作复活节礼物，迄今为止世间共制造了五十六枚金蛋。这一天是俄罗斯东正教堂最重要的日子，在这一天有一个传统，人们要相互交换一个复活节蛋和三个亲吻。因为这份小礼物受到了欢迎，沙皇后来每年都要制作一枚金蛋。亚历山大的儿子尼古拉二世于 1894 年登基后也继承了这一传统，不过现在要制造两枚———一枚给妻子亚历山德拉，一枚给他母亲。

每一枚金蛋都是举世无双的，采用珐琅技术，由黄金和珠宝做成。每一枚金蛋上都有独一无二的绝妙惊艳的设计———一座微型加冕马车、一艘皇家游艇的复制品、一辆火车、栩栩如生的动物，或者其他一些精致细腻的微型雕塑。五十六枚金蛋现存四十七枚，每一枚金蛋的存放地都在照片下面有标注。布尔什维克革命结束后，另外九枚金蛋就消失了。

他找到了一张山谷百合蛋的全景照。图片下面写道：

该惊世之作出自法伯格手工坊的工匠迈克尔·珀金之手。该物品巧夺天工之处在于其上有沙皇、奥丽亚公主以及塔季扬娜公主的三张缩微照片，后两者是皇室的长女和次女。该作品目前存于纽约，属于私人收藏物。

这卷书上印了一张和原品几乎尺寸一致的金蛋照片。每一张照片的椭圆形相框都以黄金做底，四周镶满玫瑰型钻石。中间一张照片是身着皇室制服的尼古拉二世，照片上他留着络腮胡，肩膀和上半身都清晰可辨。他左边的照片上是三岁的长女奥丽亚，她那天使般的小脸和满头金色的卷发栩栩如生。右边的照片是还在褓襁中不到一岁的塔季扬娜。每一张照片的后面都刻着：1898 年 4 月 5 日。

他把从保险柜里取出的金蛋放到照片边上。"这两个完全一样。"

"但是我们的没有照片。"阿金丽娜说。

他看着书上的内容，读了几行字后知道一个齿轮的装置可以控制照片的扇叶，让它露出来。只要扭动金蛋上一粒黄金珍珠按钮，装置就能启动。

他把金蛋立在桌子上，轻轻地按了下去。微型钻石皇冠便慢慢升了起来。下面就是尼古拉二世的微型照片，和书上这张名为山谷百合蛋的图片上的照片丝毫不差。接着另外两张椭圆形微型照片也出来了，左边是一个男性，右边是一个女性。

他看着照片，认出了两张面孔。一个是阿列克谢，另外一个是安娜斯塔西亚。他从书堆中找到一本，翻到 1916 年皇室成员被捕之前的一张公主和王子的照片。他没有认错，只是金蛋上的照片显然比书中照片的年龄要大，而且身上都是西方服饰，皇储穿了一件法兰绒衬衫，安娜斯塔西亚则穿了一件浅色的上衣。黄金钻石相框上刻着日期：1920 年 4 月 5 日。

"他们长大了，"他说，"他们的确活了下来。"

他伸手拿过那张泛黄的报纸，并且打开读了起来。他懂瑞士德语，所以能看懂报纸。下方的一则报道清楚地说明了为什么报纸会放在保险柜内。这则报道的标题是：法伯格金匠过世。报道描述了卡尔·法伯格前一天死于鲁斯安娜的贝拉维酒店的情况。1917 年 10 月布尔什维克夺权以后他就从俄国逃了出来，过世时他刚从德国来美国不久。报道提到由卡尔·法伯格掌管四十七年之久的法伯格手工坊随着罗曼诺夫王朝的倒台而被关闭。苏维埃接管了所有东西，起初尝试以"法伯格公司工人委员会"这个名义继续生产，但最后失败了。撰稿人指出缺乏皇室光顾是生意萎靡的其中一个原因，第一次世界大战让本来是法伯格手工坊常客的俄罗斯贵族损失了大部分财富。文章在结尾写道，奢华优越的俄罗斯社会一去不复返了。旁边是法伯格落魄后的照片。

"这张报纸是为了证明事情的真实性。"他说。

他把金蛋倒过来看见刻在上面的金匠名字的缩写：HW。这时他又翻开书开始查找法伯格所有的金匠。他知道法伯格本人不参与雕刻。具体构思和制作者都是他雇佣的众多金匠。书中说山谷百合蛋的制造者是首席工匠迈克尔·珀金，他死于1903年。书中还说亨利克·韦格斯特略姆接掌法伯格的管理大权一直到手工坊倒闭，后来于1923年过世。而且书里也有一张韦格斯特略姆的签名——HW——罗德拿着照片和金蛋底部的文字对照一看。

签名的刻字果然是一样的。

他看见阿金丽娜翻出了第三个包里的东西——其中有一张刻着西里尔文字的金箔纸。他凑过去费劲地读了一遍，但是没读懂：

> 致乌鸦和老鹰：这个国家已经被证实可以成为一个避风港。皇室血脉安好无恙，正等待着你们的到来。沙皇在位，却不能真正治理国家。你们得矫正这种局面。只有靠你们唤醒合法继承人内心中此刻正在沉睡的灵魂，他们才能从长久的沉寂中解脱出来。对于那些毁灭了我们国家的人来说，我所希望的正如哲人拉吉舍夫在一百年前预言中所说："那些毁灭了我们国家的人将遗臭万年，永世不得安宁。摇篮中鲜血淋淋，四面唱响楚歌。啊，他们将永远在坟墓中，在鲜红血水的浸泡下挣扎。"请确保这一切的发生。
>
> F. Y.

"就这些？"他说。"这个什么也没说啊。地狱之铃呢？马可思坟墓中的金箔纸上说地狱之铃是通向下一个环节的唯一方法。可是这里根本没有提到地狱之铃。"他把金蛋举在手里，摇了一下。感觉很硬，里面没有声音。接着他又检查了一下金蛋的表面，也没有发现任何缝隙或者开口。"很明显，我们必须知道比现在更多的事情。帕申科说有一部分秘密可能随着时间遗失了。也许我们现在就遗失了一步，也就是能告诉我们什么是地狱之铃的那一步。"

他把金蛋拿到眼前，仔细地检查顶部旋转出的三张小照片。"阿列克谢和安娜斯塔西亚还活着。他们就在这里，在这个国家。他俩应该早已经过世了，但是他们的子孙应该还活着。我们离找到他们不远了，但是我们现在手里只有一些金条和一个价值连城的金蛋。"他摇了摇头。"尤苏波夫给自己找了不少麻烦。为了做这个，法伯格也被牵连了进来，至少他最后的那一个首席工匠参与其中。他雕出了这个蛋。"

"我们现在该怎么做？"阿金丽娜说。

他靠在椅背上，仔细想怎么回答她这个问题，才能提供一点希望、一个答案，但是最后还是不得不说了实话。

"不知道。"

34

莫斯科
周二，10 月 19 日上午 7:00

电话铃响了，海斯快步走到床边。他刚刚洗完澡刮完胡子，准备参加委员会又一天的议事安排。今天是个很关键的日子，委员会将会投选出三名候选人。毫无疑问巴克拉诺夫肯定榜上有名，前天晚上秘密内阁打来电话说十七名委员会委员已经全部买通，因此巴克拉诺夫将会毫无悬念地当选。连最后一次答辩会上那个对巴克拉诺夫咄咄逼人的狗杂种也报了自己的价码。

电话铃响过第四声之后，海斯接了电话，那头是"赫鲁晓夫"的声音。

"半小时前加州旧金山俄国领事馆来了一个电话。你的罗德先生和彼特洛夫娜小姐正在当地。"

海斯吃了一惊。"他在那里干什么？"

"他拿着一把保险箱的钥匙去了当地一家银行。很明显那东西是从柯尔雅·马可思的坟地里拿出来的。商务商业银行是多年以来苏联一直监控的国外机构之一。克格勃非常热衷于寻找沙皇的遗产。他们相信革命之前有一大批金条被存放到了外国银行的金库。后来事实证明他们的确没错，自 1917 年开始已经有价值上千万的黄金被找到了。"

"你是说你们的人还在为一百多年前的那些钱对相关银行进行监控？我终于理解你们的政府为什么垮台了。你们得放弃过去，开始向前走。"

"是吗？来看看现在的局势吧。前政府垮台后，这些事情的费用越发让人难以承受了。自从我们的秘密组织形成后，我越发意识到重建过去关系的长远意义。几十年来，我们与旧金山领事馆和当地两家银行一直保持着紧密联系。革命爆发之前，这两家银行一直是沙皇代理人经常光顾的地方。现在可好，我们的一个线人报告说他们找到了与沙皇有关的一个保险箱。"

"然后呢？"

"罗德和彼特洛夫娜拿着一张继承死者遗产的假证明到了那里。等他们拿出一把钥匙，打开一个在银行存放了很长时间的保险柜时，银行职员才意识到是怎么一回事。这个柜子是我们一直监控的保险柜之一。罗德离开时手里拿着三个天鹅绒袋子，里面的物品不详。"

"我们知道他们现在在哪吗？"

"罗德先生进入金库查看保险柜时，填了一张表格，上面留了当地一家酒店的地址。我们的人已经确认他和彼特洛夫娜小姐住在那里。他显然觉得回到美国就安全了。"

海斯迅速思考了一番，随后看了一眼手表。莫斯科时间周二早上刚过 7 点，加州时间还在周一晚上 8 点。

十二个小时之后罗德才能看见第二天的太阳。

"我有个主意，"海斯对"赫鲁晓夫"说。

"我知道你会有主意的。"

罗德和阿金丽娜走出了万豪酒店的大厅电梯，三个天鹅绒袋子放在房间内的保险箱里。旧金山公共图书馆早上 9 点开门，他想到的第一件事就是去那里再查一些资料，找到他们缺失的信息，或者至少能为他们指出正确的方向。

他原本想的只是逃出莫斯科，但是现在他觉得事情变得微妙起来。起初他打算看看斯塔罗杜格到底有什么，然后就搭最早一班飞机回佐治亚。可是目睹了马可思叔侄的遭遇，并找到存放在斯塔罗杜格和银行的东西后，他意识到事情比最初想象的要复杂得多。他决定一探究竟，把事情查个水落石出。他和阿金丽娜之间的关系发展也给旅途带来了更多的乐趣。

他在万豪酒店只订了一间房。他们分开睡，但是昨晚的彻夜长谈让他感受到一种失落已久的亲近。他们一起看了一部电影，是一出浪漫情感剧，他担任了翻译解说员。她听着他的解说觉得电影很有趣，他也很享受这种分享电影的快意。

他只有过一段正式的感情，对方是弗吉尼亚大学法学院学生，但是最后他发现这个女孩重视自己的前程远胜于对他的感情。毕业后她忽然离开了他，到了华盛顿特区一家事务所，他猜现在那个女孩可能还在为争取完全合伙资格艰难地往上爬。搬到佐治亚加入普利根伍德沃斯事务所以后，他也和一些女孩约会过，但是都没有深入发展，她们之中没有一个像阿金丽娜·彼特洛夫娜这样有情趣。他不是一个宿命论者——这个概念好像只适合他父亲的追随者——但是眼前发生的事却不可否认，他们共同接受了寻找的任务，他们的确相互吸引了对方。

"罗德先生。"

忽然有人在酒店大堂直呼他的名字，他吃了一惊。旧金山没有人认识他。他和阿金丽娜同时停住脚步回头看去。

一个留着两撇小胡子的矮个黑头发男人朝他们走了过来。他身穿一件双排扣西装，翻开着宽领，一看就是欧洲服饰风格。他拄着拐杖，迈着一种机械的步伐慢条斯理地走了过来。

"我叫菲利普·维坦科，从俄罗斯领事馆来。"他说的是英文。

罗德背后凉了一截，"你怎么知道能在这里找到我？"

"我们能找个地方坐下来谈谈吗？"

他不想和这个人有太多纠缠，于是就近走到旁边的一排椅子边。

三个人都坐好以后，维坦科开口了，"我知道上周五的红场事件——"

"你能说俄语吗？让彼特洛夫娜也听懂。她的英语没有你那么好。"

"当然，"维坦科改用了俄语，同时微笑着看了阿金丽娜一眼。

"我说了，我知道了上周五发生的红场事件。死了一个警察。莫斯科警察局发布了逮捕你的通缉令。上面说要缉拿你回去审问。"

现在他知道是怎么回事了。

"我还知道你和菲利克斯·奥雷格探长见过面。罗德先生，我知道你并没有参与红场事件，倒是菲利克斯·奥雷格有嫌疑。我接到指示到这里来联络你，请你跟我们合作。"

他没有被说服，"你还没有说你是怎么知道我们在这里的。"

"多年以来，我们的领事馆一直在监控当地的两家金融机构。这两家机构自沙皇时期就存在了，并且一直处理着俄国皇家的存款。有传言说尼古拉二世在革命前秘密运走了大量黄金。你昨天先后出现在这两家机构，并且要打开一个我们一直怀疑与俄国皇家有关的保险柜，于是我们就知道了。"

"这样做是违法的，"他说，"这不是在俄国。这个国家有银行保密条令。"

对方显得很平静，"我了解你们的法律。你们也有关于伪造文件打开保险柜行为的法令吧？"

罗德听懂了话里的意思，"你想怎么样？"

"我们已经观察了奥雷格探长一段时间。他和一个暗中操纵沙皇委员会的组织有关系。阿特米·贝利就是因为调查了奥雷格和这个组织才惨遭毒手。后来，你又不幸地出现了。他指使杀死贝利的那些人来追杀你，这就解释了你被追杀的原因。我也了解了莫斯科和红场的追杀——"

"还有圣彼得堡火车上的那次。"

"我不知道还有那一次。"

"这个试图操纵沙皇委员会的是一个什么样的组织？"

"我们以为你会知道。我的政府只知道这个组织由一些个人组成，他们用金钱买通官员。奥雷格为他们做事。他们的目的好像是为了保证斯蒂梵·巴克拉诺夫竞选沙皇成功。"

这个人的话不无道理，但是罗德还有一件事没弄明白，"你们怀疑有美国商人参与此事吗？我的事务所有大批这样的客户。"

"我们相信有。事实上这些人可能就是资金的来源。我们希望你能帮助我们。"

"你和我的老板泰勒·海斯谈过吗？"

维坦科摇了摇头，"我的政府尽量保证调查事件秘密进行。我们即将进行逮捕行动，但是在那之前我接到指示来向你询问一些问题，看看有没有漏掉什么。还有，如果需要的话，莫斯科会派一名代表来跟你谈话。"

罗德觉得如坐针毡。他可不想莫斯科有人知道自己的所在。

可能是因为太过焦虑，罗德的表情也紧张了起来。维坦科说，"没什么好怕的，罗德先生。谈话将在电话里进行。我向你保证，我的目的是代表政府深入了解过去几天发生的情况。我们需要你的协助。委员会这两天就要进行最后的投票。如果这个过程中存在任何腐败行为，我们有必要调查清楚。"

罗德没有回答。

"我们不允许在过去的社会残留上建立新的俄罗斯秩序。如果委员会内部确有成员收受贿赂，那么斯蒂芬·巴克拉诺夫也必然是曲意俯就甘当傀儡。而我们绝对不允许这种情况发生。"

罗德瞟了阿金丽娜一眼，发现她的眼神忽闪不定，显然也很焦虑。既然谈了，他决定多了解一些事情。"为什么你们政府一直关注沙皇的遗产？这很奇怪。已经过去这么多年了。"

维坦科往椅背上一靠，"1917 年以前，尼古拉二世藏匿了价值上百万的黄金。前苏联政府认为有必要将所有黄金找到。旧金山当时是白军资金和物资来往的集散地。大量沙皇的黄金被运到这里并分流至伦敦和纽约的银行，这些钱大多被用来进行枪支和军火交易。俄罗斯移民跟着黄金来到了旧金山。有些人纯粹是为了逃难，但有些则是另有所图。"他挺直腰板，这种坐姿与他拘谨的性格更匹配，然后继续说。"当时的俄罗斯总领事公开宣布反布尔什维克，并主动协助美国干预俄国内战。而且那些人利用这里的黄金，在军火交易中捞到了不少好处。于是前苏联政府知道了他们的黄金的确储存在这儿，这才有了后来尼古拉·F. 罗曼诺夫陆军上校的事件。"

维坦科的严肃声调表明接下来的话很重要。他把手伸进口袋，掏出一张1919 年 10 月 16 号的《旧金山监督报》。上面有一篇报道说一个王室姓氏的俄罗斯陆军上校来到了美国。他此行的目的就是前往华盛顿寻求美国对白军的支持。

"他的到来掀起了轩然大波。领事馆监视了他的一举一动。事实上我们现在还有当时的监视记录。这个人究竟是不是王室成员，没有人知道。他很有可能根本不是王室成员，他的姓氏只是为了引起人们的注意。后来他摆脱了监视和跟踪，所以我们无从得知他此行的目的和后来他到底去了哪里。我们只了解到银行多了几个户头，其中一个是在商务商业银行，同时开了四个保险柜，其中有一个号码为 716，就是你昨天打开的那个。"

罗德这才意识到对方的目的所在。这些事情未免太巧合了。

"你能告诉我盒子里面放的是什么东西吗，罗德先生？"

他对这个人不太信任。

"现在还不是时候。"

"那么你是否愿意告诉莫斯科的代表？"

罗德不确定该怎么做，所以没回答。维坦科看出他有些犹豫。"罗德先生，我对你非常坦白，所以你没必要怀疑我的意图。你肯定看得出来我们政府对过去几天发生的事情非常在意。"

"那你也肯定看得出为什么我这么小心谨慎。这几天我都在逃命。而且你始终都没说明白你是怎么找到我们的。"

"你在银行的表格上填写了酒店的地址。"

罗德觉得这个回答还算合理。

维坦科从口袋里掏出一张名片。"我理解你的苦衷，罗德先生。这是我的联系方式。出租车司机能带你去俄国领事馆。美国时间今天下午两点半，莫斯科那边会打电话来。如果你想跟他谈谈，请来我的办公室。如果不想，我们不会再来打扰您。"

罗德接过名片，看了对方一眼，不知道自己该怎么做。

他们花了一早上的时间在公共图书馆阅读旧报纸，找到了一些关于1919年尼古拉·F.罗曼诺夫陆军上校造访旧金山的报道。没什么实际内容，大多是各方猜测的八卦新闻，所以阿金丽娜能感觉到罗德很沮丧。他们还证实了山谷百合蛋现属私人收藏，很难理解为什么他们手上会有一个几乎一模一样的复制品。

在街边咖啡馆吃过午餐之后，两人回到了酒店的房间。罗德提到菲利普·维坦科和下午是否该去俄国领事馆的事。罗德和那个人谈话的时候，阿金丽娜一直在仔细观察对方是否在说真话，不过这太难确定了。

她看着面前这个英俊帅气的男人。她曾经接受的教育告诉她，他存在"有色"问题，不过她根本不在乎。他拥有一个真实诚恳的灵魂。他们已经在一起经历了五个日日夜夜，而他从来没有任何越轨的行为。她对此很是惊讶，因为她在马戏团遇到的男人几乎都是色迷迷地直奔主题。

"阿金丽娜？"

她看着罗德。

"你在想什么？"他问。

她不想把心里想的事情告诉他，于是说，"菲利普·维坦科貌似很诚恳。"

"的确如此。但这不能说明任何问题。"

罗德坐到床边，拿起金蛋看了起来。"我们肯定疏漏了什么东西。秘密的某一部分缺失了。我们进入了死胡同。"

她明白他的意思。"你想去领事馆？"

他看着她。"我觉得我别无选择。如果有人想操纵委员会，我就得出手阻挠。"

"但你对对方一无所知。"

"我很想看看自己能从莫斯科方面得到什么消息。也许能帮上我的老板。别忘了，我最初的工作是为了保证斯蒂梵·巴克拉诺夫赢得竞选。我还得完成我的工作。"

"那我们一起去。"

"不行。我的确是在冒险，但我还没有昏了头。我要你拿着这些东西，住进另外一家酒店。从停车场走，不要走大厅。这个地方可能已被监视了。你永远无法确定自己是否被跟踪，所以找到新酒店之前务必尽可能多绕一些弯路。比如坐地铁、公共汽车，可能的话坐出租车。在外面晃荡一两个钟头。两点半我到领事馆走一趟。3点半你找一台公共电话打给我。如果我没有接电话，对方说没有这个人或者说我已经走了，你就躲起来不要露面。"

"我不喜欢这样。"

罗德站起身，走到放着天鹅绒包裹的桌子旁边，把金蛋装了起来。"我也不喜欢，阿金丽娜。但是我们别无选择。如果罗曼诺夫王朝的直系亲属的确活了下来，俄国政府就必须知道真相。我们不能把命赌在拉斯普京几十年前的一句话上。"

"可我们不知道去哪里找。"

"通过媒体宣传可能把阿列克谢和安娜斯塔西亚的后人找出来。DNA测试很容易就能辨明真伪。"

"可是我们得单独行动。"

"我们是老鹰和乌鸦，不是吗？所以我们来制定规则。"

"我觉得我们不能这么做。我觉得我们应该按照长老的预言找到沙皇的继承人。"

罗德靠在桌子上，"俄罗斯人民需要知道真相。为什么你们不能接受公开和诚实这两个原则呢？我觉得应该让你们的政府和美国国务院来处理这个事情。我会把事情的真相一五一十地告诉莫斯科方面。"

她对罗德的决定感到不安。但可能他说得没错，在沙皇委员会推选斯蒂梵·巴克拉诺夫之前，或者在推选任何人成为俄国沙皇之前，当局应该及时收到消息了解情况，避免发生无可挽回的局面。

"我的工作是找出任何不利于斯蒂梵·巴克拉诺夫选举的资料。我想我的老板必须知道一切事情。我们现在赌上的东西太多了，阿金丽娜。"

"或许还包括你的职业吧？"

罗德沉默了一会儿。"也许吧。"

她原本还想多问几句，但终究还是没问。他心意已决，好像很难动摇了。于是她只好相信他的安排。

"你离开领事馆之后怎么找到我呢？"她问。

他从几张宣传单里挑出了一张，五颜六色的封面上印着斑马和老虎。

"动物园开到傍晚7点。我在那儿见你，在狮子馆。你的英文足够帮你找到地方。如果我6点还没到那里，你就去警察局说明一切，要求他们通知美国国务院。我的老板叫泰勒·海斯。他在莫斯科为委员会工作。让美国方面和他联系，把事情全部告诉他。3点半你打电话的时候，除非是我亲自接电话，否则谁的话都不要信。做最坏的打算，按照我说的去做。好吗？"

她一点都不想听这些话，并且如实告诉了他自己心里的想法。

"我知道你的意思，"罗德说。"维坦科看上去没什么问题。而且我们现在在旧金山，不是莫斯科。不过我们得现实点，如果这件事比我们之前预计的要复杂，我怀疑我们可能很难再见面了。"

35

下午 2:30

俄罗斯领事馆位于金融区西面繁华的大街上，离中国城和富人区诺布山不远。领事馆坐落在十字路口的拐角处，是一座红褐相间的两层楼。楼上的阳台外面有金属卷闸护栏，屋顶有铁铸装饰物。

罗德乘出租车到了领事馆正门。下午的这个时候旧金山附近的海洋造成了内陆降雾，空气里湿气很重，罗德觉得背上透心的凉。他付完车钱，走上了花岗岩门阶。入口两侧立着两头大理石狮子。石墙上一面铜牌上刻着：俄罗斯联邦领事馆。

他走进金碧辉煌的休息大厅，这里铺着金色的橡木地板和马赛克，安放了精美的雕刻艺术品。一个身着制服的卫兵领着他来到二楼，菲利普·维坦科正在等着他。

维坦科招了招手，示意他在两张锦缎扶椅中挑一张坐下。"我非常高兴你决定跟我们合作，罗德先生。我们的政府会很感激的。"

"我想说明一下，维坦科先生，我此时此刻还是觉得浑身不自在。但是我想尽我所能。"

"我跟莫斯科方面提到了你的顾虑，他们让我保证不要给你施加任何压力。他们了解你的境况，并对你在俄国的遭遇感到十分抱歉。"

维坦科拿起一盒烟，房间里面苦涩的气味都是这玩意儿造成的。他要罗德抽一根，后者拒绝了。

"我也希望自己能改掉这个习惯。"维坦科举起银质打火机，对准烟头点着了。房间里顿时烟雾缭绕。

"要跟我对话的人是谁?"罗德问。

"政府司法部的一个代表。他认识阿特米·贝利。我们正准备发布菲利克斯·奥雷格和其他有关嫌疑人的逮捕令。这个人负责这次行动。更多的证据和线索,可以帮我们解决这一犯罪事件。"

"你们警告沙皇委员会了吗?"

"主席已经知道了发生的事情,但是还没有向公众透露消息,我肯定你明白这是为什么。我们暂时只能低调行事,暗中进行调查。我们的政局已经到了崩溃的边缘,委员会腐化的消息一定会成为社会混乱的导火索。"

他放松了下来。这里好像是安全的,维坦科的言谈举止也没有什么特别的地方。

桌子上的电话发出刺耳的铃声。维坦科接起电话用俄语说了几句,然后按下免提键,话筒里随即传来一个声音。

"罗德先生,我是马可斯姆·祖巴雷夫。在莫斯科司法部工作。我相信你现在安全无恙。"

他很纳闷为什么对方理所当然地认为他懂俄语,但他想到可能是维坦科告诉对方的。"现在还好,祖巴雷夫先生。你熬夜熬得很晚啊。"

话筒里传来一阵笑声。"现在是莫斯科时间的半夜,不过此事非同小可。你在旧金山出现后,我们总算松了口气。我们曾经担心追杀你的人已经得逞了。"

"我现在知道他们其实是在追杀阿特米。"

"阿特米是我的手下,任务是进行情报刺探。我对此有一定责任。当然他执意要帮忙查探,而我没想到对方的势力竟如此庞大,他出事之后我一直都很难过。"

罗德决定尽量多了解一下情况。"委员会已经同流合污了吗?"

"我们现在还不确定。但是我们想恐怕是这样。我们希望能阻止腐败事件的蔓延。原以为通过选举达成统一,我们就能阻止滥用公权的发生,但是事实恐怕反而扩大了贿赂行为的泛滥。"

"我的老板叫泰勒·海斯。他是一个美国人,与在俄罗斯的大部分美国投资人都有工作关系——"

"我跟海斯先生很熟。"

"你能联络他,并且告诉他我在哪里吗?"

"当然。但是你能说说，你为什么到旧金山来，和为什么要去商务商业银行打开保险柜吗？

罗德靠到椅背上。"我不敢肯定你会不会相信我的话。"

"说说看？"

"我在找罗曼诺夫王室的阿列克谢和安娜斯塔西亚。"

对方许久都没有回应，就连维坦科也惊讶地看了他一眼。

"你能说清楚一点吗，罗德先生？"话筒传来对方的声音。

"罗曼诺夫王室有两个孩子从叶卡捷琳堡的屠杀中侥幸活了下来，然后被菲利克斯·尤苏波夫带到了这里。他一直努力实现 1916 年拉斯普京留下的一个预言。我在莫斯科档案馆找到了相关的证据。"

"你找到了什么样的证据？"

他正要回答，却听见外面传来一阵消防车的警笛声。这本来是没什么的，但是他发现电话里面也传来了相同的警笛声。

他立刻明白了过来。

他一跃而起，拔腿往门口跑去。

维坦科大喊他的名字。

门刚一打开，罗德就碰见了面带微笑的"冷面"。后面是菲利克斯·奥雷格。"冷面"一记重拳打到他的脸上，他踉踉跄跄退到了维坦科的桌边，感觉眼前金星四冒，鲜血也从鼻子里面流了出来。

奥雷格冲到他面前又给了他一拳。

他倒在了木地板上。有人说了几句话，可是他一个字都没听清。

他拼命想站起身来，但是眼前一片漆黑。

36

罗德醒了过来，发现被绑在和维坦科谈话时的椅子上，手脚都被水管带捆着，嘴巴上单独缠了一条。他觉得鼻子很疼，毛衣和牛仔裤上都有血迹。眼睛还能看得见东西，只是右眼肿了，隐约看见对面有三个男人的影像。

"醒醒，罗德先生。"

他努力朝说话的方向看去。那是奥雷格，说的是俄语。

"你肯定能听懂我的话。我建议你给我点反应，告诉我你能不能听到我的声音。"

他轻轻摇了摇头。

"好。真高兴见到你，在美国，在这个充满机遇的土地。真是个好地方啊，不是吗？"

"冷面"走上前，朝罗德两腿之间打了一拳。他感觉自己像受了电击一样，眼泪流了出来。嘴巴上缠住的胶带让他根本喊不出来，他只能挣扎着通过疼痛的鼻孔死命地呼吸着每一口气。

"狗日的黑鬼。""冷面"恶狠狠地喊着。

他退后一步准备再出一拳，但是奥雷格拦住了他的手。"够了。"奥雷格把"冷面"推到桌子边，然后自己走上前。"罗德先生，这位先生不太喜欢你。你在火车上用喷雾剂弄疼了他的眼睛，在树林里又打了他的头。他现在恨不得杀了你，本来这不关我的事，但是有人让我问你几件事情。他们授权让我告诉你，只要你乖乖合作就可以保住小命。"

罗德不相信，他的眼神泄露了自己的怀疑。

"你不相信我的话？好吧，我承认我骗你了。你肯定会死，我们保证你会死。我的意思是你可以选择死亡的方式。"奥雷格凑了过来，呼吸中带着一股廉价的酒味。"有两种选择。对着脑袋开一枪，快速无痛，或者这个。"奥雷格往食指上绕了一截水管，然后像射弹弓一样把它弹到罗德已经骨折的鼻梁上。

他又疼得流下了眼泪，但是突然到来的那种缺氧感给他带来了更大的痛楚。因为鼻子和嘴巴都被封住了，肺部将很快消耗掉所剩无几的氧气。他根本无法呼吸，过量的二氧化碳让他的意识开始不清醒。他觉得眼球好像爆裂了一般，眼前的一切瞬间变黑了，直到奥雷格突然拉开了他鼻子上的水管。

他拼命地呼吸。每吸一口气，一缕鲜血就会从喉咙里涌上来。他吐不出来，只能往肚子里咽。

"第二个方式不太舒服，是吧？"奥雷格说。

罗德想，如果有可能的话，就算赤手空拳他也要杀了这个菲利克斯·奥雷格。他会干得毫不含糊，不会有任何罪恶感。这一次他的想法又被自己的眼神出卖了。

"对我恨之入骨吧，很想杀了我吧，是不是啊？太不幸了，你可没这个机会了。我说过，你肯定得死。只是快慢的问题，还有包不包括阿金丽娜·彼特洛夫娜。"

听到这个名字之后，罗德用一双眼睛死死地盯着奥雷格。

"我就知道你会对这个名字很关注的。"

菲利普·维坦科从奥雷格后面走过来。"是不是有点过了？我跟莫斯科方面汇报情况的时候，可没听说要杀人。"

奥雷格扭头看着他说。"坐下，把嘴闭住。"

"你以为你在跟谁说话？"维坦科吼道。"我是这里的总领事。还没有哪个莫斯科警察敢对我如此发号施令。"

"现在不就有一个吗？"奥雷格对"冷面"说。"把这个蠢货给我扒拉到一边去。"

维坦科被拉了回去。这位总领事从"冷面"的手里挣脱出来，一面往屋外走一面说："我要给莫斯科打电话。我不认为现在有必要这样做。你们有些行动是不对的。"

办公室的门突然开了，一个满面红光、眼睛闪闪发亮的长脸老人走了进来。他身穿一套黑色西服。

"维坦科领事，不要给莫斯科打电话。我的话你听清楚了吗？"

维坦科犹豫了一会儿，思考着这番话，然后退到一个角落里。罗德此时也认出了这个声音，是电话里的那个人。

这位老者走上前对罗德说："我就是马可斯姆·祖巴雷夫。我们之前交谈过。显然，我们之间的小把戏没有演好。"

奥雷格退到了一边。这位长者显然是领头的人。

"探长说得没错，你会死的。很抱歉，我别无选择。我能保证的是彼特洛夫娜小姐不受牵连。我们没有理由把她扯进来，反正她跟这件事情并没有关系，而且也不知道什么消息。当然啰，我们一直不清楚你到底知道哪些事情。我让奥雷格探长把水管从你嘴巴上挪开。"老人朝"冷面"走了过去，后者立刻关上了办公室的门。"即使你大喊大叫也是无济于事的，这个房间是隔音的。或许你和我能进行一次睿智的谈话，而如果我认为你的话可信，彼特洛夫娜小姐自然会安然无恙。"

祖巴雷夫退后一步，奥雷格上前把罗德嘴上的水管扯了下来。

"现在好多了吧，罗德先生？"祖巴雷夫问。

他没说话。

祖巴雷夫拉过来一把椅子，面对罗德坐好。"现在把刚才电话里没有说完的话都告诉我。你找到了什么证据证明阿列克谢和安娜斯塔西亚从布尔什维克的手里逃了出来。"

"你控制了巴克拉诺夫，对吗？"

老人长长地吸了一口气。"我不明白这和我们的谈话有什么关系，但是希望你能合作，我还是告诉你。是的，现在唯一能妨碍他登上王位的事情就是，出现了尼古拉二世的直系亲属。"

"你们所做的这一切有什么意义？"

老人大笑起来。"意义，罗德先生，就是稳定。新的沙皇体系不仅会在很大程度上影响我个人的利益，而且也牵涉到很多其他人的利益。难道那不正是你来莫斯科的目的吗？"

"我不知道巴克拉诺夫是个傀儡。"

"他心甘情愿做个提线木偶。我们都是聪明的提线人。俄罗斯会在他的统治下强盛，我们也会发达。"

祖巴雷夫仔细地看了看自己右手的手指，然后看着罗德。"我们知道彼特洛夫娜小姐目前也在旧金山。虽然她已经不在你的酒店，但是我的人正在四处搜寻。如果在你告诉我真相之前，我的人找到了她，我决不会心慈手软。我会让他们随心所欲地享用她。"

"这里不是俄罗斯。"他说。

"没错儿。不过我们抓到她以后，她就在俄罗斯了。机场有一架飞机正在等着送她回国。我们要带她回去审讯，这一点我们已经跟你们的海关说得非常明白了。你们的 FBI 联邦探员甚至主动协助我们搜寻你们的位置。国际合作的确是一件好事啊，不是吗？"

他知道自己该怎么办了。他现在唯一的希望就是，一旦自己没有按时出现在动物园，阿金丽娜会离开城市。但他很难过，可能再也见不到她了。"我他妈一句话都不会告诉你。"

祖巴雷夫摇了摇头。"悉听尊便。"

老者离开了房间。奥雷格往他嘴上套上了另外一截水管。

"冷面"走了上来，一脸坏笑。

他希望尽快结束自己，但是他明白事情决没那么简单。

马可斯姆·祖巴雷夫走进房间后，海斯把目光从扩音器上移开了。他刚才听到了罗德说话的全过程，因为那个房间里安装了微型话筒。

前晚接到电话后，海斯和"赫鲁晓夫"、"冷面"以及奥雷格在数小时内赶到了这里。多亏了祖巴雷夫的政府关系，奥雷格和"冷面"拿到了警方发放的出境证。"赫鲁晓夫"刚才跟罗德说的都是实话。他们一通电话就得到了 FBI 和海关的搜寻协助，让他们帮忙查找罗德和阿金丽娜·彼特洛夫娜的下落，只是海斯拒绝让美国插手，他不想把事情闹大。把罗德和彼特洛夫娜从加州遣送回俄国的事宜已经安排好了，旧金山机场的出境处也没有什么问题了，一张俄罗斯谋杀犯通缉令足以帮他们得到美国方面的全力配合与支持。他们此行的目的是要控制事态的发展，阻止罗德进行更深入的查找行动。但问题是他们根本不知道他到底知道了多少。他们唯一的推断是尼古拉二世在美国可能真有直系子嗣。

"你的罗德先生骨头可真硬。""赫鲁晓夫"关上门说。

"为什么他会这样？"

"赫鲁晓夫"坐了下来。"这也是我这一天想弄清楚的问题。我离开的时候，奥雷格从一盏灯上扯下了两根电线。穿过他身体的电流可能会让他开口。"

海斯从话筒里听到"冷面"叫奥雷格把插头插到墙上去。一阵撕心裂肺的喊声在屋子里面持续了整整十五秒。

"也许你该重新考虑一下，是不是要回答我们的问题了。"是奥雷格的声音。

还是没有回答。

又是一阵惨叫。这一次时间更长了。

"赫鲁晓夫"伸手从桌子上的糖果盘里夹了一个巧克力球。他剥开包装的金箔纸，把里面的小球扔进了嘴里。"他们会一直电到他心力衰竭，真是够痛苦的。"

隔壁屋子里发出的叫声让人心寒，可海斯没有一丝一毫的怜悯之心。那个蠢货让他现在进退两难，他那让人恼火的举动不仅破坏了全盘计划，还害得他损失了几百万美元。现在海斯和这几个俄国人一样迫切地想知道一切。

话筒里又传来一声惨叫。

桌子上的电话响了，他提起话筒。电话里的声音说楼下总机接到一个电话，说是要找罗德先生。接线员觉得电话很紧急，所以问问罗德先生是否要接电话。

"不行，"海斯说。"罗德先生正在开会。把电话接到这里来。"他用手捂住听筒。"把扩音器关了。"

嘀嗒一声之后，电话里传来一个女人的声音。"麦尔斯，你还好吗？"她用俄语问。

"罗德先生暂时接不了电话。他让我跟你说。"他说。

"麦尔斯在哪儿？你是谁？"

"你一定是阿金丽娜·彼特洛夫娜。"

"你怎么知道的？"

"彼特洛夫娜小姐。我们必须聊一下。"

"我无话可说。"

他俯身向前打开了扩音器。里面立刻传来一阵阵撕心裂肺的惨叫。

"听到了吗？彼特洛夫娜小姐？那就是麦尔斯·罗德。他正在接受一个莫斯科警察的审讯。只要告诉我你在哪里，他的痛苦就能结束。"

电话那头一阵沉默。

又是一声惨叫。

"电流正在通过他的身体。我不知道他的心脏还能坚持多久。"

电话挂了。

"狗娘养的把电话挂了。"他看着"赫鲁晓夫"。"坚定的人，是吧？"

"非常坚定。我们必须搞清楚他们到底知道些什么。你这条请君入瓮的计策的确不错，不过没成功。"

"我敢打赌他们两人的关系比我们想象的要亲密。罗德很聪明地把她藏了起来。如果他没有跌入我们的陷阱，他们一定会通过特定的方法再联系上。"

祖巴雷夫叹了口气。"恐怕我们找不到她了。"

他笑了笑。"我不这么认为。"

37

下午 4 点半

阿金丽娜强忍住眼泪。她站在公共电话跟前，四周都是行人和逛街的人。她好像还能听到罗德的叫声。她不知道自己该怎么办。罗德嘱咐她不要打电话到警察局。他也明确地说过不让她去俄罗斯领事馆。她应该去找一家新的酒店，定好房间，然后在 6 点的时候到达动物园。只有在他无法准时出现以后，她才能联系美国当局，最好和美国国务院联系上。

她觉得心很痛。电话里那个人说什么来着？"电流正在通过他的身体，我不知道他的心脏还能坚持多久"。说这话的人给她的感觉是，他杀人跟吃饭一样平常。这人的俄语很好，不过她能听出他的美国口音。这就怪了，美国当局也牵连进来了吗？难道他们和那帮俄罗斯人都想知道她和罗德正在执行的任务吗？

她的手里还抓着电话，双眼很无助地看了一眼人行道，这时一只手拍了一下她的右肩。她唯一听清楚的一句是"你打完了吗"。她的眼泪吧嗒吧嗒往下掉。后面的女人看见她哭了，表情顿时柔和了很多。她整理了一下自己，迅速抹去脸上的眼泪，说了一句"Spasibo"，希望那个女人理解这是俄语"谢谢"的意思。

她从电话亭走了出来，融进了人流。她已经用罗德给自己的钱在另外一家酒店定好了房间。她没有按照罗德说的，把金蛋、金条和报纸放到酒店的保险箱里，而是放进了罗德原本放洗漱用品和换洗衣服的行李袋里。她现在已经不相信任何人了。

她在街上逛了两个小时，时不时进出咖啡馆和商店，确定没有被人跟踪。现在她非常肯定自己是一个人了。但是她现在在哪儿呢？肯定是在商务商业银行的西面，远离这座城市主要的金融区。这里古董店、艺术画廊、珠宝商店、礼品店、书店和餐馆随处可见。她已经逛得都不知道方向了，现在要紧的是找到回酒店的路，她随身带着酒店的宣传册，随时可以指给出租车司机看。

几个街区之外的一个钟楼引起了她的注意。这是一座俄罗斯风格的建筑，屋顶有镀金十字架，还有一个圆顶。整体上很有家乡的味道，但是建筑已经被欧化了，因为她从来没见过东正教教堂有人字形大门，凸石面和栏杆。她认识前面的标记，英文下面有一排西里尔文注释——圣三一大教堂——由此可以断定这是当地的一所俄罗斯教堂。这个建筑给了她安全感，于是她快步过街走了进去。

教堂里面采用的是传统装饰，东面放有十字架和圣坛。她仰头看了看圆屋顶，楼顶中央悬挂着一座树枝型装饰灯。蜂蜡特有的香味从蜡烛铜台上飘过来，淡淡的幽香抚平了刚才的不安。到处都是神像——墙上、玻璃框里、圣障上的神像将祭坛分成了不同的部分。她小的时候去的教堂里没有这里这么多围障，人们可以直接看清牧师的样子。但是这里竖起了一座印有深红色和金色耶稣像和圣母玛利亚像的高墙，只能通过过道往前面看。这里没有长凳和椅子，显然来这儿的人和在俄罗斯的人一样，更喜欢站着祈祷。

她走到边上的圣坛，希望上帝能把她从困境中解脱出来。她开始哭泣。尽管她不是一个爱哭的人，但是一想到罗德正在受折磨，而且可能会死，眼泪就忍不住决了堤。她需要去警察局，但是内心又有某种东西提醒她这么做可能不对。政府机构不一定是避难所。祖母的经历给了她深刻的烙印。

她在胸前画了一个十字，开始祈祷，口中默默念叨儿时学过的经文。

"你还好吧，我的孩子？"一个男人用俄语说。

她转身看到一位身穿黑色东正教长袍的中年牧师。他没有带俄罗斯牧师常戴的帽子，但是脖子上挂了一个银质十字架，这勾起了她儿时生动的回忆。她迅速擦干眼泪，尽量恢复常态。

"你能说俄语。"她说。

"我在俄国出生。我听到了你的祈祷。很难得听到这么地道的俄语。你来这里观光的？"

她点点头。

"什么事情让你这么难过？"他平静的声音很有抚慰的作用。

"是一个朋友。他有危险。"

"你能帮他吗？"

"我不知道怎么帮。"

"你来对地方了，你可以在这里找到指引。"牧师走到神像墙前，"我们的主是最好的导师。"

她的祖母曾是虔诚的东正教教徒，一直努力教她相信上天。在现在这一刻之前，她从未感到自己如此需要上帝。她意识到牧师根本理解不了所发生的事情，于是不愿再多说什么，而只是问了一句，"你了解俄罗斯现在的局势吗，神父？"

"我很有兴趣。我投票支持王朝复辟。这对俄罗斯是最好的方式。"

"为什么这么说？"

"几十年来我们的祖国经历了巨大的衰变。教会几乎被完全摧毁了。从前的苏维埃对教会心怀恐惧，而现在的俄罗斯可以信教了。"

听上去像是奇怪的言论，但是她觉得没错。前苏维埃把一切可以形成反对力量的东西都视作威胁：教会，几首诗，甚至于一个老妇人。

牧师继续说："我在这里生活了很多年。这个地方跟我们念书时听说的可不一样。美国人每隔四年就大张旗鼓地选一次总统。但同时他们会把总统当做普通人，知道他也可能做出错误的决定。我觉得一个政府越少神化自己，就越容易获得尊重。我们的新沙皇应该在这一点上吸取教训。"

她点点头。这是在传达什么讯息吗？

"你很喜欢这位身处困境的朋友吗？"牧师问。

这个问题问到她心坎上了，她如实回答。"他是一个好人。"

"你爱他？"

"我们只不过刚刚认识。"

牧师转向她肩上的背包。"你是要去什么地方吗？逃跑？"

她意识到这个人终究不明白她的处境，也不可能明白。罗德说过，6点没见到他之前不要跟任何人说话。她决定听他的话。"无处可逃，神父。我的问题在这里。"

"我恐怕不是很了解你的处境。福音中说，如果盲人领着盲人，两个人都会跌到沟里。"

她笑了笑。"我自己其实也不是很了解。我只是有一个必须完成的任务，一件正在折磨我的事情。"

"和这个人有关吗，这个你可能爱上了或者不爱的男人？"

她点点头。

"你希望我们为他祈祷吗？"

祈祷至少是不会有坏处的。"可能有用，神父。不过您能告诉我去动物园的路怎么走吗？"

38

罗德睁开双眼，想着可能还要经受另一轮电击或者另一次水管封鼻的拷问。他不知道还会不会有什么更可怕的事情。然而他发现自己没有被绑在椅子上，而是四仰八叉地躺在木地板上，原先绑手绑脚的带子被剪断了吊在椅子腿和扶手上。刚才行刑的人都不见了，办公室只剩下三盏灯，不透明的落地玻璃反射出惨白的光。

电流通过身体的疼痛极其难忍。奥雷格还很喜欢换不同的部位施暴，先是额头，再是胸部，最后是胯部。罗德的腹股沟和下身因为"冷面"的拳头和电击还在隐隐作痛。那种感觉很像往疼痛的牙齿上撒冰水，剧烈的刺激让他痛不欲生。但他忍住了，并极力保持清醒。他不能泄露关于阿金丽娜的一丁点消息。罗曼诺夫王朝继承人是一件事情，她又是另外一件事。

他挣扎着想从地板上站起来，可右边的小腿失去了知觉。手表上的数字模模糊糊看不清楚，他好不容易才认出现在是五点十五分，离跟阿金丽娜相约的时间只有四十五分钟了。

他希望她不会被他们找到。他到现在还活着，这说明对方还没有得逞。

他真是个傻子，竟然相信菲利浦·维坦科，竟然以为和莫斯科相隔几千里就什么事情都没有了。显然，这些对他手里的事情有浓厚兴趣的人是有足够的能力穿越国界的，这就意味着他们与政府高层有关系，罗德决定不再犯同样的错误。从现在开始，除了阿金丽娜和泰勒·海斯，他谁也不相信。他老板有门路，也许足以应对现在的情况。

但是现在最重要的是从领事馆逃出去。

奥雷格和"冷面"肯定还在附近，可能就在门外边。他拼命回忆晕过去之前发生的事。他记得奥雷格电击他，痛得心脏都快麻痹了。他狠狠盯着奥雷格阴冷的双眼时，在那里面他看到了快乐。他能记得的最后一件事就是"冷面"一把推开探长，说，该轮到他了。

他又试了一次，想从地上站起来。可是脑袋立刻感到一阵眩晕。

办公室的门忽然开了。"冷面"和奥雷格晃荡着进来。

"好啊，罗德先生。你醒啦。"奥雷格用俄语说。

两个俄国人把他从地上拉了起来。他感觉整个房间都在旋转，胃里也一阵阵恶心。他两眼上翻看着屋顶，以为马上又是一阵拳打脚踢，哪知迎面泼来一盆凉水。开始的感觉很像电流穿过全身，但是冷水却缓解了疼痛，眩晕感也减轻了很多。

"冷面"从后面扶着他。奥雷格站在他面前，手里拿着一个空水罐。

"还渴不渴？"探长嘲讽地说。

"滚你妈的！"他拼命吐出这几个字。

奥雷格甩起手背对准他的下巴就是一掌。他顿时感觉到了嘴角的血腥味，特别想把手挣脱出来杀了这个狗娘养的。

"很不幸的是，"奥雷格说，"总领事不太愿意在这里发生谋杀案。所以我们得送你到另一个地方。他们说离这里不远的地方有一个沙漠，正好埋葬尸体。我们一直住在寒冷的地方，现在去个暖和干燥一点的地方肯定不错。"

奥雷格走近了几步。"这座楼的后面停了一辆汽车。你得悄悄地过去。这里没人能听见你的呼救，如果你敢在外面弄出一点声音，我就割断你的喉咙，在这里就把你解决掉。按照命令行事，明白吗?"

奥雷格手里拿着一把很长的弯刀，刀锋非常锋利。探长把刀递给"冷面"，后者拿刀尖顶在了罗德的脖子上。

"我建议你最好慢慢往前走。"奥雷格说。

罗德根本听不进这话。他已经疼糊涂了，站都站不稳。不过他时刻都在准备抓住机会反戈一击。

"冷面"把他从办公室推到了一个没人的地方。跟着他们下楼走到一层，当他们从几个空无一人的空荡荡的办公室旁边经过时，天色已经暗了。

奥雷格走在前面给大家带路。他走到一扇精致的木门前停了下来，然后拉开插销打开门。门外传来汽车引擎的发动声，一辆黑色轿车的后门开了，汽车排放的气体弥漫在薄雾中。探长转身让"冷面"把罗德带过去。

"站住，"这时后面传来一个声音。停下。

菲利普·维坦科追了上来，直接冲奥雷格走去。"我告诉你，探长，不能再用暴力了。"

"我告诉你，外交官大人，这跟你没关系。"

"你的祖巴雷夫先生已经走了。这里我做主。我已经和莫斯科方面通了话，他们说我可以做任何我认为合理的事。"

奥雷格抓起领事的衣服，一把按到墙上。

"泽维尔。"维坦科忽然大叫。

罗德听到大厅那边传来脚步声，接着看到一个高大的男人冲向奥雷格。就在大家对这一变故手足无措的时候，罗德抓住机会用胳膊肘对准"冷面"的腹部就是一下。虽然此时他的肌肉已经变得僵硬没有知觉，但是他这一下正好对准了"冷面"两肋之间的一点，给了他狠狠的一击。

"冷面"应声从他身边退开了。

罗德一把推开他拿刀的手。奥雷格对面的大个子发现了动静，赶紧跨几步过去看俄国人怎么样了。

罗德趁机冲到了门外。维坦科和奥雷格此时正纠缠在一起，这正好给了罗德逃跑的机会。他看车里没人，便跳上了前座。他摇动变速排挡杆，一脚将油门踩到底。轮胎迅速在地面上飞转，随后像离弦的箭一般冲了出去，后门也在冲力作用下"砰"地关上了。

"够了。"海斯说。

"冷面"、奥雷格，还有维坦科和他的帮手都住手了。

马可斯姆·祖巴雷夫和海斯并排站在走廊里。"演得不错，先生们。"

"现在我们跟着这个混蛋，"海斯说，"看看到底是怎么回事。"

39

罗德开着车又转过了一个弯，这才慢了下来。他通过后视镜观察着，确认没有车跟踪，同时他也很小心地避免引起警方的注意。仪表盘显示现在已经是下午5点半了，离会合的时间还有半个小时。动物园在市中心的南面，靠近海，在旧金山州立大学附近。马斯湖就在附近，他以前去那里钓过鲑鱼。

现在想来好像是上辈子的事情了。当年在一家很大的律师事务所做助理的时候，除了秘书和指导律师，谁都不曾在乎他的工作。很难相信一个星期前在莫斯科饭馆吃了一顿简单的午餐之后，一切都发生了变化。阿特米·贝利坚持买单，还说罗德可以付第二天的饭钱。当时他出于礼貌答应了，尽管他知道俄罗斯律师一年赚的钱比他三个月的收入都要少。他挺喜欢贝利的，一个看似有学问也容易相处的年轻人。然而，现在他脑海中只记得贝利中弹后倒在墙边的样子，奥雷格说因为死的人太多，所以不去给每一具尸体都盖上布，太麻烦了。

这个狗娘养的。

他到第二个十字路口转南，远离金门桥朝海岸驶去。动物园字样开始出现在路标上，他跟着指示行驶在傍晚的车流中。很快他就把城市的喧嚣和商业气息抛在了身后，进入到旧金山森林宁静的山脉和树林之中，公路的尽头坐落着为数不少的别墅，大都安装了铁门和喷泉。

他很惊讶自己竟然还能开车，肾上腺刺激着神经，肌肉还带着电击的疼痛，呼吸也不顺畅，但是他终于有了重生的感觉。

"阿金丽娜一定要待在那儿，等着。"他嘀咕着。

终于到动物园了，他把车停到明亮的停车场，钥匙留在车内，走到门口买一张票。售票员提醒说还有不到一个小时动物园就关门了。

衣服被奥雷格弄湿了，血渍斑斑的绿色羊毛衣现在就像一条湿乎乎的毛巾。他脸上还在疼，而且有些地方肯定肿了。他现在这样子走在人群里肯定很显眼。

手表显示现在已经 6 点了。

夜幕降临，四周静悄悄的，只有动物发出的阵阵声音。空气中飘散着皮毛和食物的味道。他穿过一扇双层玻璃门，进入了狮屋。

阿金丽娜站在一只来回走动的老虎前面。他忽然可怜起笼子里的这只动物来。一只困兽，就像他今天下午那样。

看到他以后，她立刻高兴了起来。她奔过来死死地抓住他，两人紧紧地抱在一起。他能感觉她在颤抖。

"我正准备要走。"她说。她用手轻轻地摸着他红肿的下巴和瘀青的眼睛，"发生什么事情了？"

"奥雷格和一个追杀我的人到这儿来了。"

"我在电话里面听到你大叫。"然后她又把电话里的话复述了一遍。

"俄罗斯那边的负责人说自己叫祖巴雷夫。除了维坦科，领事馆肯定还有别人在帮他们。不过我感觉维坦科可能不是他们一伙儿的。如果不是他，我现在还来不了这里。"他告诉她脱险的经过。"我一路都看了，没有人跟着我。"他看到她肩膀上的包。"这里面是什么东西？"

"我不放心把东西放在酒店，觉得最好随身带着。"

他决定暂时不去责备她，她这么做很愚蠢。"我们得离开这儿。一旦找到安全的地方，我就给泰勒·海斯打电话求助。现在局面已经失控了。"

"你没事我就高兴了。"

他忽然发现两个人还紧紧地抱在一起，于是立刻松开手看着她。

"可以的。"她温柔地说。

"可以什么？"

"你可以吻我。"

"你怎么知道我想?"

"我就是知道。"

他轻轻地用嘴吻了她的唇,然后分开,说。"感觉太奇怪了。"

笼子里的一只狮子忽然大吼起来。

"觉得它们是在表示同意吗?"他说着,脸上浮现出一丝笑意。

"你觉得呢?"她问。

"非常同意。但我们得先离开这儿。我开他们的车绕了大半个城。最好别再开这辆了。他们可能已经报失。我们坐出租车吧。进来的时候,我看见门口停了几辆。我们先回你定好的酒店,明天一大早租一辆车。我觉得我们还是不要去机场或者公共汽车站。"

他从她肩上卸下包裹,背到自己身上,两块金砖可不轻。他挽着她的胳膊,两人一起走出了狮屋,这时一群年轻小孩和他们擦肩而过,争取时间赶着最后看一眼狮子。

然而就在一百码开外的地方,在路灯下的人行道上,他瞥见了朝自己这边奔过来的奥雷格和"冷面"。

天啊。他们是怎么找到自己的啊?

他抓住阿金丽娜一起朝反方向跑,经过狮屋,跑进了一座名叫"猿猴馆"的建筑。他们沿着过道朝里面跑,然后向左转。这时他们面前出现了一片人工树群和岩石群,一条深壕将一道水泥墙和一片开阔的、被围栏包围的区域隔开。这片仿造的森林中生活着两只成年大猩猩和三只小宝宝。

罗德边跑边分析眼前的道路,意识到这条水泥路面是环形的,呈泪滴形状,起点就是终点。这里左边有高栅栏,右边则是麝牛展区。这时有大约十名游客正在观看大猩猩,大猩猩在自己居住区的中央吃着一大堆水果。

"没地方逃了。"说这话时他的声音很绝望。

他们得想个办法。

这时,他看见大猩猩展区石墙上的铁门开了。他估计了一下动物和铁门之间的距离。那也许是野兽夜间回屋休息的大门。他们说不定能从那儿逃生,然后在大猩猩发现他们之前关上大门。

这个念头再怎么疯狂,到底也算是个主意。此时奥雷格和"冷面"正在朝他们冲过来。他知道这两个人已经丧心病狂了,于是决定冒险跟大猩猩打一次交道。他透过石墙上的门看到一丝光线，发现里面有动静，里面也许是看守员。

也许这是条出路。

他把旅行包扔进观看区。包裹重重摔在一堆水果附近。大猩猩仰天大吼立刻上前去看究竟发生了什么事。

"快来。"

他单脚跃起跳到隔离墙上。其他游客都不解地看着他。阿金丽娜跟了上去。深壕大约有十英尺宽，墙大约有一英尺宽。他助跑几步纵身一跃，僵硬的身体飞了出去，他心想一定要落到对面的地上。

他做到了，只不过摔倒在地后，大腿和臀部火辣辣地疼。他滚了一个圈，这时正好阿金丽娜也跳了过来，刚刚着地。

"冷面"和奥雷格出现在隔离墙的另一面。

他估计这两人既不会跟上来，也不会对着周围的人开枪。这时几个游客大叫起来，还有人在报警。

"冷面"也爬上了墙。他正准备跳的时候，一只成年大猩猩朝深壕跑了过来。这动物举起两只前脚发出咆哮声。"冷面"退缩了。

罗德爬起来和阿金丽娜一起朝门跑去。另外一只成年大猩猩追了过来。这只巨大的动物的脚掌和趾关节砸在地上，前后脚交替着一路狂跑。从体型和行动方式来看，罗德辨认出这是一只雄猩猩。它浑身长满棕灰色的柔亮长毛，胸脯、手掌和面部呈黑色，背上还有一个颇似鞍状的装饰物。这家伙忽然站了起来，鼻孔抖动着，似乎表达着怒气。罗德赶紧一动不动地站着。

这时体型小一点、皮毛红一些的母猩猩朝阿金丽娜走去，像是要威胁她。罗德想去救她，可是自己的问题还没解决。他希望自己从电视频道"动物世界"节目里学来的关于猩猩的知识不会错。一般而言，它们喜欢嚎叫，但不真的咬人，身体动作一般是为了引起对方的反应，可能是为了吓跑对方，或者至少分散对方的注意力。

他用余光看到奥雷格和"冷面"正一边看着自己一边往后退。也许他们觉得现在罗德和阿金丽娜已吸引了大腥腥和游客们太多的注意，不便他们再采取行动了。

罗德不仅不想再见到追杀自己的俄罗斯人，也不想跟警察解释事情的前因后果——至少现在还不行。不过现在他们肯定被惊动了。

他得到门口去。面前这个庞然大物开始拍胸脯了。

这时阿金丽娜对面的母猩猩朝她扑来，阿金丽娜急中生智，俯身冲向猩猩园里的一根柱子，然后发挥杂技演员的灵活性跳到一截树枝上。这下母猩猩吃了一惊，它也爬了上去。罗德发现母猩猩的表情缓和了下来。好像它以为这是在玩耍。围栏里到处都是树杈，这是为了尽可能为动物们仿造真实生长的环境，现在这些道具正好帮助阿金丽娜摆脱危险。

这时后面传来一个女人的低语，"我不管你是谁，但我是这里的看守员。我严重警告你，你得站着一动不动。"

"我向你保证我不会动的。"他低声回答道。

猩猩紧紧地盯着罗德，脑袋歪着，像是对面前这个人有点好奇。

"我在墙内，就在开着的门边上，"看守员的声音继续说道，"它们晚上才到这里来。但是只要还有食物，它们就不会进来。你面前的这一只叫亚瑟王，性情不太友好。我想办法引开它，你赶紧到里面去。"

"我的朋友在那边也遇到了麻烦。"他说。

"我看到了。但是一次先救一个。"

亚瑟王慢慢地后退，朝旅行包移了过去。罗德不能丢掉包裹，于是他作势去拿。猩猩立刻冲上来发出尖叫，仿佛在告诉他让他别动。

他只好不动。

"别惹它。"看守员提醒他。

大猩猩露出了犬牙。罗德可不想被这种牙齿咬到。他看着阿金丽娜和母猩猩在树枝上"玩"得不亦乐乎。阿金丽娜好像暂时没有危险，那只动物还抓不到她，她先转圈，然后落到下面一根较粗的树枝上，最后稳稳落地。母猩猩也想学这个动作，但是因为体积太大，它刚一转就失去了重心一屁股摔到了地上。阿金丽娜趁这个机会冲到了门口。

现在轮到他了。

亚瑟王拉起旅行袋，翻来覆去地想看看里面到底有什么。罗德估计自己能抓得到书包然后扔到门外，于是上前去抓。但是亚瑟王的动作奇快，大手一挥，一把抓住了罗德的毛衣。他感觉自己被拖着往后走。猩猩一直没放开拳头，他的毛衣却从胸前开了个口子。亚瑟王两脚直立，一只手里抓着包，一只手里抓着毛衣。

罗德没有动。

猩猩扔掉手中的烂毛衣，开始继续翻包裹。

"你得出来。"那女看守员说。

"我得拿回那个包。"

猩猩抱着旅行包连拉带扯加咬，结实的绿包裹被折腾得不成样子了。接着大猩猩开始抢起包往墙上砸。一下，两下，最后它干脆把包直接扔到了石头上。

罗德心都凉了。

金蛋根本经不起这么折腾。于是他想都没想，等旅行包第三次被扔出去的时候冲了上去。亚瑟王跟了上去，罗德先抓住包，赶紧把它提了起来。母猩猩也跟过来凑热闹，站了他和雄猩猩的中间伸手想拿包，这时雄猩猩却抓住它脖子上的毛，引得小猩猩们一阵骚动。雄猩猩把它拖到一边，罗德乘机冲向门口。

已经只有几步之遥，但他还是被亚瑟王堵在了门口。

大猩猩就在不到五英尺远的地方，身上发出让人作呕的味道。它一边盯着罗德，一边从嘴里发出低声的咆哮。它的上唇又抖了起来，露出和罗德手指一样长的牙齿。它慢慢伸出手碰到旅行包，一把抓住了外面的布。

罗德一动不动。

大猩猩伸出右手指，抵住罗德胸前。倒是没有让他觉得痛，但是已经接触到他衬衣下面的肉。它这动作其实跟人的动作很像。罗德不再那么害怕了，他盯着这个庞然大物闪亮的眼睛，感觉自己已经脱离了危险。

亚瑟王抽回手指，退开了。

母猩猩嚎叫了一阵以后也走开了。

亚瑟王慢慢一步一步地挪开，直到让出门口的路。罗德小心翼翼地走进门，身后迅速传来关门声。

"我从来没见过亚瑟王这样的举动，"关门的女看守员说，"它是一只好斗的猩猩。"

罗德看着栏杆后面的大猩猩，它也在望着他，而且还把毛衣重新抓在了手里。最后，大猩猩转身去吃那堆东西了。

"现在你能跟我说说你们刚才在那儿做什么吗？"女看守员问。

"这里有出去的路吗？"

"还没到让你们出去的时候。我们得在这里等警察。"

他不能这么做。现在根本无法想象对方的触角有多长。他通过加固玻璃看到不远处有一个关闭的出口，于是抓起阿金丽娜的手就往那边走去。

穿着制服的女人拦住了他们的去路。"我说过我们得等警察来。"

"我今天过得特别艰难。有人要杀死我们，我刚刚从一只三百磅的大猩猩那里捡回来一条命。我没心情跟你争辩，希望你明白我的意思。"

看守员犹豫了一下，让开了路。

"谢谢你作出了这个决定。现在告诉我那扇门的钥匙在哪儿？"

那女人把手伸进兜里，取出一把带环儿的钥匙扔给了他。他和阿金丽娜离开小屋，转身关好门上好锁。

他们很快找到了出口，来到非观光区，然后向堆满机器的两个工棚走去。再前面一点是一个空的停车场，门口的牌子上说明这是员工停车场。他知道他俩不能走大路，于是决定往海边走，那里有一条与海岸平行的路。他想赶紧离开这个鬼地方，因此一看见出租车心情马上轻松了许多。他俩钻进车，十分钟后出租车带他们来到了金门公园。

他和阿金丽娜走了进去。

前面是一个足球场，右边有一个水池。他俩找了一张长凳坐了下来。他的神经快崩溃了，不知道自己还能再承受多少压力。阿金丽娜环抱着他，头放在他的肩膀上。

"你刚才在猩猩面前的表演真棒，"他说，"你真是一个攀爬好手。"

"我没觉得那东西会伤害我。"

"我知道你的意思。雄猩猩本来可以袭击我，但它没有。它甚至不让母猩猩插手。"

这时他想起被砸到墙上的包。于是把它从潮湿的草地上拎了起来。头顶的街灯发出橙色的灯光，周围没人。这个晚上很冷，他想要是自己还穿着那件毛衣就好了。

"亚瑟王砸包的时候，我脑袋里面想的就只有金蛋了。"

他拿出天鹅绒袋子，倒出金蛋。底座三只腿都断了，碎裂的钻石撒了下来。阿金丽娜赶紧用手接住这些稀有宝石。金蛋从顶上到中间裂开了，像被剖开的西柚。

"竟然弄坏了，"他说，"这东西可是无价之宝。更别说它也许能帮助我们完成寻找的任务了。"

他仔细看了看这件珍品的裂缝，忽然胃里感觉到一阵恶心。他扔掉天鹅绒袋子，伸手去摸金蛋里面的东西。那是一种白色的纤维，像某种包装材料。他捏了一下，好像是棉花，因为塞得很紧，所以想揪一片下来都不行。他继续往里摸，心想也许能摸到控制三张缩微照片的机械装置，可是他摸到的却是别的东西。

他把手指再往里伸了一下。

是个硬物。

而且很光滑。

他把蛋靠近灯光，继续往里伸手指。

他瞥见那金色材质的硬物上面刻了什么东西。

是一段话。

他手指插入缝隙的两边用力一掰，像剥成熟的石榴一样把金蛋一分为二。

40

海斯看着奥雷格和"冷面"走出动物园大门，朝车子跑了过来。他和"赫鲁晓夫"在停车场耐心地等了十分钟。海斯在罗德身上安装的一个钮扣大小的追踪仪起了作用。这种东西在领事馆有的是。加利福尼亚地区是重要的电脑技术中心和美国国防重点区域，从冷战时期开始旧金山就是前苏联情报人员的集中地。

他们故意让罗德逃走的目的是为了引出阿金丽娜·彼特洛夫娜。海斯相信这个女人拿着罗德从柯尔雅·马可思坟墓和保险箱拿到的东西。他们在傍晚的车流中与罗德的车子保持了一段距离，成功地跟踪他到了目的地。他觉得这个约会地点好奇怪，不过猜想罗德可能是故意要选择公共场所，而海斯最不愿意的就是引起公众注意。

"我不喜欢他们脸上的表情。""赫鲁晓夫"说。

海斯也不喜欢，但是什么都没说。他不太担心，液晶显示屏上还在哔哔作响，证明罗德的位置还在掌握之中。

"他跳进了大猩猩的坑，"奥雷格说，"我们想跟上去，但是其中一只大家伙挡了路。我想你们不愿在外面待太久，就出来了。我们再追踪。"

"很好，"他说，"我们还有很强的信号。"然后他扭头对祖巴雷夫说："我们下去吧。"他打开车门，两人一起走下了车。奥雷格拿过液晶显示器，一直往前走。忽然远处响起了警笛声。

"有人报警了。我们得速战速决，"他说，"这里不是莫斯科。警察会问很多问题。"

大猩猩观看区前围了一堆人。奥雷格手里的显示器显示罗德就在附近。"把它放到你衣服里面。"海斯对奥雷格说，他不想引起注意。

他们走进猿猴馆，海斯问旁边的人发生什么事情了。一个女人告诉他说，一个黑人和一个白人越过深壕跳进了笼子，于是惹来大猩猩的追堵。后来他们从石墙上的一扇门出去了。他到奥雷格那里，发现还有信号。他抬头看了一眼笼子，发现了大猩猩手里攥着的东西。

一件深绿色的毛衣。

罗德的毛衣。海斯在上面偷偷钉上了追踪器。他摇了摇头，忽然想起了拉斯普京对亚历山德拉说过的预言。动物的纯真天性将会保卫他们并指引方向，这是最后成功的关键。

"大猩猩拿着那件毛衣。"他对祖巴雷夫说，后者走近隔离墙自己看了个究竟。

俄国人脸上的表情说明，他也同样想起了拉斯普京的预言。"动物在保护他们。我猜想，它是不是也在指引他们做什么？"

"这个问题问得好。"海斯说。

罗德沿着裂缝掰开金蛋。钻石像被捏挤出的桔汁一样迸洒了出来。一小片金块掉到了潮湿的草地上，阿金丽娜伸手捡了起来。

那是一只铃铛。

铃铛的外壳在街灯下显得特别闪亮，显然是几十年来第一次接触到空气。他发现铃上刻着小字。

"这是西里尔文。"她边说边把铃铛放到了眼前。

"你看得懂吗？"

"'在那公主树生长的地方和起源地，有位颂先生。对他说出你现在看到的这段话，说出你的名字，给出这个铃铛，即可获得成功。'"

他没兴趣猜谜语了。"那是什么意思？"

他抓过铃铛，仔细地又看了一遍。它不到三英寸长，一两英寸宽，里面没有铃舌。从重量上看它应该是纯金的。除了刻在外面的这行字，其他地方没有任何标记。很明显，这是尤苏波夫的最后一个留言。

他看着被毁坏的金蛋，经过大半个20世纪和刚刚开始的21世纪，尼古拉二世的子嗣竟然活了下来。共产党领导人统治俄罗斯期间，罗曼诺夫王朝继承人就活在这个世界上，隐姓埋名。那么公主树到底长在哪里呢？不管它长在哪里，罗德想把继承人找出来。斯蒂梵·巴克拉诺夫不是俄罗斯合法的王位继承者，说不定直系罗曼诺夫王子的出现，能够给俄国人民带来其他力量都无法企及的鼓舞。但此时此刻，他太累了，累得什么都做不了。他本来是想连夜离开这里的，但是现在却不想这么做了。"我们先回你找的那家酒店，睡上一觉。可能早上思路会清楚些。"

"我们路上吃些东西吧？早饭之后我什么都没吃。"

他看着她，伸手轻轻捧着她的脸。"你今天真的很棒。"他用俄语说。

"我一直在想我还能不能看见你。"

"不只你一个人这么想。"

她把手放在他的手上。"我不喜欢这个想法。"

他也不喜欢。

他轻轻吻了一下她的嘴唇，然后抱住了她。

十分钟后来了一辆出租车，他把阿金丽娜定的酒店名字告诉给司机。一路上，他一直在想地狱之铃上的文字。

在那公主树生长的地方和起源地，有位颂先生。对他说出你现在看到的这段话。说出你的名字，给出这个铃铛，即可获得成功。

显然又是一个谜，对于知情者来说，它提示了前进的方向；对其他的入侵者而言，即使找到了这句话，也无法读懂它。可是现在的问题是，罗德也不知道他们到底怎么找。刻下这些文字的时间应该是在1918年王室被杀之后，在1924年雕刻金蛋的法伯格去世之前。那个时候他们可能非常清楚文字的喻义。但是时间的推移把原本一目了然的讯息蒙上了一层迷雾。透过落满灰尘的车窗玻璃,罗德看着窗外那一排排的咖啡馆和饭店。他想起来了阿金丽娜很想吃东西,尽管他不想抛头露面,但是他肚子也一样饿了。

他忽然有了一个想法。

他跟司机说了几句话,那人点点头表示明白了,几分钟后汽车带着两人来到了网吧。

这里能上网,还供应食物。

屋里的各个隔间是用不锈钢墙隔开的,只有一半的上座率,烟熏的玻璃隔板上刻满了当地有名的风景。有一小群人占据了一个角落,看着巨大的电视屏幕。大杯的生啤好像是这里供应的特色饮料,食物则是大块的三明治。

罗德跑到洗手间用冷水泼了泼脸,免得瘀青的地方吓着别人。

他带着阿金丽娜要了一个隔间,服务小姐告诉他们怎么用键盘,然后给了他们一个密码。两人在等食物的时候,他往搜索引擎里敲了几个字:公主树。屏幕上出现了大约三千条搜索结果。大部分都跟一个名为公主树系列的珠宝有关。其他的则是关于雨林、森林学和中草药的。其中有一条的摘要立刻吸引了他的眼球:

保罗瓦妮娜·托门托萨——公主树,卡里树——芬芳的紫罗兰。8月/9月。

他点击了这条搜索结果,屏幕上立刻出现了一段描述的文字,上面说公主树原生长在远东地区,在1803年被移植到美国。这些植物的种子装在柳条箱里从中国运来之后,很快就在美国东部生根了。这种植物的木质很轻,而且防水,日本人用它做盛米饭的碗、家具甚至是棺材。它的生长速度很快,五到七年的时间就可以长成大树了,开的花也很鲜艳,是一种有着淡淡香味的大型紫色薰衣草花。文章还提到因为生长速度快,生产成本低,这种植物被用于木材和纸浆工业。这种植物在北卡罗莱纳州西部的山上非常多见,这些年来伐木工作一直有秩序地进行着。不过现在最吸引罗德的是这种植物名字的由来。文章里提到这种树得名于安娜·保罗瓦妮娜公主,保罗一世的女儿。在1797年到1801年之间,保罗一世统治了俄罗斯四年。保罗一世就是尼古拉二世的高曾祖父。

他把看到的内容翻译给阿金丽娜听。

她很吃惊。"这么快就知道了这么多。"

他这才反应过来,俄罗斯的网络才刚刚起步。普利根伍德沃斯有一些客户非常热衷于提高俄罗斯与国际互联网联网的网速。但问题是，一台电脑的售价是普通俄罗斯人两年的收入总和。

他拉下滚动条，又看了一些网址，但是再没看到什么有用的信息。这时服务小姐端来了食物和两杯百事可乐。有那么几分钟里他完全忘记了自己正身处险境。刚吃完手里最后几根薯条，他又想到了一个主意。他把页面拉回到最上面。在搜索栏里敲下"北卡罗莱纳"几个字，找到了一个电子地图网址。他着重观察了一下西部的大山区。

"那是什么？"阿金丽娜问。

"我在证实一个预感。"他盯着屏幕说。

屏幕中央是艾实维尔地区，北纬40度东经26度，深红色的线条像十字一样伸向四面八方。北面是布恩、绿山和百德克里克地区，南面是亨德逊维尔和南卡罗莱纳州与佐治亚的交界处。西面面对麦吉山谷和田纳西州，东面与夏洛特遥望。他仔细研究了一条从艾实维尔东北方向延伸至弗吉尼亚的线路。这条线路上的地方名字都很有趣。苏语、海湾书、烟囱石、雪松山。接着他在紧邻艾实维尔的北面和布恩的南面、靠近祖父山的地方找到了目标。

起源地，81号国道。

在那公主树生长的地方和起源地，有位颂先生。

他扭头看着阿金丽娜，露出了笑容。

41

10月20号，星期三

罗德和阿金丽娜起床后，早早从酒店退了房。昨晚是这么多年以来他第一次和一个女人睡在一起。没有性爱，因为他俩早已筋疲力尽，到现在还在担惊受怕。但睡觉的时候两人是抱在一起的，他总是睡一会儿就醒了，觉得"冷面"和奥雷格会在什么时候突然冲进房间里。

起床后两人一起来到金融区的艾维斯租车行。接着他们向东北方向驱车九十英里来到萨克拉门托，心想那里的机场可能没被监视得那么严密。他们登上美国航空公司的直飞航班去往达拉斯。在飞机上，他读了一份《今日美国》。头版的一条新闻讲述沙皇委员会的工作接近尾声。以公平统一为前提，委员会已经完成了面试，并把候选人范围缩小到了三个人，斯蒂梵·巴克拉诺夫榜上有名。因为委员会一名委员家里有人死亡，原本定在明天的最后选举改在了周五。这是因为最后选举必须是一致同意通过，委员会只能将选举时间往后推迟一天。分析预估巴克拉诺夫最终当选，而且预报说这将是对俄罗斯远大前景的最好选择。其中还引用了一位历史学者的话，"他是尼古拉二世最亲近的人，罗曼诺夫王室里最罗曼诺夫的人。"

罗德盯着前排座位靠枕上的电话，考虑着自己是否有必要和国务院的什么人联络一下，或者联络泰勒，把他俩知道的事情都说出来。他和阿金丽娜掌握的消息很可能改变委员会投票选举的结果。至少在核实他所掌握的信息之前，他们不会作出最终决策。可预言说必须由他和阿金丽娜两个人独立完成整个任务。就在三天前，他还认为整件事情是一个利欲熏心、嗜权如命的农夫为了进入俄罗斯王室而编造出来的无稽之谈。但是那只大猩猩，就是那只动物，砸裂了金蛋。而且也是它阻止了"冷面"越过壕沟。

动物的纯真天性将会保卫他们并指引方向，这是最后成功的关键。

拉斯普京怎么可能知道这些事情会发生呢？是巧合吗？如果是，那么这个巧合也太过了。俄罗斯的王位继承人在美国生活得平安吗？根据他在机场买的地图来看，位于北卡罗莱纳的起源地人口只有六千三百五十六人，位置在迪尔斯波洛郡，是依偎着阿巴拉契亚山脉的一个小郡之中的一个小镇。如果他或者她真的在那里，俄国的历史将从此改变。他在想，如果事情披露说当年叶卡捷琳堡事件中有两位王室成员侥幸活了下来，而且还生活在一个多年以来俄罗斯民族不信任的国家——美国，不知道俄罗斯人民会怎么想。他还在想继承人长得什么样子——可能是阿列克谢或者安娜斯塔西亚的儿子或者孙子。又或者他能看到两家的孩子，他们已经成为地道的美国人。那么这需要怎样的关系才能让他或者她重返祖国，去管理一个完全瘫痪紊乱的国家？

一切都太让人难以置信了，而且他竟然成了其中一个角色，而且是重要的角色，担当了陪伴阿金丽娜鹰的乌鸦。他们的使命已经很清楚，完成任务，找到颂先生。但还有一伙人也在寻找。这些人想要影响委员会的选举结果。有人想用金钱和权力左右一个本来公平的过程。这些会不会是那些控制菲利普·维坦科的人为了引诱他去领事馆才编造出来的谎话呢？他不相信。马可斯姆·祖巴雷夫的冷漠证明他没开玩笑。斯蒂梵·巴克拉诺夫被人控制了，现在完全变成了一个提线木偶。正如马可斯姆·祖巴雷夫所说，他们那些人是聪明的木偶提线人。祖巴雷夫还说过现在唯一妨碍巴克拉诺夫登上王位的事情就是出现一个尼古拉二世的直系亲属。但是他们到底是谁？他们真的控制了委员会了吗？如果是，既然他之前去莫斯科就是要辅助斯蒂梵·巴克拉诺夫登上王位，那他现在所做的事情就没有什么意义，他的客户要的就是这个结果。泰勒·海斯就是要这个结果。这个结果可以让大家皆大欢喜。

真的能够皆大欢喜吗？

很明显，政客和犯罪集团的结党营私让俄罗斯一蹶不振，而现在他们又要控制一个王朝的诞生。但是这已经不是 18 世纪的枪炮时代。统治者可以操控体积小到可以装入公文包的核武器。从来没有任何一个人能够拥有如此大的权力，但俄罗斯人却觉得这是理所当然的事。对他们来说，沙皇是神圣不可侵犯的，是上帝之子。他们错过了一个世纪的辉煌。他们要重返那个时代，重返他们本来就该拥有的那个时代。但是他们的状况真的会好起来吗？还是仅仅从一个矛盾转化为了另外一个矛盾？这时罗德想起了拉斯普京说过的可能发生的另外一件事。

复兴之前必须牺牲十二个人。

他心算了一下死去的人。第一天四个，包括阿特米·贝利在内。红场的士兵。帕申科的手下。瓦斯利·马可思和伊沃西夫·马可思。拉斯普京曾经说过的其他事情现在都发生了。

还要再死三个人吗？

"赫鲁晓夫"，这位地位显赫、长袖善舞的高官，看似平静地坐在凳子上，内心却非常焦躁不安。海斯认为俄罗斯人的情感表达非常极端。他们高兴的时候会让你害怕，而他们不高兴的时候，简直就像到了世界末日。通过这二十年来和俄罗斯人打交道，他了解到俄罗斯人对信任和忠诚看得比生命还重要。可问题是，俄国人要花很多年才能相信一个人，如果要相信一个外国人就需要更长的时间了。

这个时候的"赫鲁晓夫"表现得特别像俄罗斯人。二十四小时前，他还胸有成竹有恃无恐地认为罗德马上就会成为他的囊中之物。现在他却变得一言不发、心急如火。尽管从昨晚知道罗德逃脱后，他就没怎么说话，但是他还得假装镇定，并告诉秘密内阁的其他成员说是他眼看着罗德跑掉的。

两人单独呆在领事馆二楼维坦科的办公室里。电话那头是秘密委员会的其他委员，所有人都在莫斯科的书房内。每个人都对现状感到极端不满，但是没人出来指责。

"这不是问题，"电话那头是"列宁"的声音，"谁想到半路会杀出个大猩猩呢？"

"拉斯普京想到了。"海斯说。

"啊，林肯先生，你开始了解我们关心的事情了。""勃涅日列夫"说。

"我开始认为罗德正在寻找阿列克谢和安娜斯塔西亚的后人。也就是罗曼诺夫王朝的继承人。"

"显然我们最大的担心变成了现实。""斯大林"说。

"知不知道他去哪里了？""列宁"问。

几个小时前海斯就在想这个问题。"我已经请了私人侦探对他在亚特兰大的公寓进行了监控。他一旦回家，我们就能抓住他，这次，他一定逃不出我们的手掌心。"

"这个安排非常好。""勃涅日列夫"说。"但如果他直接去了王位继承人的居住地怎么办？"

这个问题海斯也一直在考虑。他在法院、联邦调查局、海关和禁毒机构都有认识的人。他可以利用这些关系来调查罗德，特别是只要罗德使用了信用卡，他们就能追踪到他。不过他更愿意跟这些人保持距离。他自己的百万存款都已经安全地存到了瑞士银行，接下来的这几年，他很快会再挣上几百万。到时候就退休，根据合伙人合同他可以拿走七位数的报酬。而且到时高级合伙人肯定会挽留他，至少在公司的高层保留他的名字，并靠他的资历和关系保留客户。他当然也会同意。这样对方会每年付给他一笔可观的佣金，足以帮他支付欧洲城堡的生活费用。他肯定不会允许任何人搞砸这件事。所以，在回答"勃涅日列夫"的问题时，他撒谎了。

"我有几条追踪的线索。我这里有人，跟你在那边给我找的那些人一样。"其实以前他没想过会用到这种人，也不知道怎么用这种人，但是这些俄罗斯朋友不需要知道这么多。"我一点都不担心这个问题。"

"赫鲁晓夫"看着他的眼睛。电话那头没了声音，莫斯科方面正在听他继续往下说。

"我相信罗德一定会跟我联络。我是他的老伙伴，而且我在俄罗斯政府有关系。如果他真的找到什么人了，我一定是他想告知的第一个人。他很清楚我们的客户跟这件事情有多大的牵连，也清楚那对他们和他有怎样的影响。他肯定会联络我。"

"但他到现在还没有。""列宁"说。

"他还在手忙脚乱，也正在实施行动。现在这个时候我们还没有足够的证据可以说明他的努力已然奏效，他还在寻找过程中。让他找吧，以后他就会跟我联络了。我对此很有把握。"

"我们只有两天时间了，""斯大林"说，"幸运的是，只要巴克拉诺夫选举成功，他的地位就很难动摇了，尤其我们如果能处理好公共关系的话。一旦有些事情曝了光，我们也只需要解释那不过是一场政治阴谋而已。没有人会真的相信。"

"那可不一定，"海斯说，"现在罗曼诺夫王朝的基因码已经公布出来了，DNA 测试随时可以证明一个人是否与尼古拉和亚历山德拉有亲缘关系。虽然我相信局面是可以控制的，但是我们需要的是王位继承人的尸体，而不是活人，而这些尸体应该永远不会被找到。他们应该灰飞烟灭。"

"可以做到吗？""赫鲁晓夫"想知道。

海斯也不敢肯定就做得到，何况他完全知道他们已经站在悬崖边上了，但是他给了他们一个肯定的答复。

"当然可以做到。"

42

北卡罗莱纳州，起源地
下午 4:15

罗德望着窗外，饶有兴致地看着高速公路两旁那一排排高大的树木。树的皮灰黑相间，树枝上缀满了翠绿的树叶。他以前在周末的时候来过几次，那时认识了小枫树、山毛榉树和橡树这几种常见的树种。以前他以为这种郁郁葱葱的树应该是杨树，现在他才知道它是公主树。

"这些就是公主树，"他指着外面的树告诉阿金丽娜，"昨晚我看到介绍里说，这个时间正是大树撒种的时候。一颗成年的树可以洒下两千万粒种子，所以这就很容易理解为什么它们随处可见了。"

"你以前来过这里吗？"阿金丽娜说。

"我来过艾实维尔，就是我们刚刚经过的地方，往北远一点的地方是布恩。这里冬天是滑雪胜地，夏天风景也非常好。"

"让我想到西伯利亚了，离我祖母住的地方很近。那里的低矮的山冈和森林跟这里的很像。空气也是这么清新寒冷。我很喜欢。"

山顶和山谷里闪耀着点点红色、金色和黄色的光，深谷里缭绕着淡淡的薄雾。只有松树和公主树还留着夏天的气息。

他们在达拉斯换乘飞机，飞往纳什维尔。一个小时前，他们又在纳什维尔换乘一列未坐满的快速火车前往艾实维尔。他在纳什维尔花光了身上的现金，现在只能使用信用卡。他希望这一举动不致造成麻烦，他知道信用卡的纪录很容易被追踪到，但购买机票也会留下记录。他只能希望马可斯姆·祖巴雷夫提到 FBI 和海关的话不过是危言耸听罢了。他相信美国政府不会全面介

218

入。俄罗斯跟美国只能在一些外围的小事上合作，他们不可能为追踪一个美国律师和俄罗斯杂技演员而兴师动众、大张旗鼓。如果俄罗斯要求美国全面合作，就必须解释事情的来龙去脉，他们还要冒一个风险：罗德可能会在俄国政府稳定局势之前，把事情在美国公布。所以美国不会轻易合作的，俄国人应该是单独行动——至少现在如此。

往北去艾实维尔的旅途很愉快，他们一路经过了蓝色山脊大道，然后沿着盘旋的山路去往八十一号国道。起源地是一个风景如画的地方，镇上到处都是红砖绿树，大卵石建筑，还可以看到精巧的艺术画廊、礼品店和古董店。主干道两侧都是长凳，旁边长着小枫树。镇中心的十字路口的街角有一家冰淇淋店，从镇中心到周边地区分布着各种特许经营店、公寓和度假村。他们进城的时候太阳已经要下山了。

"就是这儿，"他对阿金丽娜说，"现在我们就去找颂先生。"

他正准备找一家便利店查找电话号码簿，突然看到一个招牌。一家两层楼的红砖房上挂了一块精制铁板，用黑色的字体写着：迈克尔·颂办公室，律师。他指着招牌，把上面的字翻译给阿金丽娜听。

"和斯塔罗杜格小镇很相像。"她说。

两人迅速走进律师办公室，那里的律师告诉他们，颂先生还在法院做一些业务的收尾工作，马上就会回来。罗德说明自己必须立刻见到颂先生，于是女秘书告诉他们应该到哪儿去找他。

他俩步行到迪尔斯波洛郡法院，这座新古典主义风格的砖石建筑有门廊和高高的穹顶，具有典型的南方法院的建筑特色。前门上的一块铜牌标明了这座建筑建于1898年。罗德没怎么去过法院，他的工作地点主要是在一些美国大城市和东欧首都的会议室和金融机构里。普利根伍德沃斯雇佣了上百个小律师专门处理法院杂务。他是交易人，属于幕后人士。直到一个星期前，他才突然被推到了前台。

他们在拱顶建筑里见到了颂先生，当时他正伏案处理一本非常厚的卷宗。罗德透过昏暗的灯光打量着他。这人是个秃顶的中年男人，个子不高，比较敦实，但还不属于肥胖，他的鼻梁挺直，颧骨很高，从面容上看起来比实际年龄要年轻。

"你是迈克尔·颂先生吗？"他问。

对方抬起头，笑了一下。"正是。"

罗德向他介绍了自己和阿金丽娜。封闭的屋子里没有别人。

"我们刚刚从亚特兰大赶来。"罗德出示了自己在佐治亚州的工作证,重施了在旧金山银行用过的办法。"我到这里来处理彼特洛夫娜小姐亲属的一处房产。"

"看起来你好像不止处理法律事务。"颂先生注意到他脸上的瘀伤。

他迅速反应过来。"我在周末打业余拳击。前两天有点不走运。"

颂先生笑了笑。"我能为你做什么呢,罗德先生?"

"你在这里工作很长时间了吗?"

"工作了一辈子。"颂先生的语气里透出一股自豪。

"这里风景很美。我第一次来这里。你是在这里出生的吗?"

颂先生的脸上露出奇怪的表情。"你为什么要问这个呢?我以为你是来处理房产的。死者叫什么?我肯定认识他们。"

罗德掏出地狱之铃,递给颂先生,等着看对方有什么反应。

颂先生随意地摆弄了一下铃铛,看了看外面又瞅了瞅里面。"非常精美。纯金的吗?"

"我想是的。你能读懂上面的文字吗?"

颂先生从矮柜上拿来老花眼镜,仔细看着铃铛的外表。"字很小啊,是吧?"

罗德没有说话,他扭头看了阿金丽娜一眼,她正目不转睛地盯着颂。

"很抱歉,上面好像是外国文字。我不能肯定是哪国语言,因为我不懂这种文字。恐怕英文是我唯一能用于沟通的语言,有人还觉得我的英文都不够好呢。"

"坚持到最后的人终将获救。"阿金丽娜用俄语说。

颂盯了她一眼。罗德说不清楚那表情到底是惊讶,还是没听懂。这时颂的眼睛转向了罗德。

"她刚才说什么?"颂问。

"坚持到最后的人终将获救。"

"摘自马太福音,"颂说,"但是那跟现在有什么关系?"

"那些话对你有什么特别的意思吗?"罗德问。

颂把铃铛递了回来。"罗德先生,你到底想干什么?"

"我知道你肯定觉得莫名其妙,但是我得再问你一些问题。可以吗?"

颂取下眼镜。"请继续。"

"起源地有很多姓颂的人家吗?"

"我有两个姐姐，但是她们都不在这里住。此外还有一些家族也姓这个姓，其中有一个很庞大的家族，但我不认识他们。"

"找他们方便吗？"

"看一眼电话簿就行。你的房产跟颂氏有关？"

"说起来是有点关系。"

他尽量不盯着对方看太久，但同时又想从对方的面部特征中找到和尼古拉二世相近的地方。不过他终于明白过来这样做有点愚蠢。他只在黑白电影和照片上见过罗曼诺夫王室成员的样子，怎么可能判断出谁跟王室长得像还是不像呢？他唯一确定的是颂个子不高，这一点和尼古拉很像。但是除此之外，他什么都判断不出来了。罗德还意识到自己其实不能指望太多，总不能幻想那么快就能找到继承人，让他读出杯上的文字，然后立刻变成俄罗斯沙皇吧。这可不是什么童话，而是一件生死攸关的大事。如果继承人在一片茫然中知道了这些，说不定他会吓得话都不敢说了，而且很可能隐姓埋名继续躲在这个多年以来的避难所。

他把铃铛放回兜里。"很抱歉打扰你了，颂先生。你肯定觉得我们有点奇怪，你这么想我们不怪你，因为我们确实有些冒昧。"

颂先生放松了下来，脸上露出了微笑。"一点都不会，罗德先生。很明显你的工作牵涉到了客户的隐私。对此我很理解，没有关系。如果没有别的事情，我想在管理员催我离开之前继续工作。"

他们握了握手。

"很高兴认识你。"罗德说。

"如果你在找其他颂姓人家的时候需要我帮忙的话，我的办公室就在街的尽头。我明天一天都在那里。"

他笑了笑。"谢谢。我会记住的。现在你能介绍一个可以过夜的住处吗？"

"那个可能不容易。现在是旅游旺季，大部分地方都已经被预订了。不过今天是星期三，可能会有房间空出个一两天。如果是周末的话就麻烦了。我打个电话问问看。"

颂先生从夹克里面拿出手机，拨了一个号码。他说了几句话，然后关上了电话。"我认识一位旅馆老板，他的店可以提供住宿和早餐。他说他那里现在有地方住，旅馆名字叫阿扎里。我给你画张图吧，不是很远。"

　　阿扎里旅馆是一家外观非常讨人喜欢的安娜皇后式建筑，座落在小镇的郊区。它四周种满山毛榉树，外面还有一圈白色的栅栏。旅馆门廊上安放了一排摇椅，显得悠闲舒适。房间采用旧式装潢，壁炉里的木头烧得噼啪作响。

　　罗德提出要租一个房间，前台的老妇人向他投过来奇怪的一瞥。他忽然想到在斯塔罗杜格小镇时，旅馆前台因为他是一个外国人而不愿意把房间租给他。不过现在这位老妇人的反应是因为看到了一个黑皮肤男人和一个白皮肤女人在一起。

　　"刚才楼下是怎么回事？"等两人都进了房间以后，阿金丽娜问道。

　　二楼的通风和照明都比楼下好，床头还放着鲜花和毛巾。洗手间里有一个浴盆，窗子上挂着白色的窗帘。

　　"这里还有人觉得不同肤色的人不能生活在一起。"

　　他把行李袋往床上一扔，那还是帕申科老早以前给的那两个包。按照老办法，他把金砖留在了萨克拉门托机场。这就是说现在一共有三块金砖等着他回去拿。

　　"法律能让人改变，"他说，"但到真正实现态度上的转变，还需要更多的努力。不过别太在意了。"

　　她耸了耸肩。"俄罗斯也有种族歧视。外国人、黑人，还有蒙古人，他们都受到了不公正待遇。"

　　"他们还得调整心态去适应一个在美国出生和长大的沙皇。我想，还没人想到过会发生这样的事情。"罗德坐在床边说。

　　"那个律师好像很诚恳。他真的不明白我们在说什么。"

　　他表示同意。"他看铃铛的时候，还有你后来说话的时候，我都一直在观察他。"

　　"他说还有其他颂氏家庭？"

　　他拿起电话簿，翻到字母 T 打头的那一页，找到六个颂氏和两个颂恩氏。"明天我们就设法去见见这些人。如果需要的话，我们一一拜访。可能我们得把颂先生算上，以备不时之需。找当地人帮忙有时能起到不小的作用。"他看着阿金丽娜。"现在我们去吃点东西，然后小憩一会儿。"

　　从阿扎里旅馆出来之后，他们走了两个街区，来到一家开在南瓜地边上的很安静的饭店。罗德给阿金丽娜点了炸鸡、土豆泥、玉米饼和冰茶。开始他很惊讶她怎么会没吃过这些东西，不过后来他想到了自己其实在去俄罗斯之前也从没品尝过发酵的荞麦烤薄饼、甜菜汤和西伯利亚肉团。

这个夜晚的天气很好。天空中没有云彩，抬头就能看到银河。

起源地没有夜生活。现在除了为数不多的几家餐馆，其他商店都关了门。散了一会儿步之后，两人回到旅馆，走进了一层的休息室。

迈克尔·颂就坐在楼梯旁边的长靠背椅上。

他身穿茶色的毛衣，蓝色的休闲裤。一看到罗德关门进来，他就立刻起身迎了上去，平静地说，“铃铛还在你手上吗?”

罗德把手伸进口袋，掏出铃铛，然后交给了颂。他看着颂将一个黄金铃舌安了上去，晃动手腕摇了摇。他原以为会听到清脆的铃声，结果只听到一声喑哑的轻响。

“黄金太软了，”颂说，“我想你还需要别的东西证明我的身份。”

罗德没有说话。

颂站到他的面前，“在那公主树生长的地方和起源地，有位颂先生。对他说出你现在看到的这段话，说出你的名字，给出这个铃铛，即可获得成功。”他停了一小会，“你们是乌鸦和鹰。我就是你们要找的人。”

颂的声音很低，但说的却是一口无可挑剔的纯正俄语。

43

罗德目瞪口呆地看着他，一时不能相信。

“我们能去你的房间吗?”颂说。

三人安静地走上楼梯。刚把门关好，颂就用俄语说，“我一直以为根本不会见到什么铃铛，也不会听到那些话。这个铃舌，我完好地保存了数十年，并在心里时刻牢记着一旦时机到了，我就得做我该做的事情。我父亲跟我说过，这一天一定会到来，但他空等了六十年。他临死前把自己的使命传承给了我。我当时还不相信他。”

罗德还觉得有点疑惑，他走到铃铛面前问道：“为什么叫地狱之铃？”

颂走到窗户跟前，看了看外面。“引自拉吉舍夫。”

罗德想起了这个名字。“旧金山银行的金箔纸上也引用了他的话。”

“尤苏波夫是他的崇拜者，他很喜欢俄国诗歌。拉吉舍夫有一首诗中写道：上帝的天使用地狱之铃的三声鸣响宣布天堂的胜利。一次为了父亲，一次为了儿子，最后一次为了圣女。我得说这段诗句非常精辟。”

罗德平静了下来，沉默了一会儿，然后问道：“你对俄罗斯的时局有了解吗？为什么你不挺身而出？”

颂转过身来。“我的父亲和我为此争论过很多次。他是狂热的帝国主义者，特别老派。他认识尤苏波夫，跟他聊过很多次。我一直认为王朝时代早都是过去的事情了，现代社会根本不需要这些陈旧的概念。但父亲坚信罗曼诺夫王朝一定会复苏。现在真的实现了。可是，我一直被告诫说，除非乌鸦和鹰出现并且说出了该说的话，我才能表明身份。如果缺少任何一个部分，我面对的都可能是敌人的圈套。”

“俄国人民需要你回去。”阿金丽娜说。

“斯蒂梵·巴克拉诺夫要失望了。”颂说。

罗德听出了话中的幽默。他把自己对沙皇委员会的了解和过去一个星期发生的事情都告诉了颂。

“颂先生。”罗德说。

“请叫我迈克尔。”

“你该恢复王室身份了。”

颂先生皱了皱眉头。“我对王室头衔不适应。”

“你的生命正受到严重威胁。我猜你应该有家室吧？”

“是的，夫人和两个已经上大学的儿子。我还没有跟他们谈过这件事。这是尤苏波夫的指示。必须彻底保密。”

“他们必须知道真相，还有你之前提到的两个姐姐。”

“我正打算跟他们谈。但是我不知道我夫人在听说要成为沙皇皇后的时候会是什么反应。不过我的长子会适应的，他现在是皇储了，他的弟弟则是大公爵。”

罗德其实有很多问题，但是有一件事情他特别想知道答案。“你能告诉我阿列克谢和安娜斯塔西亚是怎么到达北卡罗莱纳州的吗？"

接下来的几分钟，颂讲述了一个让罗德听得脊背发凉的故事。

事情发生在 1916 年 12 月 16 日的晚上，尤苏波夫把放入了毒药的蛋糕和红酒献给格里高利·拉斯普京。蛋糕和红酒没有起作用，于是尤苏波夫朝拉斯普京的背上开了枪。第一颗子弹还是没打死他，于是他带领一群人在庭院的雪地里追着拉斯普京不断开枪。最后他们把尸体扔进了冰冻的涅瓦河里。

谋杀拉斯普京之后，尤苏波夫到处宣扬自己的丰功伟绩。他似乎看见了自己远大的政治前程，甚至觉得俄罗斯政权会发生翻天覆地的变化，权力将从罗曼诺夫家族转移到自己手中。整个国家都在谈论革命即将爆发。尼古拉二世倒台看来只是个时间问题。尤苏波夫已经是全俄罗斯最富有的人。他的财产也为他赢得了相当的政治影响力。但是此时一个名叫列宁的人却来势凶猛地发动了革命，对抗极权。只要是贵族，不论什么姓氏，都不能生存下去。

拉斯普京之死对王室的影响终于显现了。尼古拉和亚历山德拉越发独裁专政，亚历山德拉开始变本加厉地对丈夫施加影响。沙皇身边追随着的是一群根本不在乎自己名声的政客。他们的法语比俄语说得还好，在国外的时间比在国内的时间长。他们追求名利，没有社会责任感。这些人的私生活也有问题，他们失败的婚姻给大众造成了非常不好的印象。

罗曼诺夫王朝的亲属恨死拉斯普京了，没有人对他的死感到惋惜，有些人非常胆大，竟然告诉了沙皇他们对拉斯普京之死的看法。谋杀事件像一把刀刺进了王室的心脏，但一些大公爵和公爵夫人甚至在公开场合对眼前的转变侃侃而谈。最后，布尔什维克利用王室风雨飘摇的形势，成立了临时政府，取代尼古拉二世并最终夺取政权，铲除了罗曼诺夫王室和相关成员。

尤苏波夫还是继续宣扬杀死拉斯普京属于正义之举。沙皇因谋杀之事将他发配到俄罗斯中部的一块土地上，不想却正好帮助尤苏波夫远离 1917 年发生的二月革命和十月革命。一开始他支持改革，甚至还为改革提供帮助，但是有一天苏维埃忽然没收了他的财产还威胁要逮捕他，这时他才意识到自己打错了算盘。拉斯普京之死对转变时局来说为时已晚。他本来以为自己的举动能拯救国家民族，到最后才意识到自己实际上是给了俄国致命的一击。

1917 年的十月革命结束之后，列宁掌权，尤苏波夫知道自己该怎么做。作为所剩无几的几个尚有金钱来源的贵族之一，他成功招募了一群前王室的卫兵。这些人的任务就是保护并解救被囚禁的王室成员，最终复辟王朝。他希望自己真心诚意的改变能得到尼古拉的认可，同时让他原谅自己杀死拉斯普京的罪过。尤苏波夫将此举视为洗清罪名，不过他要恕赎的罪并不是拉斯普京之死，而是沙皇一家的锒铛入狱。

1918 年初，王室一家从沙皇别墅转移到西伯利亚，尤苏波夫认为可以动手了。拯救行动策划了三次，但是三次都在策划之初便流产。布尔什维克对王室一家看管甚严。尤苏波夫找过英格兰国王乔治五世，也就是尼古拉二世的侄子，请他为罗曼诺夫一家提供避难所。乔治五世一开始答应了下来，但是后来却迫于压力拒绝了这一要求。

直到那个时候，尤苏波夫才发现命运已定。

他想起了拉斯普京的预言，如果贵族杀了他，尼古拉二世和他的家人就活不过两年。他是贵族当中最位高权重的一位，他的夫人又是王族的表亲。拉斯普京的话好像真的应验了。

他设计好了一个自认为天衣无缝的计划，派出柯尔雅·马可思和其他人到叶卡捷琳堡准备不惜一切代价进行营救。马可思成功接近了看管王室一家的卫兵，这让尤苏波夫很高兴。但是马可思能出现在枪决现场，却真真正正是个奇迹，这让他有了机会最终成功解救阿列克谢和安娜斯塔西亚，并且把两个孩子秘密运下卡车并活着带出森林。神奇的是，阿列克谢没有被子弹和刺刀伤着。安娜斯塔西亚的头部虽然受到一击，但那是马可思自己在枪决现场下的手。虽然导致她头骨破裂，但是其他部位没有受很严重的伤，胸衣上的钻石和珠宝无意中成了防弹衣。她的腿部中了枪弹，接受治疗后最后伤势痊愈，唯一的后遗症是她日后走路时有点跛。

马可思带着两个孩子来到叶卡捷琳堡西部的一间小屋。尤苏波夫派去的另外三个人等在那里。尤苏波夫的命令很清楚，把王室一家带到东面。可惜王室一家最后只剩下两个吓得要死的孩子。

枪决事件之后，阿列克谢一直一言不发。他一个人坐在小屋的角落里，除了吃一点东西之外，其他时间就自己缩到一边。后来，他才说起当时脑里不断浮现父母被枪杀的情景、他最爱的母亲如何在血泊里哽咽，还有无数的刺刀刺向他姐姐的尸体。这种种惨状掏空了他的心，唯一能支撑他活下去的理由，就只有拉斯普京生前跟他说过的话。

"你是俄罗斯的未来，所以必须活下去。"

阿列克谢想起了马可思以前在皇宫里的情形。那时一旦他败血病发作，双腿不能动时，这个魁梧的俄罗斯人就会把他抱在手里。他记起了马可思温柔的动作，于是乖乖地听话躺着一动不动。

他们花了大约两个月的时间才把两个幸存的孩子送到了海参崴。尽管革命的种子在他们到来之前就开始发芽，但是当地没有几个人知道罗曼诺夫王室的孩子长什么模样。幸运的是，这段时间皇储的败血病也没有发作。

尤苏波夫已经派人等在俄罗斯临靠太平洋的海岸。他原本计划把王室一家安置在海参崴，等到时局安定一些再作打算，但是刚刚爆发的内战很快朝红军方面一边倒。不久共产党控制了整个局势，于是他知道自己应该做什么了。

俄罗斯人从水路移民到美国西海岸，其中旧金山成为了主要的入口。阿列克谢、安娜斯塔西亚和受雇的一对俄罗斯夫妇于1918年12月在乔装打扮下登上了离开俄罗斯的船。

1919年4月，尤苏波夫带着妻子和四岁的女儿离开俄罗斯。接下来的四十八年里，他一直穿梭在欧美之间。他觉得电影和很多文字对自己的描述都不准确，于是自己写了一本书对一些莫须有的诽谤进行反击。在公开场合，他还是保持一贯傲慢的高姿态，宣扬他杀死拉斯普京是顺应历史的需求。他从未表示过后悔，而且扬言自己对俄罗斯后来发生的巨变不负任何责任。但是私下他又是另外一种表现。他对列宁和后来的斯大林非常不满。他本来以为拉斯普京死后，尼古拉能够摆脱亚历山德拉的德国式枷锁，希望俄罗斯帝国能够存活下去。然而正如拉斯普京预言的那样，涅瓦河被贵族的鲜血染红。罗曼诺夫王朝消亡了。

苏维埃社会主义共和国联盟成立。

"阿列克谢和安娜斯塔西亚逃到美国后怎么样了？"罗德问。

颂坐到窗户跟前的沙发上。阿金丽娜则躺在床上，瞪大了双眼津津有味地倾听颂的讲述。他的讲述正好填补了他们缺失的信息，罗德也是一样，听得目瞪口呆。

"那边已经有两个人在等候了。尤苏波夫提前派他们去找一个安全的落脚点。其中一个人先到达美国东部，然后穿越了阿巴拉契亚山脉。他认识公主树，也想到了其中的意义。于是两个孩子先被送到艾实维尔，然后向左转移到起源地。他们和船上的两个俄罗斯人一起在那里定居。颂氏在当地是一个比较普遍的姓氏，所以他们也入乡随俗。他俩改名为保罗·颂和安娜·颂，成为了立陶宛斯拉夫人卡洛和伊尔卡·颂夫妇膝下的一双儿女。那个时候有上百万的人移民到这个国家。所以没人特别留意这四个人。布恩有大量的斯拉夫人后裔。而且那个时候这个国家没有人了解俄罗斯王室家族。"

"他们在那里幸福吗？"阿金丽娜问。

"哦，很幸福。尤苏波夫在美国有大量的股票投资，股息分红足以支持迁徙和安家的费用。但是他们必须隐藏这些财富。颂一家过得很简朴，和尤苏波夫的联络也要通过中间人。几十年之后尤苏波夫才和我父亲谈了话。"

"他们俩活了多久？"

"安娜斯塔西亚在一九二二年过世，死于肺炎。可惜的是，当时她只差两个星期就要结婚了。尤苏波夫好不容易给她找到了一个门户相当的好男人，尽管这人的贵族血缘有点牵强。阿列克谢早一年结婚。那时他十八岁，大家都担心他的病情会恶化。那个时候医学对败血症还没有任何治疗的办法。尤苏波夫安排他一个手下的女儿和阿列克谢结了婚。这个年轻的女孩，也就是我的祖母，当时只有十六岁，但是她符合沙皇皇后的法定要求。他们为她办好了移民手续，后来在一位东正教牧师的主持下，他俩在离这里不远的一个小屋里完了婚。我现在是这间小屋的主人。"

"他活了多久？"罗德问。

"结婚后三年他也过世了。但是这段时间已经足以让我祖母生下我父亲。孩子很健康。败血病从女性长辈遗传给男性晚辈，但是不会倒过来。后来，尤苏波夫说命运又一次起了作用。如果当年活下来的是安娜斯塔西亚，而且如果她生了一个儿子，诅咒就将继续。但是她死了，换作我祖母生了一个儿子。"

罗德心里产生了一阵奇怪的伤痛。从他得知父亲去世的消息开始，他心里似乎就留下了一种奇怪的感受。这里面有懊悔，有释怀，还夹杂着怀念。他平复心情之后问道，"他们埋在哪儿？"

"一个很美的满是公主树的地方。明天我带你们去。"

"之前你为什么对我们撒谎？"阿金丽娜问。

颂沉默了一会儿。"我非常害怕。我的生活原本很有规律,每周二去扶轮俱乐部,周六去钓鱼。人们放心地把收养、房屋买卖、离婚等事情交给我处理,我都能做得好。可现在不同了,我竟然要管理一个国家。"

罗德对坐在对面的这个男人产生了一丝同情。他一点都不羡慕对方这份事业。"但你也许可以成为稳固国家的定海神针。人们都在缅怀沙皇。"

"我就是担心这个。我的曾祖父过得很艰难。我仔细研究过他的历史,历史学家对他毫不留情。他们对我的曾祖母的评价尤为尖酸刻薄。他们的失败让我很忧心。俄罗斯真的准备好再接受极权统治了吗?"

"或许极权统治从未在俄罗斯消失过。"阿金丽娜说。

颂的眼神变得有些迷离。"我想你说得没错。"

罗德听得出来他的口气很严肃。他每说一句话、一个字,都经过了深思熟虑。

"我在想那些追杀你们的人,"颂说,"我得确保我夫人的安然无恙。她不能受到伤害。"

罗德问,"你们的婚姻是预先安排的吗?"

颂点点头。"我父亲和尤苏波夫选中了她。她来自一个虔诚的东正教家庭,有些许皇室血统。不管遇到什么情况,她的条件都足够封上反对者的嘴。她们一家人 20 世纪 50 年代从德国移民到这里。在革命后便逃离了俄国,我非常爱她。我们的生活很幸福。"

罗德还想了解一点事情。"尤苏波夫提到过沙皇家族尸体的事情吗?伊沃西夫·马可思跟我说,他父亲在枪杀事件第二天早晨,在树林里找到了阿列克谢和安娜斯塔西亚。柯尔雅当天就离开了——"

"不对。"

"他儿子是这么说的。"

"他是走了,但不是在找到阿列克谢和安娜斯塔西亚之后马上就走了。他回到了特别行动屋,三天后他才带着两个孩子离开。"

"他参与了最后的尸体掩埋工作?"

颂点点头。

"我读了很多相关文章和一些伪造的所谓第一手资料。尤苏波夫说过当晚到底发生了什么事情吗?"

颂点点头。"是的。他全都说过。"

44

柯尔雅·马可思在中午的时候回到叶卡捷琳堡。他把阿列克谢和安娜斯塔西亚带到城外一所安全的房子里，然后神不知鬼不觉地回到驻地。他听说尤诺夫斯基也回到了叶卡捷琳堡，并向乌拉尔地区苏维埃禀报了枪决任务已经圆满完成。委员会很高兴，向莫斯科方面发送了一封汇报该工作的详细信件。

然而，尤诺夫斯基前晚在四兄弟矿场赶走的那些人，也就是彼得·厄马科夫带领的那帮人，后来逢人就说沙皇一家埋葬的地点。一时间四处开始盛传树林里有怀揣珠宝的尸体，激起了很多人回树林寻宝的欲望。出现这样的情况倒也不足为奇，但本来是秘密的行动却掺和了太多不必要的人。

下午马可思见到了尤诺夫斯基。他和其他三个人一起接到命令去城里协同他工作。

"他们肯定会回那儿，"尤诺夫斯基对他们说。"厄马科夫想要打赢这场仗。"

远处传来了炮火声。

"这几天白军就要攻进来了。很可能几个小时之内就到。我们得把那些尸体从矿地里弄出来，"尤诺夫斯基眯着乌溜溜的黑眼珠说。"尤其是现在人数还有问题。"

马可思和其他人立刻明白了他的意思。本来十一具尸体现在只有九具。

尤诺夫斯基派了两个人去买来了硫酸和汽油。马可思和尤诺夫斯基一起上车上了莫斯科高速公路。那天下午天气变得很阴冷，早晨的太阳转眼就躲进了铜灰色的乌云后面。

"有人告诉我西面有些灌满水的废弃矿井。"尤诺夫斯基路上说。

"我们给尸体绑上石头，再扔进那儿的水里。但是扔进去之前，我们先得用酸把尸体腐蚀得面目全非。那样就算有人找到尸体，也没人认得出来谁是谁。这儿的每一个洞里都有一两具尸体。"

马可思不敢想象把九具尸体再从四兄弟矿场捞起来的场景。他想起之前尤诺夫斯基曾经往坟坑里扔过手榴弹。想到马上要做的事情，他的背上冒出了冷汗。

刚开到叶卡捷琳堡西部十五英里处，汽车抛了锚。尤诺夫斯基骂骂咧咧地决定徒步前进。他们真的找到了三个注满水的矿井。等他们返回城里的时候，已经是晚上8点了，他们走了一半路，后来从一个农夫那里征用了一匹马赶完了后一程。直到7月18号的凌晨，也就是距离前晚事件已经二十四小时之后，他们才重返四兄弟矿场。

他们花了几个小时安装好照明设备并做好准备工作。马可思听见同来的那三个人咕哝着，千万别被挑中下坟坑。后来一切工作准备就绪了，尤诺夫斯基说："柯尔雅，爬下去找尸体。"

马可思想拒绝，但他不想在这些人面前示弱。他需要得到这些人的信任。最重要的是，他需要得到尤诺夫斯基的信任，这对他今后的日子非常重要。于是他一言不发地把绳子拴到腰上，其他两个人慢慢把他放了下去。黑糊糊的墙壁特别油滑。冰冷的空气里混杂着霉味和恶臭。但是还有另外一种气味，一种令人作呕的刺激性气味。他以前闻到过这种气味，那是人肉腐烂的味道。

他往下滑了五十英尺，用火把照亮了一个水坑。就着摇曳的灯光，他看见了一个手臂、一条腿和一个后脑勺。他让上面的人停手，于是他正好停在水面的上方。

"放。慢点。"他喊道。

他先放下右脚，靴子立刻进入了水里。水冰冷刺骨。很快他两条腿全部泡在了水里，让他浑身打起了冷战。还好，水只有齐腰深。他浑身发抖地向上喊道别往下放了。

上面又垂了一条绳子下来。他知道那是干什么用的。他伸手抓住绳子的一端。这时他发现尤诺夫斯基之前投下的手榴弹显然没起什么作用。他伸手抓住最近的一具裸尸，把它拉了过来。是尼古拉。马可思看着伤痕累累的沙皇，尸体已经面目全非。他想起了沙皇原本的模样。体格瘦弱，四方脸，很有特点的胡子，还有一双会说话的眼睛。

他把绳子的一头系到尸体身上，示意上面的人往上拉。但事情远没那么简单。水从没有生命的躯体里涌出来，肌肉剥落，绳索脱开，尼古拉二世重重地掉回了水里。

冰冷肮脏的臭水溅了马可思一脸。

上面又把绳子扔了下来。他淌着水又一次靠近尸体，这次把绳子系得更紧，结果尸体的肉都裂开了。

试了两三次之后，沙皇的尸体终于被拉了上去。

他拼命忍住恶心的感觉，又把这样的过程重复了八个来回。几个小时过去了，任务终于完成，寒冷、黑暗和尸体的恶臭让他苦不堪言。坟坑里的水冰凉刺骨，这期间他不得不三次回到地面上暖和身体。等他终于完成任务上到地面时，太阳已经挂在了高空，湿乎乎的草地上躺了九具遍体鳞伤的尸体。

一个士兵递给马可思一条毛毯。干燥的毛毯上有牲畜的味道，不过他感觉好多了。

"我们把尸体在这儿埋了吧！"一个士兵说。

尤诺夫斯基摇了摇头。"不能在这里。这里的坟地太容易被发现了。我们把尸体送到另外一个地方。这些鬼东西得从此销声匿迹。我不想再看到这些恶心的脸。把推车推过来。"

三辆摇摇晃晃的推车从汽车停放的位置被推出来。车轮在坑坑洼洼的泥路上一路吱吱嘎嘎。马可思裹着毛毯站在尤诺夫斯基身边等着。

尤诺夫斯基站得笔直，盯着肿胀的尸体。"其他两具尸体可能在哪里呢？"

"不在这里"。马可思说。

尤诺夫斯基锐利的眼光射了过来。"我在想将来哪天会不会出问题。"

马可思看着眼前这个身穿黑色夹克的短脖子的男人，思忖着他是不是已经知道什么事情了。但是他立刻打消了自己的担心，两具丢失的尸体足够要尤诺夫斯基的命，因此他肯定不会外泄。

"怎么可能呢？"马可思问。"他们都死了。不是都已了结了吗？尸体只是一个佐证。"

尤诺夫斯基走近一具女尸。"我担心我们还会听到罗曼诺夫王室的消息。"

马可思没有再说话。对方也没有要听到回应的意思。

九具尸体被搬到了推车上，每个推车上放了三具尸体，所有尸体都用毛毯裹紧了。他们休息了几个小时，吃了黑面包和大蒜火腿。下午时分，一行人才出发前往新的埋尸地点。一路上全是车辙留下的泥泞。前一天他们已经放出消息，说白军在树林里出没，红军搜索队会在附近行动，所有出现在禁区里的居民会被射杀。他们希望通过这样的警示，他们能秘密完成任务。

还没走出两英里，其中一辆推车的车轴便断了。开车跟在后面的尤诺夫斯基立刻命令大家停下来。

其他两辆推车的情况也不乐观。

"留在这，"尤诺夫斯基命令道，"我开车到城里去找一辆卡车来。"

等他回来的时候，夜幕已经降临。他们把尸体转移到卡车上，然后继续前进。两盏车灯中有一盏坏了，另外一盏在漆黑的夜里也没起到多大作用。车轮好像专门往泥路上的坑里扎。再加上每走一段路他们都得在路面上放好木板让车通过，路程变得更慢了。轮胎先后四次陷入沼泽，所有人还得下车一起推。

他们又休息了一个小时。7月18日来临了。

凌晨5点，车轮又陷进了泥沼，这一次是真的陷进去了，所有人怎么推都推不出来了。过去两天的奔波让一行人彻底筋疲力尽。

"这辆卡车动不了了。"终于有人开口说。

尤诺夫斯基看着天空。快到黎明了。"我已经和这些臭烘烘的尸体一起呆了整整三天了。够了。我们就在这里把他们埋了吧。"

"在公路上？"一个人问。

"正是。这是一个绝好的地方。把这些东西埋进沼泽。没人会注意。"

他们拿出铲子，挖出了一个深六英尺边长八英尺的正方形坟坑。他们用硫酸把尸体烧得面目全非，然后统统扔进了坟坑。洞里面还放上了树枝、石灰和木板。卡车也终于从泥坑里开了出来，又在坟地上来回压了几次。埋尸完成后，地面看起来没有留下任何痕迹。

"我们现在在距叶卡捷琳堡西北面十二英里的地方。"尤诺夫斯基说。"从公路和铁路的交接处看，这个位置距离伊塞兹科工厂大约七百英尺。记住这个地方。这里是我们至尊无上的沙皇憩息的地方。永远永远。"

罗德看着颂脸上激动的表情。

"他们把尸体留在了那儿，留在泥泞当中。一直到 1979 年。一个搜寻者回忆了当时挖掘的过程。找到木板时他说，'可别让我找到什么。'但是他们真的找到了。九具尸体。我的家人。"颂盯着铺着地毯的地板说。这时楼下传来停车的声音。"我看过照片中实验室桌上的骸骨。看到他们像博物馆陈列品一样到处给人看，我感到很羞愧。"

"他们连在什么地方埋葬尸体都没有统一意见。"阿金丽娜说。

罗德想起了持续了多年的那场唇枪舌剑。叶卡捷琳堡方面宣布王室必须埋在他们死的地方。圣彼得堡则认为遗体应该安放在彼得保罗教堂，因为历届沙皇的遗体都安放在那里。但这场争论并不是出于崇敬或缅怀。叶卡捷琳堡方面看到末代沙皇墓地能带来潜在的收入。圣彼得堡方面也看到了同样的牟利机会。正如颂所说，这场争论持续了八年之久，而王室成员的遗骸就一直搁在西伯利亚实验室的金属架上。圣彼得堡最终获得了胜利，政府委员会决定九具遗骸与先祖沙皇在一起安葬在彼得－保罗要塞教堂。而且像叶利钦其他失败的决策一样，原本想息事宁人却惹来天怒人怨。

颂的表情越来越严肃了。"我祖父的很多遗产都被变卖成了钞票。多年以前，父亲带着我去弗吉尼亚艺术博物馆参观一尊圣·潘塔乐弥恩像，这是阿列克谢一次身患重病时教士们赠送的礼品，本来应该在亚历山大宫中的。最近我又听说纽约正在拍卖他的雪橇。"他摇摇头。"该死的苏联人憎恨王室的所有东西，但又靠变卖王室遗产扩充国库。"

罗德问，"因为柯尔雅立了大功，才使得尤苏波夫将第一条谜底留给了他?"

"他是最佳人选，把秘密一直带到了坟墓。他的儿子和侄子也是好样儿的。愿上帝让他们的灵魂安息。"

"应该让人们都知道这个。"罗德说。

颂深深叹了一口气。"你觉得俄罗斯人能接受一个在美国长大的沙皇吗?"

"这有什么关系?"阿金丽娜立刻答道。"你是罗曼诺夫王室，最纯正的血统。"

"俄罗斯是一个很复杂的地方。"颂说。

"人民只接受你。"她肯定地说。

颂勉强地笑了笑。"希望你的信心不会动摇。"

"你看着吧，"她说，"人民会接受你。世界会接受你。"

罗德走到窗边的电话机前。"我给我的老板打个电话。他得知道这件事。委员会投票必须停止。"

颂和阿金丽娜没有阻止。罗德给普利根伍德沃斯拨通了长途电话。现在已经是晚上 7 点钟，但事务所一般会工作到凌晨，为了方便联络各个时区的卫星办公室和客户，律师们常常和助手们一起通夜工作。

总台把他的电话接到了海斯的晚间秘书那里。"美琳达，我要和泰勒说话。如果他从俄罗斯——"

"他在另一条线上，麦尔斯。他吩咐我只要你打电话来，就立刻接通到他那里。"

"麻烦安排电话会议。"

"我已经按下那个钮了。"

几秒钟后，电话那头传来海斯的声音。"麦尔斯，你到底在哪里？"

他花了几分钟时间简单解释了事情的来龙去脉。海斯先只是默默地听，然后说，"你是说罗曼诺夫王位的继承人就坐在你身边？"

"这正是我的意思。"

"确认无误？"

"我确认无误。但是还需要做进一步 DNA 测试。"

"麦尔斯。听着，好好地听着。我要你就呆在原地不动。不要离开小镇。告诉我你的位置。"

他照做了。

"不要离开旅馆。我明天下午到。我从莫斯科坐最早的一班航班去纽约。这件事情要小心谨慎。等我到那里后，我会联系国务院和所有需要联络的人。我会在路上联络所有相关的人员。从现在开始我会小心地处理这件事。你明白吗？"

"我明白。"

"希望如此。你怎么到现在才打电话，我都快急疯了。"

"电话不安全。我现在还觉得并不安全。"

"这个电话很安全。我保证。"

"很抱歉一直没有联络你，泰勒。但是我别无选择。你来之后，我再跟你详谈所有事情。"

"我等不及了。现在睡一觉，明天见。"

45

10 月 21 日，星期四
上午 9:40

罗德按照迈克尔·颂指示的方向开车。车子是昨天在艾实维尔机场租来的，颂坐在这辆吉普车的后座上，阿金丽娜则坐在副驾驶的位置。

罗德和阿金丽娜昨晚一夜未眠，两人都深深为真相感到震撼。在罗德看来，汽车后座上这位有着温和眼神的中年男人就是罗曼诺夫王位的继承人。除了他，不可能有人知道应该如何答复他和阿金丽娜，也就是来访的乌鸦和鹰了。更别说他还有黄金铃舌。他具备尤苏波夫设定的所有条件。当然科学也会提供一个无可争议的 DNA 测试结果，沙皇委员会肯定会要求他提供这个证据。

"往那边拐，麦尔斯。"颂说。

昨晚进行了两个多小时的倾心交谈之后，大家已经混熟了。早饭的时候，颂问他们想不想去看看坟墓。罗德想起海斯说过不要离开，但是后来想想不走多远应该问题不大，于是他们驱车几英里前往起源地南部一个满是金黄树木的山谷。这天天气晴朗，太阳高照。罗德心想这可能是吉兆，情况变得好起来了。

不过，情况真的要变好了吗？

让人难以置信的是，就在这里，就在美国这个小小的角落里，这个位于阿巴拉契亚山脊上、漂浮着蓝色薄雾的淳朴之地，竟然隐居着俄罗斯沙皇陛下。他在北卡罗莱纳州立大学接受法律专业高等教育，然后在杜克法学院深造。他靠着学生贷款和兼职工作养活妻子和两个孩子。

颂跟他们谈了自己的情况。他认为他们有必要知道。毕业之后，他回到了起源地从事法律工作，一干就是二十四年。期间他开了一个律师事务所，并在人人都能看到的地方挂了营业招牌。这是遵照尤苏波夫的指示给他人留下的线索。这个奇怪的小个子俄罗斯人一直不知道计算机、通讯卫星和互联网是什么东西，也不知道依靠一个按钮就能确认某一个人的方位，这个世界已经变得小到几乎无处可以藏身了。但柯尔雅·马可思和颂的父亲，还有颂自己，都严格遵循了尤苏波夫的指示，忠贞不渝地坚守着他们的使命。

"可以在那里停车。"颂说。

罗德把车子停在一棵巨大的橡树下。微风轻轻吹拂，摇曳的枝叶沙沙作响。

这里的墓地给人非常温馨的感觉，不像斯塔罗杜格小镇的墓地那样清冷。每座墓碑周围都种着修剪整齐的青草，很多墓碑前还放置了各种鲜花和花圈。碑石上看不到任何苔藓，只是很多墓石已经有些年头了。墓地中央留出了一条过道，并且有分支延向各个墓碑。

"我们这里的历史学会保留了这块地方。他们做了一件好事。内战以后，这个地方一直被用作墓地。"

颂领着他们走向外围的一圈草地。五十英尺开外的地方种了一排公主树，树皮上长满了五颜六色的节荚。

罗德仔细看着石碑上面凿刻的一行字：

安娜·颂

生于 1901 年 6 月 18 日——卒于 1922 年 10 月 7 日

保罗·颂

生于 1904 年 8 月 12 日——卒于 1925 年 5 月 26 日

"他们用的是真实生日，这太有意思了，"他说，"这样做是不是有点不明智啊？"

"不能这么说。没人知道他们是谁。"

他们的名字下刻有碑文：坚持到最后的人会得到解救。

罗德凑到文字跟前。"这是尤苏波夫发出的最后一条信息吗？"

"我觉得没有比这句话更合适的了。据我所听到的，他们都是相当特别的人。如果他们当时继续留在皇储和大公爵夫人的位置上，说不定人格会腐化。

但是在这里，他们是平凡的保罗和安娜。"

"她是个怎样的人？"阿金丽娜问。

颂的嘴角露出了一丝笑容。"她长得非常美。十几岁的时候，安娜斯塔西亚已经出落得亭亭玉立，身形丰满优美。来到这里的时候，她仍然很美，只是变得很瘦削。她走路的时候有一点点跛，身上有伤疤，但脸上完好无损。我父亲告诉了我从尤苏波夫嘴里听来的有关她的事情。"

颂在一条石凳上坐了下来，这时远处传来乌鸦的叫声。

"她曾是大家的希望，虽然大家比较担心男婴会遗传败血病。没人认真想过阿列克谢能活到娶妻生子。他能安然无恙地从叶卡捷琳堡逃出来，已经是一个奇迹了。到这儿以后，他多次犯病。这里有一位医生暂时控制了他的病情。阿列克谢开始慢慢接受他，就像当年对拉斯普京一样。最后结束他生命的是一场流行感冒而不是败血症。拉斯普京的预言又一次得到了证实。他曾说败血症不会断送继承人的生命。"颂眺望着远方的山。"阿列克谢死的时候，我父亲才一岁。我祖母一直活到20世纪70年代。她是一个非常好的人。"

"她知道阿列克谢的事情吗？"罗德问。

颂点点头。"她是在俄罗斯出生的贵族。列宁上台后，她一家人逃出了俄国。她什么都知道。阿列克谢身体上的病痛很难藏得住。他们只在一起生活了三年，但是他们感情很深。她深爱着阿列克谢·尼古拉。"

阿金丽娜走到墓碑前，跪在草地上。她在胸前划了一个十字，然后开始祈祷。她跟罗德说过之前在旧金山教堂的事情，他现在发现这个俄罗斯女子比她自己所说的更加虔诚。他自己也被眼前宁静的景色感染了，除了松鼠发出的沙沙声，一切都那么安静祥和。

"我常来这里，"颂边说边走到另外三个墓碑前，背面冲着他们，"我的父亲、母亲和祖母就埋在那里。"

"为什么不把你的祖母葬在这里，和她的丈夫在一起？"阿金丽娜问。

"她不同意。她说他们姐弟俩应该被葬在一块儿。他们是神赐的不可分割的王室血脉，应该单独安息。她一直这样坚持。"

三个人驾车返回起源地，一路上大家都没有说话，罗德开着车来到了颂的律师事务所。在一个布满灰尘的书柜里，他看见了一个女人和两个年轻人的照片。女人长得很美，乌黑的头发，脸上带着温暖的笑容。颂的两个儿子都长得一表人才，褐色皮肤，身材魁梧，都有着斯拉夫人特有的宽颧骨。他们有罗曼诺夫家族四分之一的血统，是尼古拉二世的直系亲属。罗德很想知道颂的兄弟姐妹知道他们是贵族以后会有什么样的反应。

他把从旧金山带来的包放到一张木桌子上。昨晚由于太兴奋，他还没来得及把金蛋拿给颂看。他轻轻地掏出已经被砸烂的金蛋，扭出阿列克谢和安娜斯塔西亚的两张缩微照片。颂仔细地看了又看。

"我从来没见过他们来到这里以后的样子。他们也没有拍过其他照片。我祖母跟我说过这些照片，都是在小屋里拍下来的，就在离这儿不远的地方。"

罗德的眼睛又回到了书柜上颂家人的照片。"你夫人知道情况了吗?"

"昨晚我没跟她说这件事。等你的老板来了，我们有了决定之后，我再跟她谈。她今天去艾实维尔看她姐姐了。正好给我腾出时间考虑。"

"她的家庭背景如何?"

"你是什么意思，是想问她是否符合沙皇皇后的资格吗?"

"我们得把这些因素考虑进来。继承法还在实行，委员会倾向于尽量遵守该条令。"

"玛格丽特出身于一个东正教家庭，有一点俄罗斯血统，这样的人在二十五年前的美国非常难找。我父亲亲自为我寻找了候选人。"

"听起来好像并非你的个人意愿。"阿金丽娜说。

"我没这个意思。但是我父亲明白我们肩上的重担。所有人都在竭力和过去保持联系。"

"她是美国人?"罗德问。

"弗吉尼亚人。就是她生了两个俄国必须接受的美国人。"

他还想知道点什么。"送我们到这里来的人说沙皇财产可能还在银行。你对此有所了解吗?"

颂把照片放到破碎的金蛋边上。"我得到了一把保险箱钥匙，并且被告知时机一到应该去哪里。我想现在已经是时候了。我估计保险箱里会有我们要的信息。我得到过指示在你们来之前不能轻举妄动。纽约将是我们的第一站。"

"你肯定那些保险箱还在吗?"

"我每年都按时交纳费用。"

"是你向旧金山那家银行付的费吗?"

颂点点头。"两个保险箱的费用都来自几十年前用别名开的账户。我不妨告诉你,法律变更后我们遇到了麻烦,社会安全号码必须和账户对上。我使用了一些已经过世客户的名字和号码。我怕惹来注意,但是我从来没想过自己的处境很危险,直到昨晚。"

"我可以很肯定地告诉你,我们真的会有危险。但是泰勒·海斯会帮我们的忙。你不会有事的。只有他知道我们在哪儿。这一点我可以保证。"

海斯走下车,向赶来亚特兰大机场接机的普利根伍德沃斯同事表示了感谢。"冷面"和奥雷格也跟他一起来了。这天早上起雾了,两个俄罗斯人表情阴冷,从机场出来后一直没有说话。

海斯的别墅坐落在亚特兰大北部一片绿林中,是一座石砖相间的都铎王朝式建筑。十年前他离了婚。幸好,他没有孩子,也没打算再婚。他没想过跟人分享自己的财产,尤其是一个以为跟自己睡过觉,就恨不得把他所有财产都据为己有的贪婪女人。

他在回来的车上打了电话回家,让管家准备饭菜。他想先洗个澡,吃点东西,然后再上路。过几个小时他还得去北卡罗莱纳州的大山里处理一桩买卖,这买卖关系到他的未来,还有他不想让其失望的人。"赫鲁晓夫"想跟他一起来,但是他拒绝了。现在被两个猥琐的俄罗斯大块头左右夹击,就已经够麻烦的了。

他带着"冷面"和奥雷格进了铁门。砖砌的小路上随处可见落叶,它们被湿冷的晨风吹得飘动着。一走进房间,他就看到管家已经遵照吩咐准备了冷肉切片、奶酪和面包。

两位俄国同伴在厨房狼吞虎咽的时候,他走进摆放武器的房间,打开木板墙上其中一个枪械柜。他挑了两支强火力步枪和三支手枪。两支步枪都装上了消音器——本来是在雪地里打猎时避免雪崩用的。他拉开保险栓,仔细检查了准星,感觉所有组件都状态良好。他给三支手枪都装上了十发子弹。它们都是奥地利 GLOCK 比赛用枪,是他几年前在奥地利打猎时买回来的。"冷面"和奥雷格显然还不够格用这种好枪。

他从房间另一侧的柜子里拿了些备用子弹,然后才回到厨房。两个俄国人还在胡吃海塞。他注意到两人已经喝了不少啤酒,于是提醒说:"我们一个小时之后出发。悠着点儿喝。这里饮酒是有限制的。"

"那地方还有多远?"奥雷格的嘴里塞满了三明治。

"四个小时的车程。下午可以抵达。我再说得清楚一点。这里不是莫斯科。美国有自己的行为准则。明白吗?"

两个俄国人都没做声。

"要我跟莫斯科方面打个电话吗?可能电话里给你们的指示更管用。"

奥雷格吞下食物说。"我们明白了,律师大人。带我们到那儿,你想做什么就尽管跟我们说。"

46

北卡罗莱纳州,起源地
下午 4:25

罗德很喜欢迈克尔居住的地方。老式房屋建在森林环绕的绿地之上。社区里大部分房子都是一层楼的砖瓦房,人字形的房顶上还有烟囱。

他们把车开了进去。颂带着他们去看他养在后花园围栏里的狗。罗德一眼便认出了这种狗的品类。一共有十一二只,颜色从深红到黑色都有。公狗的体型大一点。这种狗的脑袋长而窄,头顶稍微有点圆,肩膀下削,胸脯很窄。它们站起来有三英尺高,每一条都差不多有一百磅左右,肌肉发达,毛长而顺滑。

这是一种猎狗,名叫"俄罗斯狼犬",在俄语中的含义是"迅速"。罗德知道这种猎狗专门用于大型的户外猎捕比赛。从 1650 年开始沙皇就饲养这种狗了。

这个准沙皇也不例外。

"我养这些狗已经很多年了。"颂一边说一边走到围栏边，用水龙头把水碗注满。"我很多年前就知道有这种狗，后来自己买了一只。不过他们就像巧克力曲奇饼干，一只是不够的，所以现在我养上一群了。"

"他们长得很好。"阿金丽娜边说边走进笼子。这些俄罗斯狼犬的眼睛有一圈黑框，它们保持警惕地盯着她。"我祖母也有一只。她在树林里面找到的。它们是很好的动物。"

颂打开一个笼子，用铲子把食物放进碗里。狗儿并没有立刻扑上前来进食，只是不住地叫唤。它们的目光紧随着颂的身影，但没有一只上前凑近食物。这时，颂用食指指了一下食碗，狗儿于是才扑了上来。

"确实训练有素。"罗德说。

"养这种狗就是要训练的。这个品种很容易训练。"

罗德发现其他笼子里的狗也一样。没有一只狗敢违抗颂的命令。他跪到一个笼子前面。"你会把它们卖掉吗？"

"明年春天这窝小狗就会没了，不过我会有另一拨小狗崽。每次我会把新下的狗崽卖掉一些。不过那边两只一直留在这里。"

罗德看到靠近后门廊的圈里有两条狗。一公一母，两只都是深红色，毛皮顺滑。他俩的笼子比其他狗都要大，而且还有一个木制的狗房。

"这一对是六年前得到的，"颂说，声音带着得意，"名叫阿列克谢和安娜斯塔西亚。"

罗德露出笑容。"名字起得很有趣。"

"他们是我的纯种展示狗，也是我的朋友。"

颂走到笼子跟前，打开锁作了一个手势。两只狗立刻上前与他亲热起来。

罗德观察着颂。他头脑冷静清醒，而且的确对先祖怀有敬畏之心，有责任感。这与斯蒂梵·巴克拉诺夫完全不同。他听泰勒·海斯说过巴克拉诺夫不仅傲慢自大，而且实际上追求权位多于承负实际责任。

他们回到房子里面，然后罗德参观了他的书房。书架上放满了关于俄罗斯历史的专著，还有许多19世纪历史学家写的罗曼诺夫王室成员的传记。其中大部分他都已经读过了。

"你收藏了不少书。"他说。

"如果你去二手书市场或者图书馆市场，你会更惊讶。"

"有人问过你为什么收藏这些书吗？"

颂摇摇头。"我是我们历史学会的老成员了，每个人都知道我喜欢俄罗斯历史。"

在书架上，罗德注意到有本书与众不同——菲利克斯·尤苏波夫写的《拉斯普京：他的恶劣影响和暗杀》。这本书是尤苏波夫在1927年出版的，内容不过是反复说明拉斯普京之死罪有应得。这本书的旁边放着两本尤苏波夫在20世纪50年代出版的回忆录：《失去的辉煌》和《放逐》。如果罗德记得没错，后来的传记作家评价过这两本销量不佳的书。罗德指着书架说："尤苏波夫的作品就是攻击王室家族和拉斯普京的。如果我记得没错，他最大的攻击对象就是亚历山德拉。"

"都是一派胡言乱语。他知道斯大林一直在注意自己，因此故意那么做以混淆视听。一直到死的时候他都保留了这个假象。"

罗德注意到这里还有几本安娜·安德森的书，这个女人到死都咬定自己就是安娜斯塔西亚。他指着那些书说："我敢打赌那个人只是为了博人一笑。"

颂笑了笑。"她的真名叫弗朗兹斯卡·珊兹柯斯佳。普鲁士人。这个女人常常在养老院出没，尤苏波夫发现她与安娜斯塔西亚长得有几分相像。于是，他告诉了她所有的必备信息，她也像一个求知若渴的学生一样字字记牢。我觉得她死的时候可能认为自己就是安娜斯塔西亚了。"

"我读过关于她的文字，都是赞美之词。"罗德说。"她好像的确是个不凡的女子。"

"一个合适的替身，"颂说，"不过对我来说谁都无所谓。"

这时，前面窗户传来汽车门关上的声音。颂走到窗边，透过百叶窗往外看。"是郡治安官，"他用英语说，"我认识他。"

罗德的表情紧张起来，颂看来也理解他为什么有此反应。颂走到通向前廊的双重门。"你们留在这里。我去看看出了什么事。"

"怎么了？"阿金丽娜说。

"有麻烦。"

"你的老板什么时候来？"颂在门口说。

他看了一眼手表。"应该就是现在。我们得赶紧回旅馆。"

颂走出去后，罗德把双重门拉开了一条缝隙。

"晚上好，颂先生，"警察说，"警长让我来跟您谈点事情。我去过您的办公室，您的秘书说您已经回家了。"

"出什么事了，罗斯科？"

"昨天或今天是不是有一个叫迈克尔·罗德的男人和一个俄国女人来见过您？"

"谁是麦尔斯·罗德？"

"可否先回答我的问题。"

"没有。我没有接待任何来访者。更别说什么俄罗斯人。"

"您这么说就有点奇怪了。您的秘书说一个叫罗德的黑人和一个俄罗斯女人昨晚去过您的办公室，并且今天一天都跟您在一起。"

"既然你已经知道答案了，罗斯科，那为什么还要问？"

"照章办事。能告诉我您为什么撒谎吗？"

"这两个人有什么重要吗？"

"他们是莫斯科谋杀案的嫌犯。一个治安警察死了。红场枪击。"

"你怎么知道这些的？"

"我汽车里那两个人告诉我的。他们身上还有逮捕令。"

罗德立刻从门口冲到书房的窗户边。他正好瞥见"冷面"和菲利克斯·奥雷格从警车上下来。

"妈的。"他低声说。

屋外的俄罗斯人正从路边走过来。两人把手伸进外衣口袋里，掏出了随身携带的手枪。紧接着枪声就持续不断地响了起来。罗德冲到门口，刚一拉开门，便看见警察的尸体躺在门廊上。显然第一颗子弹是为他准备的。

他一个跨步上前抓住颂，刚一关上门，他们就听见背后子弹撞击门板的声音。

他们扑倒在瓷砖地上，滚到大厅内。罗德看了一眼刚才那个警察。他身上的三个大洞不住地往外喷血。看来没必要在他身上浪费时间了。"快，"他一边喊着一边一跃而起。"那扇门撑不了多久。"

他一直跑到房间的另一头，颂和阿金丽娜随后紧跟着。他听到身后的门上传来撞击声，跟着是枪击声。他跑进厨房，撞开后门，示意颂和阿金丽娜到平台上去。身后的枪声更密集了，他刚刚跑出屋，便听到前门被撞开了。

颂冲到最近的狗窝边，那里正是"阿列克谢"和"安娜斯塔西亚"住的地方。颂还让阿金丽娜去把其他狗窝打开。他指着厨房后门对狗儿们大喊："跑。咬。"

阿金丽娜打开两扇狗窝门，四条狼狗立刻按照命令冲进了厨房后门。正好奥雷格出现在门廊上，一条俄罗斯狼犬立刻扑了上去，咬得他哇哇大叫。

其他三只也跟着第一只跑了进去。里面很快传来密集的枪声。

"我想我们不能站在外面等他们分出胜负了。"罗德说。

他们跑到通往车道的前门，找到租来的吉普车。立刻爬了上去。

罗德插上车钥匙。

屋后继续传来枪声。

"我可怜的狗。"颂说。

罗德开动汽车，掉转头，在警车停放的路口稍停了一下。这时他瞥见一条狗冲了上来。

"等等。"颂大喊一声。

罗德犹豫了一会儿，但还是松开了油门。颂立刻打开后门。狗儿敏捷地跳上车，气喘吁吁地吐着舌头。

"开车。"颂喊道。

轮胎在柏油路上迅速旋转，吉普车如离弦之箭般冲了出去。

47

"为什么非要干掉那个警察呢？"海斯尽量克制住情绪。"你俩是白痴吗？"

他帮奥雷格搞到了当地的证件和一份从莫斯科传真过来的伪造逮捕令，然后自己留在警察办公室等消息。"赫鲁晓夫"在旧金山办妥了必要的证明文件，所以当海斯说他的公司经常代表俄罗斯政府处理在美国的事宜时，对方没有过多追问。

现在他们三个站在户外，忍受着傍晚的寒意，耳边传来警察的大呼小叫。

因为一小时前发生的事，这个地方变得非常喧闹。海斯努力克制着自己的情绪，以免引起不必要的注意，但这是不容易的。

"枪都在哪儿呢？"他小声问。

"在我们的夹克下面。"奥雷格说。

"你怎么蒙混过去的？"

"我说，那个警察走了进去，我们听到了枪声。我们冲进去以后，他已经躺在地上了。我们正要追踪罗德和那个女人，但狗扑了上来。我们最后抬头去看的时候，罗德拿着枪挟持着颂开车逃了。"

"他们相信啦？"

"冷面"露出笑容。"毫不怀疑。"

但是他怀疑谎言能持续多久。"你跟他们说狗的事情啦？"

奥雷格点头。"我们射杀了它们。情急之下，情理之中。"

"到底是你们哪一位仁兄朝警察开的枪？"

"是我。"奥雷格说。这个傻子还显得颇为得意。

"那么是谁开枪射杀的狗？"

"冷面"说是他，因为奥雷格被狗咬了。"它们太讨厌了。"

他觉得应该把奥雷格的枪换了，以免有人没收枪支作为证据。他必须把枪处理掉，因为死者身上的子弹证据确凿，他肯定不能任由这该死的东西留在身边。

"把你的枪给我。"

他和奥雷格把枪换了过来。"希望没人发现弹夹是满的。如果他们注意到了，你就说刚才混乱之中你把另一支枪弄丢了。"

警长朝他们走来，"我们得到了关于他们车子的消息。是一辆切诺基吉普车，你们提供的信息非常有用。"

奥雷格和"冷面"欣然接收了表扬。

警长看着海斯。"你为什么不告诉我们罗德是个危险人物？"

"我们跟你说过他是一桩谋杀案的嫌犯。"

"被杀的警员有妻子和四个孩子。如果我能事先想到这律师竟然会开枪杀人，我他妈一定把整个部门的人全部派来。"

"我看得出这里的人情绪很激动——"

"这里是第一次发生警察被杀事件。"

他没在意这句话。"州政府官员对此事表示关注了吗?"

"那是当然。"

他意识到如果自己对形势解读无误的话,现在是他借刀杀人的最佳时机,他可以利用眼前的这些人解决自己的心腹之患。"警长,我想奥雷格探长不会介意他最后看到的是罗德的尸体。"

这时另外一名警察跑了过来。

"警长,颂夫人来了。"

海斯和两个跟班跟着警长走进了屋里。一位中年妇女正坐在椅子上哭。她身边还有一个年轻女人在安慰她,年轻女人也很伤心。海斯通过对话了解到,年长的妇女是颂夫人,年轻的女子则是颂的秘书。颂夫人今天一天都在艾实维尔,回家以后发现门口停了一排巡逻车,还有一具尸体被验尸官抬出了屋外。厨房里躺了几条他丈夫心爱的俄罗斯狼犬的尸体,此外还有一条狗不见了踪影。只有四条狗没被打死,它们的笼子没有被打开。这些死狗引起了警察的注意。这些狗为什么被放了出来呢?这个问题一直让他们不解。

"显然是为了阻止奥雷格探长,"海斯说。"罗德是个聪明人。要知道,他们追捕他已跑了半个地球,却一直没有抓到他。"

这个答案有些道理,于是大家便没有再继续追问。警长转身去安慰颂夫人,说一定会尽全力找回她的丈夫。

"我得跟我儿子通电话。"她说。

海斯暗暗皱眉。如果她是未来的沙皇皇后,那就是说还存在一位皇储和大公爵。事情更棘手了,不能让罗德把已知的信息告诉麦克尔·颂以外的人,于是他立刻上前作了一下自我介绍。"颂夫人,我想最好先等几个小时,看看事态发展得如何。事情如果能得到解决,那就没必要惊动你的孩子。"

"你为什么会在这里?"她态度很生硬。

"我在协助俄罗斯政府搜寻一个逃犯。"

"俄罗斯逃犯怎么会到我家里来?"

"我不知道。只有先找到他的下落,我们才能得到答案。"

"事实上,"警长打断了他们的对话,"你还没说你是怎么追踪罗德到这里来的。"

这人说话的语气已经开始怀疑了,但是海斯还没来得及回答,突然一名女警跑了进来。

"长官，我们找到吉普车了。在四十六号公路上，经过拉里地区，在本镇北部三十英里。"

罗德开车从街边卖苹果的小摊贩身边经过。他们看见了棕白相间的警车停在路边，一名警官站在外面正和一位货运卡车司机说话。透过后视镜，他看见警察忽然钻进车里开上了公路。

"有人跟上我们了。"罗德说。

阿金丽娜扭过头，颂跟着向后面看，车厢后面的狗也起身不停地摇晃着脑袋。颂说了一句口令，狗儿立刻乖乖地趴回到地上。

罗德想要加速，可汽车只有六档，而且高低不平的地面增加了前进的阻力。不过尽管如此，他还是在森林夹道的狭窄公路上开到了七十五迈。眼看就要与前面的车追尾了，他猛向左打方向盘超过前面的车，刚好躲过了从前面路口迎面开来的一辆车。他希望可以利用这个路弯甩掉警察，但是从后视镜他看见警车开进了反向车道，继续紧追不放。

"巡逻车比我们的马力强，"他说，"不一会儿他就能追上我们了。而且他还有无线电通讯。"

"我们为什么要跑?"阿金丽娜问。

她说得没错，没必要躲避警察的追踪。奥雷格和"冷面"在南面四十英里的地方，还在起源地。他可以停下车把事情解释清楚，寻找的任务已经完成了，他们再也不需要秘密行动。警察局也许能帮上忙。

于是他减慢速度，踩住刹车停到路边。警车随后跟了上来。罗德打开车门。那名警察已经下车用车门作掩护，手里还掏出了枪。

"趴到地上。马上!"警察喊道。

路边的汽车呼啸而过。

"我说了趴到地上。"

"听着，我得跟你谈谈。"

"如果三秒钟内你这杂种不把手举起来，我就要对你开枪了。"

阿金丽娜这时也下了车。

"趴下，小姐。"警察又喊道。

"她听不懂你的话，"他说，"我们需要你的帮助，长官。"

"颂先生呢?"

后车门打开了,颂走了下来。

"走过来,颂先生。"警察扯着嗓子吼道,但是手里还举着枪。

"发生什么事了?"颂小声问罗德。

"不知道,"罗德说,"你认识他吗?"

"面孔不是很熟。"

"颂先生,请走过来。"这警察又说了一遍。

罗德朝前走了一步。对方立刻把枪举了起来。这时颂赶紧上前一步挡在了罗德前面。

"趴下,颂先生。趴下。这个狗杂种杀了一个警察。趴下。"

罗德没听错吧?杀了一个警察?

颂没有动。对方的枪还举在手里,警察正在找角度准备射击。

"趴下。"警察喊。

"阿列克谢,出来。"颂忽然轻轻说。

狗儿听到了命令,从车上跑了下来。这时警察从车门后面走出来,举着枪一步一步朝这边走来。

"那儿,"颂对狗儿说,"去,扑上去。"

狗儿立刻绷直后腿,四脚齐上地扑了过去。人和狗抱作一团滚到了路边,警察吓得大叫。枪掉了两次。罗德趁机跑上去把枪踢开。

狗儿一边叫一边打滚。

远处传来了警笛声。

"我们得赶紧离开这儿,"颂说,"事情有问题。他说你杀了一个警察。"

这句话不需要再重复,罗德听得非常清楚。"同意。我们走。"

颂叫唤狗儿上了车。三个人趁警察还没缓过气赶紧上了车。

"他不会有事的,"颂说,"它没有咬他。我没给咬的命令。"

罗德赶紧开动了汽车。

海斯和奥雷格、"冷面"一起在警察局等候。局长和他的属下往北追踪时,他差点也跟了去。无线电通讯的消息是二十分钟前发出的。他们在四十六号公路上发现了一辆灰色切诺基吉普,正驶向另一个郡,前面是田纳西州方向。有一辆警车追了上去,最后得到的消息说吉普车减速了。车上的警察请求支援，但是准备先独自尝试稳住局势。

海斯希望群情激愤，如果有哪个警察干脆直接开枪解决掉罗德就好了。他已经清楚表明，俄罗斯方面不要活人，只要一具尸体，所以最好有人能用一枪结束这场梦魇。然而，现在即使杀了罗德和阿金丽娜，又多了一个迈克尔·颂。警察肯定会全力保护他，而罗德根本不会伤害他。而且如果他确实是尼古拉二世的直系亲属，只要罗德坚持，最后就一定会进行 DNA 测试以服众人。

这又是个麻烦。

他站在控制室里，看着面前那一排通讯仪器。一个女警正在控制台上工作。她头上带着隔音耳麦。

"控制台。迪尔斯波洛一号。我们已经到达现场。"

是警察局长的声音，海斯等着听他继续往下说。他一边听，一边靠近站在门口的奥雷格，"冷面"到外面抽烟去了。他用俄语小声说："我得跟莫斯科打个电话。我们的朋友会不高兴的。"

奥雷格一脸无所谓的样子。"他们另外给我们下了死命令。"

"什么意思？"

"我接到的命令是，保证那女人、罗德和任何罗德认为重要的人不能生还俄罗斯。"

他不知道这话里面包不包括自己。"你很想连我也杀了，是不是，奥雷格？"

"我很乐意这么做。"

"那为什么你又没做呢？"

探长没有说话。

"因为他们还要用到我。"

对方还是沉默。

"你别吓唬我，"他凑到奥雷格的鼻子前面说，"记住，我也对情况了如指掌。让他们明白这一点。世界上存在两个拥有罗曼诺夫王室基因的男孩。必须把他们解决掉。不然派罗德和那女人的人，也会派其他人来找他们。告诉我们的朋友，我的死不但解决不了问题，还会加速真相的大白。真不好意思扫了你的兴，奥雷格。"

"别太看重自己了，律师先生。"

"别过于低估我的能力。"

他听见控制台没有反应,正欲走开。这时,话筒里有了声音。

"控制台。迪尔斯波洛一号。嫌犯与人质逃跑了。警察倒在地上,但是没有大碍,只是被嫌犯的一条狗咬了。我们的车还在追踪,但是嫌犯跟我们隔了一段距离,可能还在四十六号公路上。请总台看看就近有没有车辆可以进行追踪。"

总台表示收到了报告,海斯暗暗松了一口气。几分钟前,他还希望罗德能被抓到,但是现在他发现如果真的抓到罗德,事情反而会更加棘手。他得亲自找到罗德,因为罗德显然已经不相信当地人了。这些蠢货以为罗德正挟持人质潜逃。但是他知道其实罗德、颂还有那个女人是在一起逃命。

罗德可能会猜测奥雷格、"冷面"和当地警方勾结,所以他不会主动和当地执法机关联络了。在找到一条出路之前,他会找一个地方和其他两个人一起躲起来。

但是躲在哪儿呢?

他猜想罗德对此地很陌生。但迈克尔·颂却了如指掌。也许这是一个思路。

他离开控制室,走到颂夫人和秘书呆的办公室。夫人在大厅和一名女警谈话,于是他只好找秘书谈了,"不好意思打搅您一下,女士。"

那女人抬起头。

"我听说是你告诉警察,罗德和他的同伴今天去过颂先生的办公室。"

"没错儿。他们昨天就来了,然后今天又来。他们一天都和颂先生在一起。"

"你知道他们谈了些什么吗?"

她摇了摇头。"他们在房间内谈话,把门关上了。"

"真是太可怕了。奥雷格探长非常难过。他的一个手下在莫斯科被杀,现在又轮到这里的一名警察。"

"罗德说他是一个律师。看上去他不像杀人犯。"

"杀人犯的脸上会写杀人两个字吗?罗德在莫斯科工作。没人知道他为什么会开枪打死警察,还有究竟发生了什么事情。这次的事件肯定也有内幕。"他叹了一口气,用手摸了摸头发,然后捏了一下鼻尖。"这里真是个美丽的地方,尤其是这个时节。发生这种事情真是太煞风景了。"

他走到咖啡壶边上,往没洗干净的杯子里倒了一点咖啡,把其中一杯递给秘书,但她摆手拒绝了。

"我偶然从亚特兰大过来打猎。在树林里面租过房子。我一直都梦想能买一间这样的房子,但是长久以来都没有能力负担。颂先生有吗?好像当地每个人都有一间小屋。"他回到她旁边坐下。

"他的小屋很可爱,"她说,"那小屋在他们家人手里已经历了好几代了。"

"离这儿近吗?"他尽量表现出没什么兴趣的样子。

"往北开车一个小时。他有两百多亩地,包括一座山。我以前常常开玩笑,问他那山能拿来干什么。"

"他说什么?"

"就坐在那儿看着,看着树长大。"

她的眼睛湿润了,看来这个女人非常了解她的老板。他喝了一口咖啡。"那座山有名字吗?"

"风谣山。我特别喜欢。"

他慢慢站了起来。"我看我还是别烦你了。你的情绪很低落。"

她表示感谢后,他立刻走出了房间。奥雷格和"冷面"正在外面站着吞云吐雾。

"走吧!"他说。

"我们去哪儿?"奥雷格问。

"去解决问题。"

48

警察倒地之后,罗德迅速从主路上退了下来,沿着乡间小路往东开。走了几英里之后,他转向北。他们的目的地是一块颂先生世代相传了整百年的土地。

在一路风尘仆仆地经过了无数丘陵和两条小河之后,他们终于抵达了终点。小屋只有一层，是长方形的，由松树干垒起来并用水泥充填而成，属于殖民地时期的建筑风格。门廊前三根柱子上挂了一张吊床。人字形墙上的白色鹅卵石好像是新铺的，房顶的一端伸出了一个烟囱。

颂介绍说，这是阿列克谢和安娜斯塔西亚 1919 年刚到北卡罗莱纳时的住所。尤苏波夫把小屋建在两百亩地的老林里。旁边紧挨着风谣山。这么安排是为了给继承人提供一个安全的栖身之所，远离任何可能把他们与俄罗斯往事联系起来的人。阿巴拉契亚山脉提供了一个绝好的环境，这里的天气和他们的家乡很像。

现在坐在这个房间里，罗德仿佛能够感受到他们的存在。太阳落山了，温度降了下来。颂用屋外劈好的木头生起了炉火。屋内大约有一百五十平方尺，地板是经过抛光的。屋里备有厚被子、散发着一股淡淡的胡桃木和松木的香味。厨房里有罐装食物，三人就着红辣椒吃了豆饭，喝了从冰箱拿出来的可乐。

颂提出，如果警察认为他是被挟持的，就肯定想不到他们会回到自己的屋子来。他们最有可能采取的行动是在前往田纳西的公路上进行戒备，而且会公布寻找切诺基吉普车的告示，这也是他们三人要离开公路的原因。

"方圆几里都没有人，"颂说，"所以 20 年代那个时候，这里确实是一个非常好的隐居地。"

罗德没有看到什么很特别的装饰能证明小屋的独特。但是房屋的主人肯定热爱自然，因为墙上挂着鸟儿展翅飞翔和小鹿进食的照片。屋内没有狩猎战利品。

罗德指了指墙上一幅黑熊的油画。

"是我祖母画的，"颂说，"其他的也是。她喜欢画画。她在这里终老。阿列克谢就是在那个房间去世的。我父亲就在那张床上出生。"

三人围着炉火坐，宽大的房间内开了两盏灯。阿金丽娜坐在木板地上，身上裹了一条毛毯。罗德和颂坐在皮椅上。狗儿则缩在一个角落，远离壁炉的烘烤。

"我在北卡罗莱纳州律师总所有一个很好的朋友。"颂说。"我们明天打电话给他。他能帮上忙。我相信他。"颂沉默了一会儿又说。"我夫人肯定急坏了。我真希望能给她打个电话。"

"我建议你不要。"罗德说。

"就算我想也没用。这里没装电话。我有一部移动电话，在这里过夜时我会带上。这里通电话是近十年的事情。电话公司要我支付一笔很大的接线费用，所以我决定不要电话了。"

"你和你夫人常到这里来吗？"阿金丽娜问。

"常来。在这里我觉得和过去能发生一种契合。玛格丽特始终不明白我的心情，只知道这个地方能让我平静。她把这里称为我的孤独之地。我真希望她能明白。"

"她很快就会明白了。"他说。

狗儿忽然有了警觉，喉咙里发出轻轻的叫声。

有人敲门。罗德立刻站了起来。房间里忽然鸦雀无声。

又敲了一下。

"麦尔斯。我是泰勒。开门。"

他透过一扇窗户往外瞅。外面太暗，他只能看见门口有一个人影。

"泰勒？"

"没时间跟你费口舌。你他妈快开门。"

"你一个人吗？"

"还会有谁跟我一起来？"

他伸手拉开了锁上的搭扣。泰勒·海斯出现在门口，身上穿着一件厚夹克和一条卡其布休闲裤。

"嘿，见到你太高兴了。"罗德说。

"你不会比我更高兴。"海斯走进屋内。两人握了握手。

"你是怎么找到我的？"罗德重新锁好前门后，转身问。

"我到镇上以后，听说了枪击事件。好像来了两个俄国人。"

"这两个人一直在追杀我。"

"我知道。"

罗德发现阿金丽娜很茫然。"她英语不好，泰勒。讲俄语吧。"

海斯看着阿金丽娜。"你是谁？"他用俄语说。

阿金丽娜作了一下自我介绍。

"很高兴认识你。我知道我的同事拉着你满世界乱跑。"

"我们的确跑了不少地方。"她说。

海斯看到了颂。"你应该就是这次旅途的目的了。"

"显然如此。"

罗德向他们介绍了海斯，然后说，"也许我们现在可以做点事情了。泰勒，当地警方以为我杀了警察。"

"他们的确这么想。"

"你和警长谈过吗？"

"我直接过来找你了。"

他们一起谈了大约四十五分钟时间。罗德把事情的来龙去脉一五一十地告诉了泰勒。他甚至把摔碎的金蛋和金箔信都拿了出来。他提到了金砖和放置金砖的位置，还有塞米永·帕申科和圣队为菲利克斯·尤苏波夫保守的秘密。

"那么你就是罗曼诺夫的后裔啦？"海斯问颂。

"你还没说你是怎么找到我们的。"颂说。

罗德发现他的口气中带有怀疑，而海斯对此表现得倒是很自如。

"你的秘书告诉我的。她和你夫人都在警察局。我知道麦尔斯没有绑架你，所以我猜测你们会找一个藏匿的地方。谁会查到这儿来呢？绑架者从来不会用受害人自己的房子。所以我赌运气开车过来了。"

"我夫人怎么样？"

"很难过。"

"你为什么不把真相告诉警长？"颂问。

"当时的情形很复杂，牵涉了国际关系。说得明白点，这有关俄罗斯的未来。如果你就是尼古拉二世的直系亲属，俄罗斯的皇位就是你的。不用说，你的出现势必会引起轩然大波。我不敢相信北卡罗莱纳州迪尔斯波洛郡的一个警长能承受得了这么多。不过我这么说没有看不起这个地方的意思。"

"我并不介意你这么说，"颂的声音还是比较生硬，"不过你认为我们应该怎么做？"

海斯起身走到房子前门的窗户边。"这个问题问得好。"他朝窗帘外面看了看。

狗儿又警觉了起来。

海斯打开前门。

菲利克斯·奥雷格和"冷面"走了进来，两人手里都端着步枪。狗儿立刻开始狂吠。

阿金丽娜倒吸了一口凉气。

海斯说，"颂先生，你的动物真是太漂亮了。我一直很喜欢俄罗斯狼犬。

我真的不想命令这两位先生开枪杀了它。所以请你叫你的狗从前门出去，可以吗？"

"我就觉得你不对劲。"

"我看得出来。"海斯走到狂吠的狗儿边上。"要我杀了它吗？"

"阿列克谢。走。"颂指着门口说，狗儿立刻消失在黑暗中。

海斯关上了门。"阿列克谢。这名字很有趣。"

罗德惊呆了。"一直以来都是你？"

海斯走到两个同伴身边，他俩分别站到他两侧。奥雷格站在通向厨房门的位置，"冷面"守着卧室的门。

"麦尔斯，我在莫斯科的一些同事对你失望透顶了。见鬼，我派你到档案馆去查巴克拉诺夫有没有问题，结果你却弄出个俄罗斯王位继承人。你到底想干什么？"

"你这个狗娘养的骗子。枉我这么相信你。"罗德说着就要冲到海斯面前。但是奥雷格举起枪来阻止了他。

"信任是一个相对的概念，麦尔斯，尤其是在俄罗斯。但是我给过你信任。你的命真硬。真是一颗无敌的幸运之星。"海斯伸手从兜里掏出一把手枪。"坐下，麦尔斯。"

"滚你妈的蛋，泰勒。"

海斯开了一枪。子弹擦破了罗德的右肩。阿金丽娜尖叫了一声，见他倒在椅子上便赶紧跑了过去。

"我让你坐下，"海斯说，"我不想重复说过的话。"

"你没事吧？"她问。

罗德看得出她非常担心。不过他还好，子弹只是擦肩而过，伤口渗出了血，灼辣地疼。"我没事。"

"彼特洛夫娜小姐，坐下。"海斯说。

她只好坐了下来。

海斯走到壁炉旁边。"如果我想杀了你，麦尔斯，我早就杀了。你应该感谢我的枪法好。"

罗德捂住伤口，用衬衫暂时止住了血。他看了一眼麦克尔·颂。他岿然不动地坐在位置上，一言不发，海斯开枪的时候他也不为所动。

"我想你是俄罗斯人，"海斯对颂说，"从你的眼睛能看得出来。我已经看得太多了。冷血无情，他妈的每个人都一样。"

"我不是斯蒂梵·巴克拉诺夫。"这几个字说得非常轻。

海斯笑了起来。"我想，你也不是。我觉得你也许真的可以管理那些蠢货。这让某些人非常坐立不安。最好的沙皇都是这样。所以我肯定你明白为什么自己不能活着离开这里。"

"我父亲早就说过会有你这样的人出现。他早就提醒过我，当时我觉得他太多虑了。"

"谁曾想到苏维埃帝国这么不堪一击呢?"海斯说，"而且谁会猜到俄罗斯人今天竟然会要求沙皇复辟呢?"

"菲利克斯·尤苏波夫想到了。"

"说到点子上了。不过现在也没什么意义了。"说着海斯指了指前门，"奥雷格，带着我们亲爱的继承人和这个女人出去，你爱做什么就做什么。"

奥雷格笑了笑，走上前一把抓住了阿金丽娜。罗德正想站起来，却被海斯的枪抵住了喉咙。

"坐下。"海斯命令道。

"冷面"把颂从椅子上拉了起来，用步枪顶着他的脑袋。阿金丽娜想反抗，但奥雷格抬起右胳膊用力卡住她的喉咙，一把将她从地上拖了起来。她刚要挣扎，眼睛却因为呼吸困难开始上翻。

"住手，"罗德喊道，海斯更用力地用枪顶住了他的喉咙，"让他住手，泰勒。"

"告诉她乖乖听话。"海斯对罗德说。

他不知道该怎么跟她说，要她平静地走出去，然后死在这恶棍的枪口下。"别挣了。"他终于还是喊了一句。

她放弃了挣扎。

"不要在这里动手，奥雷格。"海斯说。

这个俄国人放开手，阿金丽娜瘫到地上拼命呼吸。罗德想冲上去看她，但是却动弹不得。奥雷格揪住她的头发，把她从地上提起来。疼痛好像让她清醒了一点。

"起来。"奥雷格用俄语说。

她跌跌撞撞地站了起来，被奥雷格推到了门口。颂已经站在门口了，身后跟着"冷面"。

门关上了。

"我敢肯定你喜欢那个女人。"海斯说，现在换成了英文。

枪还抵在喉咙上。"这又怎样？你在意吗？"

"我什么都不在意。"

枪移开了，海斯退到一边。罗德重重地跌进椅子里，感觉肩膀越来越痛，但是心里的愤恨已经让他没感觉了。"是你派人杀了斯塔罗杜格小镇的马可思叔侄？"

"我们没法选择。你搞下了一堆烂摊子让我们收拾。"

"巴克拉诺夫真的是个傀儡？"

"俄罗斯就像一个处女，麦尔斯。有许多尚未开垦的处女地。但是为了生存，你得按照他们的规矩做事。我适应了。杀人，对他们而言，是达到目的的方法之一。事实上，他们也喜欢用这种方式。"

"你到底怎么了，泰勒？"

海斯坐了下来，但是手里还举着枪。"别跟我废话。我做好我该做的事。事务所没人会嫌钱赚得太多。要得到一些东西就需要冒风险。而控制俄罗斯沙皇就很值得。实际上，一切安排已近乎完美。谁曾想竟然还有一个直系亲属至今还在世呢？"

罗德很想上前揍这个混蛋。海斯看出了他眼中的怒火。"你没机会了，麦尔斯。我会在你离开这个房间之前杀了你。"

"我希望我能死得值得。"

"法律根本一文不值，我现在要做的事才是有价值的。"

罗德尽可能拖延时间。"你打算怎么掩盖一切？颂有家庭，有继承人。他们都知情。"

海斯笑了。"我很欣赏你这招虚张声势。颂的夫人和孩子对此一无所知。我唯一需要掩盖的就在这里，就是你，"说着海斯举起枪，"这么说吧，你别怨天尤人，要怪就怪自己。如果你不插手这件事情，只是按照我告诉你的去做，就不会有这些问题。结果你却跑到了圣彼得堡和加利福尼亚，把自己卷入了一件原本跟你毫无瓜葛的事件中。"

"你会杀了我吗，泰勒？"他的声音里没有一丝恐惧，连他自己都对自己的沉着感到惊讶。

"我或许不会，但是外面的两个人会。让我保证不伤害你一根毫毛吧。他们不喜欢你。我不能辜负委托人的意愿。"

"你不是我所了解的那个人了。"

"你他妈什么时候了解我了？你不过是个小职员。我们又不是亲兄弟。去你的吧，我们连朋友都算不上。但是如果你想知道这是为什么，那我告诉你吧，我得让客户依赖我，我准备退休，并且给自己拿到一笔可观的退休养老金。"

他看了一眼门外。

"你担心你的俄罗斯小亲亲啦？我敢肯定奥雷格正在享受她……就现在。"

49

阿金丽娜跟着那个被罗德称为"冷面"的人走了出去，进入了树林。地上的叶子被踩得直响，月光透过树枝间的缝隙洒下来，森林发出一种银白色的光。冰冷的空气触摸着她的皮肤，她意识到身上的毛衣和牛仔裤一点都不保暖。颂走在前面，身后顶着一把枪。奥雷格跟在她的后面，手里拿着枪。

他们走了十分钟，来到一片空地上。地上放了两把铁锹。很明显，海斯出现之前已经做好了一些准备工作。

"挖，"奥雷格对颂说，"跟你的祖先一样，你会死在树林里，然后被埋进冰冷的地下。也许一百年后有人会发现你的尸骨。"

"如果我不挖呢？"颂平静地问。

"我就杀了你，再玩玩她。"

颂的眼睛转到阿金丽娜的身上。颂呼吸如常，眼里看不出一丝关怀的神色。

"我觉得你可以这么着，"奥雷格说，"你能再多活几分钟。多一秒是一秒啊。不管怎么说，给你的时间比你曾祖父多多了。你很幸运。我不是布尔什维克。"

颂站着一动不动，没有抓起铁锹的意思。奥雷格把枪扔到一边，开始撕扯阿金丽娜的衣服。他把她拉到怀里，她开始尖叫，但是他用手捂住了她的嘴。

"够了。"颂说。

奥雷格右手扣住她的脖子，用的力量不会让她窒息，但是能让她始终感觉到危险。颂抓起铁锹开始挖。

奥雷格的另一只手摸到她的胸前。"又软又挺。"他的嘴里发出一阵臭味。

她趁机用手戳向他的左眼。他痛得跳到一边，伸手给了她一记耳光，接着把她推倒在泥地上。

他拿起步枪，抬起右脚朝她的脖子踢了过去，一脚把她的脑袋踩到地上，然后用枪托使劲地戳她的嘴。

她的双眼紧盯着颂。

她的嘴里尝到了锈和沙子的味道。奥雷格更使劲地把枪托往下戳，她拼命不让枪托塞住嘴，内心充满了恐惧。

"是不是很舒服啊，臭婊子？"

这时树林里冲出一个黑影，扑到奥雷格身上。他向后翻倒在地，枪掉在了地上。阿金丽娜赶紧推开了枪托，同时意识到是怎么回事了。

俄罗斯狼犬回来了。

她翻了个身。

"上去。攻击。"颂喊道。

狗一甩头，牙齿咬进了对方的肉里。

奥雷格疼得哇哇大叫。

颂抢起铁锹，正好砍着"冷面"，后者一时没反应过来，挨了重重一下。颂又是一下，这次击中对方的肚子，"冷面"发出一声惨叫。第三下打在头上，"冷面"应声倒地，在地上抽动了一会儿，就不动了。

奥雷格继续惨叫，狗儿使劲地狂咬。

阿金丽娜拿起步枪。

颂冲了过去。"停下。"奥雷格捂着喉咙，翻身想要起来。他刚起身，阿金丽娜就朝他的脸开了一枪。

奥雷格不动了。

"好点没？"颂平静地问。

她吐了一口唾沫，试图吐掉嘴里的金属屑。"好多了。"

颂上前检查了一下"冷面"的脉搏。"这个也死了。"

她看着狗儿，是它救了自己的命。罗德和塞米永·帕申科曾对她说的话一闪而过。是一位圣人在一百年前说过的话。动物的纯真天性将会保卫他们并指引方向，并获得最终的胜利。

颂走到狗儿跟前，摸着它柔滑的鬃毛说。"好孩子，阿列克谢。好孩子。"

狗儿欣然接受了主人的称赞，轻轻地用锋利的爪子挠主人。它嘴边还有血迹。

"我们得去看看麦尔斯。"

远处传来一声枪响，罗德趁海斯朝外看的时机，用没有受伤的手抓起一盏灯，朝对方砸去。他趁海斯缓过来之前滚下了座位，这时海斯开了一枪。

房间内的照明工具只剩下一盏灯和奄奄一息的炉火。他迅速趴下来开始匍匐移动，同时朝海斯扔去另一盏灯。他从面对着壁炉的沙发翻了过去。这时右肩越发疼痛了，而沙发后面又射过来两发子弹。他爬向厨房，刚滚进去，一颗子弹立刻打在了身后的门栏上。他的伤口又开了，血流不止。他用手捂住伤口，心想屋内忽然变暗能影响海斯的准头，他不可能带很多子弹。但是他清楚，对方只需要几分钟就能适应室内的光线。

他的肩伤让他差点没站稳。房里的东西旋转起来，他竭力保持冷静。他从柜子上抓过一条毛巾堵住肩上的伤口。打开后门走出去，然后立刻用沾满鲜血的左手使劲关上门，再用垃圾桶堵住了房门。

随后他冲进了树林。

海斯不知道自己到底有没有打中罗德。他回忆着自己到底打了多少发子弹。可能是四发，或者是五发，那也就是说枪里面还剩五到六发子弹。他睁大眼睛适应室内的黑暗，壁炉内炭火的光实在有限。他听到了关门声，估计罗德已经出去了。他举起手枪，小心翼翼地一步一步往前挪。忽然右脚尖在什么湿东西上滑了一下。他弯下腰，摸了摸地上的液体。一股铁锈味证明那是一滩血。他站起身朝门口走去，一个垃圾桶挡在门外，他一脚把它踢开，走到了寒冷的室外。

"好了，麦尔斯，"他喊道，"我们的狩猎游戏开始了。希望你的运气没你的爷爷好。"

他打开手枪的弹夹，重新上好一夹子弹。他相信上满的十发子弹将会帮他完成任务。

阿金丽娜和颂一起往小屋方向走去，途中听到了好几声枪响。她手里拿着奥雷格的步枪。走到小屋外面时颂停了下来。

"我们别轻举妄动。"他说。

她被他的沉稳折服了。他沉着冷静地应付这局面，这让她感到些许安心。

颂走到门廊上，慢慢靠近关闭着的前门。这时从屋后面传来一个男人的声音。

她轻手轻脚地跟在颂的身后，狗儿就跟在她的旁边。颂拧开门把，打开了前门。屋内很黑，只有壁炉那边有些许光亮。颂进门后直接走到一个柜子旁边。他拉开一个抽屉，取出一把手枪。

"跟着我。"他说。

她跟着他到了厨房。通向后面的门敞开着。她发现阿列克谢正在闻地上的什么东西。她蹲了下来，看到地上的血迹一直延伸到了屋外。

狗儿对这些血迹很敏感。

颂也蹲了下来。"他受伤了。"他冷静地说。"阿列克谢。味道。闻。"

狗儿又低头闻了闻地上的血渍。接着它抬起头，仿佛在说它已经准备好了。

"找。"颂说。

狗儿立刻冲了出去。

50

罗德听到了海斯的话，想起九天前他们在沃尔库霍夫酒店的一段对话。

妈的，仿佛是几个世纪之前的事情了。

爷爷曾经跟他讲过很多关于他那个年代南方白人对黑人的种种暴行。他的一位叔爷爷因为被怀疑偷窃，结果被人从家里拖出去，活活地被吊死。没有逮捕令，没有审问，更没有审判。他常常在想，到底是什么导致了如此深重的仇恨。他父亲毕生一直在试图让白人和黑人都不要忘记过去。有人把他的主张称为民粹主义，也有人称之为哗众取宠。罗德大牧师称之为"来自神的代表的友善提醒"。然而此刻，牧师的儿子正在北卡罗莱纳州的大山中躲避另外一个人的追杀，这个人发誓不让他看到第二天的黎明。

肩上的毛巾起到了一些保护伤口的作用，但是灌木和树枝的不断拍打也让伤势更加严重。他不知道自己要往哪儿跑。他只记得颂说过，最近的居民区都在几英里之外。有海斯、"冷面"和奥雷格跟在后面，他觉得自己真的没什么活着的机会了。他的耳边好像还能听见阿金丽娜的叫喊。他想掉转头去救阿金丽娜和颂，但又觉得那是徒劳的。他俩很可能已经死了。所以他最好趁着黑夜赶紧逃——然后把真相公告给全世界。这是他欠塞米永·帕申科和圣队的，也是对所有牺牲者的悼念，比如像伊沃西夫·马可思和瓦斯利·马可思。

他忽然停了下来。他急促地呼吸着，吐出的白气不断在眼前出现又消失。他的嗓子快冒烟了，完全迷失了方向，脸上身上都被汗水浸透了。他想把衣服脱下来，但是肩上的伤痛让他没法抬起胳膊。他觉得脑袋轻飘飘的，这是失血造成的后果，高山反应也加重了症状。

他听见身后有声音。

他迎着低垂的树枝往前走，滑进了浓密的灌木丛。地上很硬，到处都是突起的石头。路面隆起了沙包，寂静的山林中任何一点声音都特别刺耳。

眼前出现了一片开阔地带。

他来到一个悬崖边，悬崖底下就是峡谷，往下可以看见湍湍的急流。现在他还没有到绝境。往左往右都有路可逃，也可退回到树林，他决定利用这里有利的地形。他想如果他们追上来了，他可以采取一点让他们意想不到的举动，或许能有机会。他不能一直跑，因为现在身后还有三个持枪杀手。他不愿自己像牲畜一样被人射杀。他必须找个地方设法反抗。于是他掉头离开悬崖，找到一块可以观察悬崖周边的岩石，从这里抬头看天，黯淡的天空望不到边际，却可以从他找到的这个地方，观察任何方向过来的敌人。

他摸黑找到了三块垒球大小的石头。他伸手试了试右手，知道自己还能扔石头，尽管可能不是很远。他又试了试石头的重量，时刻准备攻击上来的敌人。

海斯曾经猎杀过无数动物，所以对追捕射杀敌人可以说是驾轻就熟。他穿过迎面的树枝和灌木，步步紧追。草地上有被踩断的树枝，还有清晰的脚印。而且一路上血迹斑斑，罗德的去向更加有迹可寻。

但是地上的脚印忽然消失了。

他停了下来。

他的眼睛朝两边看了看，没动静，前面也没有树枝。他看了看四周的叶子和草地，也没发现任何血迹。这就有些怪了，于是他准备好随时开枪射击，以防这里就是罗德准备最后一搏的地方，他很清楚这个傻子肯定会奋起反抗。

可能就是这里了。

他一步一步地向前挪动。但是直觉告诉他，他身边并没有人。就在要离开的时候，他发现前面的植物上有污渍。于是，他举着枪朝前面挪去。树林不见了，前方仿佛出现了奇形怪状的鬼影。他感觉有点不对劲，但只能硬着头皮往前走。

他睁大眼睛搜查线索，连石头上的一点血迹也不放过，但是要把黑影和血渍分开可不是一件容易的事情。他放慢了速度，每一步都走得特别小心，尽可能压低脚下的声音。

他在悬崖边停了下来，发现下面是水，左右两边是树，远处是点缀着无数星星的湛蓝天空。他没时间欣赏夜景，就在他转身刚要回树林的时候，听见空中传来"嗖"的一声。

阿金丽娜跟着颂走出了厨房。她看到了门上的血手印，很为罗德担心。俄罗斯狼犬不见了，颂轻轻吹了一声口哨，狗儿从树林里钻了出来。

"他不会走多远的，肯定能找到他。"颂小声说。

狗儿站了起来，颂举起枪向狗儿发出了一道命令。

狗儿又消失在了树林里，接着颂朝狗儿的方向跟了上去。

她很担心罗德，知道他肯定受了枪伤。她之前听到了泰勒·海斯的声音，罗德可能以为她和颂都死了。因为他俩从职业杀手的手里逃脱的几率实在太小了。不过狼犬救了他们。这动物实在太出色了，表现出令人佩服的忠实。迈克尔·颂也是一个出色的人。他的身体内流淌着王室的鲜血。祖母曾经跟她讲过王室的事情，人民对沙皇的神力顶礼膜拜。他们将他看成是地上的神主，随时能从他身上寻求庇护。

他代表着俄罗斯。

但她还是害怕，不仅为自己，还有麦尔斯·罗德。

颂停下脚步，轻轻地吹了一声口哨。不一会儿，阿列克谢跑了过来，气喘吁吁。他俯下身，看着狗儿的眼睛。

"你已经找到了，对不对？"

她希望狗儿能开口回答，但是狗儿只是蹲坐在后腿上，伸着舌头喘气。

"找。去。"

狗儿跑开了。

他们跟了上去。

远处传来一声枪响。

海斯刚一转身，罗德立刻将手里的石头扔了出去。他感到肩上好像被撕开了一样，脊背上一阵钻心的痛。他又把伤口弄裂了。

他看见石头砸到了海斯的胸前，跟着传来一声枪响。他一跃而起，朝自己的老板扑了上去。两个人扭在了一起，罗德右肩上又是一阵刺痛。

他顾不得疼痛，一拳砸向海斯的脸，但海斯双脚把罗德蹬到了地上。尖利的石头刺着罗德的脊椎，加重了伤口的疼痛。

他一扭头，海斯已经在面前了。

阿金丽娜和颂朝着枪响的地方跑去。脚下的地变硬了，她看见四周都是石头。就在前面，她看见有人影缠在一起，同时听到沉重的呼吸声。

森林的尽头。

泰勒·海斯和麦尔斯·罗德扭打成一团。

她停在颂的身边。俄罗斯狼犬也停了下来，看着三十英尺外的一场混战。

"让他们别打了。"她对颂说。

但是颂并没有举起枪。

罗德看见海斯扑了过来。他很奇怪自己竟然还有力气挥出左拳，重重地打在海斯的下巴上。这一拳打得不轻，让对方一时半会儿没反应过来。罗德想到自己得先拿到枪。海斯被石头打中时，枪从手里掉了出去。

他用右膝猛顶到海斯的身上，迫使他从自己的身上翻开，然后滚了一圈，罗德努力恢复平衡跪起在地上。他疲惫不堪的身体经不起厮打的折腾了。他的右肩不住地淌血。不过他知道在这个节骨眼上绝不能"掉链子"，他必须立刻解决了这个狗娘养的。

他在漆黑的地上找枪，但一时找不到。这时他发现丛林里面有两个人影。可能是奥雷格和"冷面"，他俩也许正在看好戏，随时准备用一枪来断胜负。

他拦腰抱住海斯，两人跌倒在一堆石头上。他感觉对方什么东西断掉了，可能是一条肋骨。海斯大叫一声，手指使劲掐住罗德的气管。罗德挣扎了一下，对方的手马上松了。不过海斯反应很快，立刻用膝盖使劲踹到罗德的肚子上，后者朝悬崖边滚了过去。

罗德准备再起身一搏，见海斯冲上来，便从地上站起身伸腿朝对方踢了过去。海斯好像料到了，停住了脚步。

于是他踢空了。

阿金丽娜看到罗德踢空后滚了一圈，跪起身又朝海斯扑去。

颂蹲到俄罗斯狼犬的前面。她也蹲了下来。狗的喉咙里面发出轻轻的叫声。眼睛一直盯着前面扭打的人影。狗儿张了两下嘴，露出了锋利的牙齿。

"它自己在作决定，"颂说，"它比我们看得清楚。"

"用枪吧。"她说。

颂抬起眼睛看着她。"我们必须遵循预言。"

"别傻了。快去阻止他们。"

狼犬向前走了一步。

"用枪，要不我就用步枪了。"她说。

颂把手轻轻地放在她的肩上。"要有信念。"他的言行举止透出一股难以名状的东西。

她没再说话。

颂转向狗儿。

"放松，阿列克谢。放松。"

罗德爬起来，离开危险的悬崖边。海斯躲过了对方的攻击，正在喘息。

罗德紧盯着自己的老板。

"来吧，麦尔斯，"海斯说，"我们得来个了结，只有你和我。除非你从我身上踏过去，否则你别无他路。"

他们像猫一样兜着圈子。罗德向右朝树林走去，海斯向左朝悬崖边移动。

罗德终于看到了，枪就在六英尺之外的石头上。不过海斯好像也看见了，并在罗德恢复力气之前扑过去夺到了枪。

枪已在手，海斯的手指已经放在了扳机上，枪口直接对准了罗德。

阿金丽娜忽然看见俄罗斯狼犬冲了上去。颂并没有给它任何指令。狗儿完全是自己行动的，就仿佛是一个认准形势知道何时出击的人一样。可能狗能分辨气味，能够从血腥味儿分辨出哪个是罗德。又或者它也被拉斯普京的魂灵所指引。谁知道呢？海斯没注意到狗扑上来了，等他反应过来时，狼犬的重量加冲击力已经把他顶了个跟跄。

罗德抓住机会冲上前，把海斯连同狗儿推出了悬崖边。一声惨叫划破了寂静的黑夜，两个物体消失在黑暗中。一秒钟后，他听到肉体落到石头上的声音，同时传来一声让他心痛的狗叫声。他看不见悬崖的底。

但那已经不重要了。

身后响起了脚步声。他转过头。阿金丽娜紧紧抱住了他。

"轻点儿。"他说，肩上的伤口疼得厉害。

颂站在悬崖边，盯着下面看。"可惜了这条狗。"罗德说。

"我爱这只动物，"颂转身对他说，"但是它的生命结束了。必须有个抉择。"

就在这时，借着一牙弯月的光亮，麦尔斯·罗德看到了一张坚毅的脸和一双坚定的眼神，看见了俄罗斯的未来。

51

莫斯科

4 月 10 日，星期天

上午 11:00

在几百盏灯和蜡烛的照射下，圣母安息大教堂显得金碧辉煌。为了向全世界实况转播，宽敞的室内进行了特别的照明准备。罗德站在圣坛边一个比较突出的地方，身边是阿金丽娜。他们头顶上四排镶嵌着珠宝的神像金光闪闪，仿佛在宣布一切顺利。

教堂前面放了两把宝座。其中一把是第二位罗曼诺夫沙皇阿列克谢的宝座。这个座椅上镶嵌了近九千颗钻石，还有无数的红宝石和珍珠。它已有三百五十年的历史，早已成为博物馆过去百年中最受关注的展品。另一把昨天被人们从克里姆林宫运送了过来，现在迈克尔·颂坐在上面。

他的夫人玛格利特端坐在他旁边的象牙宝座上。她的宝座是 1472 年伊凡大帝的拜占庭新娘索菲亚的嫁妆。伊凡曾向世人宣布，两个罗马帝国已经灭亡，现在第三个站了起来，以后不会再有第四个。可是今天，在一个充满荣耀的 4 月的一个清晨，第四个罗马即将诞生。

俄罗斯又重归到罗曼诺夫王室的统治之下。

罗德的心里忽然闪过泰勒·海斯的想法。到现在海斯已经死了六个月了，他们的团伙和密谋仍不为所知。有传言说俄罗斯东正教的亚德里安主教参与了此事，但是他坚决否认自己牵涉其中。到目前为止指控他的人也没有拿出实质的证据。现已确认的密谋者只有马可斯姆·祖巴雷夫，就是在旧金山折磨罗德的那个人。但是还没等当局逮捕审问，有人就发现他已死在莫斯科郊外的一个小坟坑里，头盖骨中了两颗子弹。政府怀疑此次阴谋波及范围甚广，甚至涉及了黑手党。

这些潜伏分子会对王室构成威胁，这正是罗德为迈克尔·颂担心的地方。但这位来自北卡罗莱纳的律师表现出了坚定的决心。他用一种让人信服的真诚折服了俄罗斯百姓，现在他身上的美国色彩也似乎变成了正面特征。全世界的领导人终于长松了一口气，现在掌管超级核武力的人总算有了国际特色。颂明确表示他是罗曼诺夫王室成员，他的体内流淌着俄罗斯的血液，他要重新掌管他的家族曾统治了三百年的国家。

颂早前宣布他会安排一个大臣内阁辅助治国。之后，他提名塞米永·帕申科为顾问，并授命这位圣队领导人组建政府。另外杜马也会被选举出来，以确保沙皇不会拥有绝对的个人权力。这个国家将施行法制。俄罗斯将会以新的面貌进入新世纪。

此刻，钻石宝座上的这个男人，和他身边的妻子，都表现出重任在肩的表情。教堂内坐满了来自世界各地的高官贵人。连英国王室成员也赶来了，还有美国总统以及各国总理和首脑。

迈克尔·颂，这位在血缘关系上与王室最亲近的男性后代，成为了米哈伊尔二世。

泰勒·海斯死后的第二天，颂在北卡罗莱纳律师总署的朋友邀请了一位国务院代表到起源地来。随后美国驻俄罗斯大使被召见了，他马上向沙皇委员会说明了在七千英里之外的美国所发生的一切。最后的投票因为继承人的出现被要求延迟，三天后才在世人的瞩目下完成。

DNA测试证明迈克尔·颂的确是尼古拉和亚历山德拉的直系亲属。他的线粒体基因结构与尼古拉完全吻合，甚至含有1994年从尼古拉骨骼里发现的基因突变。错误的可能性小于十万分之一。

拉斯普京又对了一次。上天会为正义开辟一条道路。

拉斯普京的另一个预言也被证实了。拯救任务完成之前必须牺牲十二个人。包括阿特米·贝利在内的四个无辜群众，红场的卫兵，圣队里帕申科的下属，然后就是伊沃西夫·马可思和瓦斯利·马可思，最后是菲利克斯·奥雷格，冷面和泰勒·海斯。在俄罗斯到美国一共出现了十一名死者。

离十二这个数字还差一个。

阿列克谢，六岁的俄罗斯狼犬。

他们把狗儿葬在了阿列克谢王子坟墓附近。颂认为它有资格与先祖一起安息。

所有人都已在教堂内站好。颂身着丝质长袍，轻轻跪下。

亚德里安主教走上前。

接下来颂开始祷告。

亚德里安主教把圣油涂在他的前额上，引导他宣读誓言。终于，在罗曼诺夫王朝修建的宫殿内，在这个曾受罗曼诺夫王朝护佑，又被罗曼诺夫王朝遗弃的地方，一个曾在杀戮和野心中迷失的罗曼诺夫王朝重新加冕。

主教将一个金质王冠轻轻放到颂的头上。祷告一会儿之后，新沙皇起身走向夫人，她也身着一件美丽的丝质长袍。她从王位上起身，跪在他的面前。颂把自己的王冠戴在了她的头上，然后重新把它放回自己的头上。接着颂领着夫人走回王位，先请她入座，然后自己也坐回宝座。

俄罗斯的达官贵人们开始排队向新沙皇表达忠心，他们中有将军和政府高官，还有颂的两个儿子，还有罗曼诺夫王朝的其他亲属，包括斯蒂梵·巴克拉诺夫。

这位曾经的准沙皇为了避免丑闻缠身，坚决否认自己与阴谋有关。只要有人试图求证此事，他便立刻激烈反驳。他表示对阴谋一事毫无所知，并宣称如果被选上，自己会是一个好的统治者。罗德认为此举颇为明智。有谁会出来指认巴克拉诺夫曾参与叛变呢？只有那几个密谋叛变的人才知道，但是他们比谁都更急于隐藏自己。俄罗斯人欣赏新沙皇的坦诚，他已经受到了拥戴。罗德确认巴克拉诺夫与此事有极大牵连。马可斯姆·祖巴雷夫曾经说得很清楚：一个心甘情愿的提线木偶。他曾经考虑要不要调查巴克拉诺夫，但是颂拒绝了这个想法。纷争已经够多了，过去的就让它过去吧。最后罗德也只得同意。

他看了看阿金丽娜。她正含着泪观看着典礼。他伸出手轻握住她的手。她今天身穿镶着金线的珍珠蓝礼服，整个人都闪闪发光。这件礼服是颂为她准备的，她特别感谢他如此细心。

两人四目相接。她伸出手轻轻地捏了捏他的手。从这个自己可能已经爱上的女人眼里，罗德看到了爱意和崇拜。他俩对未来一无所知。他留在俄罗斯一是因为颂请他留下，二是因为可以跟阿金丽娜在一起。罗德甚至被要求留下来担任私人顾问。虽然他是个美国人，可他有过去的印记。他是乌鸦，也是拯救罗曼诺夫王室血脉的恩人。

罗德并没有想好以后是否长留俄国。普利根伍德沃斯给他提供了一个职位，要他担任国际事务部的负责人，替代泰勒·海斯。他也许没有领导的天赋，但是却有得天独厚的优势，因为他在全世界都有了知名度。他一直在考虑这份工作，可是他不愿离开阿金丽娜，而她又特别想留下来为颂工作。

仪式完毕，新沙皇夫妇走出教堂，身上披着绣着罗曼诺夫双头鹰的长袍，跟 1896 年尼古拉和亚历山德拉当时身着的长袍一样。

罗德和阿金丽娜跟着他俩走到中午明媚的阳光下。

四面教堂上的金色圆顶在太阳的照耀下闪闪发光。等候沙皇和沙皇皇后的车子准备好了，但是颂没有上车。他牵着妻子的手沿着鹅卵石路走向克里姆林宫的东北墙。罗德和阿金丽娜陪伴在他们左右。罗德注意到颂的表情很兴奋，其实他自己也一样。他呼吸着新鲜的空气，感到自己和俄罗斯一起恢复了活力。克里姆林宫又变成了沙皇的堡垒——人民的大本营，颂如是说。

罗德目送着颂和夫人走到平台上，从那里他们可以俯视城墙外的景色。颂整理了一下衣袍，转过身来。"我父亲曾经跟我讲过这个时刻。我当时的感觉很奇妙，但愿我已经准备好了。"

"你已经做到了。"

阿金丽娜上前拥抱了一下颂。

"谢谢你，亲爱的。如果在古代，你现在这么做，像这么近体接近沙皇，是会被杀头的。"他的脸上露出了笑容。

她点了点头，罗德看出她眼神里有很多感慨。这是完全可以理解的。历史终于创造出了和平。罗德现在也想寻求一种内心的和平。他决定回家以后要去父亲的坟上看看，现在可以对罗德大牧师道别了。阿金丽娜说得对，父亲的故事比自己了解的复杂得多。罗德大牧师将他造就成了现在这个男人。当然他是用自己的错误来教导罗德的，而不是榜样。罗德的母亲还是深爱着这个男人，而且会一直爱他。也许现在罗德应该停止愤恨了。

这时在克里姆林宫外，视线可以接触的地方，到处都是人头攒动。新闻媒体在此之前估算到场人数将会达到两百万，都是过去几天当中赶往莫斯科的百姓。在尼古拉时代，这时一般会准备华丽壮观的表演和气球来庆祝典礼。但是颂不想这么做，亏空的国库根本负担不起铺张浪费。所以他只是命人搭好平台，通知大家中午 12 点他将会准时出现。塔钟敲响了，沙皇出现在人民面前。

通过麦克风，一个响彻整个红场的声音宣布了令全国振奋的话。罗德也振奋了起来。几个世纪以来，俄罗斯人民苦苦呼唤国君统治，今天终于得以实现了，他为此感动。喇叭里响起了四个简单的字。他还没说出口，眼睛却已经湿润了。

沙皇万岁。

作者笔记

本书的灵感来自一次克里姆林宫之行。跟我创作第一本书《琥珀屋》时一样，我要求书中的信息必须准确无误。尼古拉二世和他的一家着实让人着迷。人们对这一家人最后的命运众说纷纭。1991年，王室遗骸从一个无名坟墓里被挖掘出来。从此很多人就遗失的两具孩子尸骨展开了激烈的讨论。首先是一位俄国专家在检查尸骨后，从照片叠印里得出结论：玛丽亚和阿列克谢的尸骨不见了。然后一位美国专家通过检查牙齿和骨骼标本确认，失踪的是阿列克谢和安娜斯塔西亚。我决定相信那是安娜斯塔西亚，原因很简单，因为人们对她兴趣盎然。

其他几件事：

俄罗斯的确有过保护王室的行动，如本书第21章所述。但是现在并没有圣队一说。那是我自己的杜撰。俄罗斯人很沉迷于"国家民族大义"（见本书第9章），这是一种有凝聚力的意识形态。在这个故事中，我把它简化为——神，沙皇和国家。此外，俄罗斯人非常喜欢建立委员会，而且时常通过集体选举来做一些决定。因此，新沙皇只能通过这种方式进行选举，也成了情理之中的想法。

文中对过去的回忆（见第5、26、27、43和44章），包括描述枪决现场和后来王室尸体被如何处置的那些场景，都是有事实为依据的。我把参与者与事件联系起来，重新设计故事情节。我手头的资料相互矛盾，因此重构情节并不是件容易的事。当然啰，阿列克谢和安娜斯塔西亚的逃跑完全是我自己设计的情节。

亚历山德拉的信（见第6章）纯属虚构，但是其中很多文字是从亚历山德拉给尼古拉的真正书信中节选下来的。他们之间的确非常恩爱。

叶卡捷琳堡卫兵证词（见第13章）摘自一段真实的资料。

拉斯普京的预言确有其事，但是"罗曼诺夫复兴"属于我的个人发挥。不过，这些预言到底是出自拉斯普京本人之口，还是他女儿在他死后的杜撰，仍旧存在很大的争议。但是拉斯普京的确能够在阿列克谢发病时起到安抚的作用，序言中的描写也有事实依据。

关于菲利克斯·尤苏波夫的描述基本属实，除了他计划拯救阿列克谢和安娜斯塔西亚那一段。可悲的是，事实并不像我书中描述的那样。在现实当中，尤苏波夫后期的形象并不光辉，他到最后都没有意识到杀死拉斯普京有多么愚蠢，更没觉得自己给王室家族带来了巨大的创伤。

雅科夫·尤诺夫斯基，是杀死尼古拉二世的实施者，是完全依照原形刻画的人物，而且很多地方的对话都引用了真实的记录。

有关金蛋的描述完全属实，但是山谷百合金蛋的复制品则出自想象，但很难抛开这件珍品来讲这个故事。这件艺术珍品是收藏幸存继承人照片的绝好道具。

第40章和第42章里详细提到了北卡罗莱纳的公主树。它与俄罗斯王室家族的联系也比较真实可靠。美丽的蓝脊山确实是俄罗斯难民的避难所（阿金丽娜在第42章中提到过），因为这个地方与西伯利亚有很多相似之处。

伯若狗（俄罗斯狼狗），在本书中扮演了一个重要的角色（见第46、47、49、50章），这个品种的狗与俄罗斯贵族之间的联系也属实。

需要申明的是，尼古拉二世绝对不是一位宅心仁厚的君主。第23章中罗德对他的负面描述均为事实。但是罗曼诺夫家族的遭遇的确是一个悲剧。书中详细描写的整个王室家族被枪杀的过程确实发生过。这么做的原因就是要斩草除根。而且，斯大林对罗曼诺夫王室的猜忌，以及后来封存的所有相关档案（见第22、23、30章）在现实中真的发生过。可以想象，王朝复辟对他们而言就意味着可怕的终结。可惜啊，尼古拉二世、他的妻子和三个女儿命运坎坷。正如第44章的描述一样，1991年坟墓被挖掘后，罗曼诺夫王室的遗骸放在实验室的架子上长达七年之久，因为两个城市——叶卡捷琳堡和圣彼得堡——为争夺遗骸的保存权吵得不可开交。最后，另外一个名声不怎么样的俄罗斯委员会选择了圣彼得堡，王室一家的遗骸才终于重回墓地，在经过精心整理之后与先祖们长眠在一起。

他们被葬在了一处。这与事实吻合，所有学者都一致同意这一家人生前非常和睦恩爱。

所以死后他们也应该这样。

版贸核渝字(2009)第 174 号

图书在版编目(CIP)数据

沙皇迷踪 /[美] 贝瑞(Berry,S.) 著；孟雅琳 译. – 重庆：

重庆出版社，2009.11

ISBN 978-7-229-01316-5

Ⅰ.沙… Ⅱ.①贝…②孟… Ⅲ.①历史小说 – 美国 – 现代

Ⅳ. ①I712.45

中国版本图书馆 CIP 数据核字(2009)第 190807 号

沙皇迷踪

SHAHUANG MI ZONG

[美] 史蒂夫·贝瑞　著

孟雅琳　译

出 版 人：罗小卫

策　　划：同济人 华章同人

责任编辑：陈建军

特约编辑：于　桐

封面设计：脂砚斋 设计工作室

重庆出版集团
重庆出版社　出版

(重庆长江二路 205 号)

北京联兴盛业印刷股份有限公司　印刷

重庆出版集团图书发行公司　发行

邮购电话：010–85869375/76/77 转 810

E–MAIL：sales@alphabooks.com

全国新华书店经销

开本：787mm × 1092mm　1/16　印张：17.75　字数：230千

2010年1月第1版　2010年1月第1次印刷

定价：26.00元

如有印装质量问题，请致电023–68706683